中印经典和当代作品
互译出版项目
CHINA-INDIA TRANSLATION PROJECT

芥民

比莱小说选

Chemmeen

【印】塔卡奇·西瓦桑卡拉·比莱◎著
刘　建◎译

中国大百科全书出版社

图字：01-2020-3959

图书在版编目（CIP）数据

芥民：比莱小说选 /（印）T. S.比莱著；刘建译.
— 北京：中国大百科全书出版社，2021. 1
中印经典和当代作品互译出版项目
ISBN 978-7-5202-0908-3

I. ①芥…　II. ①T…　②刘…　Ⅲ. ①小说集—印度—
现代　IV. ①I351.45

中国版本图书馆CIP数据核字（2021）第021881号

出 版 人　刘国辉
审　　校　姜景奎
责任编辑　葛漫丁
封面设计　许润泽　叶少勇
责任印制　魏　婷
出版发行　中国大百科全书出版社
地　　址　北京阜成门北大街17号　　**邮政编码**　100037
电　　话　010-88390636
网　　址　http://www.ecph.com.cn
印　　刷　北京地大彩印有限公司
开　　本　710 毫米 × 1000 毫米　1/16
印　　张　30.75
字　　数　336 千字
印　　次　2021 年 2 月第 1 版　2021 年 2 月第 1 次印刷
书　　号　ISBN 978-7-5202-0908-3
定　　价　98.00 元

中印经典和当代作品互译出版项目
中方专家组

总序：印度经典的汉译

一、概念界定

何谓经典？经，“织也”，本义为织物的纵线，与“纬”相对，后被引申为典范之作。典，在甲骨文中上面是“册”字，下面是“大”字，本义为重要的文献，例如传说中五帝留下的文献即为“五典”[①]。《尔雅·释言》中有“典，经也”一说，可见早在战国到西汉初，“经”“典”二字已经成为近义词，“经典”也被用作一个双音节词。

先秦诸子的著作中有不少以“经”为名，例如《老子》中有《道经》和《德经》，故也名为《道德经》，《墨子》中亦有《墨经》。汉罢黜百家之后，“经”或者“经典”日益成为儒家权威著作的代称。例如《白虎通》有“五经何谓？谓《易》《尚书》《诗》《礼》《春秋》也”一说，《汉书·孙宝传》有“周公上圣，召公大贤。尚犹有不相说，著于经典，两不相损”一说。然而，由印度传来的佛教打破了儒家对这一术语的垄断。自汉译《四十二章经》以来，“经”便逐

① “典，五帝之书也。”——《说文》

渐成为梵语词 sutra 的标准对应汉译，“经典”也被用以翻译“佛法”（dharma）[1]。随着佛教在中国的传播和发展，类似以“经典”指称佛教权威著作的说法也多了起来。[2] 到了近代，随着西学的传入，“经典”不再局限于儒释道三教，而是用以泛指权威、影响力持久的著作。

来自印度的佛教虽然影响了汉语“经典”一词的语义沿革，但这又可以反过来帮助界定何为印度经典。汉译佛经具体作品的名称多以 sutra 对应“经”，但在一般表述中，“佛经”往往也囊括经、律（vinaya）、论（abhidharma）三藏。例如法显译《摩诃僧祇律》（*Mahasanghika-vinaya*）、玄奘译《瑜伽师地论》（*Yogacarabhumi-sastra*），均被收录在“大藏经”之中，其工作也统称为“译经”。来华译经的西域及印度学者多为佛教徒，故多以佛教典籍为“经典”。不过也有一些非佛教徒印度学者将非佛教著作翻译为汉语，亦多冠以“经”之名，其中不乏相对世俗、与具体宗教义理不太相关的作品，例如《婆罗门天文经》《婆罗门算经》《啰嚩拏说救疗小儿疾病经》（*Ravankumaratantra*）等。如此，仅就译名对应来说，古代汉语所说的“经典”可与 sutra, vinaya, abhidharma, sastra, tantra 等梵语词对应，这也基本囊括了印度古代大多数经典之作。

然而，古代中印文化交流也有一定的局限性，若以现在对经典的理解以及对印度了解的实际情况来看，吠陀、梵书、森林书、奥义书、往世书等古代宗教文献，两大史诗、古典梵语文学著作等文学作品，以及与语法、天文、法律、政治、艺术等相关的专门论著都是印度经典不可或缺的部分。从语言来看，除梵语外，巴利语、波罗克利特语、阿波布朗舍语等古代语言，伯勒杰语、阿沃提语等中世纪语言，印地语、孟加拉语、乌尔都语等现代语言，以及殖民时期被引入印度并在印度生根发芽的英语都在不同的历史时期承载了印度经典的传承。

---

①“又睹诸佛，圣主师子，演说经典，微妙第一。”——《妙法莲华经》卷一《序品》（T09, no. 262, c18-19）

②“佛涅槃后，世界空虚，惟是经典，与众生俱。”——白居易《苏州重玄寺法华院石壁经碑》

二、古代中国对印度经典的汉译

经典翻译，是将他者文明的经典之作译为自己的语言，以资了解、学习，乃至融合、吸纳。这一文化行为首先需要一个作为不同于自己的“他者”客体具有足以令主体倾慕的经典之作，然后需要主体“有意识”地开展翻译工作。印度文明在宗教、哲学、医学、天文等方面的经典之作具有较高的知识水平，在不同时代对中国社会各阶层产生了独特的吸引力。中印文明很早就有了互通记录，有着甚深渊源，在商品贸易、神话传说、天文历法等方面已有学者尝试考证。[①] 随着张骞出使西域，佛教传法僧远来东土，中印之间逐渐建立起“自觉”的往来，古代中国对印度经典的汉译也在汉代以佛经翻译的形式得以展开。

1. 佛教经典汉译

毫无争议，自已佚的《浮屠经》[②] 以来，佛教经典汉译在古代中国对印度经典的翻译中占有主流地位。译经人既有佛教僧人，也有在家居士，既有本土学者，也有西域、印度的传法僧人。仅以《大唐开元释教录》以及《贞元新定释教目录》的统计为例，从东汉永平十年至唐贞元十六年，这 734 年间，先后有 185 名重要的译师翻译了佛经 2 412 部 7 352 卷（见表 1），成为人类历史上少有的翻译壮举。

① 季羡林:《中印文化交流史》（北京：新华出版社，1993 年）及薛克翘:《中国印度文化交流史》（北京：昆仑出版社，2008 年）中部分内容均介绍了相关观点。

② 学术界关于第一部汉译佛经的认定，历来观点不一。不少学者认为，《四十二章经》是第一部汉译佛经；但有学者经过考证发现，西汉哀帝元寿元年（公元前 2 年）大月氏使臣伊存口授的《浮屠经》应该是第一部，可惜原本失佚，后世知之甚少。目前，学术界基本倾向于认为《浮屠经》为第一部汉译佛经，并已意识到《浮屠经》在中国佛教史及学术史上的重要地位。参见方广锠:《〈浮屠经〉考》，《法音》，1998 年第 6 期。

表1 东汉至唐代汉译佛经规模[①]

朝代	年代	历时	重要译师人数	部数	卷数
东汉	永平十年至延康元年	154年	12	292	395
魏	黄初元年至咸熙二年	46年	5	12	18
吴	黄武元年至天纪四年	59年	5	189	417
西晋	泰始元年至建兴四年	52年	12	333	590
东晋	建武元年至元熙二年	104年	16	168	468
前秦	皇始元年至太初九年	45年	6	15	197
后秦	白雀元年至永和三年	34年	5	94	624
西秦	建义元年至永弘四年	47年	1	56	110
前凉	永宁元年至咸安六年	76年	1	4	6
北凉	永安元年至承和七年	39年	9	82	311
南朝宋	永初元年至升明三年	60年	22	465	717
南齐	建元元年至中兴二年	24年	7	12	33
南朝梁	天监元年至太平二年	56年	8	46	201
北朝魏	皇始元年至东魏武定八年	155年	12	83	274
北齐	天保元年至承光元年	28年	2	8	52
北周	闵帝元年至大定元年	25年	4	14	29
南朝陈	永定元年至祯明三年	33年	3	40	133
隋	开皇元年至义宁二年	38年	9	64	301
唐[②]	武德元年至贞元十六年	183年	46	435	2 476

自东汉以后的约6个世纪中，大量佛教经典被译为汉语，其历程与佛教在中国的传播历程基本同步。在这一过程中，涌现出许多重要译师，仅译经50部或100卷以上的译师就有16人（见表2），其中又以鸠摩罗什、真谛、玄奘、义净、不空做出的贡献最为卓越，故此他们被称为“汉传佛教五大译师”。他们的生平事迹和具体贡献在许多佛教典籍中均有叙述，此不赘述。

① 本表主要依据《大唐开元释教录》整理而成，其中唐代的数据引用的是《贞元新定释教目录》。

② 唐代数据至德宗贞元十六年（800）为止，并不完整。但考虑到贞元年后，大规模译经基本停止，故此数据亦有相当高的参考价值，至贞元十六年，唐代已经译经435部2 476卷，足以确立其在中国译经史上的地位

表 2　译经 50 部或 100 卷以上的译师

时代	朝代	人名	译经部数	译经卷数
三国西晋	吴	支谦	88	118
	西晋	竺法护	175	354
东晋十六国	东晋	竺昙无兰	61	63
		瞿昙僧伽提婆	5	118
		佛陀跋陀罗	13	125
	北凉	昙无谶	19	131
	后秦	鸠摩罗什	74	384
南北朝	宋	求那跋陀罗	52	134
	陈	真谛	38	118
	北魏	菩提留支	30	101
隋唐	隋	阇那崛多	39	192
	唐	玄奘	76	1 347
		实叉难陀	19	107
		义净	68	239
		菩提流志	53	110
		不空	111	143

自唐德宗之后，译经事业由于政局等多方面因素影响而受阻，此后又经历了唐武宗和后周世宗两次灭佛，佛教在中国的发展受到冲击。直到 982 年，随着天竺僧人天灾息和施护的到访，北宋朝廷才重开译经院，此时距唐德宗年间已有约两百年，天灾息等僧人不得不借助朝廷的力量重新召集各地梵学僧，培养本土翻译人才。在此后的约半个世纪中，他们总计译出五百余卷佛经。此后，汉地虽有零星译经，却再也不复早年盛况，古代中国对印度经典的汉译逐渐落下帷幕。

2. 非佛教经典汉译

佛教经典汉译占据了古代中国对古代印度经典汉译的主流，除此之外，其他一些印度经典也被译为汉语。这些文献大致可以分为两类：一类是在翻译佛教经典的过程中无意之中被译为汉语的，尤其是佛教文献中所穿插的印度民间故事等。[①]一类是在翻译佛教经典之外，有意翻译的非佛教经典，例如婆罗门教哲学、天文学、医学著作等，尽管数量无法与佛教经典相提并论，但这些非佛教经典的翻译在一定程度上体现了古代中华文明对古代印度文明的关注开始逐渐由佛教辐射到印度文明的其他领域，不过从译者的宗教信仰以及对经典的选择来看，这类汉译大部分是佛教经典翻译的附属产品。

3. 其他哲学经典汉译

佛教自产生以来，与印度其他思潮之间既有争论，也有共通之处。因而在佛教经典的汉译过程中，中国人也逐渐接触到古代印度的其他哲学。有关这些哲学派别的基本介绍散见于包括佛经、梵语工具书、僧人传记的作品中，例如《百论疏》对吠陀、吠陀支、数论、胜论、瑜伽论，甚至与论释天文、地理、算术、兵法、音乐法、医法的各种学派相关的记载、注释和批判也可以在这些作品中找到。[②]很有可能出于佛教对数论派和胜论派知识的尊重，以及辨析外道与佛法差别的需要等原因，真谛和玄奘才分别译出了数论派的《金七十论》和胜论派的《胜宗十句义论》。[③]这两部经典的汉译在一定程度上拓宽了中国知识界对印度哲学的视野，但其翻译在很大程度上受到了佛教对其他哲学派别好恶的影响，依然是在佛教经典汉译的主导思路下完成的。

4. 非哲学经典汉译

除宗教哲学经典外，古代印度的天文学、数学、医学在人类科

① 新文化运动以来，这一领域已有多部论著问世，此不赘述。

② 宫静：《谈汉文佛经中的印度哲学史料——兼谈印度哲学对中国思想的影响》，《南亚研究》，1985 年第 4 期，第 52~59 页。

③《金七十论》译自数论派的主要经典《数论颂》（*Samkhya-karika*），相传为三四世纪自在黑（Isvarakrsna）所作。《胜宗十句义论》的梵文原本已佚，从内容看属于胜论派较早的经典著作。参见黄心川：《印度数论哲学述评——汉译〈金七十论〉与梵文〈数论颂〉对比研究》，《南亚研究》，1983 年第 3 期，第 1~11 页。

学史上也具有重要地位，其中一些著作也被译为汉语。古代印度天文学经典多以佛教经典的形式由传法僧译出。[①] 隋唐时期，天文学著作汉译逐渐出现了由非佛教徒印度天文学家主导的潮流。据《隋书》记载，印度天文著作有《婆罗门天文经》《婆罗门竭伽仙人天文说》《婆罗门天文》。[②] 瞿昙氏（Gautama）、迦叶氏（Kasyapa）和拘摩罗氏（Kumara）三个印度天文学家氏族曾先后任职于唐代天文机构太史阁，其中瞿昙氏的瞿昙悉达翻译了印度天文学经典 *Navagraha-siddhanta*，即《九执历》。[③] 此外，印度的医学、数学、艺术经典也因其实用价值通过不同渠道被介绍到中国，其中一些著作或部分或完整地被译为汉语。

5. 落幕与影响

中国古代的印度经典汉译在唐代达到巅峰，此后逐渐走向低谷，无论是数量还是质量都难以达到唐代的水平。造成这一现象的原因主要有两个方面：一方面，唐代中后期，阿拉伯帝国的崛起以及唐朝与吐蕃关系的恶化阻断了中印之间两条重要的陆路通道：西域道和吐蕃道，之后五代十国以及宋代时期，这两条通道均未能恢复，只有南海道保持畅通。[④] 另一方面，中国宗教哲学的发展和印度佛教的密教化这两种趋势决定了中国对印度佛教经典的需求逐渐下降。在近千年的历程中，佛教由一个依附于黄老信仰的外来宗教逐渐在汉地生根发芽，成为汉地宗教生活不可缺少的一部分，其作为“中国佛教”的独立性日益增强。甚至权威如玄奘，也不能将沿袭至那烂陀寺戒贤大师

---

① 例如安世高译《佛说摩邓女经》、支谦等译《摩登伽经》、竺法护译《舍头谏太子二十八宿经》等。

②《隋书·经籍志》，北京：中华书局，1982 年，第 1019 页。

③ 参见 P.C.Bagchi, *India and China: A Thousand Years of Cultural Relations*. 1981, Calcutta, Saraswat Library, p.212. 此后，依然有传法僧翻译佛教天文学著作的记载，具体参见郭书兰：《印度与东西方古国在天文学上的相互影响》，《南亚研究》，1990 年第 1 期，第 32~39 页。

④ 菩提迦耶出土的多件北宋时期前往印度朝圣的僧人所留下的碑铭证明，宋代依然有僧人前往印度朝圣，且人数不少。法国汉学家沙畹（E. Chavannes）、荷兰汉学家施古德（G. Schlegel）、印度学者师觉月（P. C. Bagchi）等国外学者在这方面均有讨论，具体参见周达甫：《改正法国汉家沙畹对印度出土汉文碑的误释》，《历史研究》，1957 年第 6 期，第 79~82 页。

的“五种姓说”完全嵌入汉地佛教的信仰之中。汉地“伪经”的层出不穷也从某种角度反映了佛教的中国本土化进程。不空等人在中国传播密教虽然形成了风靡一时的“唐密”，但未能持久。究其根本在于汉地佛教的发展受到本土儒家信仰的影响，很难与融合了婆罗门教信仰的佛教密宗契合。此外，本土儒家、道家也在吸纳佛教哲学的基础上有了新的变革。至宋代，三教合一的趋势逐渐显现，源自印度但已本土化的佛教与儒家、道家的融合进一步加深，致使对印度经典的诉求越来越少。由此，义理上的因素使得中国的知识分子不再追求印度佛教的哲学思想；再者，随着佛教在印度的衰落，以及中国佛教自身朝圣体系的建立和完善，前往印度朝圣也失去了意义。

古代中国对古代印度经典的汉译始于佛教，也终于佛教。尽管如此，古代中国对以佛教经典为主的古代印度经典汉译已经在中国历史上烙下了深刻的印记，其影响是持久和多方面的。在这一过程中，译师们开创的汉译传统给后人翻译印度经典留下了巨大财富：

其一，汉译古代印度经典除早期借助西域地方语言外，主要翻译对象都是梵语经典，本土学者和外来学者编写了不少梵汉工具书。其二，一套与古代印度宗教哲学术语对应的意译和音译相结合的汉译体系得以建立。由于佛教经典的流传，很多术语已经成为汉语的常用语，广为人知。其三，除术语对应外，梵语作品译为汉语需要克服语法结构、文学体裁等方面的限制，其实践在一定程度上影响了汉语的一些表达法。[1] 如此等等都为后人继续翻译印度经典提供了便利之处。

更为重要的是，历史上重要的译师摸索出一套大规模翻译经典的方式方法，他们的努力对于后继的翻译工作来说具有很高的参考价值。经过早期的翻译实践，鸠摩罗什译经时便开始确立了译、论、证几道基本程序，并辅之以梵本、胡本对勘和汉字训诂，经总勘方

① 例如汉语中常见的“所 + 动词”构成的被动句就可能源自对佛经的翻译。参见朱庆之《汉译佛典中的‘所 V’式被动句及其来源》（载《古汉语研究》，1995 年第 1 期，第 29~31、45 页）及其他相关著述。

定稿。在后秦朝廷的支持下，鸠摩罗什建立了大规模译场，改变了以往个人翻译的工作方式，配合翻译方法上的完善，大大提高了译经的效率和质量。唐代译场规模更大，翻译实践进一步细化，后世记载的翻译职司包括译主、证义、证文、度语、笔受、缀文、参译、刊定、润文、梵呗等十余种之多。

此外，先人还摸索出一套翻译人才的培养模式，隋代译师彦琮曾以“八备”总结了译师需具备的一系列条件，具体内容为：

> 一诚心受法，志在益人；二将践胜场，先牢戒足；三文诠三藏，义贯五乘；四傍涉文史，工缀典词，不过鲁拙；五襟抱平恕，器量虚融，不好专执，耽于道术，淡于名利，不欲高衒；六要识梵言；七不坠彼学；八博阅苍雅，粗谙篆隶，不昧此文。①

这八备之中，既有对译者宗教信仰、个人品行的要求，也有对梵语、汉语表达的语言技能以及对佛教义理的知识掌握等方面的要求，今天看来，依然有很大的借鉴意义。

三、近现代中国对印度经典的汉译

佛教在印度的衰落及消亡使中印失去了最为核心的交流主题。中国对印度经典的汉译停留在以梵语为主要媒介、以佛教经典为主要对象的时代，自 11 世纪末② 至 20 世纪初，这一停滞状态持续了数个世纪之久。19 世纪中后期，印度士兵和商人随着欧洲殖民者的战舰再次来到中国，中印之间的交往以一种并不和谐的方式得以恢复。中印孱弱的国力和早已经深藏故纸堆的人文交往传统都不足以阻挡西方诸国强势的物质力量和文化力量，中印人文交往便在这新的格局中，借助西方列强构建起来的“全球化”体系开始复苏。

---

①《释氏要览》卷 2，T54, no. 2127, b21-29。

② 宋神宗元丰五年（1082）废置译经院，佛教经典汉译由此不再。

由于缺乏对印度现代语言和文化的了解，早期对印度经典的译介在语言工具和主题设置两个层面均在一定程度上受制于西方的话语体系。20 世纪上半叶中国对泰戈尔作品的译介便是明证。1913 年，泰戈尔自己译为英语的诗集《吉檀迦利》以英语文学作品的身份获得诺贝尔文学奖，这在当时的世界文坛引起了轩然大波，对当时正在探索民族出路的中国知识分子来说同样具有很大的震撼力和吸引力。陈独秀在 1915 年 10 月 15 日出版的《青年杂志》上刊载了自己译自《吉檀迦利》的四首《赞歌》，为此后持续了近一个世纪并且至今依然生机勃勃的泰戈尔著作汉译工程拉开了序幕。据刘安武统计，至 1949 年中华人民共和国成立止，“我国翻译介绍了印度文学作品 40 种左右（不包括发表在报刊上的散篇）。这 40 种中占一半的是泰戈尔的作品”。① 泰戈尔之所以在中国受到格外关注固然始于西方学术界对他的重视，但他的影响如此之大亦在于他的作品恰好满足了当时中国在文学思想领域的需求。首先，从语言文学来看，泰戈尔的主要创作语言是本土的孟加拉语，而非印度古典梵语。这引起了当时正致力于推广白话文的中国知识分子的广泛关注，并被视为白话文替代古文的成功榜样。② 此外，泰戈尔的文学创作，尤其他的散文诗为当时正在摸索之中的汉语诗歌提供了一个重要的参考对象。其次，从思想上来说，泰戈尔的思想与当时作为亚洲国家“先锋”的日本截然相反，为当时正在探索民族出路的中国知识分子提供了另一个标杆。于是，泰戈尔意外地成为中印之间自佛教之后的又一重大交流主题。尽管中国知识分子对其思想和实践的评价并不一致，许多学者依然扎实地以此为契机重启了中国翻译印度经典的进程。当时中国尚未建立起印度现代语言人才培养机制，因此早期

① 刘安武:《汉译印度文学》,《中国翻译》, 1991 年第 6 期，第 44~46 页。

② 胡适向青年听众强调泰戈尔对孟加拉语文学的贡献时说：“泰戈尔为印度最伟大之人物，自十二岁起，即以阪格耳（孟加拉）之方言为诗，求文学革命之成功，历五十年而不改其志。今阪格耳之方言，已经泰氏之努力，而成为世界的文学，其革命的精神，实有足为吾青年取法者，故吾人对于其他方面纵不满足于泰戈尔，而于文学革命一段，亦当取法于泰戈尔。”（载《晨报》, 1924 年 5 月 11 日）

对泰戈尔作品的汉译多转译自英语。凭借译者深厚的文学功底，不少经典译作得以诞生，尤其是冰心、郑振铎等人翻译的泰戈尔诗歌，时至今日依然在中国广为流传。

与泰戈尔一同被引介到中国的还有诸多印度民间故事文学作品。[①] 如前文所述，古代翻译印度经典时就有不少印度民间故事被介绍到中国，但多以佛教经典为载体。[②] 近现代以来，印度民间文学以非宗教作品的形式被重新介绍过来。这在很大程度上是因为“中国缺少创作儿童文学的传统”[③]，印度丰富的民间文学正好满足了中国读者的需求。与此同时，印度民间文学与中国文学之间的关系也日益进入中国学者的视野，“中印文学比较研究”这一新的研究领域开始初露端倪，其研究领域最广为人知的课题之一便是《西游记》中孙悟空形象与《罗摩衍那》中哈奴曼形象的渊源，当时许多新文化运动的大家都参与其中，鲁迅、叶德均认为孙悟空形象源于本土神话形象“无支祁”，胡适、陈寅恪、郑振铎则认为孙悟空形象源于哈奴曼。[④]

自西方语言转译印度经典的尝试为增进对印度的认知、重燃中国知识界和民众对印度文化的兴趣起到了积极作用，许多掌握西方语言的汉语作家投身其中，其翻译作品受到读者喜爱。然而，转译的不足也显而易见，因此，对印度经典的系统汉译需要建立一支如古代梵汉翻译团队一样的专业人才队伍。

1942 年，出于抗战需要，民国政府在云南呈贡建立了国立东方语文专科学校，设有印度语科，开始培养现代印度语言人才。1946 年，季羡林自德国学成回国，在北京大学创设东语系；1948 年，金克木加盟东语系。1949 年，国立东方语文专科学校并入北京大学东

---

① 参见刘安武：《汉译印度文学》，《中国翻译》，1991 年第 6 期，第 44~46 页。

② 参见薛克翘：《中国印度文化交流史》，北京：昆仑出版社，2008 年，第 261~265 页。

③ 刘安武：《汉译印度文学》，《中国翻译》，1991 年第 6 期，第 44~46 页。

④ 参见鲁迅：《中国小说史略》，《鲁迅全集》第 9 卷，北京：人民文学出版社，1981 年；鲁迅：《中国小说的历史的变迁》，《鲁迅全集》第 9 卷，北京：人民文学出版社，1981 年、胡适：《〈西游记〉考证》，《胡适文存》第 2 集第 4 卷，上海：亚东图书馆，1924 年；陈寅恪：《〈西游记〉玄奘弟子故事之演变》，《金明馆丛稿二编》，上海：上海古籍出版社，1982 年、郑振铎《〈西游记〉的演化》，《郑振铎全集》第 4 卷，石家庄：花山文艺出版社，1998 年；叶德均：《无支祁传说考》，《戏曲小说丛考》，北京：中华书局，1999 年。

语系。东语系开设梵语－巴利语、印地语、乌尔都语三科印度语言专业，并很快培养出第二代印度语言专业队伍。随之，印度经典得以从原文翻译。第一代学者季羡林、金克木领衔的梵语团队翻译了印度大史诗《罗摩衍那》及以迦梨陀娑为代表的印度古典梵语文学作家的许多作品，如《沙恭达罗》《优哩婆湿》《云使》《伐致呵利三百咏》等，并启动了《摩诃婆罗多》等经典作品的翻译；旅居印度的徐梵澄翻译了《五十奥义书》[①]及奥罗宾多创作、注释的诸多哲学著作。季羡林、金克木的弟子黄宝生等延续师尊开创的传统，完成了《摩诃婆罗多》、奥义书[②]、《摩奴法论》、古典梵语文论、故事文学作品等一系列著作的翻译。与此同时，由第二代学者刘安武领衔的近现代印度语言团队译介了大量的印地语、乌尔都语、孟加拉语等语言的文学作品，其中尤以对印地语／乌尔都语作家普列姆昌德和孟加拉语作家泰戈尔的作品的汉译最为突出。[③]殷洪元对印度现代语言语法著作的翻译以及金鼎汉对中世纪印度教经典《罗摩功行之湖》的翻译也开拓了新的领域。巫白慧等学者陆续将包括“吠檀多”在内的诸多婆罗门教哲学经典译为汉语。[④]文献资料是学术研究的基础，这一系列经典汉译成果打破了古代中国对古代印度经典汉译中存在的“佛教主导”的局限，增加了现代视角，并以经典文献为契机，首次较为全面系统地介绍了印度文明，奠定了现代中国印度学研究的基础。由这两代学者编订的《印度古代文学史》《梵语文学史》和

---

① 参见徐梵澄译：《五十奥义书》，北京：中国社会科学出版社，1995年。

② 参见黄宝生译：《奥义书》，北京：商务印书馆，2010年。

③ 刘安武自印地语译出的普列姆昌德作品（集）有《新婚》（贵阳：贵州人民出版社，1982年）、《如意树》（上海：上海译文出版社，1983年）、《普列姆昌德短篇小说选》（北京：人民文学出版社，1984年）、《割草的女人：普列姆昌德短篇小说新集》（长沙：湖南人民出版社，1985年）等，加之其他学者的译介，普列姆昌德的重要作品几乎全被译为汉语。此后，刘安武又主持编译出版了24卷本《泰戈尔全集》（石家庄：河北教育出版社，2000年），泰戈尔的主要作品均被收录其中。

④ 其中重要的译著成果包括巫白慧译《圣教论》（乔荼波陀著，北京：商务印书馆，1999年）、姚卫群译《古印度六派哲学经典》（节译六派哲学经典，北京：商务印书馆，2003年）、孙晶译《示教千则》（商羯罗著，北京：商务印书馆，2012年）等。

《印度印地语文学史》等著作成为中国现代印度学研究的必读文献。①

由于印度文化的独特之处及其在历史上形成的巨大影响力，以现代学术研究的方式开展的印度经典汉译所产生的影响进一步辐射了包括语言、文学、哲学、历史、考古等多个学科领域，并形成了一些跨学科研究领域：

其一，中印文化比较研究。由胡适等老一辈学者开创的中印文学比较取得了新的进展，其中一部分研究形成了中印文化交流史这一新的学术研究领域；另一部分研究成为东方文学研究领域最重要的组成部分，东南亚、西亚等区域文学研究也受益于印度文学研究的开展和所取得的成就。此外，从具体作品到文艺理论的印度文学译介也从整体上进一步拓展了比较文学研究的视野。

其二，佛教研究。现代中国对印度经典汉译的范围不再局限于传统的汉语系佛教传统经典，在许多领域都取得了新的突破。在佛教文献来源方面，开拓了对巴利语系和藏语系佛教的研究。②由于梵语人才的培养，中国学者得以恢复梵汉对勘的学术传统。③对非佛教宗教思想典籍的译介也使得对佛教的认识跳出了佛教自身的范畴，对其与其他宗教思想之间的互动与联系有了更加全面的认识。

其三，语言学研究。对梵语及相关语言的研究推动了梵汉对音，以及对古汉语句法的研究。一些接受了梵语教育的汉语言学学者结合古代语料，尤其是汉译佛经，对古汉语的语音、句法等做出研究。

---

① 单就印度文学翻译而言，据不完全统计，1950~2005 年，中国翻译印度文学作品（以书记）约 400 余种，其中中印关系交好的 1950~1962 年约有 70 种，关系不好的 1962~1976 年仅有 4 种，关系改善后的 1976~2005 年则有 300 余种。不过，2005 年之后，除黄宝生、薛克翘等少数学者仍笔耕不辍外，其他前辈学人逐渐“离席”，这类汉译工作进入某种冬眠期。

② 相关成果包括郭良鋆译《佛本生故事选》（与黄宝生合译，北京：人民文学出版社，1985 年）、《经集：巴利语佛教经典》（北京：中国社会科学出版社，1998 年），以及段晴等译《汉译巴利三藏·经藏·长部》（上海：中西书局，2012 年）等。

③ 自 2010 年以来，黄宝生主持对勘出版了《入菩提行论》（北京：中国社会科学出版社，2011 年）、《入楞伽经》（北京：中国社会科学出版社，2011 年）、《维摩诘经》（北京：中国社会科学出版社，2011 年）等佛经的梵汉对勘本，叶少勇以梵藏汉三语对勘出版了《中论颂》（上海：中西书局，2011 年）。

四、现状和汉译例解

尽管取得了上述成就，但由于印度文明积累深厚、经典众多，目前亟待翻译的印度经典还有很多。其中，以梵语创作的经典包括四部吠陀本集、梵书、森林书、往世书、《诃利世系》《利论》《牧童歌》等；以南印度语言创作的经典包括桑伽姆文学、《脚镯记》《玛妮梅格莱》《大往世书》《甘班罗摩衍那》等；以波罗克利特语创作的经典包括《波摩传》等；以中世纪北印度地方语言创作的经典包括《地王颂》《赫米尔王颂》《阿底・格兰特》《苏尔诗海》《莲花公主》，以及格比尔、米拉巴伊等人的作品等；以现代印度语言创作的经典包括帕勒登杜、杰辛格尔・普拉萨德、般吉姆・钱德拉・查特吉、萨拉特・钱德拉・查特吉、拉默金德尔・修格尔、默哈德维・沃尔马、阿格叶耶等著名现当代文学家的作品以及迦姆达普拉沙德・古鲁、提兰德尔・沃尔马等人的语言学著作等。此外，20世纪以来，一些印度思想家、政治家、文学家以英语创作的作品也可列入印度现代经典之列，目前中国仅对圣雄甘地、贾瓦哈拉尔・尼赫鲁、辨喜、纳拉扬、安纳德、拉贾・拉奥、奈都夫人等人的个别作品有所译介，大量作品仍然处于有待翻译的名单之中。

这些经典汉译的背后离不开相关学者的努力。进入21世纪以来，中国从事印度经典汉译工作的人员大致有两支队伍：第一支是自20世纪四五十年代以来成型的印度语言专业队伍，其人员构成以高等院校和研究机构从业人员为主，兼有相关外事机构从业人员，他们均接受过系统、专业的印度语言训练。第二支是20世纪初译介包括泰戈尔作品在内印度文学作品的作家和出版业者，随着80年代改革开放以来，越来越多接受过英语教育的人或全职或兼职地参与到印度作品的汉译工作之中。相比第一支队伍，这支队伍的人员构成较为复杂，水平也参差不齐，但在市场经济的推动下，一些能够成为市场热点的著作往往很快就翻译过来，例如两位与印度相关的诺贝尔文学奖得主泰戈尔和奈保尔的作品一版再版，四位印度裔布克奖得主萨尔曼·拉什迪、阿兰达蒂·罗伊、基兰·德塞、阿拉文德·阿迪加的作品也先后译出；此外，由于瑜伽的普及，包括克里希那穆提在内的一些现代宗教家的论著也借由英语转译为汉语。一方面，随着市场化改革的需求，第二支队伍日益蓬勃发展，但其翻译质量往往难以保障。另一方面，由于现行科研体制对从事翻译和研究者的不利状况，第一支队伍也面临着诸多问题。如何在接下来的实践中取长补短，或者说既要尊重市场机制的要求，又要以学术传统克服市场失灵的状况等，这也是需要进一步思考的问题。

应该说，印度经典汉译主要依靠第一支队伍，原文经典翻译比通过其他语言转译更为重要。20 世纪 80 年代以来，这支队伍勤勤恳恳，笔耕不辍，为印度经典汉译做出了巨大贡献，取得了丰硕成果。然而，就现状看，除黄宝生、薛克翘等极少数学人外，这支队伍的第一代和第二代学人已然“离席”，后辈学人虽然已经加入进来，但毕竟年轻，经验不足，加之现行科研体制自身问题的牵制，后续汉译工作亟需动力。好在已有些年轻人在这方面产生了兴趣，其汉译意识很强，对印度梵文原典和中世纪及现当代原典的汉译工作的理解也令人刮目。可以预见，印度经典汉译将会迎来又一个高潮，汉译印度经典的水平也将有新的提升。

从某种角度说，在前文罗列的种种有待翻译的印度经典中，印度中世纪经典尤为重要。中世纪时，随着传统婆罗门教开始融合包括佛教、耆那教等在内的异端信仰与民间的大众化宗教传统，加之伊斯兰教的进入，印度进入了一个新的“百家争鸣”时代。这一时期留下了许多经典之作，它们对后世印度的宗教、社会、文化均产生了重要影响。长期以来，中国对印度中世纪经典的译介几乎一片空白，仅有一部《罗摩功行之湖》和零星的介绍。近年来，笔者组织团队着手翻译印度中世纪经典《苏尔诗海》，并初步总结了以下心得：

第一，经典汉译并非简单的语言转换，除需要精通相关语言外，还需要译者具备与印度文化相关的背景知识，以便能够精准地理解原文含义。例如，在一首描写女子优雅体态的艳情诗中，作者直接以隐喻的修辞手法描述了包括莲花、大象、狮子、湖泊等在内的一系列自然景象和动植物，若不熟悉印度古代文学中一些固定的比喻意象，则很难把握这首诗的含义。[①] 由于审美标准不同，被古代印度诗人视为美丽的“象腿”在当今语境中已经成为足以令女子不悦的比喻。此类审美视角需要辅之以例如《沙恭达罗》中豆扇陀国王对沙恭达罗丰乳肥臀之态的称赞才能理解。

第二，古代中国对古代印度经典汉译的传统在很大程度上为现代翻译经典提供了以资可鉴的便利，譬如许多专有词汇在汉语中已有完全对应的词汇可供选择，省去了译者的诸多麻烦。但是，这也要求译者了解相关传统，并能将其中的一些内容为己所用；同时，还应避免由于古代中国对古代印度经典翻译在视角、理解上的偏差所带来的问题。例如，triguna 这一数论哲学的基本概念已由真谛在《金七十论》中译为“三德”，后来的《薄伽梵歌》等哲学经典的汉译也已沿用，新译经典中便不宜音译为“三古纳”之类的新词。此外，由于受佛教信仰的影响，一些读者在看到“三德”时往往容易将之与佛教中所说的法身德、般若德、解脱德等其他概念联系起来，对此需要给出注释加以说明以免误解。

第三，现代中国对现代印度经典的汉译虽然已经取得了不俗的成绩，但由于时间、人员等条件的限制，在翻译体例、内容理解等方面依然存在不少可改进之处。

笔者以《苏尔诗海》中黑天的名号为例予以说明。黑天是印度教大神毗湿奴最重要的化身之一，梵语经典中通常称之为 Krsna，字面义为“黑”，汉语之所以译为“黑天”，很可能是因为汉译佛经将婆罗门教诸神（deva）译为“天”，固在 Krsna 的汉语译名“黑”之后加上了“天”，大约与 Brahma 被译为“梵天”、Indra 被译为“帝释天”，以及 Sri 被译为“吉祥天”等相当。后世对相关经典文

---

① 参见姜景奎等:《〈苏尔诗海〉六首译赏》，载《北大南亚东南亚研究》(第一卷)，北京：中国青年出版社，2013 年，第 261~262 页。

献的介绍都沿用了这一名称。然而，若实际对照各类经典，可以发现毗湿奴名号繁多。[①] 中世纪印度语言继承并发扬了这一传统，在伯勒杰语《苏尔诗海》中，黑天的名号有数十种之多，其中仅字面义为“黑”的常见名号就有四个，分别是 Krsna, Syama, Kanha, Kanhaiya。这四个名号之中只有 Krsna 是标准的梵语词，且使用最少，只用于黑天摄政马图拉之后人们对他的尊称；其他三个均为伯勒杰语词，多用于父母家人、玩伴女友对童年和少年黑天的称呼。因此，汉译中如果仅使用天神意义的“黑天”一名就违背了《苏尔诗海》所描述的黑天的成长情境。为此，结合不同名号的使用情状以及北印度农村生活的实际情况，笔者重新翻译了其他三个名号，即将多用于牧女和同伴对少年黑天称呼的 Syama 译为“黑子”，多用于父母和其他长辈对童年黑天称呼的 Kanha 和 Kanhaiya 分别译为“黑黑”和“黑儿”。此外，还有一些名号或表明黑天世俗身份，或描述黑天体态，或宣扬黑天神迹，笔者也重新进行了翻译，例如：nanda-namdana“难陀子”、madhava“摩图裔”等称呼说明了黑天的家族、家庭身份，kesau“美发者”、srimukha“妙口”等以黑天身体的某一部分代指黑天，giridhara“托山者”、manamohana“迷心者”等以黑天在其神迹故事中的表现代指黑天，等等。

结合以上几方面的思考，《苏尔诗海》汉译实际上兼具深入而系统的研究性质，包括四部分：第一，校对后的原文。到目前为止，印度出版了多个《苏尔诗海》版本，各版本虽大同小异，但仍有差异，笔者团队搜集到影响较大的几个主要版本，并进行核对比较，最后确定一种相对科学的原文进行翻译研究。第二，对译。从经典性和文献性出发，尽可能忠实于原文，在体例选择上尽量保持诗词的形态，在内容上尽量逐字对应，特殊情况则以注释说明。第三，释译。从文献性和思想性出发，尽可能客观地阐明原文所表现的文献内容和宗教思想。该部分为散文体，其中补充了原文省略的内容

① 参见葛维钧：《毗湿奴及其一千名号》（载《南亚研究》，2005 年第 1 期，第 48~53 页）及相关著述。

并清楚地展现出情节的发展、人物的心理变化以及作品的思想内涵。第四，注释。给出有关字词及行文的一些背景知识，例如神话传说故事、民间信仰、生活习俗、哲学思想等，以及翻译中需要说明的其他问题。

试以下述例解说明：

【原文】略①

【对译】

此众得乐自彼时

听闻诃利②你之信，当时即刻便昏厥。
自隐蔽处蛇③出现，欣喜尽情吸空气。
鹿④心本已忘奔跃，复又撒开四蹄跑。
群鸟大会高高坐，鹦鹉⑤言称林中王。
杜鹃⑥偕同自家族，咕咕欢呼唱庆歌。
自山洞中狮子⑦出，尾巴翘到头顶上。
自密林中象王⑧来，周身上下傲慢增。
如若想要施救治，莫亨⑨现今别耽搁。
苏尔言，
如若罗陀⑩再这般，一众敌人大欢喜。

【释译】

黑天离开牛村很久了，养父难陀、养母耶雪达以及全村的牧人牧女都非常思念他，希望他能回来看看。牧女们对黑天的思念尤为

① 由于原文字体涉及较为复杂的排版问题，这里仅呈现该首诗的对译、释译和注释三部分，原文略。本诗为《苏尔诗海》（天城体推广协会版本）第 4 760 首，参见 Dhirendra Varma, *Sursagar Sara Satika*, Sahitya Bhavan Private Ltd., 1986, No. 181, p.334.

② 诃利，原文 Hari，"大神"之义，黑天的名号之一。

③ 此处以蛇代指罗陀的发辫，意在形容发辫柔软纤长、乌黑发亮。

④ 此处以鹿的眼睛代指罗陀的眼睛，意在形容眼睛大而有神、灵动美丽。

⑤ 此处以鹦鹉的鼻子代指罗陀的鼻子，意在形容鼻子又挺又尖、美妙可爱。

⑥ 此处以杜鹃的声音代指罗陀的声音，意在形容声音甜美悠扬、清脆嘹亮。

⑦ 此处以狮子的腰代指罗陀的腰，意在形容腰身纤细柔顺、婀娜灵活。

⑧ 此处以大象的腿代指罗陀的腿，意在形容腿脚步态从容、端庄稳重。

⑨ 莫亨，原文 mohana，黑天的名号之一。

⑩ 罗陀，原文 Radha，黑天最主要的恋人。

强烈，其中又以罗陀最甚。罗陀是黑天的恋人，两人青梅竹马，两小无猜，曾经你欢我爱，形影不离。可是，黑天自离开后就再也没有回来过，甚至连信也没有寄过一封。伤离别，罗陀时刻处于煎熬中。为了教育信奉无形瑜伽之道的乌陀，也为了看望牧区故人，黑天派乌陀来到牛村，表面上让他传授无形瑜伽之道，实则置他于崇尚有形之道的牛村人中间，让他迷途知返。乌陀的到来，打乱了牛村人的生活，一者，牛村人沉浸在思念黑天的离情别绪之中，乌陀破坏了气氛，于表面的宁静之中注入了不宁静。二者，牛村人本以为乌陀会带来黑天给予牛村的好消息，但适得其反，乌陀申明自己是为传授无形的瑜伽之道而来，甚至说是黑天派他来传授的，牛村人对此不解、迷茫。他们崇尚有形，膜拜黑天，难道黑天完全抛弃了他们？他们陷入了更深一层的痛苦之中。三者，对牧区女来说，与黑天离别本就艰难，但心中一直抱有再次见面再次恋爱的期望，乌陀的到来打消了她们的念头，从精神上摧毁了她们。其中，罗陀尤甚，她所遭受的打击要比别人更甚。由此，出现了本诗开头提及的罗陀晕厥以及晕厥之后乌陀“看到”的情况，具体内容是乌陀向黑天口述的：

乌陀对黑天说道：“黑天啊，你的恋人罗陀非常思念你，她忍受离别之苦，渴望与你相见。可是，你却让我去向她传授无形的瑜伽之道。唉，她一听到是你让我去的，当即就昏了过去，倒在地上，不省人事。唉，真是凄凉啊！这边罗陀昏迷不醒，那边动物界却出现了一派喜气景象：黑蛇从洞里出来了，它高兴地尽情享受空气；此前，罗陀的又黑又亮的长发辫曾使它羞于见人，认为自己形体丑陋，不得不躲藏起来。已经忘记奔跑的小鹿出来了，它撒开四蹄，愉悦地到处奔跳；此前，罗陀那明亮有神的大眼睛曾使它羞于见人，认为自己的眼睛丑陋，不敢出来乱逛。鹦鹉出来了，它参加群鸟大会，坐在高高的枝丫上，声称自己是林中之王；此前，罗陀又尖又挺的鼻子曾使它羞于见人，认为自己的鼻子丑陋，躲藏起来。杜鹃鸟出来了，它和同族一起，咕咕叫个不停，欢庆胜利；此前，罗陀那甜美悠扬的声音曾使它感到拘束，认为自己的声音难听，不敢开口。狮子从山洞中出来了，他得意扬扬，悠闲自在，尾巴翘到了头顶上；此前，罗陀纤细柔软的腰肢曾使它羞于见人，认为自己的腰肢粗笨僵硬，不敢示人，躲进山洞。大象从茂密的森林里出来了，它一步一昂头，傲慢自大，目中无人，盛气凛然；此前，罗陀稳重美丽的妙腿曾使它自惭形秽，认为自己的腿丑陋不堪，羞于展露，躲进森林。唉，黑天啊，你快救救罗陀吧，如果再不行动，稍后想要施救就来不及了……”

“此众得乐自彼时”是本诗的标题，意思是罗陀晕倒之时，即是众动物高兴之时，它们羞于与罗陀相比，虽然视罗陀为敌，却不敢直面罗陀，纷纷逃遁躲藏。听说罗陀遭到黑天抛弃，晕厥不醒，它们自然高兴，便迫不及待地恢复了原来的自由生活。“如若罗陀再这般，一众敌人大欢喜”，是诗外音，是苏尔达斯的总结性话语。在这首诗里，苏尔达斯主要展现了罗陀的美，但整首诗中没有出现任何对罗陀的溢美之词，没有提到罗陀的名字，更没有提到她的发辫、眼睛、鼻子、声音、腰肢和腿等，甚至没有提到蛇、鹿、鹦鹉、杜鹃鸟、狮子和大象的相关部位，仅以这些动物对罗陀晕厥不醒后的反应进行阐释，这就给听者和读者留下了巨大的想象空间，似形似景，情景交融。这种手法似乎是印度特有的，其审美视角值得深入研究。

上述例解仅为笔者及笔者团队之于印度中世纪经典汉译的一己之见，希望能开拓印度经典汉译与研究的新视角、新路子，以期印度经典在中国能得到更为深入系统的翻译与研究。

五、中印经典及当代作品互译出版项目

2013 年初，笔者与中国大百科全书出版社社长龚莉女士、副总编辑马汝军先生和社科分社社长滕振微先生合作，提出了“中印经

典和当代作品互译出版项目”的动议。该动议得到相关单位的积极回应。2013 年 5 月李克强总理访印期间，国家新闻出版广电总局和印度外交部签署合作文件，决定启动“中印经典和当代作品互译出版项目”，并写入两国发表的联合声明（第 17 条）。2014 年 9 月，习近平主席访问印度，该项目再次被写入两国发表的联合声明（第 11 条）。该项目成为中印两国的重大文化交流项目之一。双方商定，双方各翻译对方的 25 种图书，以 5 年为期。2016 年 5 月，国家新闻出版广电总局印发“关于实施《“十三五”国家重点图书、音像、电子出版物出版规划》的通知”，该项目被列入“‘十三五’国家重点图书出版规划”。在此期间，笔者与薛克翘先生商量组织翻译团队事宜。我们掰着指头算，资深的老辈学人几乎都不能相扰，后辈学人又大多刚刚走上工作岗位，有的还在求学，翻译资质存疑。我俩怎一个愁字了得！然，事情得做，学人得培养。我们决定抓住机遇，大胆启用后辈学人，为国家培养出一支新的汉译团队。因此，除薛克翘、刘建、邓兵等少数几位前辈学人外，我们的翻译成员绝大多数在 40 岁左右，有的还不过 30 岁。两三年的实践证明，我们的决定完全正确。新生代学人知识全面，学习能力强，执行能力更强。从已完成待出版的成果看，薛克翘先生对审读过的一本书的评价最能说明问题：“字里行间，均见功夫。”译文质量是本项目的重中之重。除薛克翘、刘建和笔者外，我们邀请了黎跃进教授、石海军研究员和邓兵教授作为特约编审，约请了尼赫鲁大学的狄伯杰（B. R. Deepak）教授以及德里大学的阿妮达·夏尔马（Anita Sharma）教授和苏林达尔·古马尔（Surinder Kumar）先生作为印方顾问，对译文质量进行全面把关。译者完成翻译后，译稿首先交予编审审校，如遇大问题时向印方顾问咨询，之后返予译者修改。如有必要，修改稿还需经过编审二次审校，译者再次修改。这以后，稿件才会交予出版社编辑进行审读，发现问题再行修改……我们认为，唯如此，译文质量才能得到保障，译者团队才能得到锻炼。

本项目是中印两国的重大文化交流项目之一。因此，印度方面也有相应团队，负责汉译印的工作，由上文提及的狄伯杰教授领衔，由印度国家图书托拉斯负责实施。需要指出的是，双方翻译的作品并非译者自选，而是由双方专家通过充分沟通磋商确定。汉译作品的选定过程是这样的，笔者先拟定了50多种印度图书，这些书抑或是中世纪以来有重要影响的经典巨著，比如《苏尔诗海》《格比尔双行诗集》和《献牛》等，抑或是印度独立以后获得过印度国家级奖项的作家之名作，如默哈德维·沃尔马、毗什摩·萨赫尼、古勒扎尔的代表作等。而后，笔者请相熟的印度学者从中圈定出30种。之后，国家新闻出版广电总局的相关领导、中国大百科全书出版社的龚莉社长和滕振微先生以及笔者本人专赴印度，与印方专家组进行面对面的交流探讨，最终确定了25种汉译印度图书名录。印度团队的印译中国图书名录的选定过程与此类似。具体的汉译书单如下表：

序号	书名	作者	备注
1	苏尔诗海 *Sursagar*	苏尔达斯 Surdas	诗歌
2	格比尔双行诗集 *Kabir Dohavali*	格比尔达斯 Kabirdas	诗歌
3	献牛 *Godan*	普列姆昌德 Premchand	长篇小说
4	帕勒登杜戏剧 *Bharatendu Natakavali*	帕勒登杜 Bharatendu	戏剧
5	普拉萨德作品集 *Prasad Rachna Sanchayan*	杰辛格尔·普拉萨德 Jaishankar Prasad	戏剧、诗歌、短篇小说
6	鹿眼女 *Mriganayani*	沃林达温拉尔·沃尔马 Vrindavanalal Verma	长篇小说
7	献灯 *Deepdan*	拉默古马尔·沃尔马 Ramkumar Verma	独幕剧
8	灯焰 *Dipshikha*	默哈德维·沃尔马 Mahadevi Verma	诗歌
9	谢克尔传 *Shekhar: Ek Jeevani*	阿格叶耶 Ajneya	长篇小说
10	黑暗 *Tamas*	毗什摩·萨赫尼 Bhisham Sahni	长篇小说
11	肮脏的边区 *Maila Anchal*	帕尼什瓦尔·那特·雷奴 Phanishwar Nath Renu	长篇小说
12	幽闭的黑屋 *Andhere Band Kamare*	莫亨·拉盖什 Mohan Rakesh	长篇小说

序号	书名	作者	备注
13	宫廷曲调 *Raag Darbari*	室利拉尔·修格勒 Shrilal Shukla	长篇小说
14	鸟 *Parinde*	尼尔莫勒·沃尔马 Nirmal Verma	短篇小说
15	班迪 *Aapka Bunti*	曼奴·彭达利 Mannu Bhandari	长篇小说
16	一街五十七巷 *Ek Sadak Sattavan Galiyan*	格姆雷什瓦尔 Kamleshwar	长篇小说
17	被抵押的罗库 *Rehan par Ragghu*	加西纳特·辛格 Kashinath Singh	长篇小说
18	印度与中国 *India and China*	师觉月 P. C. Bagchi	学术著作
19	向导 *Guide*	纳拉扬 R. K. Narayan	长篇小说
20	烟 *Dhuan*	古勒扎尔 Gulzar	短篇小说、诗歌
21	那时候 *Sei Samaya*	苏尼尔·贡戈巴泰 Sunil Gangopadhyaya	长篇小说
22	一个婆罗门的葬礼 *Samskara*	阿南特穆尔蒂 U. R. Ananthamurthy	短篇小说
23	芥民 *Chemmeen*	比莱 T. S. Pillai	短篇小说
24	印地语文学史 *Hindi Sahitya ka Itihas*	罗摩金德尔·修格勒 Ramchandra Shukla	学术著作
25	棋王奇着 *The Chessmaster and His Moves*	拉贾·拉奥 Raja Rao	长篇小说

毫无疑问，这些作品均是印度中世纪以后的经典之作，基本上代表了印度现当代文学水准，尤其反映出印地语文学的概貌。我们以为，通过这些文字，中国读者可以大体了解印度现当代文学的基本情况。

就本项目而言，笔者在这里需要表达由衷谢意：

首先，感谢国家新闻出版广电总局的相关领导，没有他们的认可，本项目不可能正式立项。其次，感谢中国大百科全书的前社长龚莉女士、前副总编辑马汝军先生和前社科分社社长滕振微先生，没有他们的奔走，本项目不可能成立。再次，感谢中国大百科全书出版社社长刘国辉先生，社科学术分社社长郭银星女士、副社长王宇女士以及诸位编辑大德，没有他们的付出，本项目不可能实施。感谢另两位主编薛克翘先生和刘建先生，两位前辈不仅担当主编、审校工作，还是主要译者；他们是榜样，也是力量。十分感谢黎跃进和邓兵两位教授，两位是特邀编审，邓兵教授也是译者，他们认真负责的精神令人起敬。感谢印度尼赫鲁大学的狄伯杰教授以及德里大学的阿妮达·夏尔马教授和苏林达尔·古马尔先生，他们的付出为本项目的实施提供了某种保障。特别感谢石海军研究员，他是特邀编审之一，可惜天不假年，他于 2017 年 5 月 13 日凌晨突然辞世，享年仅 55 岁，天地恸哭，是中国印度文学研究的一大损失！最后，感谢翻译团队的诸位译者，他们是新时代的精英，是中国印度研究领域的后起之秀，他们的成就由读者面前的文字可见一斑。

祝福诸位，祝福所有为本项目的立项和实施有所付出的先生大德们!

自《浮屠经》以来，汉译印度经典已有两千多年的历史。这一人类历史上少有的浩大文化工程背后既有对科学技术的追求，也有对宗教信仰的热忱；既有统治者的意志，也有普通民众的需求。印度经典汉译一方面极大地丰富了中华文化，另一方面也保存和传播了印度文化；既形成了自己的学术传统，又推动了许多相关领域研究的发展。时至今日，在中印关系具有特殊意义的大背景下，继续推进对印度经典的汉译在两国关系层面有助于加深两国之间的认知和了解，构建更为均衡、更为深厚的国际关系，在学术研究层面也有助于推动相关领域研究的继续发展。

姜景奎

北京燕尚园

2017 年 12 月 31 日

2019 年 12 月 25 日修订

译本序

塔卡奇·西瓦桑卡拉·比莱（Thakazhi Sivasankara Pillai）是印度现代最为驰名的马拉雅拉姆语小说家。在中国，比莱似乎还是一个生疏的名字，但在世界上，他早已是一位声誉卓著的大家。比莱在短篇小说和中长篇小说两个领域均取得了非凡成就。他著述甚丰，被称为“喀拉拉的莫泊桑”。他的长篇小说代表作《芥民》是一部经典之作，已被译成多种文字，在世界上产生了长期而广泛的影响。

一、生平与创作

比莱于1912年4月17日出生在印度西南部马拉巴尔海岸今喀拉拉邦阿拉普扎县迤南约16千米的塔卡奇村。喀拉拉的面积为38863平方千米，是印度最小的邦之一。人口3300余万（2011），主要操马拉雅拉姆语。这里是印度文化最为发达的地区之一，拥有全国最高的识字率和与发达国家相似的男女性别比。阿拉普扎则是印度次大陆一个风景如画的地方，有“东方威尼斯”（乔治·寇松勋爵语）之誉。蔚蓝的天空，无垠的大海，成片的椰林，往来的渔舟，与星罗棋布的村舍一道，构成一派迷人的南国风光。

如同南印度很多作家、诗人及音乐家一样，比莱也以自己出生的村庄而驰名，通常人们称他为“塔卡奇”。这与中国古代王临川（羲之）、韦苏州（应物）、柳柳州（宗元）以地名显不无相似之处。从自然地理角度看，塔卡奇村处于库塔纳德地区。这是一个包括阿拉普扎县和科塔亚姆县的数十个村庄在内的区域。喀拉拉邦境内的四条主要河流注入库纳塔德地区，使之成为典型的盛水之乡。这里是印度也是整个南亚次大陆地势最为低洼之处，海拔为–2.2米。大米是库纳塔德最重要的农产品，此地因而成为“喀拉拉的米仓”。换言之，这里是喀拉拉主要的大米产区。

比莱的父母属于喀拉拉地区的纳亚尔人（Nayar，一译“纳耶尔”）社群。纳亚尔人属于刹帝利种姓，是仅次于婆罗门的高级种姓。他们拥有自己的土地，主要靠农业为生，贫富差距不大。他们拥有自己独特、复杂而迷人的文化。例如，由于男人随时准备出征，纳亚尔人形成了母系继承制度。家里的土地和房产由母亲传给女儿。纳亚尔人的传统、信仰、风俗等早已引起国际上不少社会学和人类学学者的兴趣、关注和研究。

比莱的父亲桑卡拉·库鲁普虽是农民，却以耕读传家，对流行于喀拉拉地区的卡塔卡利舞十分在行，是个训练有素的业余演员。“卡塔卡利”（Kathakali）意为“故事表演”。因此，卡塔卡利舞实际上是承袭古代梵剧形式的传统舞剧，而且至今仍以梵语诗歌伴唱。当地民间在古代曾流行演出舞剧，内容为神话传说，题材多取自梵语史诗《罗摩衍那》《摩诃婆罗多》及诸往世书。此外，比莱的叔叔孔虬·库鲁普大师（Guru Kunchu Kurup，1881~1970）是当时最为驰名的卡塔卡利舞表演艺术家之一。比莱是家中独子，有一个姐姐。不难看出，他成长于一个富于梵语文化和喀拉拉本土古典艺术传统的相对富裕的家庭里。日暮时分，父亲总是坐在油灯旁边，诵读两大史诗片断，比莱则总是如痴如醉，凝神谛听他讲述的奇妙故事。

比莱发蒙时期的教育是在家里完成的。随后，他到村里读小学，毕业后前往约8千米之外的安巴拉普扎入英文学校读初中。这所坐落于海滨的初级中学，处于渔民社群的中间地带。比莱由此开始接触渔民的生活。初中毕业后，他前往哈里巴德附近的卡鲁瓦塔中学上高中。比莱后来在《我的童年故事》（*Ente Balyakala Katha*，1967）中说，自己当时并非出类拔萃的好学生，觉得一般课程枯燥乏味，但喜欢听故事和讲故事。在这一点上，莫言有类似经历，可能同他有共同语言。曾有几个老师鼓励并发挥比莱讲故事的才干。在人生的这一关键时期，他遇到了著名剧作家兼文学评论家凯尼卡拉·库马拉·比莱，受到这位名师兼校长的指点和影响，从而熟悉了印度文学。他很早就开始尝试写诗。可是，凯尼卡拉觉得他的才华更适于写散文，于是引领他从诗歌转向散文领域。在先生的激励下，他在高中写出短篇小说处女作《穷人》，发表于《服务》（*Service*）期刊。比莱的文学生涯由是发轫。

1931年，比莱在高中毕业后不知何去何从。他在盘桓近两年后，决定前往彼时特拉凡哥尔土邦的首府特里凡得琅，入法学院专修辩护律师课程。当时，特里凡得琅社会氛围活跃，民族独立运动风起云涌，现代文学方兴未艾，对年轻人充满了吸引力。比莱很快加入一个规模不大的知识分子社团，定期到《雄狮》（*Kesari*）文学周刊主编凯萨里·巴拉克里希纳·比莱（Kesari Balakrishna Pillai，1889~1960）家里聚会，研讨文学，谈论政治，各抒己见，逸兴遄飞。凯萨里是作家、文学评论家、散文家、翻译家和思想家，是饱学之士，也是一代宗师。他将法语等语言的文学名著译成马拉雅拉姆语，翻译过莫泊桑、巴尔扎克、弗洛伊德、达尔文等人的著作。他曾撰文广泛介绍当时的欧洲文学运动，主张在文学批评中采用社会学和心理学等学科的方法。他是现代喀拉拉精神生活中最有影响的人物，成为当时许多青年作家顶礼膜拜的导师。他引导他们熟悉德国、法国、意大利、俄罗斯、西班牙、希腊等欧洲国家的文学以及美国文学。在聚集于凯萨里身边的青年作家和政治家中，有些人后来成为喀拉拉文学和政治等领域的风云人物。

在凯萨里的指点下，比莱在上大学和参加社会活动的过程中博览群书，拓宽了自己的知识领域和文学视野。除本土文学外，他着重阅读了19世纪英国及欧洲大陆的小说，尤其是俄罗斯和法国的小说，如雨果、左拉、莫泊桑、托尔斯泰、契诃夫、高尔基等名家的作品，甚至阅读了弗洛伊德和罗素的学术著作。他再试锋芒，为《雄狮》写了几篇小说。结果，他声名鹊起，成为读者心目中一位颇为出色的青年作家。喀拉拉文学院院士、马拉雅拉姆语文学史家乔治（K.M. George，1914.04.20~2002.11.19）认为，比莱与凯萨里的结识，是他人生的一个转折点。他还认为，比莱能够成为凯萨里的入室弟子，实属三生有幸。①

1934年，比莱的第一部短篇小说集《新花》(*Puthumalar*)出版，引起轰动。随后，他的第一部长篇小说《牺牲的回报》(*Tyagatinnu Prathiphalam*)问世，数周售罄。同年，他与卡马拉克希米·阿马喜结连理。事业有成，前途光明，生活也安定下来。

---

① 参见K.M. George，“Introduction”，*Best of Thakazhi S. Pillai*，Edited by K.M. George（New Delhi: Roli Books，2012），p. 3。

此时，进步文学运动（Progressive Literature Movement）开始波及全印，影响广泛。新人涌现，新作迭出。比莱也积极投身到这场左翼文学运动中来，成为马拉雅拉姆语文学中一名走在时代前列的弄潮儿。在三四十年代，短篇小说从他的笔下源源不断地流出，后来陆续结成26个集子，其中《潜流》（*Adiozhukukal*，1944）、《老处女》（*Nithyakanyaka*，1945）和《同志》（*Changathirkal*，1958）被认为具有重大意义。比莱的短篇小说表现了对社会现实的强烈关注，其中许多作品含蓄地表现了社会批判精神，也透露了作家对左翼政治运动的同情。

仅靠写作并不足以养家。1939年，在第二次世界大战爆发之初，比莱离开特里凡得琅，回到故乡，出任辩护律师。他不断在安巴拉普扎和阿拉普扎出庭履职。到1957年为止，他从事这一行业近20年。他虽对律师职业没有多大兴趣，却在这一过程中遇到许多渔民客户。他由此更加熟悉他们的生活，也积累了创作素材。他的小说中的一些典型人物，很可能就是他在工作中接触过的。到1940年，他已凭借自己的短篇小说创作成就而被公认为马拉雅拉姆语最重要的小说家之一。

比莱因积极参加政治活动而使自己两度面临被当局逮捕的危险。他在风声紧张外出躲避期间创作了一部中篇小说《洁厕工之子》（*Thottiyude Makan*，1947）。这部小说中的主要人物是处于社会最底层的洁厕工。比莱描述了他们的苦难、牺牲和斗争，揭露了上层社会的贪婪、虚伪和残忍，曾引起激烈争论。他从此逐渐走向以中长篇小说创作为主的新阶段。

1948年，比莱的长篇小说《两斗米》（*Rantitangazhi*）出版。这部小说描写库塔纳德地区无地农民的问题，故事情节扣人心弦，人物塑造富于生气，从而奠定了比莱在喀拉拉文坛的地位，使他一举成为当时马拉雅拉姆语文学中首屈一指的小说家。比莱自己认为，这部小说最接近他作为农民之子所感知、了解和遭遇的生活现实。[①]从1957年至1998年，它曾被译成印地语、孟加拉语、乌尔都语、信德语、旁遮普语、泰米尔语、泰卢固语、奥里雅语等8种印度主要地区语言以及英文、俄文、捷克文等6种外语，出了22个版本，并曾被搬上银幕。

20世纪50年代中期，在经过数年的探索和休整之后，比莱的中长篇小说创作呈现活跃之势。他下笔如飞，作品接踵面世，进入创作的全盛时期。

1956年3月，比莱的长篇小说《芥民》（*Chemmeen*）出版，在文学界和读者群中均引起巨大反响和激烈争议。报纸评论连篇累牍，文学圈举办各种专题研讨会，连民间也言必谈《芥民》。尽管毁誉兼而有之，《芥民》还是很快于翌年获得印度文学院奖。这是印度文学界最为看重的崇高荣誉。1962年，《芥民》由印度古典音乐舞蹈学者纳拉亚那·梅农（Narayana Menon，1911~1997）译成英文，作为联合国教科文组织世界文学代表作集成丛书印度译著系列之一在伦敦和纽约同时出版。这是印度独立后第一部被译成英文的具有重大意义的马拉雅拉姆语长篇小说。随着这部经典作品蜚声海外，比莱成为一名具有世界性声誉和影响的作家。

在《芥民》获得巨大成功之后，比莱得以翻建住房，购置土地，使生活和工作条件得到根本改善。他心情舒畅，劲头十足，笔耕不辍，又创作了28部中长篇小说。1959年，他的长篇小说《乌赛普的

① Narayana Menon,"About the Author", *Chemmeen*, Translated by Narayana Menon (Singapore: Heinemann Asia, 1978), p. 226.

孩子们》(*Ousephinte Makkal*)问世。如果说他以前的小说侧重描写厕工、农民、渔夫等处于社会下层的人民的遭际，那么《乌赛普的孩子们》则刻画了喀拉拉邦基督教社群的生活。这部小说亦有英文译本。

比莱在《芥民》之后创作的中长篇小说，具有较大影响的包括《梯级》(*Enipadikal*，1964)、《椰子壳纤维》(*Kayar*，1978)及《气球》(*Baloonukal*，1980)。《梯级》描写一名年轻的政府职员凯萨瓦不择手段向上爬的故事，再现了1920~1950年这一时期特拉凡哥尔土邦的政治和社会生活。凯萨瓦与女同事坦卡玛相爱，却被迫接受了父亲安排的婚姻。他将发妻留在老家，利用坦卡玛的裙带关系升任土邦秘书长，但在真相败露后被迫提前致仕。

《椰子壳纤维》是一部史诗般的鸿篇巨制，描绘了作者家乡及邻近地区的社会史，时间跨度长达两个多世纪，广泛涉及喀拉拉地区的历史、政治、经济、宗教、礼仪、文化和地理等诸多方面。小说真正的主人公就是他所出生的村庄，故事的核心是这座村庄的变迁。篇幅长逾千页，人物数以百计。比莱为此书倾注了大量心血。1984年，印度权威的文献研究与出版机构婆罗多圣坛(Bharatiya Jnanpith)因《椰子壳纤维》而授予比莱圣坛奖(一译“讲坛奖”)。1997年，这部小说的英文译本在新德里出版，然而迄今尚未引起喀拉拉邦之外印度及世界其他国家读者的应有关注。所以如此，恐怕与其篇幅太长有关。尽管如此，《椰子壳纤维》同《芥民》一样，堪称比莱长篇小说的代表作。一些文学评论家认为，它同样是比莱的一部杰作，而且是马拉雅拉姆语文学史上一部扛鼎之作。

比莱是个多产作家。在65年的漫长创作生涯中，他出版中长篇小说39部、短篇小说集26部500余篇、自传及回忆录4部、戏剧等杂著5部。

比莱在青年时期凭借短篇小说崭露头角，成为一名举足轻重的地区性小说家。1940年之后，他逐渐被认为是属于全印度的小说家，堪与普列姆昌德、耶谢巴尔、安纳德、塔拉桑卡尔·班纳吉等名家相提并论。20世纪50年代，他成为声闻世界的小说大家。

比莱成为国际闻人后，曾先后应邀出访若干国家。1957年，他访问日本、泰国和越南。1959年，他访问苏联和马来西亚。1962年，他访问英国、美国和法国。此后，他在1972年和1974年分别重访英国和苏联。

比莱是印度国家文学院和喀拉拉文学院院士，被喀拉拉大学等三所大学授予荣誉文学博士学位。

比莱于1999年4月10日在故乡逝世，享年87岁。

二、在马拉雅拉姆语文学史上的地位

比莱在马拉雅拉姆语文学史上享有崇高地位。他的文学成就也提升了马拉雅拉姆语文学在世界文学中的声望。

马拉雅拉姆语属于达罗毗荼语系，主要使用于印度喀拉拉邦和拉克沙德维普群岛中央直辖区及普度治里中央直辖区。系印度表列22种语言之一，并于2013年被印度政府确认为印度古典语言之一。当前，约有3800万人操这一语言。在与喀拉拉邦相邻的泰米尔纳德邦和卡纳塔克邦，也有一些人讲马拉雅拉姆语。有一种学说认为，它原是泰米尔地区的一种方言，约在公元前3世纪之前与泰米尔语分离。但是，“这种论点缺乏可靠的证据。”①

① 贾汉·拉贾:《马拉雅拉姆语文学》，见黄宝生、周志宽、倪培耕译《印度现代文学》，北京，外国文学出版社，1981年，第144页。

从9世纪起，在大约长达四五百年的时间里，马拉雅拉姆语发展成为一门独立的语言，与泰米尔语呈并蒂花开之势。到14世纪，马拉雅拉姆语已获得充分发展，成为一门成熟的文学语言。当然，作为一门邻近语言，泰米尔语在早期对马拉雅拉姆语的影响是巨大的。在现代马拉雅拉姆语中，仍然保留着古代泰米尔语桑伽姆文学的不少词汇。在梵语占主导地位的许多世纪中，马拉雅拉姆语亦从中汲取了许多语词、语法乃至诗律。在16世纪，马拉雅拉姆语即已基本具备了当前形式。

马拉雅拉姆语最早的文学出现在9~11世纪。作品主要包括多种多样的颂歌、民歌和民谣，反映了先民的宗教活动、社会生活和生产劳动。这是马拉雅拉姆语文学的起步阶段。12世纪时，现存最早散文作品问世，是对梵语名著《利论》的评论，语言偏于简单。13世纪，出现了根据梵语史诗《罗摩衍那·战斗篇》改写的马拉雅拉姆语史诗《罗摩功行录》，由1814个诗节组成。这是现存最古老的一部马拉雅拉姆语长诗。与此同时，用梵语和马拉雅拉姆语混合写成的文人诗歌开始出现。它们有一个雅致的总称，叫“红珊瑚”（Manipravalam）。红珊瑚诗派措词谨慎，注重修辞，提高了马拉雅拉姆语文学的表现力，受到上层社会的激赏和奖掖。14世纪以降，出现了一种源于梵语文学的名叫“占布”（Campu）的文体。这是一种将诗歌和散文杂糅的作品，所用词汇受到梵语的强烈影响，主题则取自梵语两大史诗和往世书。14世纪末期，出现了关于语法和修辞的著作。在戏剧表演中，梵语和马拉雅拉姆语并用。男主角用梵语吟诵诗章，丑角讲马拉雅拉姆语。16世纪，以宗教改革为指归的虔信派运动波及喀拉拉地区。马拉雅拉姆语文学也由早期阶段进入中世纪时期。诗人和语言学家通查图·拉马努詹·埃祖塔昌

（Thunchathththu Ramanujan Ezhuthachan）成为当地虔信派运动的倡导者。他将梵语史诗《罗摩衍那》和《摩诃婆罗多》译成马拉雅拉姆语，使之发生巨大变化，达到了标准化程度。他做出了前无古人的贡献，因而被尊为马拉雅拉姆语之父。

根据K. M. 乔治的意见，现代马拉雅拉姆语文学运动始于19世纪晚期，经历了三个发展阶段：（一）文艺复兴时期（1880~1930，又称新古典主义和浪漫主义时期）；（二）社会主义现实主义时期（1930~1947）；（三）自由时期（1947年之后）。[①]喀拉拉地区的文艺复兴运动，实质上是对波及全印的孟加拉文艺复兴运动的呼应。第二时期显然与苏联文学的影响有关。第三时期从印度独立一直延续至今。了解马拉雅拉姆语文学在这三个时期尤其是后两个时期的发展，有助于了解比莱小说创作中主题和方法的嬗变。

从1880年起，初具现代形式的马拉雅拉姆语小说开始不断出现，与泰戈尔开始用孟加拉语创作短篇小说几乎同步。印度现代文学的诞生固然是现代意识和民族意识萌发的必然结果，但也与西方文化的传播和影响关系密切。例如，一些基督教传教士依据西方模式撰写了关于马拉雅拉姆语的著作。德国传教士赫尔曼·贡德特（Herman Gundert，1814~1893）用马拉雅拉姆语写了20余本书，其中包括《马拉雅拉姆语—英语词典》、《马拉雅拉姆语语法》等。在他的影响和启迪之下，本土学者关于马拉雅拉姆语文法、修辞及历史的著述接踵问世。显然，英语教育的开展和西方学术范式的引进对马拉雅拉姆语文学的复兴起了推动作用。到19世纪末期，马拉雅拉姆语文学出现两个明显的流派：西方派与传统派。西方派主张浪漫主义，传统派坚持新古典主义，而以诗人和翻译家沃尔马·瓦利

① 参见K.M. George，"Introduction"，*Best* of *Thakazhi S. Pillai*，p. 4.

亚·科伊尔坦普兰（Varma Valiya Koylthampuran，1845~1914）为代表的一些作家则在恪守传统的同时提倡兼容并包。他的长诗《孔雀传信》力图继承梵语诗人迦梨陀娑的传统。他还将迦梨陀娑的诗剧《沙恭达罗》以及冯·林堡·布劳尔的历史小说《阿克巴》译成马拉雅拉姆语。所有这一切，都对马拉雅拉姆语现代文学的问世和发展起了示范和催生作用。小说家钱杜·梅农（Chandu Menon，1847~1899）通晓梵语文学，亦曾接受英文教育。他一反新古典主义的理论，以当时流行的英国小说为范本，用语体文创作了长篇爱情小说《茵杜莱卡》（*Indulekha*，1889，一译《新月》）。这部小说描写一个高等种姓女子的爱情和悲剧命运，抨击封建主义、一夫多妻制和种姓压迫，成为马拉雅拉姆语中第一部具有现代小说基本要素的作品。这部小说问世百余年来岁岁重印，成为马拉雅拉姆语文学中绝无仅有的现象。他的另一部爱情小说《萨拉达》（*Sarada*）分上下两部，第一部问世于1892年，第二部惜因作者辞世而未能付梓。马拉雅拉姆语现代长篇小说创作由此呈现繁荣景象，一直延续到1930年。

1930年以后，短篇小说开始流行。此后的20年间，堪称马拉雅拉姆语短篇小说的鼎盛时期。出现了P. 凯萨夫·德夫、波特卡德等十数名广受欢迎的短篇小说家。他们均以擅讲故事而著称。比莱则是其中的佼佼者。K.M.乔治认为，以比莱为代表的一代作家使得马拉雅拉姆语文学具备了真正的民主精神。“文学不再是主宰社会生活的特定种姓或阶层的专利。形形色色的短篇小说的勃兴使人们认识到，文学并非一些人数有限的群体的禁脔。”[①] 按照纳拉亚那·梅农在他为《芥民》英译本写的“作者简介”中的说法，文艺复兴时期的

① K. M. George，“Introduction”，*Best of Thakazhi S. Pillai*，p. 5.

马拉雅拉姆语文学，主要表现“可敬的中产阶级的生活。比莱和他的同辈作家则将各行各业的穷人引入文学。民族斗争强调大众在解放运动中的作用。这场斗争像野火一样，甚至蔓延到特拉凡哥尔一类清静而且管理较为良好的土邦”。[①]这两段文字从不同的角度说明了文艺复兴时期和社会主义现实主义时期马拉雅拉姆语文学的区别以及20世纪30年代以后“小人物”（the little people）亦即普通人进入文学殿堂的时代背景。

在凭借短篇小说取得成就和名声之后，大多数马拉雅拉姆语一流作家转向中长篇小说创作。他们需要更为广阔的天地施展才华，以更为全面地描绘纷繁的社会生活。1930~1950年这20年，亦被称为印度文学的“粉红时期”（Pink Decades）。随着民族独立运动的发展，苏联文学在印度产生了广泛影响。因此，比莱等作家这一时期的作品表现出一定的普罗文学的倾向和特征。他们侧重描写处于社会底层的群体或个人的生活，着意表现阶级对立和阶级斗争，创作方法也竭力以苏联提出的社会主义现实主义为主。不过，有些作家直接宣扬意识形态，手法简单粗糙，使文学变成宣传工具，因而使自己的作品失去艺术魅力。不过，比莱长寿而且创作不辍。更为重要的是，他从不随波逐流，不愿让任何理论或学说约束自己丰富的想象力，从而使自己的文学观念和创作方法能够一直与时俱进，即使在青年一代业已登场之后，还能不断推陈出新，使自己的作品独具一格，别开生面。

在马拉雅拉姆语文学进入自由时期之后，比莱洞悉世界文学潮流走向，及时调整自己的文学观念和创作方法，适应变化了的时代、

① Narayana Menon，“About the Author”，*Chemmeen*，Translated by Narayana Menon（Singapore: Heinemann Asia，1978），p. 226.

社会和读者，从而登上了马拉雅拉姆语文学乃至世界文学的高峰。比莱的创作，从内容到方法，涵盖和联系了两个不同的文学时期。

三、《芥民》—— 一部历久不衰的经典作品

长篇小说《芥民》是比莱最为著名也最有影响的代表作。我最初接触这部作品是在20世纪80年代末赴美留学之时。在威斯康星大学南亚学系乌莎·尼尔逊教授的印度文学课上，我初次听到这部小说及有关评价。乌莎是学者，也是印地语小说家。她认为，比莱是现代马拉雅拉姆语文学的杰出代表，也是印度小说家中的翘楚。《芥民》是她为这门课程所开列的必读书之一。

“芥民”是小说马拉雅拉姆语原名Chemmeen的音译。所有其他译本均采用音译，中文译本也不想标新立异。Chemmeen的字面意思是“虾”，是小说中渔民的主要捕获物之一。不过，小说不是动物志，写的并不是虾，而是像虾一样渺小无力的印度下层社会渔民的带有传奇色彩的爱情悲剧。人物微不足道，故事感天动地。

《芥民》的中心故事围绕一个生为印度教徒的渔家女卡鲁塔玛与一个穆斯林鱼商帕里库提之间的爱情展开。他们青梅竹马，两小无猜，缱绻情深。然而，卡鲁塔玛在教派樊篱、种姓壁垒、社会风俗、习惯势力以及家庭的深重压力下，无奈牺牲自己对帕里库提的纯洁爱情，被迫与同属印度教的渔夫帕拉尼结缡，并在婚礼当日丢下因受强烈刺激而突然中风的母亲，前往帕拉尼所在的村庄。帕拉尼是个孤儿，从小在风浪中出没。他虽是捕鱼高手，却生性孤僻，心胸狭隘，疑心重重，脾气暴躁。他们两人的结合是一种单纯的肉体结合。卡鲁塔玛想就此安身立命，做个贤妻良母，了此一生。然而，关于她与帕里库提恋情的传闻如影随形，不日传入她和帕拉尼所住

渔村。工友们十分迷信，害怕遭遇厄运，拒绝再与帕里尼同船出海捕鱼。卡鲁塔玛虽然成为帕拉尼的妻子，但在内心依然深深眷恋着帕里库提。她与帕里库提的爱情是一种心心相印的情感追求。然而，她处于灵与肉严重割裂的状态。于是，她与帕里库提在一个月黑风高的夜晚在海滨相会，旧情复燃，合为一体。当时，帕拉尼正独自驾船在深海捕鱼，虽然钓到一条巨大的鲨鱼，却遭遇罕见的狂风、巨浪和漩涡。他凭借娴熟的驾船技术和丰富经验顽强搏斗，还是无法逃脱厄运，终致葬身大海。与此同时，汹涌的海浪突袭海岸，卡鲁塔玛和帕里库提被双双卷走。

在南印度喀拉拉邦沿海的渔民社群中，流传着一则关于女性须保持贞洁的神话传说。他们认为，大海母亲（Kadalamma，一译“大海女神”）住在海底的宫殿里，旋涡和海流是通往她幽深宫殿的门径。只有待在岸上的妇女纯洁无瑕，才能保障在海上作业的丈夫的安全。倘若渔妇在丈夫出海之时出轨，就会激怒大海母亲，将她的丈夫吞噬，同时使整个渔村陷入灭顶之灾。比莱一向采用现实主义的写作方法，《芥民》也基本是一部现实主义作品。但是，他也尝试赋予这部小说一定的诗意和浪漫主义色彩。作家怀着深情，描绘渔民社群的日常生活，包括他们的劳作、风俗、禁忌、信仰、礼仪、情感、心理等等，异常生动，独具魅力。《芥民》在一定程度上呈现出寓言的品质。

《芥民》的故事发生在海上和海滨。大海在慷慨地为渔民提供衣食之源的同时，也会无情地惩戒他们。大海既有丰饶之时，也有贫瘠之日；既有风平浪静的宁谧，也有波涛汹涌的狂怒。因此，渔民是敬畏大海的，认为自己的命运是由大海母亲主宰的，并由此生发对各种海洋现象的有趣解释。出现赤潮时，渔民认为是大海母亲处于经期，因而大海被染得血红。比莱晚年说："我在九岁时就熟谙海滨。我了解大海女神的所有特征和情绪。我的头脑中充满了关于大海女神和鱼汛的念头。"他也由此熟悉了海滨方言。在他的笔下，大海被神格化，既是慈悲的女神，也是令人畏惧的母亲。不过，在渔妇与人偷情幽会之时，大海母亲首先惩罚的是在海上与风浪搏击的渔夫，而不是渔妇。她的惩罚对象似乎错了，有失公允。此外，她将夫妻关系中的忠诚责任完全推给女性，也毫无公平可言。

女主人公卡鲁塔玛是《芥民》中最主要的人物。几乎所有的故事都与她联系在一起。她单纯美丽，富于青春的活力，心地善良，为人正直，而又性格刚烈，敢于追求爱情。为了能与帕里库提结为伉俪，她甚至考虑皈依伊斯兰教，远走他乡。然而，她在家庭和社会的巨大压力下，终究与陌生的渔夫帕拉尼仓促成婚。她质疑当地的所谓贞洁神话，敢于在深夜听从爱情的召唤，与同样一往情深的帕里库提相会。比莱对她的深切同情，流露在全书的字里行间。卡鲁塔玛已成为印度文学中一个典型形象。

在以卡鲁塔玛与帕里库提的精神恋爱为主线的同时，比莱在《芥民》中着力描写了渔民切班孔珠发家梦的破灭，使之成为作品的副线。切班孔珠是卡鲁塔玛之父。他的人生目标就是尽早拥有自己的船和网，以过上富足的生活。他在帕里库提的慷慨帮助下如愿以偿，成为船东。可是，他从海上满载而归却拒绝将鱼卖给没有现金的帕里库提。他变得异常贪婪，冷酷无情，六亲不认。他迫使帕里库提遭到精神重创并陷入破产绝境。由于妻子查琪卧病等意外事件，切班孔珠最终家破人亡，濒于疯狂。

《芥民》通过描述一出爱情悲剧和一个渔夫人生梦想的破灭，生动再现了喀拉拉沿海地区两代渔民的生活。自由恋爱受到宗教和社会的残酷制约，怀揣发家梦的渔民遭到海岸头人和高利贷者的无情劫夺。连卡鲁塔玛和帕拉尼想通过自己的辛劳而苟且偷生的卑微愿望也成为一种奢望。比莱在以抒情的笔调表达对普通渔民的深切同情之时，不乏悲天悯人的情怀，从而使这部小说始终弥散着一种凄婉的意绪或韵味。

我在近30年前初读纳拉亚那·梅农的译本，即为它的异域风情、传奇色彩以及流畅而简约的行文风格所深深吸引。这一译本在国际上一直很有影响。不过，它并不是一个全译本，而是一个节译本，约迻译了原著内容的三分之二。

2011年，印度当代知名英语作家阿妮塔·奈尔（Anita Nair，1966.01.26~　）的新译本问世。她在“译后记”中说，她在长篇小说创作的间隙“心血来潮”，听从哈珀柯林斯出版公司一位编辑的建议，决定新译《芥民》。[①]于是，电影中那些精彩的镜头涌上她的心头。她字斟句酌，四易其稿，历时两年，终于推出这部新的英文全译本。在对读两个译本之时，我发现，新译本袭用了旧译本中一些无可挑剔、无可改变也无法超越的成句。

阿妮塔·奈尔表示，她发现一个现象：“我们视为当代作品最佳范例的那些书，大多是译著。”她举例说，我们所接触的当代名家的作品，如加西亚·马尔克斯、米兰·昆德拉等名家的作品，都是他们作品的译本。她将《芥民》的译本也归入其中。她认为，《芥民》是“一部一流的长篇小说，无论你读多少遍，它都会触动你的灵魂。”作为小说家和译者，她对这部小说还有如下评论：“《芥民》是一部描写不获允准的爱情的小说。它也是一部揭示出海渔夫心灵

① Anita Nair，“Translator’s Note”，*Chemmeen*，Translated by Anita Nair，P. S.，（Noida，Uttar Pradesh: Harper Perennial，2011）.（原书附录部分无页码）

的小说。是什么因素使他平安返回海岸？是什么因素导致他迷途失路？《芥民》描写希望，也描写无望的爱情。它是一个令人掩卷难忘的故事。犹如波浪冲向海岸那样，它会一再在人们的心灵中引起震荡。”①

《芥民》篇幅短小，虽分上下两部，每部各由10章组成，但作家惜墨如金，文笔异常简练。小说中没有繁复的叙事，没有冗长的写景，没有喋喋不休的对话，也没有过多的细节。不少句子只有一两个词，但意思非常清楚。我在阅读和翻译过程中觉得，比莱的写作风格可能深受海明威乃至斯坦贝克的影响。

海明威的代表作《老人与海》初版于1952年。翌年，这部中篇小说获得普利策奖。随后，海明威于1954年获得诺贝尔文学奖。因此，比莱一定读过《老人与海》并从而萌发写作《芥民》的念头。《芥民》的问世时间比《老人与海》晚4年。美国文学专家、海明威研究权威董衡巽先生认为:“海明威以文笔简洁、明快著称。他大刀阔斧地削去一切花花绿绿的比喻，不用或少用形容词，写短句，爱用日常语言，净化了文学语言，创造了具有自己特色的‘海明威风格’。这种风格尤其表现在他的短篇小说里。他写的对话简练到了极致，有人甚至称之为‘电报式文体’。海明威的文风不仅影响了后世的作家，也为净化现代英语作出了贡献。”②

比莱风格与海明威风格有诸多相似之处。从文本看，《老人与海》中的老渔夫圣地亚哥与《芥民》中的青年渔夫帕拉尼都是独自驾舟出海捕鱼，圣地亚哥钓上了一条很大的马林鱼，帕里尼钓到一

---

① Anita Nair，“Translator’s Note”，*Chemmeen*，Translated by Anita Nair，P. S.，（Noida，Uttar Pradesh: Harper Perennial，2011）.（原书附录部分无页码）

② 董衡巽:《一篇短小的杰作——读〈老人与海〉》，见中国教育学会、中国语文教学专业委员会编:《中学生课外名著导读》，北京，人民文学出版社，2000年，第299页。

条巨大的鲨鱼。两人都被猎物拖往远海或深海。不同的是，圣地亚哥最后回到岸边，帕里尼却葬身海底。然而，比莱不是海明威，《芥民》也不是《老人与海》的翻版。《老人与海》只有一个人物，而《芥民》描绘了众多的人物和远为复杂的故事，而篇幅约为《老人与海》的三倍。帕拉尼与鲨鱼及海浪搏击的故事虽然惊心动魄，篇幅却限于一章之内。不难判断，《芥民》在最后一章曾借鉴《老人与海》或至少从中获得一定启迪。更重要的是，比莱深得海明威所以成功的精髓，领悟了文体简洁乃世界性趋势，掌握了现代叙事艺术的真谛。过于冗长的小说，未必再能引起读者的兴趣。《老人与海》约五万字，《芥民》也不过十余万字。它们均以篇幅短小、文笔精粹、寓意深刻而取胜。同《老人与海》一样，《芥民》是世界文学史上一部难得的杰作。它们为后世小说创作提供了典范。

比莱的文学创作虽深深植根于本土，但他绝对是一个具有世界眼光的人。因此，他在博采众长的过程中，还受过别的一些作家的影响。美国作家斯坦贝克是个与海明威齐名而且同样获得诺贝尔奖的文学巨人。他在长篇小说《愤怒的葡萄》（1939）中对劳工的同情和对资本主义的批判，可能影响了比莱的创作倾向。他的中篇小说《珍珠》（1947）揭示人性中贪鄙的一面，是作家最为流行的作品之一。这篇寓言式作品，语句简明而质朴，可能对比莱的叙事风格也有所影响。

从《芥民》结尾的细节看，比莱还曾借鉴雨果的《巴黎圣母院》（1831）。在《巴黎圣母院》的结尾，人们在墓地发现，撞钟人卡西莫多的尸骨与他所深爱的爱斯梅拉达的尸骨拥抱在一起。在《芥民》的结尾，人们在海滨发现，“一个男人和一个女人的尸体被冲到沙滩上来。卡鲁塔玛和帕里库提。他们依然紧紧地拥抱在一起。”很难说这是巧合。比莱在采用现实主义创作方法的同时，使这部小说透出一定的浪漫主义韵味，应当与雨果这位浪漫主义作家的影响有一定关系。

由于能够敏锐地发现和追随世界文学的潮流，比莱的乡土作品便有了世界文学的意义，因而能够不胫而走，广泛流布，形成世界性影响。

比莱为创作《芥民》酝酿了很长时间。他曾花费多日时间与人详谈自己对这部小说的构思。他在胸有成竹之后，一气呵成，仅用八天时间就完成初稿。一部风靡印度的爱情传奇、享誉世界的长篇小说、历久不衰的经典作品就此问世。

然而，《芥民》所以能够脱颖而出，起关键作用的还是比莱创作思想的巨大裂变和升华。他在晚年（1995年10月31日）谈及这部小说的创作时说，他的许多朋友以为，《芥民》"会描写渔民的生活，会描写渔民联合会，会在他们的头脑中激起不平和革命意识。"[①]然而，比莱尝试摆脱印度文学"粉红时期"现实主义传统中以政治说教代替艺术创新的桎梏。他没有继续自己在《洁厕工之子》等早期小说中的社会主义现实主义的模式或套路，而是另辟蹊径，将《比莱》写成了一部富于浪漫主义色彩的具有丰富内涵的爱情悲剧，从而赋予这部小说超越时代的价值，也为马拉雅拉姆语文学带来一股浪漫主义的清风。《芥民》问世之后，虽有争议，却分外畅销（第一版在两周内售罄），而且旋即成为第一部获得印度文学院奖的马拉雅拉姆语长篇小说。尼赫鲁总理亲自颁奖，时任副总统的哲学家拉达克里希南出席颁奖仪式。

---

① T. S. Pillai, "The Story of My *Chemmeen*", *Chemmeen*, Translated by Anita Nair, P. S., (Noida, Uttar Pradesh: Harper Perennial), 2011.（原书附录无页码）

《芥民》问世后很快被译成多种语言。捷克文译本首先付梓，俄文译本接踵问世。随后，在联合国教科文组织的赞助下，《芥民》被译成英文、法文、德文、意大利文、波兰文、匈牙利文、荷兰文、捷克文、西班牙文等欧洲主要语言。后来，《芥民》还被译成阿拉伯文、日文、僧伽罗文、越南文等亚洲语言以及印度本土所有主要地方语言。《芥民》成为马拉雅拉姆语文学中第一部产生了世界性影响的长篇小说。从1956年至2016年，在60年间，《芥民》被译成近20种语言，出了83个版本。

《芥民》第9章中有一句话："也许，多年以后，卡鲁塔玛的故事也会成为被人吟唱的歌曲的题材。"比莱的预言很快成为现实。1965年，《芥民》被拍摄成同名电影，在艺术和商业上都获得了巨大成功。随后，这部电影荣膺印度总统颁发的该年度最佳影片金质奖章，其中插曲至今影响不衰。

《芥民》中文本系据阿妮塔·奈尔英文本（*Chemmeen*，Translated by Anita Nair，Noida，Uttar Pradesh: Harper Perennial，2011）译出。我在翻译过程中，也参照和借鉴了纳拉亚那·梅农的英文本（*Chemmeen*，Translated by Narayana Menon，Singapore: Heinemann Asia，1978）。显然，通过比较和相互印证，有助于减少理解和翻译中的差错。

四、《洁厕工之子》——一部具有独特价值的中篇小说

《洁厕工之子》问世于1947年。是年，印度获得独立。英文译本由英国海涅曼教育出版公司于1993年出版。译者是爱丁堡大学副校长和语言学教授阿舍（R. E. Asher）。他与比莱有长达30年之久的密切友谊。此书是作为"亚洲作家丛书"之一推介给英文读者的。资料显示，在1952~2009年间，这部作品以6种语言出了27版。在比

莱的中长篇小说中，这样的出版次数逊于《芥民》而优于其他作品。《洁厕工之子》是一部不可忽视的具有独特价值的中篇小说。

洁厕工对于保持城市环境卫生和居民健康至关重要。他们干着最肮脏的工作，却处于社会的最底层。他们是被排除在印度四大种姓之外的人，被社会视为不可接触的贱民。由于种姓制度的桎梏，他们的职业几乎是世袭的。离开此种工作，他们别无生路。他们的居住、饮食和工作条件都极其恶劣。他们既遭受市政当局官员的剥削，也遭遇市民的普遍歧视。在市政委员会官员心目中，捞取金钱是第一位的，政绩是第二位的，而市政工人的死活根本不在他们的考虑之中。瘟疫暴发，首先成批死难的就是市政工人。这有什么关系？他们正想淘汰年迈体衰的工人，新征一批精壮听话而起薪又低的劳力呢。正如比莱在《洁厕工之子》第一章中所说，“他们知道如何寻找洁厕工。永远不会缺少洁厕工。”

《洁厕工之子》是马拉雅拉姆语现实主义小说的拓荒之作。比莱通过描写阿勒皮市（今名阿拉普扎）洁厕工丘达拉穆图的苦难、挣扎、梦想、奋斗、幻灭和死亡，再现了20世纪中叶印度独立前喀拉拉地区劳工阶层的悲惨境况，揭示了当时这一地区社会生活极其严酷的一面，对种姓制度造成的社会阶层固化的合理性提出强烈质疑并予以有力抨击。作家在或苦涩或沉重的叙事中，巧妙地利用惊悚幽默（macabre Humor，黑色幽默的一种），增强了作品的趣味性。

《洁厕工之子》分十章。在第一章“死亡”中，一个劳作三十余年而仅休过六七天假的老洁厕工在贫病交加中死亡。丘达拉穆图万般无奈接过父亲的班。他在工友的帮助下将亡父草草下葬。皮昌迪在危难时刻慨然向他伸出援手。由于工人薪金横遭克扣，又不时受警察欺凌，皮昌迪呼吁成立清洁工工会，以维护自己的权益。然而，丘达拉穆图工于心计，为了向上爬，从而根本改变自己的命运，决计走个人奋斗之路。他不相信工会能给自己带来任何实际利益。他决计永远不让自己的后代再做洁厕工。他害怕自己在与官方的冲突中遭殃。为此，他叛卖工友，将他们成立工会的详情向市政主任和督察和盘托出，并受命拆散工会。工友们受到官方停薪和开除的威胁，工会主席被当局以涉嫌强奸为由逮捕。

丘达拉穆图与扫街工瓦丽结为连理。他学会了勒索客户，也学会了向工友放债。他决心买所房子，搬离洁厕工住区。然而，瓦丽认为，无论发生什么情况，他们将始终是洁厕工。他们只能作为洁厕工终老。在她看来，丘达拉穆图所谋划的一切将毫无结果。由于丈夫六亲不认，瓦丽与他产生隔阂。此时，一场天花悄然袭来，四处蔓延，引发恐慌。来自海岸附近地区的洁厕工首当其冲，逐日减员。督察凯沙瓦视这场时疫为淘汰老工人的天赐良机，也视之为自己借招工贪墨公帑的当口。工友孙迪兰之妻不幸染病。她有五个孩子，最大的才八岁。孙迪兰身无分文为妻子买药。为了不累及自己，丘达拉穆图狠心让市政当局将孙迪兰之妻送入医院等死。大部分清洁工死于这场瘟病。作家在第五章《背叛》中写道：“属于这个阶层的人的生存模式是，每隔两三年，就有这种或那种传染病袭来，将他们悉数剪灭。”不过，皮昌迪却幸存下来，并再次决定成立工会。丘达拉穆图于是奉命在工友中散布谣言，说皮昌迪涉嫌抢劫。皮昌迪外出躲避风头，工友们轻信谣言，拒绝继续照顾他的家属。皮昌迪家破人亡，工会再度流产。

与此同时，丘达拉穆图利用放高利贷等手段逐渐变得富裕，而且有了自己的儿子。然而，他却不敢抱自己的儿子，深怕玷污了儿子。他内心是极端自卑的，开始对自己洁厕工的身份深恶痛绝。他给儿子取了个高雅的名字莫哈南，并昵称他为宝贝。结果，他遭到各色人等的无情嘲讽。一个洁厕工的儿子，也配叫宝贝？丘达拉穆图不愿意让儿子知道自己是个洁厕工。莫哈南相貌英俊，天资聪颖，被父亲寄予厚望，却无法逃脱宿命。他到了上学年龄，却没有一家学校愿意接收他。丘达拉穆图对瓦丽说："你知道咱们的孩子为什么不被学校录取吗？如果洁厕工的子女开始接受教育，那么人们就会担心世上将不再会有任何洁厕工。"在花钱行贿入学后，莫哈南的真实身份还是很快暴露，因而遭到同学的孤立和羞辱，也遭到老师的挖苦和责打。丘达拉穆图决心换个工种。此时，又一场时疫降临。霍乱暴发导致大量人口死亡。丘达拉穆图被市政当局任命为公墓值守人，负责监管殡葬场。他感到恐惧，仿佛看见大量死者的幽灵在眼前游荡。丘达拉穆图和瓦丽最终在劫难逃，双双死于霍乱。他们的宝贝儿子又成为洁厕工，与皮昌迪和孙迪兰的儿子们结成金兰之谊。随着时代的变迁，新一代洁厕工认识到自己也是人，终于组成工会，奋起反抗当局。

《洁厕工之子》出版之初，曾引起巨大争议。这部小说以大量细节多侧面地描述了洁厕工之子丘达拉穆图的一生，包括他的生活、工作、爱情、梦想、贪鄙、背叛、挣扎、幻灭和死亡，也以简洁的笔触描绘了印度社会一个最为卑微穷苦的阶层的群像，表现了他们的真情实感和深重苦难。作家为亿万个像丘达拉穆图和瓦丽这样的下层民众遭受欺压和毁灭而大鸣不平。比莱因此被认为是一个进步作家。在小说的最后一章"复仇"中，以丘达拉穆图的儿子为代表的新一代清洁工"学会用统一的声音说话"。他渴望向剥削清洁工的市政当局复仇。总罢工使城市陷于瘫痪。军队在以维护公共秩序的名义川流不息地开进城里。莫哈南举着红旗，率队游行，遭到镇压。

R.E.阿舍在为英文本写的序言中表示：尽管“革命”一词在此书最后部分出现几次，在出版近半个世纪之后的今天，《洁厕工之子》也似乎并不具有特别的革命性。他认为，最后一章或许更像是故事的尾声。[①]我对最后一章也有虎头蛇尾之感，觉得作者行文失于仓促。不过，从19世纪80年代至比莱时代，马拉雅拉姆语小说主要描写社会中上层人士的生活。因此，比莱能够密切关注、深切同情并细致描写社会最下层民众的喜怒哀乐，无疑扩大了小说的题材范围和人们的阅读视野，是有助于民生疾苦和社会问题的揭示和改善的。20世纪三四十年代，在进步文学运动的风潮中，比莱成为叙事文学的先驱，而《洁厕工之子》正是这一运动的成果之一。它体现了当时比莱的文学观和政治倾向。除文学性外，这部中篇小说还具有社会学报告的价值，对于了解当时特拉凡哥尔土邦乃至印度的社会状况具有参考价值，也为研究比莱的文学思想和创作方法的演变提供了难得的佐证。

《洁厕工之子》中文本系根据R. E. 阿舍的英文本（Scavenger' s Son，Translated by R. E. Asher，Oxford: Heinemann，1993）译出。阿舍的译本是一个非常优秀的译本。

五、比莱的短篇小说创作

作为现代最著名的马拉雅拉姆语小说家，比莱是从写短篇小说开始步入文坛的。他创作并发表短篇小说《穷人》时年仅17岁，还是个高中生。当时，特拉凡哥尔土邦有数种文学周刊和月刊，为作家提供发表短篇小说的窗口。那些期刊发表短篇小说、短剧、短诗

① 参见R. E. Asher，“Introduction to *Scavenger's Son*”，*Scavenger's Son*，Translated by R. E. Asher，Oxford: Heinemann，1993，p. x。

及评论性文章，但以短篇小说最受读者青睐。比莱在进步文学运动的激励下，在西方小说圣手的示范下，踏上短篇小说创作的道路。

比莱的短篇小说，大多写于1930~1950年这一时期，带有鲜明的意识形态色彩。它们忠实记录和反映了喀拉拉地区乡村社会的现实，犹如一幅幅多彩的生活画卷。作家侧重描绘农民等弱势群体的种种不幸和痛苦，为他们代言，为他们呐喊。比莱及与他处于同一时代的不少作家，都注重让自己的作品具备普罗文学的性质。

本书所收8篇短篇小说，均出自K.M.乔治主编的《比莱短篇小说佳作选》(*Best of Thakazhi S. Pillai*, Edited by K.M. George, New Delhi: Roli Books, 2012)。K.M.乔治是一位杰出的英语和马拉雅拉姆语多产作家兼编者，也是印度比较文学领域的权威人物。作为语言学家、评论家、散文家和文学史家，他在多个领域取得了突出成就。他的选本共收入比莱各个时期的14篇作品，反映了作家在这一领域的才华和成就。然而，由于时过境迁，也由于本书篇幅所限，我没有选择那些主题在今天看来已乏新意的作品，如一般的反映家庭代沟、妇女问题的作品。尝鼎一脔。这8篇作品足以体现比莱短篇小说的社会内涵和艺术风貌。

《洪水中》描绘了作家故乡所在地库塔纳德人民在洪灾期间的苦况。由于地势低洼，河流众多，这里每年两三度沦为一片汪洋。这是比莱的一篇早期作品。一场洪水袭来，本不富裕的村民很快倾家荡产，而且不得不仓皇逃命。小说写得扣人心弦，但并没有侧重表现人们在天灾面前互相帮助的脉脉温情，而是他们对一条为主人忠诚护家的狗的冷漠无情。

《杧果树下》也是一篇表现乡村生活的作品。作家以抒情的笔触描绘了儿童的纯真、欢乐、情愫和命运。男孩巴兰和女孩帕皮是邻居，从小一起在杧果树下玩耍和成长。巴兰开始学英语时，叔叔却反对帕皮上学。在杧果成熟时节，帕皮采集杧果。巴兰傍晚回家时，她就把杧果送给他。纯真的友情存在了很长一段时间。帕皮一往情深。然而，巴兰受到良好教育，而帕皮却始终待在村里。巴兰大学毕业后与一名退休高官之女结为伉俪，在留学英伦后成为法官，而帕皮却潦倒一生。几句儿歌在小说中反复出现，烘托出人的种种复杂情绪。语言单纯而清丽，富于迷人的诗意。

比莱在关心农民之余，对苦难深重的底层妇女深表同情。他在《卡尔雅尼的故事》中写劳动妇女被迫卖身，向地主争宠。在《金饰坠的故事》中，写一个寡妇被迫卖春糊口，最终沦为街头妓女。婚礼时丈夫挂在她项上的金饰坠本来有圣线的象征意义，而无情的社会环境却亵渎了她的贞操。比莱在《白婴》中写低种姓妇女在性方面遭受的屈辱和痛楚。显然，此类妇女所以堕落和遭遇男性欺凌，根本原因在于她们的经济地位低下。此类题材的作品在马拉雅拉姆语文学史上具有新意，但对当代中国读者很可能已缺乏吸引力，因此我在再三阅读之后，决定暂不译出。

然而，比莱的《忠贞的妻子》同样描写男女两性关系，却是一个微妙的故事，具有一定的哲理意味。K.M.乔治在为《比莱短篇小说佳作选》写的“导论”中认为，这是一篇描写女性心理的力作，重新界定了关于女性忠贞的传统观念，揭示了女主人公心灵深处的某些奥秘，与当时平庸的作品大不相同。这篇小说的指归在于表现女性的情欲及其遭受压抑的状况。[1]女主人公一直被迫压抑自己的真情实感，对丈夫虚以委蛇，可最终还是决然与他分道扬镳。弗洛伊德的性心理学理论对比莱的影响显而易见。小说写得十分含蓄乃至

① K. M. George，“Introduction”，*Best of Thakazhi S. Pillai*，p. 14.

隐晦，因而具有艺术韵味。

比莱的小说具有明显的地域性。他写的主要是发生在自己故乡库塔纳德和今喀拉拉邦的故事，也有少量作品涉及全国性问题。他基本上是一个乡土作家，但对一些全局性事件也有所关注和反映。例如，《士兵》以一个有点离奇的故事曲折反映了战争的残酷和军人的牺牲。一个既没有家园也没有亲人的士兵，在出征前夕在精神上感到强烈的孤独和寂寞，于是在短促的假期中找到一名女子成婚。K.M.乔治认为，“这篇小说内在的悲剧美，使之成为比莱最优秀的作品之一。”[①]这篇小说将具有永恒的艺术和审美价值。

《自卡拉奇……》虽然是一篇仅有六页的短篇小说，却涉及印度分治这一重大历史事件。比莱视角独特，举重若轻，以小见大。这篇作品反映了分治前后的教派分裂及其结果。主人公是两个街头流浪儿，一个是穆斯林阿卜杜勒，另一个是印度教徒克里希纳库马尔。他们被社会遗弃，在困境中同病相怜，结为朋友，互相扶助，靠从饭店垃圾箱觅食为生。在巴基斯坦行将诞生的消息传来后，阿卜杜勒异常兴奋，决定丢下自己唯一的朋友，前往卡拉奇，寻找人生的乐土。然而，分治未必意味着所有人的福祉。阿卜杜勒未能在新生国家获得幸福。他彻底幻灭，身染疾病，返回故地，死在克里希纳库马尔的身边。他们超越教派的密切友谊美好而动人。

《一个孤儿的葬礼》篇幅更短，约相当于《自卡拉奇……》的一半，却以讽刺笔法有力地揭露了穆斯林中上层社会的虚伪。他们一直厌弃那个生前一无所有的孤儿，却在后者死后让他备享哀荣。

《地界之争》描写两户农民因些许小利而发生的血腥冲突以及他们的儿子一辈对这一问题的反思和处理。两位老人因地界而争吵，

① K.M. George，“Introduction”，*Best of Thakazhi S. Pillai*，p.16.

结果一个被杀，一个被处死，使两个家庭陷入猜疑和恐惧的浓厚阴影之中。年轻一代没有重蹈父辈覆辙，终于合理解决了困扰两个家庭的地界问题。

《手包》涉及现代女权和城市化问题。教育使喀拉拉地区的一些女性获得知识和社会地位，使她们能够独立生活并实现自我。小说的女主人公维拉希尼在不断读书过程中成长为一名现代女性，与乡土文化和传统价值愈行愈远。她始终随身携带一个手包，似乎隐藏着一些不可告人的秘密。祖母对她的表现满腹怀疑，十分憎恶。通过对祖孙两代的对比，作家刻画了这种城市化过程中出现的新的代沟。

比莱的短篇小说创作成果是丰硕的。在他创作的五百余篇短篇小说中，不乏足以流传千古的杰作。K.M.乔治对他的成就给予高度评价："他以自己的方式将现实主义引入马拉雅拉姆语小说领域，怀着深厚的同情心为那些被侮辱和丧失尊严的人们而斗争。那些被伤害者和被遗弃者，那些栖身于贫民窟的人们，那些不可接触的贱民，尤其是他自己家乡的贫苦农民，构成了人类生活的广阔画幅，通过这些短篇小说得以凸显出来。这就在喀拉拉引起了新的社会觉醒。他在全印度文学情绪左翼化之时获得文名。然而，比莱在创造性写作领域摆脱了政治依附的诱惑。马克思和弗洛伊德的著述对他的早期短篇小说有所影响，但他从不囿于任何政治或哲学学说。这些短篇小说表明，他娴于探索人的内心深处。从描写和叙事可以看出，他对细节慧眼独具。他怀着高度的悟性，在试图以精神分析的方法展现人生戏剧之时，形成了一种质朴而明快的散文风格。"①

比莱从1929年起开始发表短篇小说，随后很快走向成熟。他

① K.M. George，"Introduction"，*Best of Thakazhi S. Pillai*，p.18.

的作品大多篇幅短小，用语简洁明快，生动再现了喀拉拉地区各色人等斑驳陆离的生活。他不是个冷峻的生活记录者，他的作品蕴含着诗意和深情。他在青年时期曾受印度左翼文学运动的影响，但在中年时期回归文学本身，走上纯文学道路，追求独特的艺术个性，从而写出一些具有永恒价值的作品来。比莱在短篇小说创作实践和文学道路探索的过程中积累了丰富的经验，无疑为他后来转向中长篇小说创作奠定了坚实的基础，从而使他成为一个蜚声世界的作家。

我从2015年10月开始翻译《芥民——比莱短篇小说选》，历时一年余，在2016年12月定稿。在比莱的代表作《芥民》初稿完成后，我将拙译发送给天津外国语大学汉学院副教授张绍斌博士和青岛大学文学院副教授王汝良博士等四位友人征求意见。两位是文学专家，另外两位是很有品鉴能力的外国文学爱好者。他们在阅读拙译后都提出一些中肯的修订意见以及对这部经典作品的评价。他们对《芥民》的欣赏和赞许使我大受鼓舞。全书定稿后，送呈学兄薛克翘先生过目。他是印度文学和翻译领域的资深专家，对本书的翻译风格提供了宝贵的建设性建议。北京大学外国语学院南亚学系教授姜景奎博士及其弟子为互译工程搜罗和购买样书付出巨大精力和宝贵时间，为这部译著提供了物质保障。我谨在此对以上所有同仁和朋友表示衷心感谢。中国大百科全书出版社鼎力支持本书的出版，编辑人员的满腔热情、职业素养和敬业精神都给我留下深刻印象，令我感佩。他们的一丝不苟的认真态度保证了译本的出版质量。我亦在此对他们表示深切谢忱。

为便于一般读者阅读，我酌情为译本增加了一些必要的简明的注释。在最后付梓前，我再次对译本进行了修订。

学无止境，翻译亦无止境。拙译中的不妥或错误之处恐难完全避免。因此，在打开一扇文学窗口的同时，我深切期盼各路方家和广大读者不吝赐教。

中国社会科学院亚太研究院研究员　刘建

2017年6月23日于京师园

目　录

短篇小说

长篇小说

芥民

上篇

一

“我那个老爸说，他要买船和渔网。”

“卡鲁塔玛，你真是个幸运的姑娘！”

卡鲁塔玛不知说什么是好。她急于率先打破沉默，于是脱口说道：“可是，钱不够。你能借给我们一些吗？”

“我哪里有钱？”帕里库提冲着卡鲁塔玛，将双手摊开。

卡鲁塔玛朗声大笑：“那你为什么还这么趾高气扬，到处声称自己是小老板[①]？”

“卡鲁塔玛，你为什么叫我小老板？”

“那我该叫你什么？”

“你得叫我帕里库提。”

① 小老板（Kochumuthalali），系对穆斯林商人的友好称呼方式。

卡鲁塔玛欢快地喊了一声“帕里”……随后纵声大笑。

他坚持要求她叫自己的全名。卡鲁塔玛止住笑声。突然，她脸上显出端庄的神色，摇了摇头。她说，“不行。我不能这样做。”

“好吧，我也就不再叫你卡鲁塔玛了！”

“那你叫我什么？”

“我就叫你大渔女。”

卡鲁塔玛纵声大笑。帕里库提也大笑起来。一阵阵绵延不断的琅琅笑声！他们到底在笑什么？天晓得！不过，这一串串的笑声中，蕴含着多少不羁的欢乐！

“好吧。你们家买了船和渔网之后，大渔女会告诉她父亲把你们打的鱼卖给我吗？”

卡鲁塔玛答道：“如果你给我们出高价，我们当然会卖给你。”

又是一阵欢笑声！

这种谈话内容，究竟有什么能让他们觉得如此滑稽？难道他们的话里什么地方夹带着笑话吗？他人也能如此突然爆发出一阵阵的狂笑吗？

卡鲁塔玛笑得眼里涌出泪水。她的胸脯起伏着：“啊！你可别再这样逗我笑了，我的老板！”

帕里库提反唇相讥，“你也不要让我发笑了。”

“啊！你就是这么……这么……你就是这么一个老板呀！”

他们再度朗声大笑，仿佛他们都让对方十分开心。逗人发笑的特定规律是，笑声渐次消减，终致花容失色，双目含泪。于是，卡鲁塔玛的脸上泛起一阵红晕。她的笑意慢慢消失。一副幽怨的神情浮现出来。她恼羞成怒。不，这实际上是一种嗔怒。“别这样看我！”

他已不知不觉地犯下一种过失。帕里库提说："可是，卡鲁塔玛，是你先引我发笑的呀。"

"啊呀！我的老板，你让我说什么好？"卡鲁塔玛有些懊悔，于是将双手交叉，抱在胸前，并将后背转过来冲着他。突然，她意识到自己仅身披一袭薄薄的蒙杜①。

就在此时，家里有人呼叫卡鲁塔玛。查琪前往东边卖鱼，业已回到家中。卡鲁塔玛疾步飞奔而去。

帕里库提心里产生了一种不安的感觉。他担心自己得罪了卡鲁塔玛。

至于卡鲁塔玛，她也觉得，自己非难帕里库提的言辞似乎已经刺伤了他。他一定很难过，她为此焦虑不安。

然而，她以前何尝如此开怀大笑过？从来没有，而且自己从来也没有同别的任何人如此一道大笑过。这真是非同寻常。那些笑声让她透不过气来，她的肺仿佛就要爆裂开来……而奇怪的是，这倒让卡鲁塔玛有一种赤身裸体站在帕里库提面前的感觉。她恨不得能够立刻销声匿迹。她以前从来不曾有过这样的感觉。所以，在当时那种难堪而又忐忑的奇特心态下，卡鲁塔玛是否感觉到，自己内心深处有什么念头突然闪现出来了呢？

她的双乳起伏着。它们似乎在那一刻急剧膨胀起来。帕里库提游移不定的目光停顿下来，凝视着她那一双由于生命的活力而微微跳动的乳房。是那一阵阵的朗笑撼动这种活力，使之释放出来的吗？……她一直仅穿一件蒙杜。里面则空无所有。

---

① 蒙杜（mundu），南印度喀拉拉邦、图卢纳杜（卡纳塔克沿海地区）及马尔代夫流行的一种民间服装，由棉布制做，呈白色或乳白色。女子穿用时，一般都会遮住腰部和上体，再配上一件短衫。与纱笼、围裤或腰布等南亚、东南亚传统服装类似。

他的凝视冒犯她了吗？帕里库提十分痛苦。难道这就是让她离去的原因吗？卡鲁塔玛还会返回吗？

他要向她道歉。他再也不会对她如此粗鲁，如此无礼。

他们两人似乎都需要寻求对方的宽宥。

很久以前，一个四岁的小姑娘就一直在这里的海滨游荡。这个小姑娘在海滩上捡贝壳，奔跑着收集银色的米诺鱼[①]，那是人们将渔网从船上抛出时掉下来的。那时，她有一个小男孩做伙伴，帕里库提。他穿一条长裤和一件黄色的衬衫，脖子上系一条丝手巾，头上戴一顶饰有流苏的帽子，紧紧地抓着父亲的手。卡鲁塔玛非常清晰地记得自己第一次瞥见他时的情景。

帕里库提和他的父亲在她家小屋南边建起一间商棚。它现在依旧挺立着。年轻的帕里库提如今成了它的主人。

所以，他们从小比邻而居，一起在海边长大成人。

在厨房里添加燃料侍弄灶火之时，卡鲁塔玛心神不定，思绪绵绵。火星飞舞，延烧到炉子外面。母亲来到厨房，立在那里，注意到卡鲁塔玛空茫凝视的眼神和失于料理的灶火。

查琪用脚轻轻蹬了卡鲁塔玛一下，猝然打破了她的白日梦。查琪怒不可遏，厉声喝道："你在想谁？"

无论谁见到卡鲁塔玛那副神情，都会问她那样的问题。所以，你绝不能谴责查琪。显然，卡鲁塔玛魂不守舍。

"阿妈[②]，姐姐[③]刚才和小老板在海岸老远的那一头。他们站在一

---

① 米诺鱼（minnow），多种小型鱼类的总称。

② 阿妈，原文为ammachi。

③ 姐姐，原文为ichechi。

条船的后面，咯咯地笑个不停。”卡鲁塔玛的妹妹潘查米向母亲告发了姐姐。

卡鲁塔玛颤抖起来。她的隐秘的罪过。本来应当一直严守的机密现在被泄露了。

然而，潘查米还不肯就此消停下来。“阿妈，您要是看到他们那副大笑不止的德性就好了！”

潘查米用一根手指点着卡鲁塔玛，仿佛在警告她，“如果你敢愚弄我，事情就会这般模样。”她随后从厨房跑出去。

先前，卡鲁塔玛外出时，将潘查米独自留在家中。潘查米于是一直未能外出与邻家孩子一道玩耍。切班孔珠坚持要求，家里任何时候都绝不能空无一人。他在家中秘藏着一些钱，希望有朝一日买船和渔网。潘查米被迫留在家里。她告密就是为了报复。

任何一位母亲，在听到这样的消息时，怎能不焦虑不安呢？

查琪喝问卡鲁塔玛：“这是怎么回事？”

卡鲁塔玛无言以对。

“姑娘，你刚才在想什么？”

此刻，卡鲁塔玛不得不开口说话。她别无选择。于是，她吭吭哧哧地解释说：“我刚出门……正在海滩上溜达……”

“在海滩上？”

“小老板坐在船里。”

“那又有什么值得大惊小怪的？”

卡鲁塔玛试图解释，“我只是想向他借点钱，我们买船和渔网用得着。”

“那么，是谁让你四处借钱的？”

卡鲁塔玛固守自己编瞎话："有一天，我听您和阿爸①说话。您说您打算向小老板借钱。"

这并非合理的说辞。她只是想为自己的所作所为辩护而已。

查琪从头到脚将卡鲁塔玛仔细审视了一番。

查琪也是从那个年纪活过来的。难道查琪想起了自己当年像卡鲁塔玛现在一样大的时候？那时，在那一带的海边，也有几家商棚，里面是几个小老板。在拖到海滩上的渔船的阴影下，那些小老板们也总是非常愿意撩拨查琪，引她发出一阵阵的笑声。不是吗？

然而，有一点确定无疑，查琪生来就是渔妇，而且是在海滩上长大的。一个历史悠久的海洋传统的继承者。

第一个渔夫仅凭借划动一块木板，就劈波斩浪，穿越潮流，抵达地平线以远的一个点。海岸上，他的忠实的妻子一直朝西伫立着，等待着。风暴大作，搅起海水。鲸鱼张开巨口，聚在一起。鲨鱼用尾巴拍击水面，掀起狂浪。底流②将船拖入一个旋涡。可是，他战胜所有这些危险，奇迹般地幸存下来。非但如此，他返回海岸时还带回一条巨大的鱼。

那么，他是如何逃脱那场大风暴的？他为什么没有被鲸鱼吞掉？他的船尽管遭到鲨鱼尾巴的击打，却没有化为碎片，又是怎么回事儿？旋涡平息下来；小船继续行进……这一切是如何发生的？就是因为一个忠贞的妻子伫立在海边，为丈夫的平安归来祈祷着，等待着。海滨妇女抱持的希望就寄寓于此。查琪将这一宝贵的信念融入日常生活，使之成为自己的圭臬。

也许，在查琪的双乳也发育成熟因而变得丰腴之时，某个小老

① 阿爸，原文为accha。

② 底流（undertow），海洋中的底流，与海洋表面附近水流的方向相反。

板曾放纵自己的目光，长久地凝视它们。那天，查琪的母亲也一定给她讲了这个关于海的传说，以及这个传说对海边妇女的要求。

查琪对于卡鲁塔玛是否犯了什么过失无动于衷。她说："我的女儿不再是个小姑娘了。你现在就是一名渔妇了。"

卡鲁塔玛的耳朵回荡着帕里库提逗她玩时的一个戏称：大渔女。

查琪接着说："我的女儿，我的宝贝，在这片辽阔的大海里，有许多可怕的东西。这一切决定着出海的男人是不是还能回来。作为女人，我们唯一能做的事情，就是以真诚的心灵和纯洁的肉体来保他们平安无事。不然的话，他们和自己的渔船，就会被水下逆流吞没。出海男人的命，就掌握在守在岸上的女人手里。"

卡鲁塔玛已不是第一次听到这样的告诫。每当几个渔妇聚在一起，你就会听到她们讲这一番话。

可是，与帕里库提一道欢笑何错之有？她还没有承担起为一个出海男人生命负责的重任哩。如果这样一条生命交到她手里，她会珍重它的。她懂得如何爱护它。这一点，谁都不必对她这个渔妇说教。

查琪继续说："大海有时会咆哮，你知道为什么？大海晓得，如果大海母亲发怒，一切都会遭到毁灭。可是，我的孩子，她要是高兴了，她就会把一切都给你。我的女儿，大海里面有黄金，黄金！"

查琪于是给自己的女儿讲了一番大道理。"我的女儿，美德是最重要的事情。肉体和心灵的纯洁！渔妇的美德就是渔夫的财富。

"有些小老板，对我们的传统不尊重，会亵渎我们的海滨的。有些从南面来的婊子，给虾剥皮，帮着将鱼挂出去晒干。她们玷污我们的海滨。对于海边的规矩，她们晓得什么？她们不是大海的孩子。可是，我们首当其冲，成了承受她们恶行后果的人。

"在这片海岸上，要小心那些上岸的渔船和灌木丛。"

查琪板着面孔，继续教诫自己的女儿："看看你！十足的丰乳肥臀。小老板们，还有别的那些没有品格的男人们，会盯着你的乳房和屁股看个没完没了。"

卡鲁塔玛的身子微微颤动。在拖到岸上的船只的阴影中，所发生的事情确乎如此。当时，她就对此类行径感到愤恨——她可能天生就对此种举止心怀厌恶之感。一个男人盯着你的乳房和臀部看，就是对大海之子的非礼。

"宝贝，你可不能惹事，成为祸端，让这片海岸变成不毛之地，让这里人们嘴里没食！"

此时，卡鲁塔玛变得十分惊恐。查琪知道，自己的话语已经触动了女儿的心弦，于是气定神闲，继续侃侃而谈："他不是我们的人。一个穆斯林。而且他很可能完全没有意识到这一点。"

那天夜里，卡鲁塔玛无法成眠。她倒不是生泄漏了自己秘密的潘查米的气。她甚至没有任何怨恨之感。她怎么会呢？那是因为她觉得内疚？对于那个社会由来已久的道德规范，她也是责无旁贷的。也许，这正是她害怕自己失足走上邪路的原因。只要这种畏惧感驻留自己心间，她怎么会生潘查米的气呢？

就在此时，一首歌的旋律从海岸飘入屋内，充满了卡鲁塔玛的耳朵，追随着她，让她无法自持。

卡鲁塔玛凝神聆听。

歌手是帕里库提。他不是音乐家。可是，他坐在船里歌唱。不然，他怎能让她知道他在那里？

她听清楚了。

她明白了歌声意指的地方。

卡鲁塔玛变得坐立不安。她应当神不知鬼不觉地溜出去么？可是，他又会看她的乳房和屁股……她得走到那条停在岸上的渔船的阴影下。那是一个充满种种危险诱惑的地方……而且，他还是个穆斯林。

那是出海人们的合唱曲。卡鲁塔玛那时已懂得畏惧。倘若她再稍微多听一会儿，歌声就会诱惑她朝他走去。当他用火辣辣的眼神凝视她的胸脯时，她已体会到某种快感。说到底，乳房不就是两坨肉生成的么？

卡鲁塔玛俯身趴下，将自己的乳房压在下面。她用手指塞住双耳。可是，歌声还是传了进来。

卡鲁塔玛怆然泣下。

她知道，自己的心房之门并不坚牢，可以让人轻而易举地打开。它也可以被人强力攻破。

然而，后面是坚不可摧的墙壁。由大海之子的古老而神圣的道德准则筑成的坚固而耐久的墙壁。既没有门，也没有窗。她就生活在这样的围墙之内。

然而，当血肉之躯发出呐喊之时，即便是那些墙壁也会崩裂。这样的墙壁在以前就不曾坍塌过吗？

帕里库提的歌声传遍寂寞的海滨。它无意引诱一位渔家女偷偷打开家门，独自移步前来。它既没有节拍，也没有韵律。甚至连歌手的嗓音也不算好。 不过，它有自己的生命。歌声里回荡着一种愿望，他需要让她知道他在那里，以便他能向她道歉。

同样，她急于向他表示悔意。

帕里库提继续歌唱。他的嗓音变得沙哑。

卡鲁塔玛将手指从双耳里拔出。她听见父母在隔壁房间说话。不，他们在争吵。卡鲁塔玛凝神谛听。他们在谈论她。

切班孔珠说："娘们，这一切我都知道。你不必跟我说。我也是个父亲呐！"

查琪嗔道："你是个父亲，是吗？你能记得这一点，我很高兴！你女儿就要被人领上邪道啦。"

"娘们，滚蛋，滚蛋！我要在这样的事情发生前就把她嫁出去。"

"你打算怎么安排此事？没有钱，谁会娶她？[①]"

"听我说，"切班孔珠将自己的生活安排对她和盘托出。卡鲁塔玛已多次听过这一番话。

查琪既悲伤又恼怒。她说："如此看来，你一心想要的就是你的船和渔网啦。"

切班孔珠断然反驳："无论如何，我不会动用我存的那笔钱里的一个镚子儿。所以，想都别想那笔钱！"

查琪厉声说："有个穆斯林小伙子，早晚会勾引你女儿。这事儿眼看就要发生了。"

切班孔珠没有吱声。他难道不明白她那番话的重量？

稍后，他说："我一定会给她找户人家的。"

"一点钱都不花？"

他哼了一声，表示认可。

查琪问道："那他一定是个傻瓜，要不就是个聋哑人！"

"娘们，你就等着瞧吧。等一等，行吗？"

查琪根本不信，说道："你干吗不干脆把你女儿淹死在海里

---

① 印度社会实行嫁妆制已有约千年的历史，情况相当复杂。在20世纪60年代之前，嫁妆制不曾受到法律明文禁止。在这种习俗的影响下，没有相应的嫁妆，嫁女十分困难。

算了？”

切班孔珠哼了一声。

查琪突然问道：“告诉我，这船和渔网，你要为谁而买？”

切班孔珠陷入沉默。船和渔网是他一生的想望。他从来不曾自问，这样做是为了谁。

查琪提出一条建议，“我们为什么不考虑维拉马纳利尔·维拉瑜丹？”

“不，他不行。”

“为什么不行？他有什么毛病吗？”

“他是个渔夫。一个渔夫而已。”

“不找渔夫，你打算给你女儿找个什么人？”

没有应答。

“有个穆斯林小伙子会勾引你女儿。”这句话回响在卡鲁塔玛的耳畔。

她的父亲也许还不完全明白此事的严重性。她的心脏在胸膛里咚咚地跳着，仿佛就要爆裂。难道那个穆斯林还没有勾引她吗？

远处，帕里库提继续引吭高歌。

二

翌日，卡鲁塔玛足不出户。那天，在帕里库提的渔棚里，熙熙攘攘，一片喧闹繁忙的景象。许多女人从东部过来帮忙。一堆堆的干鱼摆放在棕榈叶编织的席子上。

就在卡鲁塔玛无精打采之时，一个隐秘的念头，犹如一道闪电，猝然掠过她的心头：帕里库提会盯着那些女人的乳房和屁股看吗？

刚到正午，出海的渔船开始返回。查琪扤着篮子，前往海岸。在路上，查琪厉声说道，“姑娘，别忘了阿妈跟你说的话。”

卡鲁塔玛明白自己不应该忘记什么。

不一会儿，切班孔珠到了。卡鲁塔玛侍奉他吃午餐。与往常不同，他端详着自己的女儿。他每天都能看见她。所以，他那天那样看她是什么意思？父亲已经发现她出轨了？卡鲁塔玛忧心忡忡。倘若如此，他那样的神色不是带有责难的迹象吗？然而，情况并非如此。

昨夜，查琪曾提醒他，他们有个长大成人的女儿待字闺中。他从能记事起，就一直在努力奋斗，力争弄到船和渔网。如今的情况是：一个长大成人的女儿！查琪说过，某个不相宜的男人会娶了她。所以，他才那样打量她。

直至此日，切班孔珠一直是个雇工。他在别人的船上劳作，从中分红。最初，他干的是划船工。此时，他成了舵手。拥有一条自己的船是他的人生目标，他于是紧攥着自己挣来的钱。多年来，他已积攒了不少钱。可是，还是不够买一条船和渔网。

姑娘成年了。一个可能出事的年纪。查琪是对的。她的担心不无道理。他应该买船和渔网，还是把女儿嫁出去？他处于左右为难的困境。切班孔珠也对女儿说了一句警醒之语：“姑娘，你自己要多加小心呐！”

所以，父亲现在也开始对她诫勉了。

卡鲁塔玛没有答话。切班孔珠也并不期待她说些什么。

晚上，在打发劳工散去之后，帕里库提栖于船上。也许，他希望卡鲁塔玛像昨天一样，从那边前来。

切班孔珠走到帕里库提身边。他们交谈良久，卡鲁塔玛一直注视着他们。他们会说些什么呢？她有些纳罕。也许父亲是在借一笔款子吧。

那天夜里，夫妻二人窃窃私语，谈了很长时间。卡鲁塔玛渴望弄清，他们谈的究竟是什么。

那天夜里，帕里库提又唱了歌。卡鲁塔玛躺在自己的陋室中聆听着。此前她只有一件事要告诉帕里库提：“我的老板，你绝不要再这样盯着我的乳房看……”

此刻，她还有另外一件事情要告诉他。他绝不能再唱歌了！

直到两天前，她还到处跑来跑去，像蝴蝶一样无忧无虑。两天之内，发生了多大的变化呀！此时，她有种种理由陷入沉思。于是，她开始厘清自己。她随而开始明白人生的严峻。她得为自身而小心翼翼。每一步都得仔细考虑。倘若如此，她还能像过去那样，无忧无虑，蹦蹦跳跳，跑来跑去吗？

一个男人盯着她的胸脯看。就仿佛她已成为一个女人。

次日夜间，她没有听见帕里库提的歌声。那天夜里，月亮的银辉洒满海岸。大海的神秘歌声一路冲向岸边，穿过椰林密叶，向东飘去。

帕里库提的歌。当它不再充满卡鲁塔玛的耳朵时，她深感不安。他不会再唱了吗？

晚餐后，切班孔珠步出家门。查琪一直醒着。她为什么还不睡觉？卡鲁塔玛问自己的母亲。

查琪吩咐她去就寝。

于是，卡鲁塔玛不知不觉沉入浅睡之中。

突然，她惊醒过来。有人在问：“卡鲁塔玛还醒着吗？”

这是一个她熟悉的嗓音。她所以能辨识这一嗓音，仅仅是因为它带着轻微的颤音。是帕里库提。

查琪说：“她睡了。”

卡鲁塔玛听出，母亲的声调有些尴尬。卡鲁塔玛骤然冒出一身汗来。她起身从柴扉缝隙向外窥探。切班孔珠和帕里库提在用力抬着什么沉重的东西进来。不是一个两个，而是七个装得满满的粽叶筐。干鱼。

卡鲁塔玛觉得，仿佛一只拳头已杵了进来，让她紧张得六神无主。她看见帕里库提、切班孔珠和查琪站在前院，在低声深入交谈。

翌日，卡鲁塔玛就鱼筐之事质问查琪。查琪避开她的目光，漫不经心地说："小老板要把它们寄存在这里。"

卡鲁塔玛不愿放过此事。"为什么？他不能把它们保存在自己的商棚里吗？"

"放在这里碍你什么事了？"

顷刻之间，查琪怒不可遏地反问："他是你什么人？姑娘，好自为之吧！"

卡鲁塔玛有太多的事情要说要问。他和她没有关系。可是，他们所做的事情还是有点鬼鬼祟祟。他们不是要欠下他的人情么？父亲说过，"姑娘，你自己要多加小心。"如果他们自己欠下他的债，她又如何能以身免？可是，卡鲁塔玛没有说话。

翌日，干鱼卖了出去。再往后一日，大海慨然将巨量礼物抛入网中。在把捕获的鱼类运到海岸上后，切班孔珠再度驾船出海。查琪前往东面卖鱼。潘查米也不在家。卡鲁塔玛形影相吊。

就在此时，帕里库提来了。

卡鲁塔玛火速躲开，蜷缩在自己的陋室之中。他站在院中。静默。等候。

他的内心有些惊恐。他口干舌燥。他大声说："我来送买船和渔网的钱来了！"

无人答话。

于是，他接着说：“现在，你们愿意把鱼卖给我吗？”

“如果你给我们出高价，我们会把鱼给你。”本来该听到这样的回应。那是卡鲁塔玛曾经说过的话。然而，现在却无人说话。那次，他们在渔船阴影下谈话时，爆发出一阵阵无法控制的笑声。帕里库提一定期望那段好事再度出现。然而，这样的事情并没有发生。静默无声。

帕里库提问道：“卡鲁塔玛，你为什么不和我说话？你在生我的气吗？”

他觉得自己听见她在屋里啜泣。

“卡鲁塔玛，你在哭吗？”

帕里库提随后又说：“如果你不喜欢我来这儿，那我就离开……”

对于这句问话，也还是没有应答。于是，帕里库提从干渴而又疼痛的嗓子眼里挤出一句话来：“卡鲁塔玛，我走了，好吗？”

仿佛这个问题径直扑到她的心上。然而，卡鲁塔玛只能说：“我的老板，你是个穆斯林呐！”

帕里库提不理解这句回话的意义，“那又怎么样？”

没有回音。他是个穆斯林又怎么样？

此时，卡鲁塔玛也在问自己同样的问题。

突然，她十分愤怒地说：“老板，去盯着那些在你的商棚里打工女人的乳房和屁股看吧！”

帕里库提意识到，她在指责他总是伺机寻花问柳。她一定以为，他诱奸了所有那些为他打工的女人。他怎么才能向她证明自己的清白呢？他无计可施。他从未像看她那样看别的任何女人。

他怀着至诚之心陈情：“我以真主的名义发誓，我从来没有做过那样的事儿！”

这正是她想要听到的话。对纯良的断言。她不再疑心重重。然而，只是避而不看别的女人，并非她对他的全部要求。

她不知道该如何告诉他自己对他的期望。她得告诉他，那些约束着她的关于大海的传说，那些支配着她的人生的规定。她不知道如何是好；她也没有这样的勇气。

长久的静默。他们谁也不说话。仿佛意识到了那份沉寂，而且意识到它只会愈益浓重，卡鲁塔玛说："我母亲很快就会回来。"

"那又怎么样？"

她吓得微微发抖。"这是错误的！这是一种罪过！"

"卡鲁塔玛，你在屋里。我在屋外。那么，这样还有什么问题吗？"

她应当将这一点也向他解释清楚吗？可是，该怎么说呢？她若开始解释，要说的话可就太多了！

帕里库提问道："卡鲁塔玛，你喜欢我吗？"

她唐突地回答："是的，我喜欢你！"

正是他对她的情欲，使他提出强烈要求，"那么，卡鲁塔玛，你为什么还不出来？"

"不，我不会出去的！"

"听着，我不会再逗你大笑。我只是想看看你……然后我就离开。"

她无法自持地喊叫，"不，不……你怎么能这样？"

稍后，帕里库提说："好吧，我这就走……"

仿佛是一种回应，从陋室内传来声响，"我会一直喜欢你……"

盟誓何须多言？

帕里库提离去。只是在那时，卡鲁塔玛才想起，她并没有说出任何她本来想说的话。她所做的只是吐露了一点难以出口的话而已。

那天夜里，她看见切班孔珠和查琪坐在煤油灯的亮光下数钱。然而，钱似乎不够。可是，切班孔珠心里有了一种宽慰之感。

他说："谢天谢地，我们总算攒了这么多钱，而又没有同乌赛普，或那些残酷无情的家伙中的哪个人，牵扯到一起！"

查琪也松了口气。那些怀揣现金的放债人，到处游走，只想套住轻信的渔民。倘若他们向其中一人借了钱，不难想见他们的窘境。

倘若如此，他们就既不会有渔船，也不会有渔网；连交易中投入的钱也会血本无归。

就在最近，乌赛普和戈文丹提出借给他们钱。但是，切班孔珠拒绝了。他知道，倘若与他们纠缠在一起，他就会掉进他们的债务陷阱，永远别想脱身。很快，他们就会拖走他的渔船和渔网，使之成为他们的东西。在这片海岸上，这样的事情一直在发生着。

可是，他现有的钱不够。那么，该怎么办呢？

切班孔珠说："让小老板把其余款项也给我们出了吧。怎么样？"

卡鲁塔玛有生以来第一次对自己的父母感到憎恶。

她尤其鄙视母亲，因为母亲甚至没有提出抗议。

在随后的数日中，帕里库提的商棚十分繁忙。鱼品被晒干并被放到筐中。卡鲁塔玛知道这种疯狂景象的根由。数日之间，卡鲁塔玛已经学会衡量这个世界。

意识到他们的生活将会变好，查琪兴高采烈地告诉卡鲁塔玛，"宝贝，我们也要有自己的船和渔网啦！"

卡鲁塔玛默不吱声。她无法分享母亲的兴奋情绪。她开始发生一种变化。

查琪自言自语："大海母亲已经赐福于我们了。"

卡鲁塔玛心中郁积的怒火喷薄而出，"如果你们骗人，大海母亲不会发怒吗？"

查琪凝视着卡鲁塔玛的脸庞。她没有畏缩。她还有很多话要问母亲。

"阿妈，为什么要欺骗那个天真率直的人，就为了买一条船和几张渔网吗？这也太残酷了……"

"你在说什么？欺骗？"

卡鲁塔玛大着胆子，纹丝不动，"对。"

"谁欺骗？"

卡鲁塔玛默不吱声，冷漠以对。

查琪说："如果我们跟乌赛普借钱，他很快就会把我们的船和渔网变成他的。"

"阿妈，情况不是这样。如果你们向乌赛普借钱，你们得归还，而且还得支付你们所欠的利息。"

"难道我们就不必归还这笔钱吗？"

"这……这，你的意思是说，你们真要归还这笔钱？"她当着查琪的面毫不客气地提出这一问题。

查琪奋力为他们所做的事情辩护。从帕里库提那里买来的干鱼，只是一笔商业交易。查琪声称，切班孔珠只不过问了一声。他没有强买强卖。他没有撒谎或骗人。他们会还钱的。这一点是确定无疑的。

卡鲁塔玛问道："如果你们的意图是光明磊落的，为什么会在半夜搬回干鱼？为什么不在白天做这件事？"

"注意，大海在呼啸。"她猝然说道。

她的意思似乎是，父母的欺骗使得大海发出呼啸。查琪大怒。“你在说什么？你爸爸偷人钱了？”

卡鲁塔玛默然无语。

查琪以母亲的天赋权力喝问：“那个穆斯林小伙子是你什么人？你为什么操这么多心？”

她的舌头动了动，想说他与她没有关系。可是，这句话未能说出口。她何须坚持说，他对她无足轻重？沉默是一种需要勇气的举动。帕里库提与她无关吗？卡鲁塔玛此时才意识到，他就是她的一切。

查琪又重复了一遍自己的问题，并添油加醋，“这姑娘会给海岸和渔民带来厄运吗？”

卡鲁塔玛毫不怯懦地辩驳说：“我不会违反任何规矩。”

“那么，你为什么那么在意他的福祉？”

“你们会让他一无所有。他将不得不拆掉自己的渔棚走人。”

查琪破口大骂卡鲁塔玛。她就站在那里听着。她一点也不生气。查琪只是在胡说八道。当辱骂开始变得粗鄙下流之时，卡鲁塔玛轻声问自己的母亲：“你觉得，他拿出钱来，是因为他信任我爸吗？”

“难道还有别的原因吗？”

突然，查琪想起来，卡鲁塔玛曾向帕里库提借钱。这或许是卡鲁塔玛有这么多问题的原因。

“若非如此，你以为是因为你曾向他借过钱？”查琪问道。

是的。原因就在于此。那是唯一的原因——但是，卡鲁塔玛无法明言。尽管她知道，帕里库提在与她相爱。

卡鲁塔玛说：“阿妈，别逼我说话！”

“什么？”查琪停顿片刻，又问道：“嗨，难道是我向他卖弄风情得来这笔现款的？你有什么好说的？”

卡鲁塔玛崩溃了。她哭喊道：“阿妈，你们为什么从他那里拿钱？你告诫我，要规规矩矩地做人，现在你却让我们陷入他的债务之中……”卡鲁塔玛喉咙哽噎，说不出话来。

查琪明白了卡鲁塔玛的意思。她是对的。一时之间，查琪心烦意乱。难道他们已将自己置于险境之中？

查琪问道：“孩子，发生什么事了？”

卡鲁塔玛潸然泪下。

“孩子，他来过这里？”

卡鲁塔玛撒了一个大谎，“没有！”

“孩子，那到底是怎么回事？”

“如果他来这里，我怎么办？”

查琪急忙证明，那笔交易清清白白。她还没有掂量出它的可能影响。她所做的，不过是请求帕里库提帮个忙而已；而他也顺从了他们的意愿。他们有意归还借款。

卡鲁塔玛心生疑窦是对的。有一点千真万确。小老板是个正派的男人。然而，他还年轻啊。

查琪骤然觉得不安起来。她想，也许他们不该拿那一笔钱。可是，切班孔珠不会对此有丁点理解。

查琪开始再度就卡鲁塔玛的婚事对切班孔珠唠唠叨叨。“你一定要同那个维拉瑜丹谈谈，这是该做的头等大事。在办完这件事后，我们可以考虑买船和渔网。”

然而，切班孔珠并不同意。他已拿定主意。

她怎么能把一切都透露出来呢？查琪沮丧而又恼怒。她说：“这些年来，我弄个筐子，到农村转悠着卖鱼，就是要帮你买船和渔网。

从今往后，别再指望我这样做……”

切班孔珠目含苛责之意，扫了她一眼。

他喝道：“这是什么蠢话？”

查琪赌气说：“这确实就是我的意思。”

“什么？”

“我需要留意自己的女儿。”

“你什么意思？”

“她是个成年姑娘——奶子和屁股都突出来了。我不能把她独自留在家中，整天到外面去。”

查琪已下定决心。所以，她继续说：“要不就干脆打发她嫁人！”

切班孔珠陷入沉默，仿佛已领悟查琪的意思。倘若查琪不到东面卖鱼，那可是一大笔损失。他问道：“出什么事了吗？”

“到现在还没有出什么事。可是，一旦出事，该如何是好？”

他们得小心翼翼了。然而，切班孔珠信任自己的女儿。卡鲁塔玛是个明智的姑娘；也没有发生鲁莽冲动的先例。即使把她独自留下，她也不会失身……

查琪厉声说：“难道你没有听说过一时不慎而失足的事情吗？”

切班孔珠无言以对。

翌日，查琪没有去东面卖鱼。切班孔珠也不曾强迫她出门。

那天夜里，他们盘算弄进更多筐干鱼。不过，查琪在那天夜里也表示了反对意见。“我们不需要这样做。”

切班孔珠问道：“为什么不？”

“你为什么骗那个小伙子？”

“谁说我在骗他？”

“还有别的什么说道吗？你真的有意还钱吗？”

切班孔珠坚持说他会这么做。

卡鲁塔玛想，她必须告知帕里库提，他的钱要不回来了。她想踅摸个机会与他偷偷相会。但是，她未能如愿。

那天夜里，帕里库提来了，又带来几筐干鱼。切班孔珠毫不犹豫，从他手里把干鱼接过来。他甚至没提自己何时还钱。

就在此刻，卡鲁塔玛感到，她甚至敢于对抗父亲。然而，该由查琪负起责任。

卡鲁塔玛知道，这是一个重负，会压得她永远喘不过气来。

三

切班孔珠现在有了足够的钱。于是，他启程去寻觅船和渔网。

这一消息轰动了海岸。人们传说，他找到了一块金锭。他们说，有一天，他发现一块被波浪冲上海岸的黑色石头。他捡起这块石头时，它就变成了一块金锭。

其他人则声称，他克勤克俭，积攒了一笔现款。不过，这似乎并不那么合乎情理。像他一样，他们都是船东雇来的帮工。在满足日常花销之后，就不再有任何余钱能积攒下来。那么，他怎么可能会有余钱存留下来呢？

阿查孔珠是切班孔珠的同辈。他家与切班孔珠家毗邻。事实上，他家就在切班孔珠家北面。他们是童年时期的朋友。所以，过了不久，人人都开始向阿查孔珠打听：切班孔珠身上带了多少钱？一旦买下船，他会雇谁为他做工？他是从哪里找来钱的？都是些充满此类好奇心的问题。

阿查孔珠毫无线索。可是，他却装出一副好像连详情细节都无所不知的样子。切班孔珠突然变成一个要人。那么，他最好的朋友难道不应当也蒙上一份荣光吗？所以，阿查孔珠尽其所能答复那些问题。于是，阿查孔珠也变成了一个有点分量的人物。

科丘维卢问他一个问题："我听说，阿查孔珠老哥您也占有其中一个份额呢……"

一个让阿查孔珠陷入慌乱的问题。不过，他可不打算在任何人面前露馅。"可能吧。也可能没有！"

这是一个意在揭穿阿查孔珠不可一世假象的问题。听到阿查孔珠的回话后，大家哄堂大笑。阿查孔珠顿时脸色苍白。

"你们为什么笑？"有人讥诮道："难道阿查孔珠老哥就不能独自买一条船和几张渔网吗？他何必只当个合伙人呢？"

阿查孔珠十分尴尬，回应道："如果人人都开始买船和渔网，那谁到船上当劳工啊？"

科丘维卢压抑住自己的笑声说："说得对，这正是阿查孔珠老哥不打算买船和渔网的原因呐……"

此时，阿查孔珠意识到，朋友们在嘲弄他。此后，任何人再同他说到切班孔珠的船时，他都不搭理他们。不久，人们发现，他的怠慢之举令人捧腹，于是开始用无谓的问题刺激他。

一天，鱼的总捕获量小得可怜。阿查孔珠仅挣到三卢比。他欠开茶馆的艾哈迈德·库提一些钱。这是一笔老账。那天，艾哈迈德·库提逮住阿查孔珠，强迫他吐钱还债。所以，阿查孔珠两手空空回到家里。其间，娜拉佩努一直在等阿查孔珠拿一些钱回家。她要烹调晚餐，却无米下锅。随后，渔夫与妻子大吵一架。她指责他将薪水糟蹋在酒、茶和鼻烟上。她拒不相信阿查孔珠对刚发生的事情的说法。

他张开嘴巴，朝她脸上吹气，以让她知道，他并非因为喝酒而花掉了当天的收入。可是，她还是不予置信。

娜拉佩努说："你把所有的钱都花在喝酒上了……如果没有你的收入，我们连一天也过不下去，原因就在于此。"

"我今天喝酒了吗？你胆敢指责我！"

"你今天很可能没喝酒。可是，在有钱的日子里，你难道不是那样做的吗？"一个女人的恸哭。那天夜里，她不知道该如何准备晚饭。

然而，阿查孔珠用生硬冷漠的声音斥责她："你胆敢如此傲慢！"

"我此时傲慢吗？你的发小都要买船和渔网了，而我们家里连今夜吃顿饭的钱都不够。我此时傲慢吗？"

阿查孔珠的回答：在她背上擂了两拳。

这是他妈的什么样的厄运？他此时此刻遭到海岸上所有人的嘲讽和戏弄，就是因为切班孔珠在买船和渔网。他在家里也不得安宁了。

"有人买船和渔网，你为什么拿我撒气？为什么要让我为此遭受惩罚？"

切班孔珠靠忍饥挨饿积攒了那些钱。在那里，无论是阿查孔珠还是别的什么人，都不能如法炮制。

查琪和卡鲁塔玛在自家住所的北端偷听这场争吵。

查琪喊叫起来："阿查孔珠老哥，就是在我们忍饥挨饿的日子里，我们曾到你们家乞讨过吗？"

阿查孔珠转向查琪。"你……你敢……打我们还是孩子的时候起，我就认识切班孔珠了。"

可是，查琪不愿就此闭嘴："你知道什么？如果今天晚上在你的住所没有生火做饭，那是你老婆的过错。"

在谈话内容转向娜拉佩努之后，她火冒三丈。她说："你竟敢旁敲侧击，点出与本渔妇有关的事情……”

“哈……你这个渔妇又会做什么呢？”

阿查孔珠对查琪提出强烈要求：“一定要告诉我，我们的过错是什么？”

“嫉妒！”

“嫉妒谁？你的渔夫？”阿查孔珠高声清理喉咙并吐出一大口唾沫，显出他的厌恶之情。“哪个男子会嫉妒那个无足轻重的贱人？”

查琪怒不可遏：“你以为自己随意胡说之后就可以摆脱干系吗？”

阿查孔珠回嘴说，“你要干什么？”

“我要干什么？”

“你突然有了点钱就这么不可一世！”

当卡鲁塔玛注意到，争论转化成一场叫骂时，她逐渐变得焦虑不安。她将自己的手掌堵在查琪嘴上，试图阻止母亲说话。可是，由于阿查孔珠不愿住口，查琪的怒气也越来越大。最后，卡鲁塔玛将母亲拖走。

阿查孔珠在怒气消退之后开始沉思。那天夜里，家里没有烹调任何食物，而与之相比，吵架更令他烦恼。妇女吵架才符合惯例。他从未同切班孔珠或查琪争吵过。此事如今业已发生。阿查孔珠无法成眠。

翌日早晨，他在出海之前向船主借了两卢比，交给妻子。那天下午，他将当天的全部收入交给娜拉佩努。随后，他宣告，他将为未来确立一种模式。

“听着，娜拉佩努，我将把自己挣来的钱全都给你。把它们保藏好。让我看看，我们是否也能存起一些钱来。”

娜拉佩努因为事态如此转折而十分高兴。她说：“即使不能买船和渔网，我们也起码不会再饿着肚子睡觉了。”

“谁说我们不会有自己的船和渔网？别这么自轻自贱。这样的事可能就会发生呢，你懂的。”

千真万确。娜拉佩努心中涌起希望，畅想着。她说：“看我们的邻居发生的变化……他们曾经和我们一样……现在，他们甚至不愿意同我们说话！”

阿查孔珠对此感到不快。他说：“为什么谈论别人？我们管好自己的事得了。”

“不……我刚才提过了。可是，我得说，查琪已经变成这么一个自负的家伙。她现在就是这么一副德性。”

阿查孔珠斥责她说，“娘们，闭上你的鸟嘴。”

“我不会再说一句话。”

“这样最好。让我们考虑考虑，看我们以命相搏，能干成什么事儿。”

娜拉佩努只有一点埋怨之意。“你要早想到这一点，该有多好。”

阿查孔珠哼了一声。她是对的。可是，多半为了自我解嘲，他说：“娘们，一个渔夫，为什么非得囤积一些东西？他的财富就在西面，整整一大片。你知道古人怎么说的——船和渔网是岸上之人的。千万别在乎那些东西！如果一个渔夫下定决心，谁能阻止他拥有自己的船和渔网。”

“这都没错……可是，难道你看不见你的发小现在有了自己的船和渔网？”

阿查孔珠说：“切班孔珠是个精明人。一个真正的伶俐虫！他整日想的就是买一条属于自己的船。”阿查孔珠又哼了一声，似乎在确认自己的推断。“让我们等着瞧！”

于是，他做出一项决定。

晚上，他得去船场修补渔网。那天，有数条鱼穿越网上大开的窟窿逃逸。当阿查孔珠到达那里时，其他渔夫已经聚齐并开始工作。谈话再次转向切班孔珠。

阿查孔珠问道："难道你们没有别的任何事要做吗？你们这帮家伙！为什么飞短流长？接着来，接着来，有话就说完，让那个可怜的人此后清静些吧……"

阿延孔珠喝道："你为什么事儿如此气急败坏？"

阿查孔珠轻轻地回答说："怎么？我说的话有错吗？"

拉曼·穆潘装出一副法官的神情说："怎么？难道我们没有权利议论切班孔珠吗？"

"你有什么权利？"

拉曼·穆潘十分惊讶。"阿查孔珠，妙极了。如果一个小伙子这么说，我就算了。可是你……你是一个阅历丰富的渔夫。"

阿查孔珠不明白此话含义。他的意思只不过是，他们不该飞短流长。不说闲话难道不是一个成熟的男人应当做到的吗？这难道不是一种良好的品格吗？

阿查孔珠问道："怎么呢，穆潘……你什么意思？"

拉曼·穆潘放下绳子，当着阿查孔珠的面抛出一个问题。"阿查孔珠，难道你不知道海岸上的规矩吗？"

阿查孔珠确实知道这一点。不过……

拉曼·穆潘接着说："你觉得切班孔珠遵循那些法则了吗？"

阿查孔珠不明白所有这些话语的指归何在。

拉曼·穆潘字斟句酌地说："在我们的海岸上，你听说过这样的事吗？不但在过去，就是在最近……曾有过成年姑娘留在家里不嫁人的事吗？”

阿延孔珠在别人停顿间隙补缺，“在过去，海岸曾有一位保护者。”

拉曼·穆潘补充说：“听着，当你在家里有个待嫁的姑娘时，什么样的男人才会先买船和渔网？”

在古代，海岸头人不会允许这样的事发生。那是不能违抗的律令。海岸的保护者渔夫，要确保这些律令得到遵行。这是因为，这些律令有个主旨。那就是，这些律令是为了渔民的福祉而制定的。

阿延孔珠问道：“那么，律令说什么了？姑娘该在什么年龄出嫁呀？”

拉曼·穆潘是个守旧之人。所以，他说：“十岁！”

维拉马纳利尔·维拉瑜丹问道：“如果姑娘在十岁之后还没嫁出去，会出什么事吗？”

这个反问带有侮慢色彩。旨在质疑那些海岸法则。

拉曼·穆潘猛烈反击：“如果她没嫁出去会出什么事？不可能。这样的事绝不会发生。”

维拉瑜丹恣意透露自己的心思。“海岸上别的渔夫能怎么样？”

“这样的人家将被逐出社群。他们将再也不能生活在这片海岸上。”

另一位年轻男子彭延议论说：“可是，这一切都是过去的事了……”

阿延孔珠的反驳是火辣辣的：“不对，不对，这样的规矩，即使是现在也依然有效。你想以身试法吗？我们会让你看看……我们会让你看看，我们怎么让那个大人物切班孔珠劳而无功。”

拉曼·穆潘表示默许。随后，他提到另一条律令："阿延孔珠，是不是每个人都该拥有船和渔网呢？"

阿延孔珠回应道，"不是，当然不是！"

拉曼·穆潘此时进一步详细说明了这条律令。

大海之子是不计其数的财富的继承者。他们手头有余是合乎风俗的。所以，他们每个人都获得自己的船和渔网是非常可能的。如果海岸上的每个男人都有自己的船和渔网，谁还愿意出海呀？

他厉声问道："如果我们这片海岸上的哪个人想买船和渔网，难道你认为这是不可能的吗？"

没错！

此时，阿延孔珠猛然甩出一个充满严肃意味的问题："既然如此，那么为什么并不是人人都有自己的船和渔网？"

所以如此，也还是有一个原因的。大海之子分为五种：阿拉延、瓦拉卡兰、穆卡万、马拉坎[1]，以及一个没有专名的第五种姓。另外，在东边，有一些亚种姓的男子在这些船上做工。

只有瓦拉卡兰种姓获准拥有自己的船和渔网。事实上，在东面，海岸的保护者，也就是海岸头人，也只会允许瓦拉卡兰种姓买船和渔网。即便如此，也还得以他的裁决为据。

维拉瑜丹问道："那么，切班孔珠大叔是哪一种姓？"

彭延奸笑。

拉曼·穆潘说："穆卡万！"

彭延冷笑道："他现在想知道切班孔珠的种姓！"

阿查孔珠问道："彭延，那是为什么？"

---

① 阿拉延（Arayan）、瓦拉卡兰（Valakkaran）、穆卡万（Mukkavan）、马拉坎（Marakkan），均系渔夫中的种姓。

“他们向他提婚啦。要把那姑娘嫁出去。”

“那好呀，”阿查孔珠说，“她是个好姑娘。”

不过，阿延孔珠可不受用。他说：“阿查孔珠，在你看来，一切与切班孔珠有关的事物都是好的。”

随后，阿延孔珠转向维拉瑜丹，提了一条意见：“从那个吝啬鬼身上，你不会得到任何东西。记住……至于那姑娘嘛，她可不是你想的那样。”

阿查孔珠此时有些恼火。“你在说什么呀？你怎么能阻挠别人向那姑娘家提亲呢？这哪里还有一点渔夫的样子？”

阿延孔珠回答说：“我只是在说实话罢了。”

此刻，一直默不作声的阿南迪大声说话，将谈话转到另一方向。“如果一个人未经许可买了船和渔网，他就是买了，会有什么事发生吗？像这样的事儿以前曾经发生过吗？”

“是的。但是，那有船和渔网的好处，他可没有享受太久！”

接着，阿延孔珠想要知道，在他们这个社群，谁属于瓦拉卡兰种姓。

拉曼·穆潘说：“切尔塔拉镇[①]的帕利昆纳特村的渔民是瓦拉卡兰种姓；阿拉普扎[②]的帕鲁提迦尔村的渔民是瓦拉卡兰种姓，还有这儿孔纳莱村的拉曼孔珠家，等等……”

“一个人在买船和渔网之前，必须向海岸头人进贡些什么东西？”彭延想知道这一点。

“七片烟叶的粗切烟丝和十五卢比。瓦拉卡兰种姓也得这么做。”

---

① 切尔塔拉（Cherthala），原名谢尔特莱（Shertallai），位于南印度喀拉拉邦阿拉普扎县县城迤北22千米处，濒临阿拉伯湾。教育发达，识字率达94%，男女性别比为49:51。境内有众多神庙、教堂和清真寺。——译者注

② 阿拉普扎（Alappuzha），亦名阿勒皮（Alleppey），南印度喀拉拉邦阿拉普扎县县城，境内河渠纵横，景色秀丽，有“东方威尼斯”之称（乔治·寇松勋爵语）。

接下来，谈话转向海岸保护人和他的管辖权。“海岸头人有很大权力。”

维拉瑜丹对这一权力透露出一点儿叛逆之心，大声说道，“人家是在用自己的钱买船和渔网。那么，人家为什么就该向海岸头人进贡呢？”

彭延立即揪住这句话：“瞧！他现在就表现得像切班孔珠的女婿了！”

阿延孔珠加油添醋，煽风点火。“接着来，当你和你未来的岳父将你们的船和渔网弄到这里时，你们再与海岸头人作对。你那时就会弄清，会有什么情况发生……”

那是一种挑战。没有海岸头人的许可，切班孔珠将不能让自己的船启航，也不能出海撒网。阿延孔珠宣称，此事根本不可能发生。

维拉瑜丹想要接受这种挑战。可是，他有什么权利？不过，维拉瑜丹予以抗争。“你们嫉妒。”

“一个渔夫，嫉妒？”

“当然！”

阿查孔珠看到，这样下去，将会导致一场争吵，于是予以干预。他劝说维拉瑜丹，“闭嘴吧，孩子。”

一时之间，无人言语。

就在这些流言和争论把海岸搅得沸反盈天之际，查琪却在编织着白日梦。再过几天，她就会成为船东太太。一生的梦想就要成真。她的渔夫和她——他们曾为之付出多少辛劳呀！就因为她强于周围的所有女人。而他们一旦有了船和渔网，很可能会给卡鲁塔玛也找一个好些的对象。

母亲对女儿说，“丫头！你爸爸雄心勃勃。今年的大鱼汛后，他会买地，还会买一所属于我们自己的房子。然后，他就会把你嫁出去。”

卡鲁塔玛没有应答。查琪继续朗声自言自语：“大海母亲给我们赐福了。我们没有任何债务。要是没有大鱼汛，那就谁也不会强行向我们索要什么……”然而，查琪话音尚未落下，卡鲁塔玛即予以质问：“阿妈，您是在说，我们没有债务？”

查琪当即明白，卡鲁塔玛指的是他们欠帕里库提的那笔债。

查琪十分尴尬。她搜索枯肠，找到一个答案。“不，你不必把那看成一笔债。”

卡鲁塔玛稍微有点不客气地问：“不，您不能这么想吧？”

“不是那么回事。如果我们不付这笔账，他不会夺去我们的船和渔网。”

“那是因为，小老板是个好欺负的人。”

查琪佯装生气，问道：“这叫怎么回事？在说到那个小老板时，你的话怎么总是充满柔情蜜意？”

卡鲁塔玛没有言语。她也没有在母亲的质问下花容失色。

查琪继续对她提出问题：“如果你能保持贞操，你会找到一个善良、身强体壮的小伙子……你的命运取决于你自己！”

卡鲁塔玛镇定自若。她感觉到，自己内心在凝聚起一定的勇气。她问道：“我是个被玷污的人吗？”

查琪似乎从未听到过卡鲁塔玛顶嘴，于是厉声问道：“小老板是你什么人？”

卡鲁塔玛没有说，他对她是个无所谓之人。可是，她的双目满含泪水。她犯了什么罪过？

查琪也知道，她是清白的。她没有越轨。她还是原来那个姑娘。

从帕里库提那里借钱是错误的。难道卡鲁塔玛要求他们归还借款是一种罪过吗？可是……可是，她对帕里库提有些柔情。她一想到他会不得不遭受这样一笔损失就心绪烦乱。他们早该把她嫁出去。切班孔珠似乎不曾意识到这一点。

“宝贝，爸爸是为了你才这么辛苦劳作的。”查琪继续说，“我的乖乖，你会成为让我们失去这一切的根由吗？……”

卡鲁塔玛没有吱声。

查琪问道：“妈能问你点事儿吗？你一定要说实话。你喜欢那个穆斯林小伙子吗？”

卡鲁塔玛本来会说“不”，却没有言语。那种冷漠的沉默，使她的母亲感到悚惧。

查琪觉得，自己心灵的平静荡然无存。她失声恸哭：“啊呀，我的大海母亲呐，那个无赖勾上我女儿啦！”

卡鲁塔玛猛然用手掌捂住查琪的嘴，“阿妈，你这是胡说什么呀？”

查琪转身，以哀求的目光凝视着女儿，央告道：“我的女儿，可别背叛我们呐！”

然而，卡鲁塔玛不会说，她对那个穆斯林小伙子没有感觉。

那天晚间，阿查孔珠前来切班孔珠家。他将海滩上的议论全都告诉了查琪：“这片海岸上的那些人，在盘算制造事端。阿延孔珠和拉曼·穆潘是主要的挑事者。”他说，“切班孔珠回家后，需要做的头一件事就是找到一个解决这个问题的办法。切班孔珠和我是发小。我不能同意那帮人对他的那些说道。我也不会随声附和。”

于是，查琪刚恢复的脆弱的平静再次被扫荡一空。

查琪知道，海岸上有人同他们作对意味着什么。他们犯了什么罪，以致该受到如此对待？难道是因为他们还没有将自己的女儿嫁出去吗？

四

阿延孔珠、拉曼·穆潘和另外两个老一辈的男人，承担起代表整个渔业社群利益的责任，前去会见海岸头人。他们随身带了一份礼品，以示敬意。他们毕竟是带来坏消息的人。他们亲自带来的信息，会毁灭整个海岸和全体渔民。他们的悲切请求和主要投诉是：切班孔珠有个长大成人的女儿。他还没有将她嫁出去。她在这片海岸上招蜂引蝶。

海岸头人用心倾听他们的诉说。他许诺说，自己将调查此事。

然而，阿延孔珠内心深处却有点愤愤不平。他们的投诉没有受到应有的重视。海岸头人没有适度看重这一问题。

甚至在海岸头人说完话之后，这些请愿者依然继续等待。他问道：“你们为什么还站在这里？”

阿延孔珠还有一事控告：“就在这姑娘决心毁灭我们的海岸之时，切班孔珠却出门买船和渔网去了。”

此时，对于海岸头人来说，这还是新闻呢。“可是，切班孔珠是从哪里弄到钱的？”

老人们没有答案。

阿延孔珠极为谦卑地说出自己的疑惑：“他毕竟是个渔夫。那么，他买船和渔网，得到许可了吗？”

“没有！没有！他没有！”

“那么，我们这些海岸百姓该做点什么？”

海岸头人思索片刻，说道：“他似乎以为时代变了。”

阿延孔珠哼了一声，“没错。”

海岸头人发布一条命令：“让他把船弄回来。但是，任何人不首先报我知道，都不允许在那条船上干活儿。”

“是的，当然，就这么着。”阿延孔珠说，“可是，有一些脸皮厚的年轻人，我可不能为他们打保票！”阿延孔珠想到了维拉瑜丹。

海岸头人认为这一点无关紧要，因而不予理会。他知道一个事实，没有一个人会敢于公开与他作对。迄今为止还没有。

“我会关注此事的。告诉别的渔民，他买船没有获得我的许可。”

得意洋洋的拉曼·穆潘和阿延孔珠返回渔村。他们挨家挨户串门，宣告海岸头人的命令。不过，阿延孔珠确信，只有维拉瑜丹不会遵命。无论如何，一只小狗咬人能造成多大伤痛呢？他会为之付出惨痛代价的。

查琪逐渐获悉已经发生的所有事情。

她听到过关于海岸头人的愤怒如何导致别人毁灭的传说。一些人不得不举家逃离这里的海岸，但不知自己能否在远方别的海岸上当渔民，因而连这样一点慰藉都无法得到。恶意的流言不胫而走，会传到他们前往的任何海岸。于是，剩余的唯一出路就是皈依另一宗教。

如今，此类命令的威力已难以维系。难道时代没有变吗？然而，倘若海岸头人决意为之，那就不会有任何人到他们的船上干活儿。事关生死，谁也不会越界。即使在今日，此类放逐事件依然可能发生。

他们本来应在着手买船和渔网之前进贡并求得许可。

然而，他们究竟犯了什么罪？

整个海岸都由于头人发布禁令的消息而议论纷纷。女人们说，他们因没有打发长大成人的姑娘出阁而在遭受惩罚。

卡鲁塔玛唯愿自己从来不曾出世。她是父母此番烦恼和愁苦的根由。她本不想长大，进入成年时期，也不想感受自己乳房的蓬勃发育。她未曾玷污这里的海岸。以她现在的为人，她何害之有？然而，这些争辩，尽管合乎逻辑，却毫无效用。

母女俩惴惴不安地期待着切班孔珠的归来。

几个女人聚在迦利孔珠家。查琪偷听她们飞短流长。一个女人说，卡鲁塔玛与帕里库提有暧昧关系。她曾看见他们在一条停在海滩的渔船的阴影下站着说笑。这正是他们没有将卡鲁塔玛嫁出去的原因。

哪个母亲能够听任别人如此诋毁自己的孩子？查琪从藏身之地跳出，犹如一只凶猛的老虎，以保护自己的女儿。于是，那些聚在一起油腔滑调的长舌妇开始肆意胡诌。

她们声言，查琪在年轻时也曾给这里的海岸造成破坏。查琪喝道，即便如此，那么迦利孔珠有个孩子的父亲，又是谁呢？不就是那些穆斯林商人之一吗？有个做干鱼生意的，挨家挨户地走，为自己要买的东西奉上定金。于是，所有那些聚在那里的女人以及她们的母亲，似乎都有自己隐秘的风流韵事。

这是一场战斗——查琪为一方，其他女人一道与她对垒。可是，查琪展开激战。

卡鲁塔玛站在篱笆边，听着。那些捕风捉影的说法使她大为震惊。母亲年轻时也恋爱过吗？这些女人玷污过这里的海岸吗？人们谈论的所有那些传统，难道没有一点神圣性吗？难道人们只是将它们挂到嘴上吗？

西面的海宁静而浩瀚，全然不管不顾这些女人以及她们过去的丑行。迄今为止，渔船一直出海。雨水连绵，鱼儿孵化。渔民生息繁衍。那么，所有那些古老规定的意义何在？

随着争吵声越来越大，她们开始再次谈到卡鲁塔玛。卡鲁塔玛捂住双耳。全是闲言碎语！她是帕里库提的情妇！只有像他那样壮实的穆斯林，才能驾驭她那样健硕的战马并让她得到满足。他们所以没有把她嫁出去，只是因为他们害怕失去由她赚回的那笔收入。此类流言蜚语只能意味一件事：那些女人污蔑她母亲的那些话，还有她母亲对她们反唇相讥说出的那些话，全是不实之词。

查琪摇唇鼓舌，恶语滔滔不绝。迦利孔珠无法阻遏，于是宣称：“够了！你行啊！等着瞧吧，马上就要有好事发生了！海岸头人已经决定对你们采取行动！”

查琪一动不动。她已做好战斗准备。事实上，她的这种对抗欲望变得更加强烈。那是一种对抗一切的迫切需求。

“有什么事情需要决定？海岸头人打算干什么？”

就在此时，卡鲁塔彭努说：“海岸头人晓得如何对付不尊重传统的渣滓！”

查琪顽强地为自己辩解：“他能将我们怎么样？如果需要，我们将成为穆斯林，要不就改信另一宗教……那时，海岸头人又能怎么着？”

另一个女人说：“说吧，说吧，你就说吧！这你可就把你女儿与那个穆斯林小子绑到一块喽。”

还有一个女人说：“很可能，她们母女俩求之不得呢！”

查琪问道："那又何错之有？"

卡鲁塔玛体验到一种自己此前从不知晓的东西。是一种隐痛？她拿不准。是卸下一样重负？她对这一点也拿不准。

卡鲁塔玛用一种绝望的嗓音向查琪呼喊。也许，查琪已在开始显出唇焦舌敝的颓势，于是转向女儿，朝她走去。

可是，甚至在回到自家住所之后，查琪还一直在嘟嘟哝哝，自言自语。

卡鲁塔玛觉得需要问自己的母亲无数问题。可是，她没有这样的勇气。她只能听见母亲一句声明的阵阵回音：如果需要，我们将皈依伊斯兰教。她的神经活跃起来。一种难以忍受的情感涌动。这难道不是正常的吗？她的心已被拐走。

由于生活中不乏混乱和危险，命运早已将她禁锢在一个城堡之中，一呼一吸都由传统规则和法令制约着。此时，有人实际上指示了离开这座城堡的出路。所需要的不过就是一个决定。如此这般，一切都会理出头绪。

变成一个穆斯林。届时，又会有什么情况发生？她想见，自己穿着一件短上衣和沉重的蒙杜，耳朵曲线扎眼并配上金饰品，而且戴了一块方头巾。倘若她如此装扮去见帕里库提，他会喜出望外的。那时，他要盯着她的胸脯看，就让他看个够。随他看自己的屁股。即使她并不完全理解，变成穆斯林或许是逃脱他们缠夹不清的生活困境的唯一途径。她不必再做渔夫的老婆了。倘若帕里库提此刻到来，她就会说："我们打算皈依伊斯兰教了。"

帕里库提会高兴得蹦起来。

然而，她的母亲是郑重其事，说话算话吗？她很可能是在盛怒之下一时冲动，才说出那番话的。她有点害怕，不敢问母亲她说话是否当真。

倘若她发问，母亲就会认为，她想要此事成真。

于是，卡鲁塔玛思绪翻腾，内心备受煎熬，却缄默无语。

海岸头人的几个代表到来。可是，切班孔珠尚未返回。

数日后，切班孔珠刚弄到的渔船停靠在海滨，还配有渔网。

这条船过去属于渔网商帕利昆纳特·坎丹科兰。它已不再是一条新船，但它过去曾是一条相当驰名的船。在切尔塔拉海岸的大鱼汛季期间，连这一带海岸的人们也曾目睹它无与伦比的荣光。

它尽管有点旧，但又有什么关系。坎丹科兰这个渔网商何以出手此船？他一定真的处于极其严重的困境之中。大家都知道，他名声显赫，可他也是个挥金如土之人。

他们全都前来看船。但是，谁也不说一句话。显然，他们的心里全都突然闪过同一个念头——切班孔珠真走运，弄到这么一条出色的船。

阿查孔珠跟一帮人说："看来，帕利昆纳特的财运已经随着这条船转归切班孔珠了。"

阿延孔珠鄙夷不屑地驳斥道："胡说八道！那个贵族的财运怎么可能转移到一介渔夫身上？帕利昆纳特·坎丹科兰站在这条船旁边的神气，难道你没见过？那一副金黄色的面容，那大腹便便的模样。你见过他如何穿戴吗？一件白色的蒙杜，一块黑条纹布披在肩上。那么，你怎么能把这样两个人相提并论呢？"

拉曼·穆潘添油加醋："要照你的说法，那又瘦又黑的查琪不是很快就会变得像坎丹科兰的老婆一样了！你见过人家吗？"

阿延孔珠说："啊……谁看见她都会暗自惊叹！她可是个大美女……"

切班孔珠回到家里时，觉得自己的头都要爆炸了。他是满怀兴奋之情驾船回到自家海岸的。他很幸运能够获得这条非同寻常的船。他前往帕利昆纳特·坎丹科兰的宅第，在那儿吃了饭——他急于将这一切都告诉自己的妻子。还有人家坎丹科兰的妻子的情况……

他回家本来想与妻子分享所有这一切，而此时却似乎觉得有人已将他浑身上下践踏了个遍。他从未觉得如此沮丧过。从前，他只有一个梦想。如今，甚至就在这个梦想行将成为现实之际，它却要破碎了。

他有什么罪过？他在动身买船和渔网之前，没有前去叩见海岸头人。好，他能理解这一点。他毕竟违反了一条古老的行为法则。可是，他吃尽苦头，节省用度，才匀出那笔买船和渔网的钱呐。只是没有足够的钱，以留出二十五卢比用于这一目的。他哪里晓得，没有给头人进贡会被视为滔天大罪？

切班孔珠无奈地问自己的妻子：“我们做错了什么？我们怎么就得罪了别人？”

查琪说：“我们用得着干什么坏事吗？这就是嫉妒！”

“千真万确。可是……要是我们匀出二十五卢比左右的闲钱，这一切问题就都可以摆平。我们该怎么找这一笔钱呢？我们得再多挣些钱，把船装备起来。现在船上只有一张鲭鱼网。”

切班孔珠倾吐出自己一连串的烦恼。他能将这一套讲给别的什么人？别人谁又愿意倾听他的诉说？

查琪不但没有宽慰他，反而只是一味责备他：“你为什么非得把这个天大的麻烦玩意儿拖来扣到咱们头上？”

切班孔珠默然无语。他也一定觉得自己被这个重负压倒了。他所有的钱都花光了。整个社群又都在与他作对。

查琪继续说："要是我们用自己曾有的那笔钱把姑娘给嫁出去，我们还会受到这样的惩罚吗？"

然而，切班孔珠仍然一言不发。人有大欲，就很难得到心灵的宁静。这岂不是说，人得满足于自己现有的一切？

这本来应该是个喜庆的日子。这是他人生的最大愿望实现的日子。可是，就在这一天，全家人却沉浸在阴郁的气氛之中。

夜深时分，切班孔珠对妻子说："要是我们有三十五卢比，我们就能把一切摆平！"

查琪问道："这怎么可能？"

于是他将自己的打算对她和盘托出。

"明天上午，我去拜望海岸头人。那时，一切都会摆平。"

"那沙丁鱼网和辅网怎么着？"

"那也不成问题！"

查琪已经动用了自己的私房钱。她自己秘藏在一个竹器里并埋藏在地下的那笔钱都给了他。此时，查琪责备切班孔珠。

"你明白我们现在的处境吗？要是我们原先用一些钱买一块黄金，那该多好。我们至少可以把它变卖了。可是，你那时驳回了我的请求！"

切班孔珠表示同意，"查琪，有一个办法。"

"什么办法？"

"这……"切班孔珠不愿说出自己的想法。

查琪再度追问，想要知道那是个什么办法。

切班孔珠说："嗯，要是我们再和那小伙子谈一谈，一切都会迎刃而解。"

查琪急忙将切班孔珠的嘴捂紧。她不清楚，卡鲁塔玛是睡了还是醒着。

切班孔珠将妻子的手掌从自己嘴上移开，问道：“怎么了？有什么问题吗？”

“轻点儿声说。”

“嗯？怎么回事儿？”

有好多事情是切班孔珠所不知晓的。或许，任何做父亲的都从不知晓此类事情。可是，话还得说。

切班孔珠再度发问。于是，查琪对他附耳低语：“卡鲁塔玛说，这样做不合适。她要是发现原来如此，会和我们吵闹的。”

“我们还能怎么办？”

“我也正在想这事儿。”

稍后，切班孔珠说：“他还在这里吗？”

“应该还在！”

“我想，我得去查看一下。”

查琪没有吱声。切班孔珠打开屋门，走了出去。

卡鲁塔玛在沉睡。对于正在发生的事情，她一无所知。切班孔珠很晚才回来。他的脸色明朗起来。显然，他已如愿以偿！

“他是个非常单纯的小伙子。不过，倒是个好小伙子！他手头有三十五卢比，全都给我了。”

查琪虽然如释重负，但还是有一种不安之感。肮脏的钱！查琪听见卡鲁塔玛的话在自己脑袋中轰响。

不错。在他们向他要钱的时候，他为什么总是对他们慷慨解囊？这难道还是个有争议的问题吗？就是因为卡鲁塔玛。还能有别的原因吗？

翌日上午，切班孔珠前去看望海岸头人。一开始，头人满怀敌意。随后，他平定下来。不过，他坚持要求切班孔珠尽早将姑娘嫁出去。他还责令切班孔珠将进账中归自己的份额逐日送来。

终于轮到切班孔珠开口之时。他对自己不得不承受的由嫉妒引发的喧嚣之声啧有烦言。

海岸头人许诺寻找解决之道。于是，至少在当下，种种烦恼得以缓解。

然而，他需要五百卢比才能置办齐全附属设备，让渔船出海。这笔钱也会弄来的。

可是，该怎么办呢？查琪想弄清端详。

切班孔珠说："帕里库提会给我们这笔钱的。"

查琪大吃一惊。在卡鲁塔玛一无所知的情况下，另一场战斗又要进行了。

切班孔珠利用自己作为丈夫而拥有的威权命令查琪："你得出面找他。"

"我不能……"

"既然如此，船就不会出海。"

"好。"

然而，查琪没有坚持自己主张的心气。切班孔珠不肯让步。查琪想，他似乎什么事情都不会再多干一点了。

这种态度正中切班孔珠的下怀。

查琪问道："告诉我，你会归还所有借款吗？"

"当然，"切班孔珠说。他还声称，自己会支付帕里库提利息。

所以，这一次，是由查琪出面同帕里库提接洽。夜深时分，干鱼被售出换钱，以便给切班孔珠的船买附属设备。

万事俱备。此时，就差需要雇用的船工了。

海岸头人平息了年长渔夫的抗议之声，做出安排。这毕竟只是个次要的障碍。

他们一见到船，人人都渴望上去做工。阿查孔珠以为，切班孔珠会征求他的意见，邀请他到船上工作。事实上，他们在他家里曾为此而争吵。阿查孔珠甚至还准备抵制海岸头人的命令。他们毕竟是童年的朋友嘛。

然而，切班孔珠尽管数度碰到他，却没有同他说话。

切班孔珠挑选了十二个人。阿查孔珠并非其中之一。

在船起航出海的前一天，要举行一个小的仪式。他们得筹备一场宴席。切班孔珠为此安排人从商户哈桑·库提那里买来各种饮食。他的客人名单包括数名住在卡卡扎特及蓬纳普拉的亲戚。切班孔珠派卡鲁塔玛去邀请他们出席仪式。

卡鲁塔玛沿着海岸行走，沉浸在深思之中。

“你们会把你们的鱼卖给我吗？”

那轻柔的问询，使卡鲁塔玛突然止步。帕里库提站在她面前。怎么回事儿？从什么地方出来的？在这茫茫的荒野中，他是如何冒出来的？

卡鲁塔玛没有说话。“如果你给我们出高价，我们就会卖给你。”——她连自己以前曾经说过的话都没有再说。

她不再是从前的那个卡鲁塔玛了。

帕里库提问这个低头站着的新卡鲁塔玛：“卡鲁塔玛，你在生我的气呀？”

她不言不语。她觉得，自己的心脏似乎要爆裂了。

“如果你不愿意，我就不多说了。”

实际上，她有太多的话要说。有太多的事要问。事实上，她本来甚至愿意问一声——我皈依伊斯兰教好吗？

她默默地伫立在一条拖到岸上的渔船的阴影中。她感觉到，他在凝视自己坚挺而又高耸的双乳。可是，她又不能说——我的老板，不要这样盯着我看。

她仰起脸来，对他说道："我的老板，我得走了。"

她需要他同意自己离去。她不能径自走开。

突然，卡鲁塔玛惊恐地说："有人会看到我们的！"

她继续行进。她刚走了几步，就听见他在喊叫。"卡鲁塔玛！"

在那一声呼喊中，在他的声音中，有某种异样的东西。一种她以前从未知晓或听出的异样的成分。

她猛然扭过身子，仿佛被一条钓线钩住似的。他没有朝她走过去。也许，她停下脚步，在期待着他走到自己身边来。

两人都不知道，他们就那样站了多久。在她的内心深处，究竟可能翻腾着什么样的情绪？

大海波涛不兴；风儿偃旗息鼓。细小的浪花涌起并破碎成一层泡沫。大海在微笑着。在这一带的诸多海岸上，以往曾发生过这样的爱情故事吗？

帕里库提一定要说的话，非问不可的事，凝结成一句话："卡鲁塔玛，你喜欢我吗？"

卡鲁塔玛不能自持，说道："嗯！"

他急于了解更多内情："你只喜欢我？"

帕里库提几乎立即得到答复。

"只喜欢你。"

就像一声惊雷，她的声音在自己的心里震荡着。也许就是在此时，她才意识到自己做了什么。是她自我招供的。她还没有板起面孔嗔责，她那些话语就已脱口而出。她看着帕里库提的脸。他们四目对视。一切非说不可的话都说了。他们相互倾吐了自己的想法和愿望。

她继续前行。

五

翌日凌晨，几乎所有的人都聚集在滨水区。切班孔珠的船正在起航。由于有一条新船，其他所有船只须同时出海。查琪、卡鲁塔玛和潘查米在海岸边。帕里库提也伫立在那里，但与她们稍有一点距离。潘查米将帕里库提指给卡鲁塔玛看。卡鲁塔玛掐了潘查米一下，以示惩戒。

拉曼·穆潘大声喊叫，招呼迟到者。阿延孔珠指责他们："他们知道有新船出海，怎么还能迟到？"

切班孔珠的船工已做好准备。其中一人开始唱帕里库提的歌。那是一首涌动着悲情的歌。

在东面的椰林上方，月亮在窥视切班孔珠的船下水。大海母亲是欢快的。人们聚集在各条渔船的周围。第一条下海的船就是切班孔珠的。

阿延孔珠大声呼喊。他将手掌放在张开的嘴上来回颤动，发出一连串的响声。其他人也都应声加入，一道发出吉祥的呼喊。海岸上回荡着这种呼喊声。

拉曼·穆潘说："切班孔珠，拿起桨来。"

切班孔珠举起桨来，把它放在自己的头顶上，摆出一种祈求的动作。接着，他向自己家的所有神祇[1]祷告，请求祂们的赐福和

---

① 印度教系多神教。家庭内部，人人均有自己信奉的神灵。住宅设神堂，供奉家庭成员各自的神像。

帮助。

他们都开始推船。船滑过沙滩，切入水中，很快就在海上漂动起来。

查琪和卡鲁塔玛伫立祈祷。她们合十的双手，犹如含苞欲放的花。她们睁开眼睛时，船正在跃上浪头，跌入波谷，朝着西边的海平线行进。一些征兆，有待解读。

拉曼·穆潘和阿延孔珠站在海岸上，占卜着吉凶。拉曼·穆潘问道，“阿延孔珠，你觉得怎么样？”

阿延孔珠以问代答：“难道你不认为，那船的龙骨有利于西行吗？”

“没错。有点往南倾斜。”

查琪急不可耐地走向他们。她想知道他们的预测。她问道：“阿延孔珠老哥，你觉得怎么样？是万事大吉吗？”

阿延孔珠面带智者的庄严神情，说道：“娘们，万事大吉。你再也不会过苦日子了！”

查琪再次合掌，摆出礼拜之姿，向全能的大海母亲高声祷告。

船在向着大洋中心疾驶。它动作敏捷，仿佛知道胜利在望。

卡鲁塔玛说：“阿妈，我们的船有一种堂皇的派头，您不觉得是这样吗？”

“再瞧它移动的样子。”她说话的时候，眼睛一直追随着船。

阿延孔珠说：“小妹，你更得对这条船感到好奇吧？它现在可以说是你们的了。可你知道它曾属于谁吗？帕利昆纳特·坎丹科兰原来是它的主人。这一带的几处海岸，曾有过像这样的船吗？真是满船福气，可凡是属于他的东西，都是那样。他有个老婆；她就像熔化了的金子那样闪闪发亮。在渔民中，没有一个那样的女人。她可真是漂亮呀。至于那宅子，只有他那种人才配住哇。现在，这船是你们的了。小妹，你好福气呀！”

别的所有渔船也都出海了。很快，留在岸上的就只剩她们母女三人。还有帕里库提。冷风吹拂着，帕里库提瑟瑟发抖。在远处的公海上，渔船四散开来。他们在撒网。

帕里库提慢步走向查琪。卡鲁塔玛移到母亲身后。潘查米站着，目瞪口呆地凝望着帕里库提的面孔。

帕里库提像素日那样提出自己的老问题，只是这次是对人家母亲说的，“你们会把鱼卖给我吗？”无论是郑重其事，还是开玩笑，这都是他能提出的唯一问题。

查琪回答说：“孩子，我们会把鱼卖给别的什么人吗？还有谁呀？”

查琪不明白那个问题中暗藏的玄机。她怎么会呢？这可不是一个简单的问题。内中汇聚了他全副的一片汪洋似的情感。立在母亲背后的卡鲁塔玛说：“阿妈，我觉得冷。”

这是渔船起航出海的日子。所以，查琪只有说出她知道自己该说的话之后才能离开。“孩子，多亏了你，我们才能放船出海。没有你，就不会有这样的事。”

帕里库提没有回应。

卡鲁塔玛体味到一种宽慰之感。至少母亲把话说到了。承认了他们欠债。

查琪继续说：“在大鱼汛期过后，我们就还你钱。”

“不，不必。要是我不想拿回钱来，会怎么样呢？”

“你怎么能不想拿回自己的钱？为什么呢？”

帕里库提说：“我给你们出钱，可不是为了再拿回来……”

查琪不能理解这番话。卡鲁塔玛也不明白这是什么意思。可是，她感到周身发热。查琪不禁心生疑窦。

“孩子，怎么回事儿？”

帕里库提坚定不移地说：“不，我不想拿回那笔钱了。”

少顷，帕里库提继续说：“卡鲁塔玛要求我帮助买船和渔网。我是自愿给你们钱的。现在，我就不想把它们拿回来了。”

卡鲁塔玛觉得眼前一片黑暗。她感到天旋地转。

查琪不客气地说：“你为什么要给卡鲁塔玛钱？她是你什么人？”

接着，她用刺耳的嗓音申明：“那是不可能的。这样做不对。你得把钱拿回。”

帕里库提察觉查琪态度严厉。他没有言语。

查琪以母亲对孩子讲述人生善恶的方式继续说道：“孩子，你是个穆斯林。而我们却是渔民。你们是童年时期的玩伴，而且你们可能曾在这一带的海岸上一块儿玩。可是，那是过去的事情了。我们将把她嫁给一个合适的渔夫。而你应当娶一位温顺的穆斯林姑娘。”

片刻之后，查琪接着说：“你们还是孩子。你们不明白这里情势的严重性。你绝不能毁了我们的名声。如果有人看见我们像这样站在这里，他们就会诋毁我们。人就是这么回事儿！”

查琪让两个女儿同她一道走。她随后扭过身来，以一种周到而温柔的语气对帕里库提说：“我的孩子，听我说，你一定得把那笔钱拿回去。”

母亲走了。卡鲁塔玛和潘查米跟着。帕里库提站在那里，望着她们离去。

查琪说的一席话都是正确的。她必须以非常坚定的语气说这一番话。可是，那些话语却让卡鲁塔玛感到心痛。

她们走出一定距离时，卡鲁塔玛转过身子往后看。她不是有意识这样做的；可她怎么能不回头看？

她们到家时，那首曾经深深打动她的歌从海滨飘了进来。

查琪自言自语："他从来都不睡觉吗？"她的问题并没有针对哪一个人。

查琪转向卡鲁塔玛，"我们得尽快把你从这个地方打发走……"

卡鲁塔玛的母亲话里有话。她对于他们而言是一大负担；她还是他们谁都不得安宁的根由。卡鲁塔玛无法克制内心的悲愤，争辩说："我做什么了？"

查琪没有说话。

在熹微的曙色中，查琪和她的孩子们前往海岸，去看渔船返回。所有的船都在公海上。从海相看，他们似乎大有斩获。

"您觉得他们弄到了什么？会是什么鱼呢？"卡鲁塔玛问母亲。

从种种迹象看，该是鲭鱼。

卡鲁塔玛热情洋溢地说："啊，一个多么吉利的开端！"

"姑娘，大海母亲对我们一直不错。"

就像一个小孩子含糊其辞地向母亲讲述自己的愿望那样，卡鲁塔玛说："阿妈，我们一定要将自己捕获的鱼给小老板！"

查琪并未显出一丝不快。她也没有追问小老板是她的什么人。查琪也想要如此行事。可是，查琪心中有自己的疑虑。"我不知道你那个贪心的父亲是不是会这样做！"

卡鲁塔玛有一个解决之道。"船靠岸时，我们一定到那儿等着。您一定要和父亲说。"

查琪表示同意。这是必然的。需要做些事。

潘查米站在海岸上值守，以便她在发现船时能把她们叫过来。此时，另一个障碍突然出现。邻里的女人——娜拉佩努、迦利孔珠、孔吉佩努、还有拉克希米——都来到了这里。她们都想求得一份优惠。孔吉佩努想知道，他们打算将鱼整卖给大商铺还是小商贩。在这片海岸上，将鱼整卖给大商铺已成惯例。所以，这些要到东面卖鱼谋生的女人，不得不向大商铺主人百般讨要，求得一些鱼品。

孔吉佩努说："可是，查琪大姐，我们不必跟你讲这些。你已知道有关情况。"

对她们的需求，查琪可能感同身受。从大商铺主手里买鱼无利可图。她们不但非得按人家强行制订的价格付款，而且还得听凭他们辱骂。

查琪问道："你要我做什么？"

娜拉佩努面带三分凛然之色，说道："你们必须把自家船上的鱼卖给我们渔家妇女。"

查琪不知如何回答是好。她们毕竟都是邻居。对她们说的话不能表示异议。可是，她如何能许诺呢？切班孔珠是否会认同她们的如意算盘，她自己都有怀疑。而且帕里库提已经要过这些鱼。可是，她如何能对她们讲哪怕一丁点儿这方面的东西呢？

迦利孔珠问道："查琪大姐，你怎么不说点儿啥？你是想弄清楚切班孔珠大哥是不是会同意？查琪大姐，你一定要坚持。置办这船和渔网，毕竟也用了你的一些收入啊。你费劲巴拉地拖着筐卖鱼赚来的钱！"

查琪完全清楚，她们的观察是以事实为依据的。

拉克希米说："你还会继续和我们一块儿到东边卖鱼吗？"

查琪说："你怎么还用问这个？就算我们有了一支捕鱼船队，查琪也将永远是查琪呀。"

拉克希米表示道歉："我不是那个意思。我只是想，我们能够合伙整买一些鱼，然后我们自己再把它们分开。"

查琪做出表示自己无可奈何的手势。"我真不知道我们家那口子是不是会同意。"

娜拉佩努说："你一定要坚持下去。那么，事情就会成功！"

迦利孔珠扭身对卡鲁塔玛说："你也一定要跟你父亲说说！"

卡鲁塔玛语气强硬地回嘴："不，我不！"

可是，潘查米答应这样做。在他们家的船到岸时，在商铺主公开认购之前，她将先行对父亲说话。她有自己的计划。在船到岸时，她要抓到一筐鱼，把它们晒干，由此开始建立自己的干鱼储备。为落实此项计划，必须阻止父亲将捕获的鱼卖给商铺主。

"让我考虑考虑。"查琪说，力图使自己摆脱一种难堪的局面。可是，她明白，事情不会如人所愿。她能想见，由此会有许多纠纷接踵而至。

太阳升到天上，海岸开始挤满商铺主、带着筐的妇女和孩子们。在外海，海鸥在空中盘旋。船上的劳工或在收网，或在往下抖搂鱼儿。人人都想猜出会是什么鱼。

卡达尔认为，一定是小鱼小虾。无论是什么，似乎数量可观。突然，两只海鸥从西面朝他们飞来。一只海鸥的嘴里叼着一条鱼。大家全都仰头看那鱼。有人大喊一声："沙丁鱼！是沙丁鱼！"

众多船只似乎已经开始返航。这些船在向东掉头。潘查米跑回家里。

"阿妈，阿妈，是沙丁鱼。打上来的是沙丁鱼！"

卡鲁塔玛和查琪急切地跑了出去。还是在那个老地点，查琪大声呼喊，对大海母亲表达自己的谢意。

母亲和女儿冲到岸边。她们想看见自家的船满载而归。船儿离开公海，在波浪上跳跃着驶来。母亲和女儿为哪条船是自家的而争论。

自从他们发现捕获的是沙丁鱼之后，海岸上就是一片繁忙和喧嚣。孔吉佩努、娜拉佩努、迦利孔珠、拉克希米都聚拢在查琪周围。潘查米备好一只篮子。就在她们站在那里，看见一条船快如飞鸟，走在前头，从一个浪峰跳上另一个浪峰。似为满载而归。

潘查米不假思索，脱口而出："船上好像只有一个人！"

船的到来如同英雄凯旋。上面是海鸥在翱翔。后面是其他船只。似乎从海上传来一片巨大的欢庆喧声。

切班孔珠伫立在那条正在凯旋的渔船的尾部。他不是在站着。他在奋力挥动双桨，让它们在水中飞快进出。他在将船朝家的方向划动之时，是在跳跃着和蹦跶着。他不是在水中，而是飘浮在空中。他的桨以极高的速度在空中造成涟漪。他划桨的巨大力量，驱动着船冲破层层波浪前行。天际归舟竟然如此壮观。

迦利孔珠说："瞧他！他回来的那副样子——不得了吧？"

所有人都一致认为，这条船确实是一条漂亮的船。查琪恳求道："爷们，别玩命啦！"

船越来越近。切班孔珠的面目焕然一新。这是一种多么巨大的变化呀！

查琪说："真体面！"

一个由大海抚育的男儿的体面。

随后，有人将船拖到岸上。桨手们放下桨，跳了下来，把船拉到岸上更高的地方。

孩子们聚集在船的周围。潘查米是其中之一。

切班孔珠咄咄逼人，一跃从船尾跳到岸上。孩子们尖叫着，四散开来。潘查米站在原地，一动不动。她有什么好害怕的?

切班孔珠大叫大喊："我不让任何人捡我船上的小鱼小虾！"接着，他一把抓住潘查米，将她抛开。姑娘摔到地上，尖叫一声："阿妈！"

查琪和卡鲁塔玛痛苦不堪，喊叫起来。一个女人说："冷酷无情的家伙！他是个什么人？恶魔！"

就像切班孔珠那样，潘查米也有一个梦想。捡一些小鱼虾，将它们晒干并贮存起来。有朝一日，它们会换回一笔可观的收入呢。所以，她依据一个女儿的天赋权利，前往父亲的渔船。可是，切班孔珠对此毫不明白。傲慢和自负，已使他如醉如痴。

凡是置于船里的东西，都是大海化生的。谁也没有为它们播过种。谁也不曾养育过它们。所以，它们的一部分——至少那些小鱼虾——是留给穷人和赤贫者的；这是海洋的法则。

"你怎么回事儿？你是个恶魔？"查琪尖叫，将潘查米揽在怀里。母女二人揉着潘查米的胸脯。她身痛心更痛。她的情感受到的伤害，重于她的肉体受到的伤害。

在船的周围，商铺主们相互推搡着。帕里库提领先于其余所有的人。切班孔珠似乎谁都不认识。

老板卡达尔问道："切班孔珠，有什么要卖？"

孔吉佩努、拉克希米以及别的女人们，绕着船跑来跑去。潘查米原本许诺为她们买自家船上的鱼，此时却躺在地上，目瞪口呆，惊恐不已。查琪守在她身边。

商铺主们正在最后成交。孔吉佩努对其他女人说：“无论如何，让我们问问他。”

娜拉佩努回应说：“能问那个恶魔什么？”

其他渔船开始驶近。切班孔珠想在它们靠岸前结束交易。

帕里库提问道：“您愿意把鱼卖给我吗？”

切班孔珠装作没有看见帕里库提的样子。他大声说道：“我要全额付账。你有现金吗？我要现金！”

卡达尔老板将一沓百卢比纸币塞到切班孔珠手里；买卖成交。

帕里库提跑向其他船只。可是，鱼已售罄。

在潘查米的哭声平息之后，卡鲁塔玛看见帕里库提走开，一脸沮丧的神情。他没有足够的现金。

卡鲁塔玛告诉母亲：“小老板一点鱼也没弄到！”

查琪走向帕里库提。“小老板，你没报价要鱼呀？”

“我报了。”

“怎么着？”

帕里库提没有言语。那天，他一点鱼都未能买到。近期，还没有见过这么大的沙丁鱼总捕获量。

查琪此时恍然大悟。她发现，切班孔珠变成了另外一个人。

她说：“小老板，他看到那么多鱼，就变成了一个恶魔。”

“我随身带了一些钱，而且我稍后会补足余款的。”

“这就是买卖没有成交的原因吗？”

“很有可能。”

帕里库提走了。卡鲁塔玛渴望同他说话。可是，她又怎么能开得了口呢？

他的询问和她的回应已成为现实。那些话语在她的耳朵里轰响着：

“你们在有了船和渔网后，会把鱼卖给我吗？”

“如果你给我们出高价，我们会卖给你。”

迦利孔珠和娜拉佩努在抱怨。她们不得不从商铺主那里买鱼。切班孔珠给工人们发放份金。渔网需要洗净并展开晾干。随后，他回家。他手里有了大量的钱。生活焕发出一种全新的光彩。他在踏上一条新路。

从凌晨起，他一直在辛苦劳作。可是，即使在往家里走时，他也没有疲惫之感。

然而，家里并没有欢快的气氛。他拿出一巴掌的现钱让查琪看。可是，查琪对此毫无兴趣。“这些钱是给谁的呀？”

“娘们，这还用问！”

“看看潘查米的胸脯。”

切班孔珠抱起还在啜泣的潘查米，查看她的身体。胸脯上有淤伤。他问道：“孩子，你为什么到那儿去？”

查琪说明了潘查米的意图。突然，切班孔珠心中涌起对女儿的深切爱怜之感。她希望挣钱。他喜欢这一点。他许诺以后给她一篮子鱼。

查琪随后将话题转移到帕里库提身上。“此事不可原谅。没有他，就不会有船，也不会有渔网。”

切班孔珠无法理解自己有什么错。“怎么？娘们，你什么意思？”

“你为什么不卖给他鱼？”

“那么，我该怎么安排？难道我不需要给那些跟我干活儿的渔夫发工资吗？”切班孔珠继续说，“而且，如果我卖给他鱼，就有了一个问题；他会把我欠他的钱从总价中扣除。”

“你是说，他帮助过你，现在倒成了他的不是？”

卡鲁塔玛也怒不可遏。她在自己的房间里大声叫喊：“他的商铺里已经一无所有。”

那天晚上，在阿查孔珠家里，也有一场争吵。

妻子说：“你口口声声地说，他是你的发小。你在他的船上干活儿的梦想，怎么样了？”

阿查孔珠反唇相讥：“你又怎么样？你紧跟在查琪后头。那事怎么着了？”

阿查孔珠继续说：“人们手里有一两个小钱后，就忘记过去了。”

娜拉佩努抱有同感。

阿查孔珠再度重申自己的梦想。“嗯，让我想一想，看我是不是也能弄条船和几张渔网。”

然而，对于他的决心，娜拉佩努却不那么信服。

六

切班孔珠是个幸运的人。在这片海岸上，就鱼的总捕获量而言，别人鲜能与他匹敌。事实上，他每次的总捕获量都多达别人的两倍。在他每次撒网后，那网出水时，总是鼓鼓囊囊。实在是个奇迹！

每天夜里，在他清点当日收入时，查琪总会说：“我们需要把姑娘嫁出去。”

切班孔珠总是假装自己不曾听见她说话。

可是，查琪也总是坚定不移。她会继续说：“你心里在想什么？让她永远待在家里？”

切班孔珠默不吱声。他很可能认为，此事与赚钱不可同日而语。

该发生的事情总会发生。

切班孔珠已将一条渔船需要的所有附属设备备齐。他现在可以在任何时候出海。他已万事俱备。

帕里库提的商棚似乎已经关张。那儿似乎没有一点动静。他也没有钱。他父亲对他大加申斥。阿卜杜勒老板说，他知道帕里库提已将自己所有的钱都给了一个渔家女。

卡鲁塔玛隔着篱笆听到了这一番话。她扭身去找母亲，坚持说他们应当立即偿还帕里库提的钱。她将阿卜杜勒老板对儿子说的那一番话当面甩给母亲。还能有别的更令人蒙羞的事吗？难道帕里库提没有动用自己的资本并把它悉数给了一个渔家女？

“我们会归还那笔钱的。早晚的事儿。”切班孔珠总是以这样的老生常谈作答。

切班孔珠有了一个新的梦想。几个新的梦想。他想再弄两条船和更多的渔网。随后，他将弄一块地，在上面建一所宅子。他还想让自己手里有很多钱。

“我这一生不是一直在辛苦劳作吗？……现在，就像那个帕利昆纳特一样，我也要享受生活！享受！享受！最充分地享受生活！”

他还决定，要让查琪变得丰腴起来。

查琪冷笑着说：“好像我现在就会变得胖起来似的……都这把年纪了！”

“怎么不行？当然，你也会变得丰满起来。”

查琪从来不曾听见切班孔珠说起过要享受生活的话。对于他来说，享乐是前所未有的事。

她问道：“你都这么老了，还要享什么乐？你是从哪儿得来这种念头的？”

“听着，谁说你在老年也不能享受生活？你一定要瞧瞧人家帕利昆纳特……你应当看一看人家是怎样有滋有味地享受生活的。”

查琪望着他，不知自己是否应当劝戒他。他是要误入歧途吗？

人到老年还要享乐，是错的吗？

切班孔珠说：“让我跟你讲一些事儿。他老婆与你同龄。可是，人家总是衣着光鲜……头发梳得精致，前额上一点吉祥志，双唇火红……人家那皮肤，金光闪闪。你应当见一见他们。他们就像是一对年轻的渔家夫妇。”

查琪问道：“看来，那就是你想要的生活了？让我打扮得花枝招展，像个年轻姑娘一样，到处跑来跑去？”

“那有什么错？”

“我会觉得太尴尬。”

“你为什么会觉得尴尬？”

“我不能……我就是不能！”查琪大声表白，面带羞怯之色。

切班孔珠继续描述坎丹科兰大有福气的生活中的诸多乐事。他从来不曾像在坎丹科兰家那样好吃好喝过。人家的咖喱烧菜有一种独特的风味。他们犹如一对年轻夫妇，每时每刻都在尽情享受生活。

“你想听点别的事吗？那可真是令人难堪……我去那儿的时候，有一天，我发现他们在一起。相互亲吻，相互抚摸，跟年轻恋人一样……”

“啊呀，这种见不得人的勾当……胡说八道！”查琪说。

切班孔珠问道：“这有什么错？我跟你说过，人家的相处之道，就像是新婚夫妇。”

“他们没孩子吗？”

“一个男孩。”

切班孔珠仔细打量查琪，说道：“我们一定得把你养得像帕皮孔珠[①]一样胖。那时，我们就能沉醉在青春的欢乐之中啦……”

查琪的心中也有同样的愿望。被丈夫拥抱和亲吻。可是，她从来不愿谈论此事。“首先，你需要解决自己的问题。”

“没错，当然啦。我需要让自己恢复正常，那时，别的一切就水到渠成啦……”切班孔珠微笑着说。想到自己很快就会到来的赏心乐事，他的眼里隐约流露出喜悦的神色。

查琪抱怨说：“你似乎被那个女人迷上了……”

“千真万确。凡是男人，都会被她迷上的！”

稍后，切班孔珠说：“他[②]是个走运的人。”

“让我们希望，我们也会有大海母亲赐予的福气。一旦我们有了自己的土地和宅子，以及我们即使不外出劳作也足够我们生活下去的钱，我们也会像年轻夫妇那样轻松愉快。”查琪宣称，“到那时，我们也就把两个姑娘都嫁出去了。”

切班孔珠心里也是这样想的。

查琪说：“可是，我不漂亮。”

切班孔珠断言：“不过，时候到了，你就会变漂亮的。”

“那时，我要是死了，情况会怎么样呢？”

“胡说八道！不要说这样的丧气话。”

突然，海色变了。浓密。海里大片的水域被染红。这是大海母

① 坎丹科兰之妻的名字。

② 指帕皮孔珠的丈夫坎丹科兰。

亲一年中的那一时期。[1]此后一段时间，她将无法赐福于他们。大海会变得贫瘠。

几天过去了。切班孔珠不能闲着。如果他外出进入深海，情况会怎样？他会在那里找到鱼的。

他召集船工，征求他们的意见。但是，他们谁也不愿对他清楚表明自己的意向。在这片海岸，无论是谁，都很少前往深海捕鱼。在这个海水浑浊的月份中，甚至根本无人出海。

切班孔珠声色俱厉："我跟你们把丑话说在前头。如果你们懒得跟我走，你们就会挨饿。我不能给你们预付款。"

饥饿在继续。继续。人们的所有小钱全都花光了。少数几个人试图出海。可是，他们连一片鱼鳞也找不到。

这是一段人人遭受饥饿折磨的时期。劳工和船主，全都一样。船主也几乎没有余钱。

邻里都陷入贫困。无论什么地方，所有人都在挨饿。阿查孔珠本来决定弄一条船和几张渔网，却遭到最为严重的打击。他有几个孩子，得为他们忧心。

一天，他们到了山穷水尽的地步。前一天，他们将粘在筐上的干鱼片摇晃下来，将它们卖了一点小钱，买回木薯粉做了一顿饭吃。然而，今天可就一无所有了。阿查孔珠与妻子开始争吵。阿查孔珠扇了出言不逊的妻子一记耳光，怒气冲冲地走了出去。挑起安抚号啕大哭的孩子们这样一副重担，便是这个女人的命。所以，她怎么能走开？

---

① 这里描写的是海洋赤潮现象和当地民间迷信。赤潮由甲藻（亦名赤潮藻）周期性爆发增殖造成，导致海水变色。这是海洋生态系统中的一种异常现象。此时，有毒物质释放到水中，使鱼和其他海洋生物因缺氧和中毒而大量死亡。赤潮一般发生于暖海，多见于海湾等近海地带，罕见于深海。过去，当地渔民无法理解这一现象，认为赤潮现象是大海母亲处于经期而造成的。原文比较含蓄。

于是，娜拉佩努咒骂阿查孔珠："我知道，你这样怒冲冲地脱身而去安的是什么心。你要去茶馆填饱自己的肚皮，而我们……"

然而，阿查孔珠却装作没有听见这番指控，继续往外走。也许，他只是要去寻觅缓解问题的办法吧。

她一直等到晚上。最后，娜拉佩努拿上一只青铜杯去找查琪。她愿意抵押或卖掉这只杯子，而她只是迫切需要一卢比。查琪将杯子作为抵押品收下，借给她一卢比。

拉克希米获悉此事后，带了一对儿小金耳钉前来。它们原是她女儿耳垂上的饰物。不一会儿，众人纷纷踏上门来，查琪开始觉得，这是一件非常讨厌的事。她没有那么多钱借人。可是，当她这么说时，却无人相信。

迦利孔珠携带一口大锅去找查琪。她靠蹭饭和节省，才于前一年在曼纳尔沙拉庙会上买下这件铜器。可是，查琪说："如果你们每个人都来这里，我该到哪儿去找钱？我肯定不能从地里挖出现金来吧……"

迦利孔珠是被孩子们的饥饿驱赶到那里的。她没有料到会遭遇这样一种唐突无礼的拒绝。

查琪继续说："人人都要切班孔珠的现钱。可是，在我们过去需要帮助的时候，却没有一个人……那时，你们每个人都想背弃我们。"

迦利孔珠责问："我们干什么了？"

"没有，你们没干什么。可是，这里现在没钱。"

"你怎么能这样？倒好像你不认识我？"

"我也得在乎自己呀……"

迦利孔珠怒火发作。"就因为你现在富了……"

"啊，她现在变得粗鲁无礼了……"

不一会儿，两人的来言去语变成一场争吵。卡鲁塔玛出面调停。她吓坏了。随着争吵用语越来越恶毒，她知道自己会被牵扯进去。

卡鲁塔玛跪倒在迦利孔珠脚下，苦苦央告。最后，迦利孔珠拿着自己的铜器离开。

卡鲁塔玛转向自己的母亲。"您有什么毛病了吧？"

"你想让我怎么做？"

"自从我们有了船和渔网，你们俩就变了。"

那天晚上，切班孔珠吃晚餐时，查琪坐在他的身旁，向他讲了那些流言蜚语，说他们所在海岸上的饥荒的情况。那里，没有一户人家点火做饭。

切班孔珠说："就让他们挨饿！让他们统统玩完！"

卡鲁塔玛大为震惊。

切班孔珠继续说："让他们着急上火！这会对我们有好处的……"

卡鲁塔玛无法理解他如此恶毒的原因。但是，她在那时已对自己的父亲深感厌恶。

查琪问道："这种情况，怎么会对我们有好处呢？"

"让他们遭罪……他们手里有钱的时候，就欢喜雀跃。随后，前往阿拉普扎，用商铺里买来的食物填饱自己的肚子。即使家里渔妇平素没有衣服穿，他们也会给她们买极为昂贵的卡萨乌纱丽[①]。他们那做派，就好像他们走路都不必脚踏实地了。所以，让他们现在数星星去吧……"

卡鲁塔玛仍然无法弄明白父亲如此诅咒别人的缘由。查琪随后

---

① 卡萨乌纱丽（kasavu sari），一种带有细金线或细银线刺绣图案的纱丽。

提起一个古老的道理："渔夫永远无须存留任何身外之物。"

"让他们什么也不存留！这就是他们如今遭罪的原因。你最好把这一切都告诉女儿，不然她也早晚会挨饿。"

查琪微微一笑，说道："啊，你可真是个精明的渔夫！"

"对，我是个精明人！这就是我手里有钱的原因！"

"别跟我讲这些！那个穆斯林小伙子已经不得不关掉自己的商棚。咱家姑娘可是年齿渐长喽……"

卡鲁塔玛想没好气地说一句："阿爸他也该遭罪，没错！"

查琪和切班孔珠利用了海岸上那段休渔时期。他们没花几个钱，就弄到数件青铜器皿、金首饰以及别的贵重物品。他们在打发女儿出嫁时，就不必花费本来可能需要支出的那么多钱了。

一天，他们弄到一张敦实的床。丈夫到家时，查琪羞涩地咧嘴一笑。"我买了一张床！"

切班孔珠色迷迷地笑道，"怎么了？"

"床是干什么用的？睡觉呗！"

"谁打算睡在上面？"

"姑娘结婚时，她丈夫和她呗……"

"真的？"

"还能怎么着？你以为这床是给我们两个老东西买的？"

切班孔珠似乎认可了这一点。随后，他说："可是，我打算请人做一张床垫。就跟我在坎丹科兰家看见的那张床垫一模一样。"

"既然如此，你就需要找个与之相配的女人……去跟你睡觉……"

"我会把你变成那个女人的。"

一个略微详尽一点的计划，突然闪现在切班孔珠的心头。换言之，也许这个计划正是他尽情享受生活之梦的又一内容。他制定了再为自己弄一条船的计划。

他几乎所有的钱都沉积在动产之中。然而，他仍然认为，这一计划并非一项无法完成的任务。

一天，切班孔珠醒来时，发现属于瓦拉卡兰种姓的拉曼孔珠在周围徘徊。切班孔珠虚张声势，非常客气地迎接他。拉曼孔珠是这片海岸的一个渔网商。他有两条属于自己的船。切班孔珠曾在拉曼孔珠的船上劳作过一段时间。可是，他的所有不动产不得不逐一卖掉。

拉曼孔珠需要钱。在这样贫困的时期，他得给自己的劳工发放预付款。他通常从乌赛普那里借钱。然而，他已欠乌赛普许多钱了。所以，他怎么能再向乌赛普告贷？

拉曼孔珠说："他们已经跟我很长很长时间了……而他们如今在挨饿。海里一点鱼都没有。我怎么能对他们的苦难视而不见？"

切班孔珠表示赞同："对，当然。你该这么做。特别是像你这样的人……"

他主动提出借钱。"那么，你需要多少钱？"

"一百五就够了！"

切班孔珠数出现金。拉曼孔珠问道："你不给自己的劳工发放预付款吗？"

切班孔珠挠了挠头，说道："我怎么能行啊？我只是个像他们一样的劳工。一只松鼠能把嘴张得像一头大象那样大吗？"

拉曼孔珠哈哈大笑。

切班孔珠再次说明自己的态度。

在拉曼孔珠离开后，切班孔珠去找查琪，在她周围神气地走来走去，喜形于色，像个狂人。查琪从未见他如此模样。

查琪问道：“你这是疯什么呀？”

“你这个家伙，你懂什么呀！一个月后，他的中式渔网[①]和船就是我的了。”

随后，他补充说：“现在你明白了吧，你为什么需要有现钱在手。”

切班孔珠的劳工们开始要求发放预付款。他问他们：“你们愿意干活儿吗？”

他们回答说愿意。

切班孔珠说：“既然如此，让我们到深海捕鱼……”

“可是，我们怎么能行？在这个倒霉的时候？”

切班孔珠想到一个新招。他说，他将雇用新劳工。他们将会成为固定雇员。“我已经把自己所有的钱都投进船和附属设备。你们想让我闲坐着，无所事事？这让我心碎呀……”

只是在一天上午，查琪和卡鲁塔玛看见切班孔珠的船驶入西边的海平线时，她们才发现这一点。他站在船尾。

那一天，十三户人家在海岸上守候。妻子和孩子们恳求诸神赦免那些船员。老汉们说，底流十分凶险。在外海还会有旋涡。

黄昏时分，船尚未归来。海岸回荡着哀嚎声。夜里，渔村全体民众聚集在海岸边。他们都伫立等候，凝视着西方的海平线。夜空清朗。星辰全出来了。大海波平浪静。有人觉得，自己看见远处有

---

① 中国元明之际，曾不断有使臣造访印度西南马拉巴尔海岸诸国。中式渔网由明代郑和船队水手传入今喀拉拉邦一带，至今犹在沿用。

个小点。那可能是渔船吗？

然而，那条船并没有驶来。

科昌的老母捶胸顿足，强烈要求查琪归还自己的独子。瓦娃身怀六甲的妻子没有怪罪任何人。可是，她就站在那里啜泣。海岸弥漫着高亢的悲怆的声浪。

快到午夜时，一声大喊响彻海岸："船回来了！"

船宛如一只飞鸟，穿越层层波浪急速驶来。船上有一条鲨鱼。他们还捕到另外一条鲨鱼。可是，由于他们无法将两条鲨鱼都装入船内，于是一条鲨鱼被切割成碎块。

切班孔珠将切开的鲨鱼分给妇女，以便她们能在东边将它们卖出。他说，她们在销售之后给他钱就行。迦利孔珠，拉克希米，她们全都得到一份。所以，在那一天，许多人家都生火做饭了。

两天后，鱼饵再度被触发。那一天，切班孔珠也是大获全胜。即使在大海贫瘠之时，切班孔珠依然资金充裕，十分富有。老人们对于自己的失败唯有沉默。女人们则说："多亏切班孔珠，我们才吃饱了肚子。"

别的一些船主也决定出海。他们自我安慰说，在这次饥饿期之后，会有一个丰裕期。去年，大鱼汛[①]曾发生于阿拉普扎迤北。因此，大鱼汛今年很可能出现在这片海岸。倘若运气不佳，情况并非如此，他们也应当准备带上渔网跟踪追击。这就意味着，船和渔网得予以维修，准备停当。在这样的赤贫时期，还不得不做这件事，船主们为之忧心忡忡。

乌赛普和戈文丹带着沉甸甸的钱袋来到海岸。人人都迫切需要

① 大鱼汛（chakara），在雨季短期出现于喀拉拉海岸一些地方的一种自然现象。大量鱼类或虾类此时出现，渔民的总捕获量很大。

钱。会同意任何条件。商铺主竭力交好阿拉普扎、故临[1]、柯枝[2]的大虾出口公司的经理们。于是，这里的海岸由于借来的款项而变得混乱不堪。

韧网需要修补。几个小商人拜访各种各样的人家，主动向妇女提供贷款。他们在向妇女和儿童发放定金，以便将来收购他们收集和保存的干鱼。其间，有传闻说，一个年轻的穆斯林男子在科秋娣的住所时，被她丈夫发现并用刀捅了。

切班孔珠开始经常见到拉曼孔珠。后者被吓坏了，因为他将不得不归还那笔借款。可是，切班孔珠并不讨债，反而主动向他提供小额临时贷款。

帕里库提没有为大鱼汛期间的生意做准备。父亲已要求他关闭商铺。阿卜杜勒坚持要求帕里库提放弃鱼类买卖，做点别的什么事儿。可是，帕里库提不愿从事其他任何工作。“我不能！”帕里库提说。

他唐突地说，他尚未决定离开海岸。

阿卜杜勒大为震惊。儿子以前从未以这种态度同他说话。阿卜杜勒喝问：“这是为什么？”

帕里库提说：“在我还是个孩子的时候，您带我到这儿的海岸，把我变成了一个鱼商。我不会买卖别的任何东西。我不知道怎么弄。”

“可是，你连本钱都亏掉了；我们为之投入的一切都亏掉了！”

帕里库提甚至对这样的失误也振振有词。“可是，阿爸，难道您不明白？做任何生意，都会既有收益又有亏损！有时甚至会血本

---

① 故临（Kollam），一译俱蓝，即今印度西南海岸喀拉拉邦的奎隆（Kuilon）。元世祖忽必烈曾派使臣杨廷璧出访俱蓝。

② 柯枝（Kochi），印度古国名。其故地即今印度西南海岸喀拉拉邦的柯钦（Cochin）。

无归！”

“如果有更大的亏损，该怎么办？”

帕里库提对此只有一个答复。“您为什么不把我那份遗产给我？您从今往后就不必给我任何东西了！”

“可是，还有什么东西留下来让我给你？就有一块地了！”

阿卜杜勒有很多烦恼。他曾是个富人。然而，所有财富如今都消逝了。他还有一个女儿尚未出阁。她已订婚。阿卜杜勒说了自己的困境。可是，帕里库提并不改变自己的主意。

卡鲁塔玛注意到，在帕里库提的商棚里，毫无大鱼汛前应有的喧嚣和繁忙。他没有购买席子和带把手的箩筐。大锅也没有修补。他也没有砌炉灶。她告诉母亲，现在是将欠款归还帕里库提的时候了。如果他们对他所做的一切尚心存感激之情，那么现在就是帮助他走出困境之时。

查琪开始缠着切班孔珠。毫无用处。更糟的是，如此这般似乎只能使他恼怒。此时，卡鲁塔玛确认，父亲将永远不会归还帕里库提的钱。此时，她自己做出几项决定。

一天，她告诉母亲：“我再也不能承受这份重压。”

一开始，她母亲不理解。“你得承受什么重压？”

卡鲁塔玛怆然泪下。查琪安慰她。可是，卡鲁塔玛固执地说，“我打算告诉阿爸——所有的事——我知道，那时他就会拿出钱来。”

查琪非常震惊。“我的女儿！你绝不能这样做！”

查琪害怕，切班孔珠倘若知晓她所做的一切，会怒不可遏。她甚至不敢思量此事。从卡鲁塔玛的声调和措辞看，她也因为自己对太多的事不知情而忧心忡忡。

在独处之时，卡鲁塔玛魂不守舍。她爱帕里库提。她的心里不会有另外一个男人的位置。她要是能忘记他，忘记他们的关系，哪怕只有片刻，也好哇。她生来就是个渔家女。她就是至死也只能是个渔夫之妻。她知道，自己的一生就该如此。那么，她岂不是应当也必须遗忘帕里库提吗？

她认为，倘若他们能够还钱，把自己从那笔债务中解脱出来，她将能够忘记帕里库提。她不忍看见他因为自己而忧伤而颓唐。事实上，他的这一形象一直萦回于她的心际。

许多时日过去了，一切都毫无变化。切班孔珠没有还钱。

七

渔民非常急切地期待着。每一天，在每一家，当人们靠煮木薯粉和稀粥苟延残喘之时，他们全都心怀同样的问题，把眼睛转向大海。啊，大海母亲，我们何时才能吃上一顿像样的饭？我们何时才能做一口一个的米饭小团子？

他们自己知道答案：在大鱼汛季到来之时！他们已很久不曾吃过去骨鱼片了。

在茶馆老板停止赊账后，渔夫们就跟他瞎对付，说什么“再过一天，很快，大鱼汛就会来！”

女人们穿着退了色的、褴褛的、打了不少补丁的衣服。在她们抱怨时，那些做丈夫的就说：“等大鱼汛来了，我就给你买最细的马尔马尔布[①]！”

所有的需求和愿望都将在那时实现。

卡鲁塔玛也有一个愿望。不然，那也是一种需求？她对母亲讲了这一点。在大鱼汛季，会赚许多钱。此外，她们应从每日进账中

① 马尔马尔布（mal-mal cloth），一种驰名印度的白棉布，质地柔软，不易沾尘。

留出一大份。她们将能以此归还欠帕里库提的钱。查琪也想积累一笔资金。可是，她希望用这笔资金做别的事。买金子。

卡鲁塔玛说："我不要金子或首饰！我就是想让您归还借款。"

查琪说："不过，那笔债务不是你爸的责任吗？"

"可是，他不会还那笔钱了！"

查琪表示认可。于是，卡鲁塔玛制定了自己的计划。潘查米也有一个计划。她将摘取网上的小鱼虾。此外，父亲已经许诺，每次出海归来，都给她一篮子鱼。

帕里库提也做了一些决定。阿卜杜勒将自己的房子和土地抵押给一个放债人[①]，也就是放高利贷者，拿到两千卢比。假如他能计划好那年的大鱼汛季销售，他们将能还清债务并把妹妹嫁出去。他已下定决心。

阿查孔珠也想从这次大鱼汛中获利。他也希望成为一名船主。大海旷日持久的贫瘠是出乎意料的。他们在此期间都食不果腹。

阿查孔珠与乌赛普接洽。他也想买船和渔网。他准备接受任何种类的约定。"我也想站在船舵边出海。我老婆也得来海岸等我回来。"

乌赛普问道："阿查孔珠，你手里有什么？"

阿查孔珠回答说："一无所有。"

"那么，这事你想怎么办？"

最后，乌赛普拿出一个方案。他会将阿查孔珠在大鱼汛期间挣的钱存起来。在这一季节过后，就可以买船。乌赛普将补齐其余不足款项。

"可是，还有一件事！船和渔网将归在我的名下。阿查孔珠，我

---

① 放债人，原文为setu。

将只给你进账的一个份额。船主应得的份额将是我的。不过，你将得到船长的份额。那么，你愿意把你在大鱼汛季挣的钱交给我吗？我将保障这笔钱的安全！”

阿查孔珠同意。这种做法在海滨地带相沿成习。他回家将此事告知娜拉佩努。他说：“你也必须把你在东边卖鱼的收入给我。”

“可这是为什么？你把你自己的份额给我。”

“你这个蠢婆娘，我打算把咱们两人的收入都交给乌赛普老伯。”

娜拉佩努对此不是十分高兴。她问道，“切班孔珠大哥是怎么买下船和渔网的？他把一切都交给了查琪。”

然而，他们最终决定把一切都托付给乌赛普老伯。

阿查孔珠逢人便讲，他也打算买船和渔网。

正如他们满怀憧憬所期待的那样，休渔时期终于结束。暴风雨露头了。接踵而至的海流使他们断定，自家的海岸今年将迎来大鱼汛。渔夫们的眼睛闪射着希望的光彩。很快，海岸活跃起来，一派繁忙景象。这里已形成一座小城。小棚屋骤然在两边拔地而起。茶馆、裁缝铺、纺织品店、首饰店——应有尽有，全都到位。那一年，他们甚至打算用一台发电机供电。所以，还会有电灯！

第二场暴风雨也降临了。大海翻腾着。人人欢喜雀跃。梦想的蓓蕾突然绽放。在波翻浪涌的大海平静下来之时，它就会给他们送来繁荣。

大海变得波平浪静。众多渔船从远处的海岸赶来。正是雨季。风刮起来，浓密的灰色的云在聚集。可是，大海却像池塘一般平静。

切班孔珠的劳工们行动快捷。他已把他们训练得更为技艺精湛。切班孔珠脚踏船尾，浑身洋溢着巨大的活力。这始终是一幅引人瞩目和惊叹的景象。

第一天，总捕获量不是太大。鱼群还在等待大海进一步平缓下来。尽管如此，所有渔船都出海了。那天，切班孔珠的总捕获量首屈一指。

阿延孔珠认为，所以如此是因为切班孔珠比其他任何人都出发得更早。然而，拉曼·穆潘却持不同观点。“他在买船时，连帕利昆纳特的好运气也一道买来了！”

别的所有船主都赌咒发誓地说，他们即便无法大幅度提高自己的总捕获量，起码也得与切班孔珠不相上下。事实上，他在激励着他们。

阿延孔珠鞭策自己的船员。“别让我喊你们出工。你们必须在破晓前赶到这儿。嘿，你们就没一点儿自尊心吗？”

他们每个人都感到争强好胜的热血在周身激荡。他们将奋力追平切班孔珠的总捕获量。

与惯例相反，人们比以往更早地聚集在海岸。可是，其中一些人还是得让人叫醒并让人催促着前来。茶馆也比向来更早开始营业。那天，切班孔珠的船出发晚了。他不知道别人业已提前启程。

从渔船的动向可以十分清楚地看出，这是个大丰收的日子。坐商与小贩纷纷前往海岸。帕里库提坐立不安。他似乎在期待着什么人。他手头只有一点现金。放债人的经理许诺带钱前来。可是，他尚未到来。帕里库提在等着他。

无论从哪一方面看，这都是个发生巧合事件的日子。海里鱼群踊跃。此外，这还是个阳光明媚的日子。虾如果被蒸熟，很快就会变干。他是能在那天赚不少钱的。

时间飞速流逝。放债人的经理帕丘皮莱没有来。帕里库提开始担忧，他将不能从这次大丰收中获利。渔船在纷纷返回海岸。帕里库提变得更加焦虑不安。其他人都伫立在那里，带着足够的现金。海岸上响起热烈的欢呼声。在餐馆里，他们铺开香蕉叶，开始将午饭放在上面。在渔船靠近海滨时，岸上的人们总会冲上去，将它们拖上沙滩。在小棚屋中，炉火业已点燃，镀锡的铁容器安放在上面。一刻都不能浪费。帕里库提的劳工们也准备就绪。

第一条靠近的船是切班孔珠的。同素日一样，它凌波而来。卡达尔老板说："想胜过他？没门！"

迈丁孔珠表示赞同。

一个老渔夫说："那就是一尊立在船尾的神！"

船靠近海岸了。虾。大小都有。

帕里库提冲向切班孔珠。他已把上次发生的事抛到脑后。然而，在这样一个令人兴奋的时刻，任何人都会忘乎所以！帕里库提请求道："切班孔珠，把你捕捞的虾给我吧！"

切班孔珠没有一丝怜悯之情，望着帕里库提的脸，气冲冲地回话："你有钱吗？要是没有，那就滚吧！"

这也是此位渔夫在船抵达海岸时的惯常行为。然而，甚至在帕里库提未曾作答之前，卡达尔即已靠近。帕里库提当时就认定，他弄不到切班孔珠捕获的虾了。帕里库提跑去找其他渔船。

就像以往那样，切班孔珠是给当日鱼品定价之人。那天的总捕获量是可观的。他此次捕获的虾，是所有人中最多的。帕里库提勉强买到另一只船总捕获量的三分之一。他只能买得起这么多。

在留出开销费用之后，切班孔珠将收入分给劳工。突然，他产生了一个想法。他说："喂，我们今天在海上可真是痛快；瞧那海水……在阳光下闪烁呢。这是个完美的日子。价格不错！"

船员们不明白他葫芦里卖的是什么药。

“你们这帮蠢人，我的意思是，风正好扬场[1]。这是挣钱的好时机，你们得抓住。用米饭填饱肚子后躺着，有什么意义？我准备返回海里，再捞一把！”

站在附近的阿查孔珠听着这一番话。尽管切班孔珠没跟他言语，他还是说：“我不得不跟你说句话。你不能只因为自己要赚钱，就把大海给掏空喽。”

此外，一天两出海，不符合公认的规矩。不允许这样做。

切班孔珠说：“我再琢磨琢磨这事！”

海岸因繁荣昌盛而光彩照人。棚屋四周仿佛撒满了黄金。人们将蒸过的虾铺开晾干。

那天，阿查孔珠没去餐馆吃饭。对于自己此后如何生活，他不是已经做出一项决定了吗？他径自回家。有约在先。娜拉佩努问道，“你怎么回来了？你还没吃午饭？”

阿查孔珠怒不可遏。“你永远不会有多少钱。你永远不会有船和渔网。”

阿查孔珠转身走开。娜拉佩努尽管感到内疚，还是说了一句：“你黎明动身时为什么不告诉我？”

“难道我们两人没有合掌，对此取得一致意见吗？”

这是事实。在阿查孔珠走开时，娜拉佩努说：“带上你吃午饭需要的钱，把其余的给我。我来保管它们。我们稍后可以把这笔钱交给乌赛普老伯。”

阿查孔珠将数张纸币和几枚硬币抛给她。

吃过午饭后，切班孔珠返回海岸。可是，船员一个也没来。于

---

① 风正好扬场，农谚，指趁风好，赶紧扬谷。唐代诗人王湾有“风正一帆悬”之句。

是，他那天赚更多钱的梦想化为泡影。

晚上，渔船从杰里亚日卡尔、特里昆纳普扎及别的诸如此类的地方前来。那天夜里，大雨滂沱。翌日，渔船在天破晓后才纷纷出发。

切班孔珠责骂自己的劳工没有早点儿把船弄到海里。那天，切班孔珠还是领先于其余所有的人。可是，还有另一条船在往前冲，船工有力地划着桨，不曾停顿片刻，稍事喘息。大家都开始打听这是谁的船。这条船是从特里昆纳普扎来的。船工名叫帕拉尼。一个年轻人。

切班孔珠的船和帕拉尼的船齐头并进。他们似乎在相互竞赛，看谁能冲在前头。他们两人都怀着越来越顽强的决心奋力划桨；舵手们在鼓动他们前进。这是一种壮观的景象。

看来，切班孔珠的船似乎稍为落后一点。今天，谁的总捕获量会更大一些呢？船在哪里抛锚？网怎样撒？根据这两点还难以断定。

在返回海岸的途中，这两条船也在相互竞赛。如果船尾靠得再略近一星半点，这场竞逐就会以争斗告终。在舵柄相互轻擦之际，每个人都吓得心惊肉跳。

卡鲁塔玛问道："阿妈，阿爸为什么这么倔强？"

查琪也焦虑不安。

让鱼汛过去吧，结束吧。为什么如此执著？切班孔珠不再年轻。倘若舵柄碰撞，任何不测之事都可能发生。每一个瞬间都漫长得像一个时代。嚯！两船终于靠近海岸了。

海岸上一片欢腾。谁都没赢。谁也没输。他们不分轩轾。两船都有足够的鱼。

两船离海岸更近了。卡鲁塔玛端详戴着头巾的帕拉尼。他纵身一跃，跳到沙滩上，手里拿着一支巨桨。他是个出色而强壮的年轻人。切班孔珠拥抱帕拉尼。他说：“小伙子，你是海上王子！”

帕拉尼默然无语。

那天，帕拉尼捕获的鱼取得最高价位。所以，切班孔珠蒙受了一笔小的损失。

切班孔珠问帕拉尼：“小伙子，你叫什么名字？”

这个强壮的年轻人有些腼腆。他站在切班孔珠面前，不再是那个以蓬勃的活力称霸船尾的青春年少的神。他不再是那个立在那里，手拿一支比切班孔珠还大的桨，目光盯着海平线的年轻人。此刻，他是个羞怯的小伙子。那全副的自豪消失到哪里去了？

年轻人说：“我叫帕拉尼。”

“小伙子，你熟悉自己的活计！即便生来就是渔夫也不行，得懂得怎样在海域打鱼。”

帕拉尼继续沉默着。

切班孔珠问道：“你父亲叫什么名字？”

“韦卢。他死了！”

“那你母亲呢？”

“她也死了！”

“那么，你还有什么亲人？”

“一个没有。”

切班孔珠惊讶地问：“一个没有？”

帕拉尼默然无语。

切班孔珠回家后，查琪问他：“你可能以为自己还年轻，可这是得体的做法吗？”

切班孔珠似乎没有听见她说的话。他的头脑中浮现出一个新的重大的想法。他可以同她谈自己在海上立于船尾时所感受到的无意识状态。然而，那并不是他想要对她讲的。他有一个重要的话题要同妻子商量。

切班孔珠轻声对妻子说："你看见立在船尾的那个小伙子了吗？"

"我看见了。"

"他是个机敏的小伙子，对不对？"

查琪也注意到了他。不只是她，海岸上所有的人都对那个年轻人抱有同感。

查琪问道："你想干什么？"

"要是我们能得到他就好了。"

查琪没有吱声。

切班孔珠继续说："我问过他了。他说他就独自一人。这不是什么问题。很可能更好。"

查琪问道："那么，你为什么不请他来家里同我们一道吃饭？"

"我没想到这一点。"

事实上，查琪觉得一种轻松之感传遍全身。切班孔珠为他们的女儿找到一个小伙子。这就意味着，他不曾忘记自己作为父亲的责任。

那年轻人是个宝。有人会将他抢走。切班孔珠也担心这一点。午饭后，切班孔珠返回海岸。

帕拉尼和另外一些人在一株椰子树下睡着了。那天，切班孔珠未能同他说上话。

翌日，角逐照样在海上激烈进行。切班孔珠输了。帕拉尼的总捕获量更大了。

切班孔珠的劳工们变得更加咄咄逼人。卡鲁塔孔珠说："别让他们来我们的海岸显摆。”

孔珠瓦娃倒是想向他们的船发起挑战。可是，这会以一场争吵告终。

切班孔珠出面劝解：“这算怎么回事儿？看见懂得如何干好活儿的船员，你们就嫉妒啦？这是为什么呀？如果你们要赢，那就卖力苦干呀。”

在那一点上，切班孔珠的劳工们还有另一想法。如果在海上不行，他们就得在陆地上与那些外来者较量。韦卢塔表示反对。“人家今天来咱们的海岸上；我们明天也会到人家的海岸上的。”

这些话不起作用。人们非得干点什么。那正是他们手里满是钱的时候。要是以惊动警方的案件告终，那也只能听之任之。他们的态度就是如此。那是切班孔珠所熟悉的一种心态——而这正是他痛苦的缘由。不仅切班孔珠的劳工是如此。海岸上其他所有船员也是心怀妒意的。他们说，谁都不该那么抖机敏！不过，也有许多人反对这样做。

在随后的日子里，在海滩上，在来自不同海岸的船工之间，发生了一场斗殴。两三个人头部受伤。那一天和次日，来自远处海岸的船无一出海。人人都在躲藏。警察来到海岸，带走数人。海岸头人介入此事，使他们获得释放。

他们逐一带着谢礼，前去看望他。随后，他们募集的一笔捐款被收走。于是，这一惊动警方的案件化为乌有。这一场无端事件意味着，他们因大鱼汛而挣来的钱全花掉了。

只有维拉瑜丹未去拜望海岸头人。他知道，海岸头人已将他单挑出来。此人让警方将他逮捕。维拉瑜丹在狱中呆了一周。他出来时说：“我不在乎。我不会向他叩头。”

切班孔珠损失了一周的收入。在那个丰鱼季节，这是一笔巨大的损失。

他们再度开始海上作业。查琪每天都让切班孔珠邀请帕拉尼来家里。一天，船上的所有劳工休假，前往特里昆纳普扎。可是，帕拉尼没有去。切班孔珠问帕拉尼，“孩子，你怎么不去？”

“我去哪儿？”

事实如此。他在特里昆纳普扎有什么人需要看望吗？切班孔珠邀请帕拉尼：“那么，你干吗不来我家吃顿午饭呢？”

帕拉尼接受了邀请。在切班孔珠家里，他们准备了一桌盛筵，有许许多多的菜。

帕拉尼不是哪户人家的孩子。他是特里昆纳普扎海岸的孩子。他对自己的父亲或母亲都没有记忆。倘若人们问他，他是如何勉力生存下来的，他总是说，他所做的一切，正是为了——生存！谁抚育他长大成人的？谁都没有。从无一人曾为他付出过任何心血。他就为自己而劳作。在他还是个小孩时，他就被抛到海上去控制渔网的绳索。一片刺魟[①]和鼠海豚[②]嬉戏的大海。从来无人有片刻为他担惊受怕。在他年龄够大后，他开始操弄渔船，于是也开始挣钱。他在有钱时，就花掉它。他在没钱时，就凑合着活。他有梦想吗？或许有。从来没有人想着他该吃饭了，他的肚子应当吃饱。他也从来不曾分心为任何人如此着想过。

今天下午，平生第一次有人为他做了一顿饭。一个女人站在他的身旁，以便随时侍候他，确保他能吃好。这是一个无与伦比的

---

① 刺魟（stingray），大型扁平海鱼，体宽可达2米，尾部有一个或多个锯齿型长尖毒刺，伤人可致剧痛乃至死亡。

② 鼠海豚（porpoise），一译钝吻海豚，海洋哺乳动物，看似尖嘴大鱼，长约2米，与海豚相似而体态较小。

时刻。

查琪发现，他最喜欢吃咖喱烧菜。她一再将这个菜放到他的盘子里。

帕拉尼是否曾纳罕，这一切究竟是为什么？

查琪问道：“孩子，你多大了？”

“呃……”一个耸肩。

他不知道。

查琪的热情消退了。他怎会不晓得自己多大了呢？随后的所有问题，都得仔细措辞。他的种姓是什么？无论它是什么，他们得知道。

“孩子，你住在哪里？”

“我有间小茅屋。”

“你用自己挣的所有的钱，都做什么了？”

“我做什么了？我花了呗。”

查琪义不容辞地扮演起母亲的角色，规劝他道：“孩子，你没有亲人。你怎么能把自己挣的所有的钱都花掉呢？要是将来生了病，你该怎么办？”

帕拉尼含糊地发出一声“哦！”仿佛他已考虑过这一问题而且胸有成算。

他那么轻而易举就把这个问题给排除了！他幸存下来，一直活了这么长时间，本身就是个奇迹。所以，如果他在老年卧床不起，那又有什么关系？

查琪陷入沉默。她没有仍然需要了解的问题。他是个能干的男子。不是个坏人。他一直独自漂泊，没有任何人分享他的欢乐，也没有任何人分担他的忧伤。从来没有任何人考虑过他以前的人生旅程。稍后，查琪以母亲似的态度再度问道：“像这样生活就行啦？”

“怎么不行？”

这就意味着，他没有人生目标。这合适吗？然而，人还能想别的什么？他的简洁的回应，既不畏葸，也不迟疑，让人觉得实实在在。他从来不曾为自己设定一个人生目标。也从来不曾有人要求他这样做。

查琪说：“嗯，这样可不行！”

帕拉尼没有言语。

查琪继续说：“孩子，你单身一人。你是个吃苦耐劳的工人。可是，这一切都会变。总有一天，你不会再这么健壮。一个男人，在生活中总得有些家当。一定得有人照顾你。你也需要这种照顾。孩子，想想吧，有人给你做饭，而如果你有个地方，一个家——那岂不是一桩美事？”

帕拉尼依旧默然无语。

“孩子，你该结婚了。”

“嗯！”

“那我就着手张罗此事，给你拿个主意？”

帕拉尼又“嗯”了一声，表示同意。

查琪继续问道，“你难道不想知道姑娘会是谁吗？”

“谁？”

“我女儿。”

帕拉尼对此也表示同意。尽管为女儿提亲之事向前推进了这么一大步，查琪还是看到了其中许多不足之处。只有寥寥无几的长处。帕拉尼既没有家庭，也没有根。你把自己的女儿许配给这么一个人之后，如果你发现他原来竟然是个恶棍，你该怎么办？你请谁来摆平？

切班孔珠说，“可他是个好人呐。”

“要是有人问你，你把女儿嫁到哪儿去了，你说什么？”

“他会盖一所房子的。”

然而，最为重要的是，另有一事让查琪感到不安。

“他的种姓是什么？”

“他是人。一个海上劳工。”

“我们的亲戚会失望的。”

“让他们失望去吧！”

“那么，我们就成孤家寡人了。”

“那又怎么着？”

切班孔珠抱着不可动摇的决心接着说：“我愿意把她许配给他。”

八

豪雨继续倾盆而下。雨水连绵，没有间歇。海里有大量的虾。可是，船无法出海。归根结底，必须有人行船。湿气很重，寒冷刺骨。后来，一天早上，太阳在晴空冉冉升起。船都启动了。总捕获量很大。船返回海岸，红火的交易得以进行。

然而，天空再度变得黑沉沉的，连绵的雨又开始下个不停。从未有过这样大的暴雨。持续下了一整天。

在加工棚中，放着全干的虾。也有半干的虾。蒸过的虾。正在腐烂的成堆的鲜虾。所有的加工棚都是一塌糊涂。显示出种种即将蒙受巨大损失的迹象。

在这个季节的前半期，有充足的阳光。每天捕获的鱼品都得到充分利用。大商人继续徘徊观望。但是，这个厄运已降临到他们头上。

帕里库提还有另外一桩纠纷需要处理。他所卖出的第一批货物很好！再下一批货物没有干透。这是放债人所声称的。

放债人说："我们不和你做生意了。请把钱给我退回来，拿走你的货！"

无论他说什么，放债人都不再同意。帕里库提造访阿拉普扎的各个店铺。可是，没有一家要他的虾。他们说，仓库已满。

帕里库提跪倒在帕丘皮莱脚下，乞求他开恩。他需要向放债人借一笔巨款。他表示愿意为此给帕丘皮莱一笔佣金。帕丘皮莱许诺全力以赴。帕里库提希望用这笔借款挽回损失，多买一些鱼。可是，就在此时，风雨袭来。

帕里库提投资买来的鱼品开始腐烂发臭。只有一天的工夫，他所能做的唯一事情就是将它们埋到沙滩下面。

海岸沉浸在阴郁的气氛中。渔船在出海。它们在载回大量鱼品。船主能够将虾卖给附近的人家。也有卡车间或前来。可是，仅此而已。他们不再能够开价。无论商人报出什么价格，他们都得卖。

餐馆没有生意。没有一人进出纺织品店。卖花生的甚至找不到儿童来兜售花生。

所有这些情况何时才会改变？即使节约用度，也难以维持日常生计。

这片海岸上的所有船主都惶惶不可终日。尤其是拉曼孔珠，他那年的生意一直没有起色。乌赛普开始逼他还钱。他于是开始盯上拉曼孔珠的中式渔网。

一天，他们在海岸上发生激烈争论。当拉曼孔珠发誓，自己无论如何都会在一周后还乌赛普钱时，切班孔珠陷入沉思，心慌意乱。

拉曼孔珠向切班孔珠借钱。可是，这一次，切班孔珠却没有欣然递过钱来。拉曼孔珠意识到，他不再愿意借给自己钱。

“切班孔珠，怎么回事儿？告诉我，你心里在想什么？”

切班孔珠装出一副尴尬的模样，说：“没有任何担保，我怎么能借钱给你呢？”

“你要拿什么做担保？”

“那……我该怎么说呢？”

最后，切班孔珠告诉他自己心里的想法。他要借用拉曼孔珠的中式渔网做担保。

切班孔珠就这样设法得到了那些中式渔网。

那天，在阿查孔珠家里，也发生了一场小争吵。切班孔珠现在不是有一条船，而是有两条船。娜拉佩努戳了阿查孔珠一下：“还说自己是个男人，有什么用？”

“听着，你也需要搭把手。我们本来该给乌赛普老伯的钱在哪里？”

“你想让我赤身裸体四处奔走呀？还是可以不用杯子就能喝水呀？”

“现在，要是换了我的话……”

“你早就把钱花在喝酒上了！”

阿查孔珠伸出手臂，狠狠地扇了她两记耳光。

查琪对于又多了一条船感到兴奋不已。可是，她也在为尚未解决帕里库提的欠款问题而烦恼。卡鲁塔玛总是不停地提醒她这件事。

在中式渔网和船被作为担保而送来的那天，查琪对切班孔珠说：“这真是可耻。”

“什么？”

“你让人家在半夜把自己的存货给我们送来。如今你却装得跟个没事人似的。”

切班孔珠怒气冲冲地命令她闭嘴。

“对我不耐烦没用。那小伙子现在陷入了深重的麻烦之中。如果你现在不帮他，想日后再说，那就没用啦……”

“哪里有钱？”

卡鲁塔玛一直在偷听这番对话。她大声说道：“阿爸，您得还上那笔钱！”

切班孔珠拧紧双眉：“这跟你有什么关系？”

她并不害怕跟他顶嘴。她有许多话要说。她决定告诉他，是自己首先向帕里库提提出借钱的。这正是他将自己的所有存货都给了他们的缘由，尽管他们当时无钱付账。他们越富裕，她就越觉得自己亏欠那个穆斯林小伙子太多了。

查琪一想到卡鲁塔玛会把一切都讲出来就变得面如土色。那可就闯大祸了。

查琪先声夺人，对切班孔珠说：“你大吵大叫什么呀？她不过是说了句实话！”

“我倒是想知道，此事跟她有什么关系。她从他那儿拿钱了吗？他在向她讨要自己的钱吗？”

查琪有些惊恐地回答说：“就因为他没有向她要钱，她就不能向我们倾诉让她心烦意乱的事儿了吗？”

切班孔珠以一种阴沉而又刻薄的态度说：“让我把话说清楚。这是大老爷们儿的事。你和此事没有一丁点儿关系。你就要出嫁走人了。”

这一番耳提面命是对的。这是卡鲁塔玛需要牢记的一个教训。

切班孔珠于是将一腔怒火发泄到查琪头上："都是你的错。她这一套就是从你那里学来的。"

查琪默然无语。

后来，在母女二人独处之时，母亲问女儿："你怎么能忘了自己？你本来打算把一切都告诉你爸，是不是？难道你没有听到邻里的闲言碎语吗？要是那些话有一丁点儿传到你爸的耳朵里——天哪，大海母亲呀！"

她明白了。然而，她仍然不能自已。"我们得还那笔钱。"

"我也想这么做。"

"阿妈，您一直这么说。可是，您还没还那笔钱。我早就跟您说了我们能做的一切事情。可是，您什么也没做呀。"

过了一会儿，她继续说："一切都可以等到那笔借款偿还之后……"她话到一半打住了。

查琪明白她在下面会说什么。

"你说得对。这是我们应当办的正事儿。"

查琪试图探测卡鲁塔玛对自己嫁给帕拉尼一事的看法。可是，她拒不透露自己的真情实感，言语间不置可否。查琪告诉自己，这也许是因为她还害羞。她毕竟是个年轻姑娘。不过，她也为卡鲁塔玛与帕里库提的关系而忧心。

倘若查琪拜托卡鲁塔玛的密友打探她的心思，那么流言蜚语很快就会传遍整个海岸。就在此时，卡鲁塔玛宣明："只有在你们付清那笔债款之后……"

唉！总算松了一口气！查琪满脸笑意，容光焕发。她问道："那么，我的姑娘，你是同意这桩婚事了，对不对？"

卡鲁塔玛没有答碴。查琪继续兴高采烈地说："我的姑娘，他可是个棒小伙子，一个很棒的小伙子！”

查琪继续夸奖帕拉尼。她有足够的理由夸奖他。而卡鲁塔玛在听他备受赞扬之时，却觉得有一种幽怨之情在内心潜滋暗长。她感到一腔怒火在心里慢慢聚集。此外，她还有充分的理由驳斥查琪所说的一切话语。帕拉尼多大岁数？难道她无权知道吗？他的家人都是谁？而最重要的是，她心里有帕拉尼的位置吗？

查琪如释重负。她继续谈论他。卡鲁塔玛感到透不过气来。她觉得，如果再不说话，自己就要爆炸了。她脱口而出：“哎呀，阿妈，别说了！”

随后，她咬紧牙关，咕哝了几声。查琪弄不清她在说什么。可是，查琪接着说：“我愿意在你结婚之前解决这一债务问题。”

卡鲁塔玛满腔悲愤地说：“当然，您愿意。那么，这么多日子了，您为什么不去做这件事？”

“我将一直严密掌控此事！”

卡鲁塔玛彻底绝望了。她说：“您知道此事没门！婚礼会如期举行，而还债之事将就此完结。”

查琪坚定地说，“等着瞧吧！”

卡鲁塔玛的思绪乱作一团，最终化为坚定不移的决心。“除非你们还了那笔钱，否则我不会同意结婚。要不然我就自杀……这是铁定的！”

查琪变得焦虑不安。“我的孩子，别胡说八道！”

卡鲁塔玛蓦地潸然泪下。“我还能怎么着？他破产了。如果我们没有这笔钱，倒也罢了……可是，就是没人想还钱。”

接着，她开始喋喋不休地数落母亲，而查琪只是静静地听着。“您也不想还他钱，”卡鲁塔玛断言。

查琪强烈否认这种说法。卡鲁塔玛又做出一项决定："我打算把这事儿说出来。"

"哎呀，我的宝贝孩子，请别这么做！"

"我还有别的选择吗？"

过了一会儿，她继续说："在这次盛大婚礼之后，在我们前往我的新家的路上，如果他向我打招呼并跟我说：'还清你欠我的钱再走'，情况会怎么样？我们该怎么办？"

查琪直至此时尚未考虑过这一点。一幅令人恐惧的图景浮现在她的眼前。查琪焦虑不安地问她："他为什么会向你要那笔钱？"

"他所以拿出钱来，就是因为我曾经向他借过。"

"可是，那不过是一个玩笑！"

"谁说的？"

帕里库提招呼卡鲁塔玛的幻象，留在查琪眼前，挥之不去。

帕里库提情绪低落。他在面临彻底破产。在那样危险的心态下，他什么事都做得出来。

卡鲁塔玛继续说："我已经决定把一切都告诉阿爸。我今天就办了此事。我为什么不可以呢？"

"我的女儿，你绝不要这么做！"

"我就这么做。"

最后，查琪许诺在婚礼之前千方百计偿还这笔债务。

那天，妻子有一条新消息告诉丈夫：他们的女儿不反对那桩婚事。然而，一个没有说出口的"但是"形成的压力，迟迟未能消散。不过，能说出那个"但是"吗？

切班孔珠并不特别在意卡鲁塔玛是否欣然同意缔结这桩婚姻。

查琪想不出任何办法让自己的丈夫同意清偿帕里库提的债务。

鱼价下跌了。不仅切班孔珠，这片海岸上的任何人，心绪都不再平静。数日后，事情再度出现起色。柯枝和阿拉普扎的所有干虾，悉数被装上几条大船。但是，仰光的虾价也下跌了。商人们宣称，一切都只能卖半价。一条大船在海上沉没。于是，所有交易以半价结算。

帕里库提损失了一千卢比。

卡鲁塔玛觉得，自己内心发生了巨大的变化。她也许是正在变得适应变化中的环境。她已长大成人。她有了一定的勇气，也有了自己的意志。她想找个机会与帕里库提谈谈。她有太多的话要对他诉说。

他们相会了。她站在篱笆的一边，他站在篱笆的另一边。那天，是她先开口说话的。这次交谈，既没有内容方面的精心安排，也没有穿插引人咯咯大笑的内容。

她问道："老板，你的生意亏损了，是不是？"

帕里库提不曾料到，这次交谈的开端会是如此。他沉默无语。

她继续说："我的老板，我们会还你钱的。"

帕里库提回答说："可是，卡鲁塔玛，你没有从我手里拿过一点钱哪。"

"不过，我应当负责还钱。"

"那怎么能行？"

"可是，我的老板，事情就该这么办。只有在还清你的借款之后……"

卡鲁塔玛无法将一个完整的句子说出口。她的喉咙发堵。她觉得自己快要晕厥了。她的双眼噙满泪水。

帕里库提替她把那句话完全说了出来。"你想清偿那笔借款，然后结婚，是不是？”

帕里库提不让自己落泪。可是，他还是问道：“那么，你要断绝我们的关系，是吗？”

一个让她犹如被利刃戳了一下的问题。他怎么能如此无情，提出这样一个问题？帕里库提知道，她也是百般无奈。可他还是在期待着她本人的答复。

她说：“不是的，不是的，我的老板，我想要你好自为之……”

帕里库提不再是那个头脑简单的情郎。他微微一笑。一种苦笑。“卡鲁塔玛，我好自为之？”

她明白这句话中的嘲讽意味。他绝不会好自为之了。卡鲁塔玛再也无法忍受下去。她走开了。帕里库提在那里站了一小会儿，随后离去。

那天夜里，切班孔珠有一项通告要发布。他情绪高涨。他对查琪耳语：“帕拉尼不要嫁妆！”

查琪难以置信。她说：“好像是这样。”

“当然，就是这样！他说，没有嫁妆，他也会把她娶走！”

查琪端详着切班孔珠。切班孔珠宣告：“我发誓，这是事实。我以大海母亲的名义发誓！”

查琪的眼里闪射出光芒。她喝道：“就因为他说他不要嫁妆，我们就不该给人家吗？”

她是在向切班孔珠挑战，驳斥他的意见。

如果有人说，他什么钱都不要，那谁还有义务拿出这笔钱吗？所以，在听到查琪对他的要求后，他大吃一惊。

查琪厉声问道：“你一定说服那个傻小子了，是不是？”

切班孔珠急忙回答：“我什么都没跟他说。”

查琪提出一个严肃的问题：“人们为什么需要钱或财富？”

“我有任何属于自己的钱吗？”

“这嫁妆是我们给自己孩子的东西呀。”

“可是，如果他不要，又该怎么办？”

“那么，你挣这么大一份家业是为了谁？我想弄清这一点。”

查琪说了很多话。为了在老年时享福；做一张床垫和几个枕头；领一个好看的女人回家来——这一切对他来说可能就足够了，可是在人生中，还要成就更多的事情呐。查琪没有屈从于切班孔珠专横的态度。她说：“没有我，你不会挣下这一份家业！”

切班孔珠试图以微笑抚慰她：“可是，我是想让我们两人一块儿享受这一切的！那床垫也是为了你……”

查琪暴跳如雷。她的声音变得高亢。切班孔珠开始担心，倘若这场谈话变成一场争吵，那么所有秘密就都会泄露出来，让邻居们听到。他起身离开，以使争论自然停止下来。

此时，卡鲁塔玛到场。

“阿妈，我不要嫁妆！”

“那怎么可能？一个姑娘出阁没有嫁妆，是不合礼仪的。你不需要一些私房钱吗？”

过了一会儿，卡鲁塔玛说：“可是，我又没有小姑子或婆婆在那儿等着我！你们要打发我去的不就是这种人家吗？”

查琪感到，这些话就像刀子一样扎在她的喉头。他们是在把她打发到一户没有亲人的家户！

“可是，丫头，人们不会说三道四吗？”

“便宜买卖！”

卡鲁塔玛继续说：“你们可以随便把我打发出去。可是，请还清小老板的钱。”

稍后，卡鲁塔玛以一种由于情绪激动而哽咽的声音说：“他破产了。我不能看着他就这么破产而径自离开这里。如果我走了，他会死的……”

卡鲁塔玛倾吐出自己心中所思所想的一切。再也无话可说了。可是，查琪不明白。倘若她对女儿的这番话理解一星半点，作为母亲，她就会有太多的话要问自己的女儿。也许，查琪对那番话完全理解！一个女人，即使是母亲，也会明白自己女儿的爱情故事的。随后，便对此事守口如瓶。

“丫头，我会付清那笔借款的。”

“可是，阿爸不会还这笔钱的！”

她该怎么办？查琪问自己。卡鲁塔玛建议查琪窃取切班孔珠的钱。倘若他发现此事，那麻烦就大了。查琪没有携款走脱的胆气。

卡鲁塔玛问道：“阿妈，您害怕吗？”

她害怕。她以前没有这样做，尽管她曾想这样做，原因即在于此。

在大鱼汛季初期，家里有许多现金。在那些时日，如果她偷拿一点钱，是不会被发现的。卡鲁塔玛竭力激发查琪的勇气。此外，查琪完全明白，解决这一问题有多么重要。所以，切班孔珠于黎明出海之后，母女俩打开他的箱子，拿出一些钱来。她们惴惴不安地度过了那一天。切班孔珠将当天收入锁到自己的箱子中。查琪与往日不同，想知道他那天收入所占的份额。他说：“虾没人要。”

“可是，你挣了多少？”

“你为什么要知道这个？”

母女俩每天都藏匿一点现金。

一天，切班孔珠仔细清点自己的钱。那天，查琪和卡鲁塔玛坐卧不安，仿佛在肚脐眼里搁了块灼热的煤——那煤块在吃进她们的肉里，不但让她们痛楚，而且随时有将她们烧化的危险。在他锁起箱子时，她们舒了口气。她们的罪行没被发现。

女儿问母亲："我们现在有多少钱啦？"

这么多天，她们仅仅积攒起七十卢比。还有大量干鱼存货。这些干鱼能换回约二十卢比。尽管数量不大，她们还是决定将这笔钱送给帕里库提。

九

婚礼吉期已经确定，无需太多的筹划或组织。帕拉尼没有任何亲人为他出面说话。或提出什么意见。他向雇用自己劳作的船东提到此事。切班孔珠与帕拉尼一道前往帕拉尼所属海岸的头人府上，进贡了一些槟榔果和槟榔叶①。切班孔珠也向自己所在海岸的头人进了贡。

现在，谁也不能再因他未把女儿嫁出去而找他的茬儿了。他腰板笔挺地站立起来，对妻子大声呼喝："你看到了吧？切班孔珠把一切都摆平了！"

查琪刻薄地回嘴："可是，瞧那小子！他既没有家，也没有亲人，还没有任何值得一提的东西。真是妙不可言！"

"闭嘴，你这个老扫帚星！你懂什么？他是个好劳工。瞧他那健壮的身子！周围哪里都没有像他那样的小伙子。"

查琪无法否认这一点。她转而大笑起来，说道："既然如此，我们现在可以一往无前，尽情享受生活啦。"

---

① 亚洲人，尤其是南亚人和东南亚人，喜欢嚼食用槟榔叶包裹的碎槟榔果，其味略苦。

“我打算过一段快乐的日子。让自己像帕利昆纳特·坎丹科兰那样享福。”

查琪回应道：“难道你不该先还了那个穆斯林小伙子的钱吗？”

仿佛觉得这是一个令人恼火的念头，切班孔珠说：“在我们谈卡鲁塔玛的婚事时，你怎么老是提这个话题？”

查琪大为震惊。他在无意间言中了查琪的心事。

每次谈论卡鲁塔玛的婚礼时，这个念头都挥之不去。可是，查琪从未指望切班孔珠会主动提起这个话题。

查琪搪塞道：“我们不是要像年轻恋人一样寻欢作乐吗？我想，我们最好把那个问题也解决了！”

会有办法的。切班孔珠不曾遗忘此事。他将根据时间和情况逐一履行自己的责任。他一本正经地告诉妻子：“听着，我们没有自己的儿子。我们把他招赘到家里给我们当儿子，怎么样？”

查琪眉开眼笑。“可是，这样一来，他就成我们的长子了！”

仿佛查琪没有真正弄明白此事，切班孔珠解释说，帕拉尼独身一人，那么怎么就不能请他来与他们同住？他们如今有两条船。如果帕拉尼入赘，那会是一桩好事呀。切班孔珠向查琪详尽解释此事，并问她是怎么想的。

查琪对此略加思索。这是个好主意。这将弥补他们没有亲生儿子的缺憾。然而，查琪有自己的疑虑。

“可是，人家会同意吗？”

切班孔珠说：“他干吗不同意？”

查琪说：“你觉得，一个能干的渔夫，会心甘情愿地寄人篱下，住在自己老婆家吗？”

切班孔珠思索片刻，回答说：“我确信，他会乐于这么做。他是一个轻信的家伙，一个相当单纯的小子！”

“那倒不假！”随后，查琪接着说，“可是，你娶我的时候，你连在我家住两天都不肯！”

“我有自己的父亲和母亲！”

查琪不相信帕拉尼会愿意住在这里。

卡鲁塔玛发现了父亲的如意算盘。查琪对卡鲁塔玛的反对意见大惑不解。她转向自己的女儿：“你是个什么东西！你的婚礼时间已经定了，你就不需要自己的父母了，是吗？那么，我们吃尽千辛万苦，把你养大成人，又有什么用？只不过说了声这个渔夫要与你一道生活，你就突然再也不要自己的母亲和父亲了！你可真是个好姑娘啊！”

查琪的话刺痛了卡鲁塔玛的心。她未曾料到母亲会如此数落自己。难道父母认为，她所以反对他们的安排，是因为她不爱他们了吗？她甚至没有想过，自己在婚礼之后继续留在父母家中是什么丢脸的事。她永远是自己母亲的女儿。她的母亲愿意为她做任何事情。她怎么能忍心与潘查米分离？她离开这所房子的那一天——她将如何挨过那一时刻？

不过，卡鲁塔玛唯一想要做的事就是，逃离那片海岸，逃离那片土地。卡鲁塔玛情绪激动，哽咽着说：“阿妈，我不是这个意思！我的阿妈，请不要这样说。除了你们两人，我的母亲和父亲，我还有别的什么人？”她伏在查琪的肩上，大放悲声。母亲将她揽在怀里。

查琪说的那一番话，全然不是出自本心。她也没有料到卡鲁塔玛会受到如此伤害。卡鲁塔玛痛哭流涕，仿佛她的心要碎了。查琪也怆然泪下。

卡鲁塔玛说："我……我的……我再也不想生活在这片海岸上了。要不，我们全家一块儿离开这里？"

查琪的声音里，充满对自己的这个孩子的挚爱。她问道："我的孩子，你在说什么？"

卡鲁塔玛无法承受内心的痛苦，说道："如果……我要是继续生活在这片海岸上，我……"

"丫头，你什么意思？"

卡鲁塔玛有话要说。查琪以为自己刺耳的话语伤害了卡鲁塔玛。可是，在卡鲁塔玛的心里却隐藏着更大的痛楚。不过，她没有想到，这种痛楚居然如此强烈。

卡鲁塔玛即使在哭泣之时，也还是紧咬着牙关诉说："如若我继续生活在这里，这片海岸将注定遭到厄运！遭到厄运！您听见我说了吗？"

查琪的双眼涌满泪水："我的女儿，你千万别这么说！"

"不，阿妈，现在我只想离开这里！只有到那时，我才会有希望。阿妈，除了您，我还能跟别的什么人说这一番话？"

卡鲁塔玛别无他人可以倾吐衷肠。可是，即便在此时，她又能透露多少自己的心思？有可能吗？

即便在此时，查琪依然坚持认为："那个穆斯林小伙子让我的孩子中魔了！"

卡鲁塔玛矢口否认。这不是什么中魔；谁也不曾对她施魔法。卡鲁塔玛问道："这片海岸曾经见过这样一个女人吗？"

"我的孩子，什么样的女人？"

"阿妈，难道您不知道吗？"

"啊，我的大海母亲。我的孩子在胡说八道！"

"阿妈，我没有疯。我是在问您，曾经有过别的女人，另外一个女人——像我这样的？"

卡鲁塔玛不知该如何说明自己内心深处的想法。可是，她想了解那样一种女人。一个与另一教派的男子相恋的渔家女；一个尽管不遗余力克制，却仍然觉得自己的恋情有增无减的女人；在这片海岸上，曾经有过这样的女人吗？一个在一呼一吸之间都能深切感受到那种火一般恋情的女人。这片海岸曾经有过这样一种恋情吗？一个渔家女与一个属于另一宗教的男子之间的爱情有什么希望吗？这一片海岸的沙粒，是否曾听到过这样一位情人的歌，从而奋然跳起？那个情人后来怎么样了？

她能向自己的母亲提出这些问题吗？

也许，曾经有过一对心碎的情侣，在这片海岸上漫步。那个女人无可奈何，只能将自己不灭的恋情藏在心底。她会允许自己另作他人之妻吗？或许她自杀了？或许还另有一条生路？

卡鲁塔玛认定，唯有她才如此不幸。唯有她才如此眷恋一个男人。在这片海岸上，即使曾经有过别的爱情故事，也唯有她才经历过这样的痛苦。

查琪困惑地问："丫头，发生什么事了？"

卡鲁塔玛不明白母亲的问题。

查琪继续说："姑娘们到了一定年纪……"

卡鲁塔玛平静地否认了查琪的言外之意："阿妈，不是这样的，我是完全正常的！"

这样说包含着勇气。

卡鲁塔玛只有一个请求。让她逃离这里。一种莫名的恐惧充斥她的心头。一头张着血盆大口的怪兽。她得逃离它的暗影。母亲同意帮她逃离。她将在自己的婚礼之日被送走。

卡鲁塔玛成为邻里妇女关注的焦点。她们举行了一种可以追溯到远古时代的仪式。一旦佳期确定下来，邻里的妇女就有责任对新娘子传授妇道。事实上，倘若她未来出了差错，那么社会就会责备这些良家妇女。

娜拉佩努告诉卡鲁塔玛："闺女，我们是在把一个男人托付给你。此事可不像你想的那样简单。我们不是在将一个姑娘许配给一个男人。事情恰恰相反。"

迦利孔珠另有话说："闺女，我们的男人们生活在波浪起伏的大海上！"

孔吉佩努告诫她："闺女，女人水性杨花，容易出轨。所以，你得小心呀！"

就这样，她们全都对她提出忠告。她们也都挨个儿接受过这样的忠告。此时，她们只是在将这些忠告薪传下去。那是她们的责任。不过，她们谁也不曾由于从那片海岸嫁出去的女人的不端行为而受过责备。这就是一种未曾受到嫉妒之心玷污的规谏。

卡鲁塔玛仔细聆听着每一句话。她被折服了。可是，她还有自己的一个问题。一个她本来想问自己母亲的问题："在这片海岸上，是否曾发生过一个女子爱上一个男人的事？那个男人回报了她的恋情。可是，她却嫁给了另一个男人。在这片海岸上，曾发生过类似这样的事情吗？"

这个问题一直回响在她的心中。然而，她不敢问：那个不幸的女人的故事是怎么回事儿？

卡鲁塔玛想，她看见了那个遭到诅咒的女人的孤魂，怀着自己未能实现的渴望，在这片海岸的风中飘荡。在孑然独处之时，她听见有人在用一种陌生的语言向她讲述一个难以理解的故事。从前，这片海岸曾有过像她一样的女人。变成令人触目神伤的可怜虫，过着悲苦生活的女人。风也给她讲述了这些关于毁灭的故事。大海起伏的浪花讲述了同样的故事。沙粒也熟悉这样的故事。不仅如此。那些女人后来变成丑陋的老太婆。她们的遗骨化为尘土，如今已与海岸边的沙滩浑然一体。那些碎骨一定还在战栗。

一天，卡鲁塔玛问娜拉佩努："阿姨，我们这片海岸是否曾经有过误入歧途的女人？"

是的，有过极不寻常的故事。过去也就有一两个这样的女人。她们不是自愿走上歧途的。一首古老的海洋小曲，讲的就是这样一个女人的故事。她因失德而名声扫地，结果导致波涛涌起，大浪如山，冲到岸上。凶险的海蛇在沙滩上游弋，喷吐着白沫。张着洞穴般巨口的海怪追逐着渔船，将它们囫囵吞下。这是一个古老的故事。娜拉佩努唱了那首小曲中的几段。

那也是一个爱情故事。也许，多年以后，卡鲁塔玛的故事也会成为被人咏唱的歌曲的题材。

娜拉佩努说："这就是海岸之道哇。"

卡鲁塔玛怀着巨大的好奇心问道："直到今天还是如此吗？"

"如今不再有那么严厉的要求女人保持纯洁的法典了。现在，男人们也变了。"

人和风俗都变了。可是，一个大海之女却得守护自己的贞操。

小姑娘们问她："卡鲁塔玛大姐，您要走了吗？"

卡鲁塔玛有要事告诉这些小姑娘。她们绝不要像风中枯叶那样在海岸上飘来飘去。

卡鲁塔玛向她们辞行。她生于斯，长于斯，而今却要告别这个地方了。可是，她真能遗忘这片海岸吗？

新的海岸会是什么样子？她常常思虑这个问题。那里的太阳会像这里一样，在金光流泻中落下吗？大海即使在暴风雨中波翻浪涌，也有一种自己的壮美。她从未害怕过这片大海。这片海岸的风，即使在吟唱关于那个倒霉女人的歌时，也只会轻轻地吹拂人面。那片海岸会是同样的吗？会不会呢？

那里的人怎么样？他们可能富于爱心，而养育她的这片海岸却有一定的柔情。她就要离开这种柔情了。

她向自己熟悉的一切逐一告别。

那是一个月夜。大海风平浪静。月亮有一种独特的美。一支歌在空中飘荡，与月光完美地融为一体。

是帕里库提在歌唱吗？

可是，它没有像他的歌那样，回荡在卡鲁塔玛的耳朵里。帕里库提其人不复存在。她被吸引到一个欢乐的世界。这是一片沐浴在月光下的海岸的召唤。这是她自己渴望的青春的召唤。她就要离别的海岸的天籁。她对这片海岸有如许之多伤感的记忆！

那支歌的旋律进入她的心中。卡鲁塔玛坐了起来。帕里库提的形象浮现在她的眼前。实际上，是他在召唤她外出吗？除了那支歌，他还有别的什么东西聊以宽慰和安抚自己？不单那天晚上，而是每天夜里，他总要唱歌。即使在她离开之后，他也还会继续唱歌。他不在意是否有人聆听。

母亲睡着了。父亲不在家。她知道，海岸此时空寂无人。她觉得心里有什么东西在萌动，使她想打开房门，走到外面去。歌者的心还没有碎。可是，那歌声听来，仿佛他就是要把自己的心唱碎。这是一首令人想起那个堕落女人的往事的歌，而她就曾生活在这片海岸上！

这些歌词，娜拉佩努已给卡鲁塔玛唱过了。她没有记下那些字句。但是，那首歌的神韵，感情的痛苦和深邃，都打动了她的心。

那个女人也是受到一首歌的诱惑，在一种恍惚的状态中走向海岸的吗？她也一定听到了那天夜里清光四射的月亮的召唤……所以，又有一个女人循着她的道路走来。

波涛会涌起，高得像山一样。海怪会浮到水面上，张着岩洞般的巨口。毒蛇会爬到海岸上。

卡鲁塔玛漂进另一条思想的溪流。一条深邃的溪流。她就要离开了。她已向自己认识的每一个人和熟悉的一切告别。她愿意离开。可是，她还不曾向海岸上的月亮辞行，没有向沐浴在月光中的大海辞行，没有向悦耳的月下歌曲辞行。她也不曾向那个月神的使者道别。

很有可能，明天或后天夜里，乃至直到她离开这片海岸的那天，这首歌都不会再有人唱。那天夜里，歌者的喉咙可能最终变得沙哑。如果他停止歌唱，会怎么样？若是如此，这片海岸上的月亮也会黯然神伤。

然而，另外一种冲动征服了她。她再也不能与月光或歌声融为一体。也许，这是她的最后机会。卡鲁塔玛不能让它就这样流失。她再度寻觅那条拖到沙滩上的渔船的阴影。她再度寻觅一种今后永远不会再有的欢乐。

她就如同孩子一样在海岸上奔跑。她就是在这片海岸上变成少女并堕入情网的。现在，她就要成为一个渔夫贞洁的妻子，而他在出海捕鱼时，将会面对风、飑和险恶的波涛。她就要步入人生的一个重要阶段。未来的生活将充满压力，也会富于内容和意义。她只剩下最后几个闲散的日子了。

可是，卡鲁塔玛也晓得惧怕。她不信任自己。她会失守。遭到玷污。直至那时，她自己还从未担心过这一点。

她会恳求他永远不要再唱。他不应当如此感动这片海岸上的月亮。她有太多的话要说给帕里库提。还有许多痛惜的话要讲。

卡鲁塔玛站了起来。她轻轻打开屋门。外面，世界沐浴在月光之下。她移步户外！

她穿过椰子树丛长长的暗影朝海岸走去。

突然，歌声停顿下来。他以永不停息的歌唱抚慰自己的女神，以使她出现在自己面前。一时之间，他无法相信自己的眼睛。他问道：“卡鲁塔玛，你要走啦？”

此外，他还能问她什么呢？

“卡鲁塔玛，你一旦离去……还会想到我吗？”这是一个真诚的问题。

“即使你不想我，我也会坐在这片海岸上歌唱。即使在我成为一个没牙老头时，我也会继续歌唱。”

卡鲁塔玛有话要同他讲：“我的老板，你一定要娶个好姑娘，生很多孩子，成为一个大商人，幸福地生活。”

帕里库提没有言语。

卡鲁塔玛继续说：“我的老板，你一定要忘掉我们的童年。还有我们在这片海滩上玩耍的那些时光。”

帕里库提依然没有说话。卡鲁塔玛又往下说：“这样对我的老板和我自己都再好不过。”

卡鲁塔玛不肯停顿下来：“在我离开之前，我们将归还我们从你那里拿的钱。我的老板，我要你好自为之……”随后，她再也说不下去。她本想告诉他，她将为他祈祷。可是，她难以确认自己是否能做到。一个渔妇，只可为一个男人的福祉祈祷。那个她被托付给的男人。她所接受的传统，不允许她为另一个男人祈祷。那么，她如何能同他那样讲呢？可是，话语还是自行从她的舌端流出。

“我的老板，我每天都会想你。”

“啊，可是，为什么呢？你千万别这样。”

他们沉默片刻。然而，此时无声胜有声。

一只夜鸟从一株椰子树上飞起，掠过月亮，仿佛在暗示它已目睹了这一场景。在沙滩上略远的地方，一条狗立着，在观望他们。于是便有了两个目击者。

帕里库提问道：“一切全都过去了，是不是？我们在这片海岸上玩的游戏，捡的贝壳。”他沉重地叹了口气，继续说道，“所以，我们人生中的一个阶段结束了！”

卡鲁塔玛表示认同。帕里库提说，“在这片海岸上，我会觉得孤独。”

这些话语刺痛了卡鲁塔玛。他继续说：“我还以为，卡鲁塔玛不会跟我道别呢。”

“可是，我不怨天尤人。如若卡鲁塔玛不辞而别，我会觉得悲伤。可是，我绝不会抱怨。我怎能批评我的卡鲁塔玛呢？”他戛然而止。

卡鲁塔玛用手掌捂住自己的脸，听凭泪水流进手里。帕里库提察觉到这一点。

“卡鲁塔玛，你为什么哭呀？帕拉尼是个好男人，一个能干的男人。”

他以哽咽的声音继续说："卡鲁塔玛，一切都会好的。你会有福的。"

她再也无法忍受。她说："我的老板，你千万不要这样刀戳一个活死人。"

帕里库提没有弄清她的意思。他说的一些话伤害了她这一事实，令他大为震惊。可是，他说了些什么呢？

她怀着深切的悲伤说："可是，我的老板，你从来没有喜欢过我。"

"卡鲁塔玛，你怎么能说这样的话？"

他发誓，他最大的愿望就是看她生活得好。他说："我将坐在这里歌唱。大声歌唱。"

她答道，"即使我远在特里昆纳普扎的海岸上，我也会听你的歌声。"

"我将继续唱，直到我的喉咙沙哑，直到我死。"

"而我也会死于伤心。"

"那时，在这片海岸上，就会有两个灵魂在月光中飘来飘去。"

帕里库提说："会的。"

随后，他们不再说话。

她在沉默中朝东走去。她就是这样向他辞行的。他继续注视着她。他就是这样向她告别的。

于是，他们就此分离。

十

查琪想把婚礼办得隆重一些。所有邻居都推测，这会是一次排场而豪华的婚礼。切班孔珠有钱，而卡鲁塔玛又是长女。所以，这场婚礼必定是一桩大事。

然而，切班孔珠可完全不想这么办。他已无奈将钱用于为卡鲁塔玛买一些金首饰上。他说，自己已没有任何余钱可恣意挥霍于一场盛大的婚礼。而且，他没有办法节制开销。

查琪和切班孔珠为此争吵。卡鲁塔玛不得不出面调停，使两人言归于好。此事给她带来无穷无尽的烦恼，因为她就是父母每日口角的根由。

她只想尽早度过那一天。对于这么多人而言，她就是个讨厌鬼！每个与她关联的人似乎都觉得心烦。她还会给别的什么人带来麻烦？她最终会伤害别的什么人？她扪心自问。

他们得邀请海岸头人到场。只有在那时，仪式才能开始。切班孔珠向海岸头人进贡了槟榔叶、烟草及一些现金，请求他允准这场婚礼。海岸头人欣然许诺会早早到达婚礼现场。

婚礼日。并不是那么一场盛事。不过，不知为什么，它还是超出了切班孔珠的安排和预期。

海岸头人很早就到达现场。约有十五人从特里昆纳普扎赶来。迎亲队中没有女人。帕拉尼没有女性亲眷接卡鲁塔玛前往家中。聚在那里的妇女们开始对此进行猜测。每个人都知道，帕拉尼是个孤儿。然而，直到帕拉尼率领一群男人到来，而队伍中竟连一个女人都没有之时，他们才猛然真切地意识到这意味着什么。这确实是个严重的短处。查琪也认为这是个缺陷。

娜拉佩努一时冲动，大声疾呼："这帮家伙就不能至少从邻里请一个女人同他们一道前来吗？"

迦利孔珠随声附和并加油添醋。

孔吉佩努问道："你们怎么能把一个姑娘家交给一帮男人带走？"

拉克希米说："我们又该怎么办？"

娜拉佩努发表评论，出语尖刻：“这倒真是一种新传统！新郎的迎亲队，该有很多女人陪伴新娘才是。事情应当这么办！”

查琪听到了这些妇人的飞短流长。她先前也是沿着同样的思路想的。

到了交付新娘聘金的时辰。数额是由海岸头人定的。只有在拿出这笔彩礼后，结婚仪式才会开始。海岸头人呼叫帕拉尼及其随从。他们全都伫立，一副凝神谛听的样子。他说：“聘金数额定为七十五卢比。”

新郎一行感到震惊。他们不曾料到会是这么一大笔钱。此外，他们认为，这笔钱太多。通常只会要求渔网商支付这么多钱。

一时无人吱声。新郎迎亲队的头领勇敢地大声发话，而他的语调又极为谦恭：“老爷子，您可别以为我粗鲁，我们也是来自一个有自己的海岸头人的地方啊。您可以就新娘聘金做出决断，而我们则有义务顺顺当当地拿出钱来，可是这……”

海岸头人喝道，“告诉我……讲下去，告诉我，怎么回事儿？”

这位名叫阿楚坦的男子说：“老爷子，您有权告诉我们交付新娘聘金。可是，您本应先与新郎的从人商量。”

海岸头人出了计算方面的差错。可是，有人当面指出这一点时，就把他激怒了。他问道：“有什么可商量或讨论的？”

阿楚坦也无意让步。他又不是第一次见一位海岸头人。在他生活的那片海岸上，也有一个杰出的海岸头人。阿楚坦说：“当然，得讨论！”

“那么，告诉我，怎么办？”

阿楚坦坚定不移地回嘴：“难不成您不想让这场婚礼举办下去？”

阿楚坦有些过分。海岸头人对他的指控怒吼一声。

阿楚坦为自己的意见辩护。除非有人已弄清新郎有多少钱，否则怎么能确定新娘聘金的数额呢？在这样的情况下，婚礼如何能够举行？这正是他说了那么多话的原因。

海岸头人显得鄙夷不屑："你们怎么是这么一帮无业游民？"

即使他不是他们的海岸头人，他也是这片海岸的保护者。所以，他们只能悄然将海岸头人骂他们为游民的话吞到肚子里去。他们是迫不得已才如此行事的。事实上，倘若还有更多恶语劈头盖脸而来，他们也就忍了。

不过，阿楚坦对此也还是有话要说。

海岸头人问切班孔珠："切班孔珠，你要把自己的女儿嫁给一个连七十五卢比都没有的流浪者？"

聚在那里的妇女随声附和此说。她们每个人也都抱有同样想法。她们海岸上的一个标致的年轻姑娘，就要嫁给一个既没有家也没有亲属的男人。她们全都为这一事实感到焦虑不安。切班孔珠该为此而受到责备。现在，在海岸头人当面问他此事时，她们全都十分快意。别人都不敢这么做。

切班孔珠悄无声息地站着。

阿楚坦说："千真万确。他是个没有根底的流浪汉。我们都不是他的亲属。我们只是同一片海岸上的人。这正是我们说您应当与我们商量新娘聘金的原因所在。"

阿楚坦开始谈到帕拉尼。女人们为卡鲁塔玛感到惋惜。女人们窃窃私语，与其如此，还不如把她淹死在海里呢。

可是，海岸头人依然毫不动摇。他说："这一切都不错。可是，新娘聘金是根据那小伙子的经济状况来确定的吗？"

阿楚坦承认，事实并非如此。海岸头人继续说，"她是个好姑娘。如果你们要她，你们就得拿出与她相配的聘金来。”

新郎的一个从人[①]在嘟囔着什么。他既不喜欢海岸头人所说的话，也不喜欢他说话的方式。由于不能自持，他于是发了点牢骚。

海岸头人厉声申斥这个无礼之人：“你在嘀咕什么？”

他一言不发。海岸头人喝道：“说呀，你……”

此人决定把自己的想法说出来。也许他一直想一吐为快。也许他想让这场婚礼停下。

他用响亮的声音挑战，“请别跟我们说她是个多么好的姑娘！”

“你好大的胆子！”

“这场婚礼，难道不就是为了把她从这片海岸清除出去吗？如此一来，这片海岸就不会遭到毁灭了。让我们的海岸玩完。就这么回事儿，对吧？尽管如此，您还要那小伙子拿出一笔高于人们通常所付的新娘聘金。妙，实在是妙！”

所有的人都非常震惊。他在影射什么？

查琪倒下，陷入深度昏厥。卡鲁塔玛将母亲揽在怀里。“啊，我的阿妈呀！”她的哭喊使大家都冲了过来。查琪躺着，已没有意识。

切班孔珠四处乱跑，像个狂人。他的妻子就要死了吗？出席婚礼的来宾在散开。

一些聚在一起的迎亲人员问那个厚颜无耻的男子，他究竟居心何在。他们指责他诽谤。他不该如此说话。可是，此人没有流露出丝毫悔意。实际上，他变得更加好斗。

“听着，我常来这片海岸。我知道这里发生的一切事情。”

于是，众人认为卡鲁塔玛这个姑娘身上有某种龌龊的秘密，就变得不可避免。可是，当时谁也不想对这一问题多予了解。他们唯

---

① 此人的名字帕普随后在下文中出现。

一想做的事就是让他闭嘴。他们毕竟出门在外，身处一片陌生的海岸。

阿楚坦咬着牙，咕哝了一嗓子：“住口！”

娜拉佩努和迦利孔珠在照料查琪。她睁开眼睛。她用一条臂膀搂住女儿的脖子，呻吟着：“唉，我的女儿！”接着再度陷入昏迷。

女人们安慰着卡鲁塔玛，照料着查琪。在查琪稍好些时，切班孔珠将帕拉尼和阿楚坦叫过来。他愿拿出七十五卢比。他们应当从他手里接过这笔钱来，再支付新娘聘金。帕拉尼表示同意，阿楚坦随声附和。

于是，帕拉尼带着新娘聘金进入婚棚。一切都略为平静了一点。谁也不再想帕普的那些无稽之谈。

钱交了。依据风俗，海岸头人拿了自己的份额。其余款项交给切班孔珠。尽管横生枝节，他们还是做到了守时，没有错过业已确定的吉时。于是，婚礼的第一部分圆满结束。

尽管查琪被人扶了起来，她依然感到头晕目眩。突然，她觉得视力模糊，耳朵嗡嗡作响。

新娘被带到婚棚。一位长者说明了应当做的事项。切班孔珠在女儿的颈部系上一枚塔利[①]，并赠她新衣。帕拉尼的手掌被硬塞到卡鲁塔玛的手掌中。切班孔珠觉得，他眼前的女儿身子发僵。随后，她将手抽回。她似乎没有攥住帕拉尼的手。唯一显而易见的是，他的手掌只在她的手掌里停留片刻。

卡鲁塔玛在想什么？她记起了什么？天晓得。她几乎只是在机械地做别人吩咐她做的一切。

女人们搀扶着查琪，将她带到婚棚。在吉辰到来时，查琪又晕

① 塔利（thali），象征婚姻的盒式项链坠。该词也指盛放食物的碟子和盘子，此处无此意。

厥过去。

几个女人说，这是个不祥之兆。谁又能指摘她们作如是想呢？查琪再度清醒过来。一些人说，她一旦休息够，就会好起来。

到了开宴之时。又出现了一个问题。一些女人没有吃喝就走了。对帕拉尼的种姓，她们心里没底，因此不愿在筵席上就餐。[①]新郎迎亲队中的不少人离席，包括捣乱者帕普。

这一切都不曾让切班孔珠感到不安。可是，他跪倒在海岸头人脚下，恳求他出面干预。查琪已完全失去生活能力。卡鲁塔玛以前从未离开过家门。此时，她就要独自前往一个陌生的地方。而新郎的迎亲队中又没有女人。鉴于这一切，他们有什么办法能阻止姑娘在当日离家吗？让帕拉尼也不要走了。他也可以在这里过夜。倘若卡鲁塔玛离开，切班孔珠的家就会一塌糊涂。甚至没有人会给病人一口水喝。

切班孔珠陷入狂乱状态。海岸头人同情他的苦况，说道：“切班孔珠，你所说的没错，可是如果他们一意孤行，我们又怎么能阻止他们带新娘走呢？”

切班孔珠说：“老爷子，如果您本人坚持，他们会同意的。”

海岸头人苦笑一声：“他们是特里昆纳普扎人。一帮妄自尊大的家伙。切班孔珠，难道你自己没看出来吗？”

切班孔珠别无他人可求，只能乞灵于海岸头人。倘若姑娘离开，他该怎么办？如果海岸头人坚定不移，他们会从命的。

婚宴已吃过，槟榔叶已传发。阿楚坦说，是起身的时候了。卡鲁塔玛依然坐在母亲身边。她不停地哭泣着。切班孔珠东奔西突，

---

① 在过去种姓制度盛行的时代，较高种姓的人一般不愿与种姓较低的人共餐，以免遭到后者的“污染”。

假装很忙。是离开的时候了。阿楚坦再度大声吆喝。在他第三次说要启程之时，切班孔珠不得不予以注意。他问阿楚坦："真有必要今天就把姑娘带回去吗？"

谁都没有料到这么一个问题。阿楚坦不知说什么是好。不过，海岸头人在等着他的答复。

阿楚坦问道："您什么意思？"

"我什么意思？"

"婚礼之后，新娘怎么能被留在娘家呢？"

海岸头人晓得，他真的不占理。可是，他可以充分利用自己的权威。于是，他尽心尽力，说了切班孔珠家的状况。可是，他们对此已了然于胸。

海岸头人说："我只要求你们考虑，你们是否能让姑娘留在这里，直到她母亲至少能够坐起来。"

阿楚坦说："此事当由那小伙子自行决断。"

为了增加自己所讲理由的分量，海岸头人又提起另一个问题："你们真的不能坚持现在就带姑娘随你们一道走。"

阿楚坦大声问道："这是为什么？"

"依照惯例，难道不是该有一个女人陪伴新娘前往她的新家吗？"

阿楚坦毫不客气地驳斥道："那么，为什么要把你们的姑娘嫁给一个连一个女眷都没有的男人呢？"

海岸头人佯作生气："你要和我争论？"

阿楚坦退避三舍，陷入沉默。现在，此事该由新郎决断。阿楚坦告诫自己，让他自主吧。

海岸头人希望，帕拉尼自愿做出让步。

时间在流逝。谁也不愿承诺任何事情。阿楚坦说：“时候不早了。”海岸头人命令说：“让帕拉尼留在这里吧！”可是，谁也未曾对此予以回应。此时，帕拉尼不得不自作主张。

阿楚坦告诉帕拉尼：“喂，听着，小伙子，你决定怎么做？我们得动身了。”

帕拉尼觉得十分尴尬。他不知道该说什么。人们说的话，他全听见了。可是，他无法做出决定。所以如此，是因为他没有这个能力吗？无论什么缘故，帕拉尼似乎并不视之为一个重要问题。他无动于衷。

阿楚坦厌恶地说：“你说点什么，好吗？你为什么让我们遭这份罪？”

随后，他指责帕拉尼说：“喂，我们为你而前来此地，现在倒好像我们把所有的人都惹恼了。”

切班孔珠急切地等待着，看帕拉尼会吭哧出什么来。帕拉尼是个单纯的人。此外，这只是一个将她带往那里的问题。他认为，整个世界都是自己的家。切班孔珠以为，帕拉尼会打发其他人上路，而后自己留下来。

阿楚坦再度说话：“你说点什么，好吗？”

帕拉尼看了看阿楚坦的脸。随后又看了看其余每个人的脸。他没有发现任何可以帮助自己做出决定的迹象。不过，从他嘴里还是蹦出一句话来：“我要带姑娘跟我一道走。现在。”

切班孔珠大吃一惊。没有料到。他没有料到帕拉尼会如此麻木不仁。切班孔珠捶胸顿足，大叫大喊：“孩子，看看我那女人的惨状再做决定吧！”

他本来该补充说：“你不也是女人生的嘛！”可是，切班孔珠把这句话咽下肚去。

如此恳求，打动帕拉尼了吗？很难知晓。他只是再度看了看阿楚坦的脸。可是，上面没有流露出一丝一毫供他做出决断的神色。不过，帕拉尼觉得，阿楚坦认为姑娘必须与他们一道走。

帕拉尼重申："我要带姑娘跟我一道走。"

稍后，他的脑子开始运转。他摆出几条理由，解释他何以要按照自己所说的那样行事。他既没有家，也没有亲人。然而，他所以结婚，就是因为他要拥有自己的家。他要开始自己的生活。所以，结了婚而又把自己的新娘留下，此事他无法认可。他有许多事需要完成。哪一项都不能等。

"所以，我需要新娘跟我走。"

帕拉尼能说这么多话本身就令人惊奇。这似乎是个不可动摇的决定。帕拉尼觉得，朋友们在为他的决定而高兴。可是，无人注意这一决定对切班孔珠产生了怎样的影响。切班孔珠怆然泪下，苦苦哀求，其情状足以触动任何人的心。"孩子，这是一个父亲在说话。一个将孩子养大成人的父亲。有朝一日，你也会做父亲的。"

帕拉尼无动于衷。也许，倘若阿楚坦及他人赞同，他也会认可切班孔珠的恳请的。

海岸头人的心软了。任何人都会有同感。阿楚坦或许也是如此。可是，他不愿透露自己的心迹。海岸头人十分恼火。他说："这种事肯定是要发生的！他不是在一个家庭里长大的。他不懂得人有父亲或母亲意味着什么。人是在自己家里习得爱心和慈悲的。一个海岸孤儿怎么会懂得一星半点人情世故？"

稍后，海岸头人对切班孔珠说："给女儿挑这么一个流浪者做丈夫，你有责任呐。"

切班孔珠不赞同他的说法。可是，他在心里已开始怀疑自己的决定。切班孔珠没有意识到，帕拉尼竟会如此无情无义。切班孔珠还觉得，海岸头人的看法是对的——帕拉尼所以是这么一个畜牲，就是因为他不是在一个家庭里养育大的。他在未来会是什么样子？也许，切班孔珠——在婚礼当日——就已开始懊悔自己的抉择。帕拉尼对他没有丝毫爱心。这一点显而易见，这么早就表现出来了。

阿楚坦似已明白当前情势。他想到一个解决办法："帕拉尼，你何必一定要招人辱骂和诋毁呢？是姑娘得跟你走呀。问问她是怎么想的。让她做决定！"

切班孔珠松了一口气。帕拉尼也一定有同感。海岸头人也认可这一建议。他说："这就对了。让她做决定。叫她来……"

切班孔珠大声呼叫卡鲁塔玛。她坐在母亲身边。她泪流满面，来到门口。海岸头人亲自问她："姑娘，你母亲这种情况，你愿意丢下她走人吗？还是你打算留下来？家里连个给你父亲生火做饭的人也没有哇。"

他略一停顿，随后继续说："婚礼之后，新娘通常都随新郎走。可是，你得做决定……"

卡鲁塔玛能说什么？她没有做出决定的力量。她已向这片土地告别。她想到未来，心里惊恐不安。她一直在等着逃离这个地方。这一天业已到来。可是，自己的母亲病倒了，而且也无人照料自己父亲的饮食起居。所有这一切都要求她留下来，……她失声恸哭。她说不出话来。

人人都在等着听她的回应。海岸头人说："可怜的孩子！她能说什么呢？可是，她还非说不可。现在就取决于她了！"

她来到母亲身边，将自己的脸贴在母亲的脸上，一阵呜咽。查琪也潸然泪下。她向母亲嘟囔了些什么。

“女儿，你问什么？”

她泣不成声。稍后，她啜泣着说：“阿妈！我……我……不走了。”

查琪突然大声说道：“我的女儿，你千万不要这么说。我的女儿必须走。如果你不……”

这个女人不能将自己的想法完全说出来。查琪明白，如果卡鲁塔玛不走，会发生什么情况。卡鲁塔玛也怀着同样的恐惧之心。母亲能够看见，那个令人惊恐的场景浮现在自己的眼前。

查琪不介意自己处于如此境况之时被丢下。身边没有一人能给她端点水。可是，她不能让自己的女儿给毁了。查琪也要求她尽早离开。她必须走。她必须走：“我的女儿，去告诉他们，说你要走。”

查琪强行将卡鲁塔玛从自己身边驱离。她坚持己见，随后咬牙切齿地责备她：“你离不开那个穆斯林小伙子，是不是？”

卡鲁塔玛从内心深处鼓起勇气。她走到门口说：“我愿意走。”

母女两人再次紧紧拥抱。她们的心在破碎。

卡鲁塔玛俯身拜倒在切班孔珠面前，对他行触脚礼。他将她甩开，转身离去。她在那里趴了许久，然后站了起来。母亲为她祝福，对她提出忠告：“注意我说的那些话。”

帕拉尼前去向切班孔珠辞行。可是，切班孔珠不言不语。这已不是那个悲痛欲绝的切班孔珠。他不再哭泣。他已彻底变了。他的脸又红又肿。他已化身为一尊愤怒之神。

迎亲队的一帮男人走在前头。她跟在后面。查琪用胳膊肘撑起身子，看着自己的女儿离去。突然，她昏倒了。娜拉佩努双眼噙满热泪，将查琪的头扶起。

切班孔珠咬牙切齿，咆哮道：“她不是我女儿！”

嘤嘤啜泣的潘查米大叫一声：“姐姐！”

卡鲁塔玛走进了自己的未来。谁晓得她的未来会是什么样子？她真的逃脱危险和诱惑了吗？

无人为她祈祷。她也不曾为自己祈祷。也许帕里库提为她念诵了一段经文。

于是，卡鲁塔玛离开了自己熟悉的海岸。

那支歌会再度回荡在那片海岸上吗？谁知道呢？可是，不会再有任何人聆听它了。

下篇

十一

连这里的海都似乎有些陌生。海水呈现出一种不同的色调。这不是一片宁静的海。在浪涛下面，存在一条变幻莫测的潜流，能把大海搅起，形成旋涡，造成诡谲的涡流。海滩的色彩也不相同。

几个人前来看望新娘。卡鲁塔玛不晓得如何向客人介绍自己，也不知道该如何与她们相处。每个人都仔细地审视她。卡鲁塔玛有点畏葸。

可是，她明白，自己得给她们留个好印象。她怎样才能做到这一点呢？

帕拉尼在破晓时分出海。这是捕捞沙丁鱼的季节。卡鲁塔玛是家里的女主人。她有许多事要做。

这所房子里，只有一个水罐、一个敞口平底锅和一把勺子。这便是全部家当！还需要太多的东西使之成为一个家。需要采办一些大米、辣椒和食盐，把它们放在一只筐里。帕拉尼在婚前从未生活在属于自己的家里。在他的人生中，也从未有任何人告诉他，一个家都需要些什么东西。她得独自料理这一切。

卡鲁塔玛煮了米饭，把汤滤去。她用青葱烹制了一道提亚尔[①]。她为此向隔壁邻居借了罐子和平底锅。她还到人家借用了磨石[②]。

北面屋子的老太太说："我们把一个小伙子托付给你啦。你现在要负起责任啦！"

她在尼尔昆纳特海岸听到的那一套话，在这里也发出了回声。在每一个地方，任何新娘都会听到同样的话语。不然，难道这话只是说给她一个人听的？她觉得，每个人都在满腹狐疑地看着她。莫非他们知道她的秘密？

那里的女人们三五成群地聚在一起，猜度着新娘的底细。她们有足够的谈资。她是个自家拥有两条船的渔夫的女儿。那么，这样一个人何以会将她嫁给一个无亲无友的人呢？

一个女人说："她父亲也许没有自己的船和渔网呢！"

科查琪认为情况并非如此。她孩子们的父亲在大鱼汛期间到过尼尔昆纳特。他对他无所不知。"他有渔船，也有渔网；他有钱，很多钱！"

瓦瓦孔珠问道："那么，他们为什么把她嫁给这个家伙？"

科查琪大声问道："他有什么问题吗？"

科塔心存疑窦："我觉得，是这个姑娘有问题！"

科塔似乎知道一些情况。每个人都充满好奇心。她是什么意

① 提亚尔（theeyal），意为"烧菜"（burnt dish），系用烤椰蓉、芫荽籽、干红辣椒、葫芦巴籽、罗望子果一类香料与苦瓜、土豆、茄子、秋葵、小胡瓜、生栳果等蔬菜烹制而成，流行于今印度喀拉拉邦。

② 磨石（grinding stone），一种用于碾碎香料以制作咖喱粉的石制工具。

思？她们大声发问。

科塔小心翼翼地说："这姑娘一定是个淫妇……他们一定是把她从那边的海岸给赶出来了！"

那个老太太将手放在胸前，吓得浑身发抖："那么，她是要祸害咱们的海岸了？"

人人都开始向科塔提出一些追根究底的问题。可是，她再也没有透露一点信息。

卡鲁塔玛一旦做好米饭和咖喱烧菜，活儿就算干完了。不过，那些女人们依然在周围盘桓。她感到，每个人都把她当成了一个怪物。

所有那些人对查琪的悲惨状况也有所耳闻。任何一个女儿，会在母亲病重之时离开吗？母亲难道不是比丈夫更重要吗？这就使得她们更想弄清卡鲁塔玛的一切。

中午时分，卡鲁塔玛已成为流言蜚语的首选目标。在每一家，她都是人们议论的话题：她是个淫妇。一个被他们不择手段清除掉的邪恶之人。既然如此……这难道不是一个问题吗？

卡鲁塔玛想到自己的母亲。她想知道，母亲怎么样了。在母亲处于那种状态之时离开，她做得对吗？父亲已永远抛弃她了。父亲的话在她的耳中回响："她不是我女儿！"

卡鲁塔玛非常了解切班孔珠。他再也不会认她为自己的女儿了。卡鲁塔玛觉得，自己那天离家，纯属一种逞强之举，岂有他哉。任何一个女儿，会像她那样行事吗？不会的，不可能！在娘家的海岸上，他们一定都在责备她，也一定在诅咒她。可是，母亲业已为她祝福。她是经母亲同意才离开家的。

她的母亲得承受太多的压力。做一个母亲就意味着这一切。父亲会责备母亲，说她弄得家里连个给他烧杯热水的人都没有。母亲会包容这一切。为了她的缘故，母亲会忍受更多的苦难。可是，父亲却永远不会原谅她。

卡鲁塔玛考虑了自己的未来。她曾有父亲和母亲。父亲是个勤勉的人，靠劳动挣钱养家。她的生活有一定的保障。她的愿望和需求，也都能得到满足。她从来不曾体味过匮乏之虞。而今，她丢弃了所有那些保障，来到这里。进入一种新的生活；进入一个新的世界。这种新生活将会是什么样子呢？

她会有饭吃吗？她会有足够的衣服穿吗？她从不晓得饥饿。谁知道前面是什么？谁能有把握？她能够敞开自己的心扉并纵声大笑吗？她能自由地呼吸吗？一切都不确定，变幻无常……

过去，她是被人爱着的。

她跟随前来的那个男人：他会爱她吗？这确实是个大问题。她对他一无所知。

尽管她母亲处于悲惨境地，他还是几近冷酷无情地坚决要离开。他会是个什么样的人？倘若他不曾坚持将新娘带走，就丝毫也不会有这样的麻烦了。两天就足够了。那么，她该怎样赢得他的疼爱和关心呢？她该怎样使这样的情感长存呢？很有可能，他还会再度无情无义。她怎么才能没有任何窒碍地保住这份眷恋之情呢？

除了他，她再没有别的亲人了。他就是她的一切。他的好恶将成为她的生活的基准。可她对他的好恶一无所知。

卡鲁塔玛能忍受任何苦难。她只想成为无数渔妇中的一员，像她们那样，愿意包容任何问题和所有事情，从而度过自己的余生。她不希望在自己的人生中发生任何重大变故。她想望的只是终身做一个平凡的渔妇。然而，这是可能的吗？这正是卡鲁塔玛所担忧的。

她的头脑中有个声音告诉她，她的人生绝不会是这个样子。一个很早以前即已开始出现的想法。一些在别人的生活中不曾发生却在她的生活中发生了的事件。可能还会有更多此类事件出现。它们会扭曲她的人生，使之出现诸种始料不及的纷乱。她一直被这种想法困扰着。一个如今业已化为确凿现实的想法。

要是帕拉尼爱她就好了。她渴望这一点。可是，她能指望他有这份爱心吗？这让她忧心难已。

所有女人都渴望丈夫的爱情。可是，在这些女人之中，对于爱情是什么，能有一人会隐约感知吗？卡鲁塔玛懂得爱情。爱情的痛苦。这就是她担忧自己能否再度品尝到爱情的滋味的缘故。

她觉得，帕拉尼是没有爱的能力的。那么，她离开自己家的意义何在？这难道不是一个危险的举动吗？可是，如果她继续生活在娘家，事态可能变得更加险恶。

正午时分，帕拉尼从海上回到家里。她小心翼翼地给他端上米饭和咖喱烧菜。这是她第一次这样做。她想知道，他会喜欢她的咖喱烧菜吗？他会满意这顿饭吗？她没有把握。帕拉尼开始用饭。他吃得津津有味，让她松了一口气。她站在厨房门口。她就站在那里说话。可是，她没有说，“请爱我。我将以爱回报你。”

“要是再有一口平底锅，就能多做一个咖喱烧菜。”

“大米中可能有沙砾。”

她没有淘洗大米的容器。只有一把勺子。她做的提亚尔并不十分好。她从邻家借了一口平底煎锅。她还在那里将香料磨成粉。她停顿下来。接着又说：“我们必须买一些罐子、平底锅，以及别的很多东西。”

“好，我们会买。可是，不能同时把它们都买来。”

"是的，那没必要。一次只买几件东西。"

他吃完了她先前给他盛的饭菜。她又给他上了一些米饭。尽管帕拉尼说自己已经吃饱，她还是给他添了一勺米饭。事情就应当这样做。她知道这一点。

他说："我这里米饭太多了。"

"那又怎么着？吃不了，你可以剩下嘛。"

稍后，她鼓起勇气问道："提亚尔做得不好吃，对吧？我猜想，你对这顿饭不满意。"

"提亚尔很可口。你没看见我吃了多少米饭？"

"那算多吗？我的天呐……"

"我通常可不吃这么多。"

一个新婚妻子羞涩的微笑。卡鲁塔玛说："你一定要吃很多很多。不然我就会亲自喂你吃。"

帕拉尼也微微一笑。那是一种热切的微笑。她感到，一种类似慰藉的情愫，传到了她那受过重创的心上。他是个正人君子，十分愿意听她的。更为重要的是，他的凝视的目光中流露出一定的情感。一开始就这样还不够吗？

她往同一个盘子里给自己盛了一些米饭并开始吃。帕拉尼洗了手。他点燃了一支比迪烟[1]，进入厨房，走过去坐在她的身旁。

"让我来侍候你吃。"

她没有言语。她觉得，在爱的阳光轻抚之时，自己的心的花蕾怒放了。

"瞧这事儿。你几乎没吃什么东西嘛。"

"我吃饱啦。"

---

① 比迪烟（beedi），一种主产于印度的廉价小雪茄烟。

他往里仔细看了看盛米饭的罐子。“不是还有米饭剩下了吗？”

“还有足够的米饭。可我吃饱了。”

“那不叫够。”帕拉尼将一勺米饭盛到她的盘子里。够啦。够啦。卡鲁塔玛打着手势。可是，她确实吃掉了帕拉尼盛给她的米饭。

卡鲁塔玛在像一个已婚女人那样开始生活。不再是一个恋人，而是一名主妇。

帕拉尼也成为一家之主。午饭后，在她洗完餐具之时，他问道：“你想让我买什么东西？告诉我！”

“你有买最紧要的东西的钱吗？”

他打开腰包，数了数钱。他只有四卢比。他对她讲了那天自己挣了多少钱，花了多少钱。鱼品的总捕获量很小。他还了婚礼借款的很大一部分。剩下的就这么几个钱了。

卡鲁塔玛问道，“那么，你们的份额①是多少？”

“五十！②”

“在我娘家海岸，是六十。”

卡鲁塔玛继续说：“你们一定要根据邻近海岸的情况索要自己应得的份额……”

“这里的情况就是这样。”帕拉尼漫不经心地回话。

她对他讲述了切班孔珠如何在他们的海岸上将劳工团结起来从而将份额增加到六十的往事。

帕拉尼说：“这里从来没有发生过那样的事。”

他再次问她家里需要些什么东西。

卡鲁塔玛问道：“你现在就要去买吗？”

---

① 指所有劳工与船东的鱼品分配比例。

② 即50%。

“对。”

卡鲁塔玛说：“你怎么不歇会儿？你不必现在就去。你刚从海上回来。人人都会指责我催逼你出去买罐子和平底锅。歇一会儿再走吧！”

帕拉尼似乎认可她的忠告。他铺开一张垫子，躺在上面。随后，他叫道：“卡鲁塔玛！”

或许，她也一直在等待着这一声呼唤。她朝他走去。帕拉尼说：“来这儿。”

她羞涩地走到他的身边。可能她开始觉得自己的心踏实下来了。她将竭尽全力做个好妻子。他用强壮的双臂将她紧紧抱在怀里。她的眼睑低垂下来，她的呼吸变得沉重，她颓然靠在他身上，几乎眩晕过去。

她曾爱过一个男人。她也曾被一个男人爱过。可是，她还从未被一个男人触摸过。也许，她曾心向往之。然而，卡鲁塔玛不愿打破规则。如今，她是个已婚女人。一个男子，凭着自己应有的权利，将她紧紧抱在怀里。她顺从地听凭他摆布。即使她曾爱过一个男人，可是男人的触摸，委身于一个男人，那种令人气喘吁吁的狂喜，却完全来自另一个男人。她现在是他的人了。她的肉体只为他所有。她一直为他守身如玉至今。她日后还会为他保持贞洁。

她不知道自己在那种慵懒的顺从状态中躺了多久。青春的血在脉管中热烈奔流。欲望是难以餍足的；堤坝已经冲决，洪水奔流而出，不可阻挡。

当卡鲁塔玛逐渐意识到自己周围的世界时，她觉得有些赧然。这不仅是羞涩，而且是一种畏惧。一种压在她身上的畏惧。她担心，自己表现得太过分了。她的记忆变得模糊起来。整个过程就像一场恍惚的梦境。一种放纵的赤裸裸的贪婪。哪个姑娘能是这副模样呢？她的丈夫会怎么看她？

卡鲁塔玛害怕，这一切都错了。她的所有秘密都曝光了。他知道了。帕拉尼是个陌生人。千真万确，他使她成了他的人。可是，她怎么能以这样一种放荡的方式，委身于一个陌生的男人？纵然他是自己的丈夫。他一定会把她看成什么人？她怎么会如此失控？她是个非常娴静的女人。她每分每秒都在担心，很快就会有一个要命的问题落到自己头上。这个问题是“看来，你已是个情场老手了？”

她能如实回答：“不是。”可是，他会相信她吗？

她怎么能信任他？如果她不信任他，他们的生活本身就会遭到严重挫折。

她甚至想在问题提出之前请求原谅。可是，她该说什么？她不知道。

所有姑娘都是这样吗？即使你的丈夫是个陌生人，你和他在一起时会变成一头无所顾忌的野生动物吗？她不知道。

她茫然地思索着这种出现在自己身上的强烈欲望。她无法认为自己是个普通姑娘。很久很久以前，在她娘家的海岸上，即曾有过几个这样非同寻常的女人。

卡鲁塔玛内心有个声音说：你曾爱过一个男人。也就是说，当你想到那个男人时，你会有一种心魂激荡之感，一种巨大的喜悦。这意味着，你对他怀有情欲。所以，在你找到一个男人后，你就变成这么一个放纵的女人。你疯了。别的女人可不是这样。

是爱情使她如此激情澎湃吗？

卡鲁塔玛没有被问到那个让她害怕的问题。

帕拉尼要出门去。他问道：“我该买些什么？”

她说：“你有多少钱就买多少东西吧。”随后，她详细说明了急切需要购买的东西。那可是一个长长的单子。

当卡鲁塔玛独自在家时，她的思绪回到帕里库提身上。他怎么样了？他一定十分凄楚。他们尚未还他钱。母亲卧床不起。他们可能永远不会还那笔借款了。就在那边的海滨，他也同样被毁掉了。

她无法消除对帕里库提的思念。这岂非罪过？她已是人妻，怎么能再想另一个男人呢？不过，她内心深处有个人说，她不会忘记帕里库提……永远也不会。这种思念将是她终生难以摆脱的梦魇！

他的歌声也许依然回荡在那片海岸上。卡鲁塔玛觉得坐立不安。什么时候，用什么办法，她才会觅得些许平静？也许，她命中注定永远与安谧无缘。

帕拉尼拿着一些罐子、平底锅及勺子回到家里。路上，朋友们跟他开玩笑。他到家时，卡鲁塔玛发现所买东西有些瑕疵。罐子不够好。它有数条细小的裂纹。平底锅也不是所需要的那种类型。妻子显得精明胜任。她作为主妇的高超能力。帕拉尼承认这一点。他说：“我怎么知道买什么样的罐子和平底锅？”

她朗声大笑。全是些玩笑话。

那天夜里，他们片刻也没有睡。他们都有太多的话说给对方听！他们竟夕长谈，意犹未尽。他们谈的是自己对生活的憧憬。在谈话过程中，她问道：“在我母亲卧床不起的时候，你为什么坚持把我带走？”

卡鲁塔玛是在感到自己与他谈得相当温馨之时提出这一问题的。这是一个令他烦恼的问题。不过，帕拉尼回答说：“一个男人在婚礼之后，将自己的老婆留在娘家，这对他来说合适吗？这样做是不对的！”

她意识到，他认为将她留在娘家是一种不当行为。随后，帕拉尼予以解释。同他一道迎亲的人们，对他不带上新娘就离开之举感到不快。谁都不愿意这样。所以，他不得不那样说。

帕拉尼带着一丝腼腆的神色问道："你当时愿意跟我来吗？"

她即刻回答道："嗯，我愿意。"

在那一声"嗯"后面的原因，一直藏而不露。

随后，卡鲁塔玛记起一桩自己得与他商量的重要事项。与她父亲有关。"我父亲的心中再也不会有我们了。他天性如此。他再也不会认我这个女儿了。"

他平淡地说："好。如果他不认你这个女儿，那你就一定不要认他这个父亲。"

这已是她从他那里所能听到的表示忠诚的大誓。他的意思是，即使不再有父亲，她还有他这个丈夫呢。

帕拉尼继续说："你父亲是个贪婪而奇怪的人！你们那里的海岸头人也是如此。他侮辱了我们！"

帕拉尼的自尊心增强了，于是将心中的不平一吐为快："即便我没有亲人，或者说一无所有，我也是大海之子呀。海里的这一切，也是我的财富。我缺什么呢？我像其他所有渔夫一样。可是，我还有别的东西。我懂得自己的活儿。我能驾船穿越任何潮水。还能避开任何旋涡的吸力。所以，他没必要那样侮辱我！"

卡鲁塔玛没有言语。要是自己不提出这个问题多好，她开始心生悔意。帕拉尼动气了。他对自己的父亲一点也不敬重。他不仅蔑视自己娘家的海岸头人，就是对这里的海岸头人，如有必要，他也会公开对抗。

他问道："我为什么要让自己低三下四？没必要这么做。"

可是，卡鲁塔玛还有一个意思要说明白：“我母亲可是个胆小的人！”

他没有回应这一点。可是，他的思绪却转到另一方向。“让我对你讲点事儿。要不是那个人，也就是你父亲，先来这里，我是不打算去你们家的。”

同父亲一样，丈夫也做了一项强硬的决定。任何事情都不会撼动这个决定。

卡鲁塔玛说出自己的想法：她如今既没有父亲，也没有母亲。她只有自己的丈夫。他一定要爱她。她要做个尽职尽责的妻子。

他倾听着。

除了他，她再也没有别的亲人。她会容忍任何事情，顺从一切命令。她唯一想望的就是他对自己的爱情。

他并没有要求她爱他，以为回报。也许，他不需要那份爱情。她很可能也没有觉得自己需要对他有所宣示。

这种关系是有缺陷的。一方面，一个人想要被人爱着。可是，对方却没有要求自己享受同等待遇。她已许诺不负所望，做一个贤惠的妻子。可是，即使帕拉尼未曾要求妻子爱他，她难道就不该说出同样的话吗？然而，她没有。难道这意味着，她不会爱他吗？如果帕拉尼要求她爱他，也许她会无条件地把自己的爱献给他。

所以，第一夜就这样过去了，虽有细小的罅隙，却没有较大的裂痕。可是，他们达成一项共识。一道把家撑起来。

卡鲁塔玛发一声笑，说道：“我没有亲戚，没有朋友。我既没有房子，也没有家人。”

在晨光熹微时分，海岸上响起呼唤声和喊叫声。是帕拉尼动身的时候了。

卡鲁塔玛听说了几条日常生活准则。她在婚前就受过邻里妇女同样的教诲。她想起其中一条教训。

在他往外走时，她焦急地问道：“你是要直接上船吗？”

他不明白她是什么意思。

“嗯……怎么呢？”

卡鲁塔玛不知该如何说是好。她说道：“人们不该这样离家……”

“那么，他们又该怎样离家？”

“出海的人必须干净而又纯洁。”

他站在那里，不明不白。他问道：“你指什么？”

她满面羞惭地说：“你怎么不先洗个澡再出门？”

她帮助他沐浴，随后自己洁身。

当帕拉尼到达渔船时，海岸头人问道：“小伙子，你洗澡了吗？”

十二

卡鲁塔玛在娘家时，接受了许多教训。她知道如何让一个家兴旺。她曾目睹父母如何为之而辛苦劳作。事实上，她父亲就是个光辉榜样。她曾目睹他凭严格自律和节制过度开支，以攒钱买船和渔网。

卡鲁塔玛独自一人时，就考虑自己的家。她有一个楷模引领她前行。

她在确保帕拉尼沐浴并十分干净之后送他去劳作。不过，直到渔船返航为止，她的心里一直充满焦虑不安之情。那天，她在做好一道咖喱烧菜后没有停下，而是一气做了两道咖喱烧菜。她觉得，与前天相比，她与他更亲密了。于是，她等他回家来。

那天，沙丁鱼总捕获量巨大。近来，他们还不曾见过与之类似的情形。他分得三十卢比。他们将渔网抖搂和清理干净之后，正在洗手洗脸。这时，阿亚潘向伙伴们问道："我们到哈里帕德[1]吃一顿去，怎么样？"

无人表示异议。他们都有足够的钱。大海母亲已经赐福于他们。所以，偶尔吃喝快乐一番何错之有！唯有帕拉尼一言不发。

维鲁塔孔珠问道："嘿，帕拉尼，你为什么默不吱声？"

安迪孔珠打趣说："你在说什么呀？新娘子在等着他呢，米饭和咖喱烧菜都做好了，他可宁愿呆在她身边，在家里吃饭呢。"

"这又有什么错？"科查亚潘大声问道。年轻人有这种感觉是自然的。他们全都属于一个船员小组，都已结婚并都有孩子。

维拉瑜丹对婚姻生活状况予以归纳道："一切妙在头四天！随后家里无餐饭。即使你能找到食，无滋无味难下咽！"

在他们都洗得干干净净之后，维鲁塔孔珠问道："帕拉尼，你打算去吗？"

帕拉尼说："我打算去！"

可是，他话虽如此，心里却不太想去。

这一伙人走上大路，搭一辆公共汽车前往哈里帕德。

卡鲁塔玛等了很长时间。帕拉尼没有露面，她于是前往海滩寻找他。所有的船都拖到了岸上。海上连一只船也没有。海滩上也没有一个人。

就在此刻，阿南迪的渔妇帕鲁到来。她开始聊天："新娘子，怎么回事儿？你为什么站在这里凝望大海？"

卡鲁塔玛羞人答答，脸都红了。"没事。我只是在看海。"

帕鲁明白过来："你是在找你们家的渔夫吧，对不对？他们全都

---

① 哈里帕德（Haripad），印度喀拉拉邦阿拉普扎县镇名，位于阿拉普扎市与故临（今奎隆）市之间，濒临阿拉伯海。

一块儿到哈里帕德去了。孩子，他们手里有钱啦！”

几乎完全相同的事情也发生在卡鲁塔玛娘家的海岸上。在那里，他们都去阿拉普扎。这是唯一区别。可是，卡鲁塔玛没有料到帕拉尼那天会去。

卡鲁塔玛与帕鲁聊了一阵。卡鲁塔玛心烦意乱。她觉得，这一切都应当改变。如果他们保有他将在哈里帕德花掉的钱，家里可是能办成不少事呢。这个念头不断浮现在卡鲁塔玛的心上。

帕鲁说：“无论如何，你放心，你家渔夫从哈里帕德返回时，一定会给新娘子带一块漂亮的布。”

卡鲁塔玛回应说：“可是，姐姐，我们连一个喝水用的杯子都没有。我们只有两个罐子！”

帕鲁较为年长，说道：“谁又有两个以上的罐子？在大鱼汛季到来时，你再置办这一切吧。再往后，大海变得贫瘠时，我们将把它们卖掉，靠那笔钱生活！”

一条狗跟着卡鲁塔玛。它在伺机溜进屋里。卡鲁塔玛进入自家棚屋。

她等待着。快到黄昏时分，帕拉尼回到家里。他手里有一个小纸包。

卡鲁塔玛不晓得自己是否应当面露愠色。不是装模作样，她确实怒不可遏。可是，她担心帕拉尼不吃这一套。她脸上现出一丝微笑。她问道：“船刚回来？”

帕拉尼没有听明白话中流露的嘲讽意味。他回答道：“不是，可你瞧……”

他将那个小纸包递给她。她将它撕开后问道：“你们这里出海时，你们的渔网还能捞起不少布料？”

他放声大笑。她也放声大笑。

这是一块漂亮的卡萨乌细布[①]，可以披在她的身上，而它还有一条华美的金边[②]。卡鲁塔玛将布展开。布幅很宽，质量属于上乘！帕拉尼告诉她布价。他们一行买了五块这样的布。维鲁塔孔珠、维拉瑜丹、科丘拉曼、阿亚潘和他，一人买了一块。

帕鲁刚才告诉她，维拉瑜丹的孩子病了；他的妻子前往帕鲁家借了一些钱买药。那天，阿亚潘家里也有麻烦事。所有这些人家都买了新布。

卡鲁塔玛开怀大笑着，问道："当我们连一个喝水的碗或玻璃杯都没有之时，一块漂亮簇新细布有什么用？"

也许是被这一阵朗声大笑所感染，而他又未能悟出内中蕴涵的讽刺意味，于是跟着哈哈大笑起来。随后，他说："你知道我为什么给你买这个吗？"

她问道，"为什么？"

"过蛇神节[③]时用。你现在披在身上，让我看看。"

帕拉尼在看卡鲁塔玛时，眼睛里流射出情感。他瞥了一眼她那高耸的双乳。她转过身去。此刻，他的目光又落在她那仅用一袭几乎透明的蒙杜遮着的臀部。

帕拉尼趋前数步。随后，她说："我浑身都是汗水和泥垢！"

即使家里没有饮具，买回这块漂亮的细布也没错吧？他可是如愿以偿了。他就期望看见妻子穿扮得漂漂亮亮。生活只是讲求实用

---

① 卡萨乌细布（kasavu neriyathu），一种带有细金线或细银线刺绣图案的质地细腻的布。

② 金边（zari border），一般用金线织成，类似锦缎。

③ 蛇神节（Mannarshala Ayilyam），在今印度喀拉拉邦阿拉普扎县曼纳拉萨拉（Mannarasala）的蛇神庙（Nagaraja Temple）庆祝的重要节日，在9~10月举办。节日期间，成千上万的人聚集在该庙礼拜并祭祀蛇神。蛇神庙坐落在林间空地上，周围小径和树丛中分布着3万余尊蛇像，系著名旅游胜地。

和做成事情吗？生活只是给家里买东西和赚钱吗？难道生活没有情感维度？是的。有。当然有。

卡鲁塔玛有生以来从未见过任何此类东西。这也许正是她认为这块细布似无必要的原因。不过，想到丈夫希望看见她穿得光鲜亮丽，她十分愉快。

她将因为购买这块细布而责骂他的想法完全置诸脑后。

他们的身子紧紧抱在一起。嘴唇相触。他们合为一体。他们在沉入恍如梦境的状态时，眼睛慵懒地低垂下来。紧扣的手不愿松开。难解难分。

卡鲁塔玛开始认识到，一块卡萨乌细布对于生活是至关重要的。生活并不只是饭碗、水罐、船只和渔网；它也与一块卡萨乌细布如同丝绸一般的华美有关。

尽管他们继续用同一个盘子吃晚餐，卡鲁塔玛的眼睑还是快要合上了。她的脸上有一种特别的光彩。他弄了一个米饭团，把它放在她的双唇之间。

“啊，这么大的一个饭团，我的嘴吃不进去！”

这也许是符合事实的。它毕竟是一个每天都与海上巨浪搏斗的身强力壮之人的手指捏弄出来的饭团。他把饭团弄得小了些。

她捏了一个饭团，把它放进他的嘴里。随后，他说：“啊，你把一个饭团放进我的嘴里啦？”

这种相互调情让他们大笑良久。由于帕拉尼买了那块细布，卡鲁塔玛原本打算责备他，此刻却说：“我现在想要一件丝绸衬衫和一条好看的纱丽！”

卡鲁塔玛在自己的青春活力平息下来之后，又回到现实中来。她控制他们的生活方式的决定，得付诸实施了。她有权知道他那天收入的份额是多少。他是如何将它花掉的？她也需要知道这一点。

卡鲁塔玛问道：“你今天的份额是多少？”

“大概三十卢比吧。”

“你现在还剩多少？”

“那根椽子后面藏着一个小包。把它拿出来数数吧！”

卡鲁塔玛把小包打开，数了数钱。有两卢比。二十八卢比被花掉了。有那笔钱，能做多少事呀！可是，对于是否触及这一话题，她实在踌躇不决。

她将一条胳膊搭在他的肩头，倚在他身上。她问道：“我们的卧室和厨房在一处。我们能总是像这样在一间小屋里生活下去吗？”

“不能！”帕拉尼机械地答道。

“我们需要很多东西！”

卡鲁塔玛明白家里究竟短缺多少东西。她开怀大笑。她要把赤贫的孤儿帕拉尼变成有钱的渔夫帕拉尼。她已决定让他翻身。她抓住眼下这个自由时机侃侃而谈。她开始相信他钟情于自己。可是，他得因此认可她的某些指令。

她脸上浮泛着迷人心魂的微笑，说道：“你绝不要把自己挣的钱都花掉！”

随后，她将自己的双手放在他的脸颊上，说道：“我不允许！”

“那么，我就不需要喝茶或吃米饭了吗？”

此类开支，她会区别对待。随后，她问了他一个非常重要的问题：“婴儿出生后，我们将怎么办？”

可是，他并不理解她的意思。婴儿出生后，人们怎么办？

“他们将长大成人。”

似乎他是个老实厚道的孩子，对人生或生计一无所知，她于是描述了过一种有所节制的生活会是什么样子。船和渔网——这难道不是每个渔夫都渴望拥有的东西吗？她坚持认为，帕拉尼也应心怀如此抱负。

帕拉尼反驳道：“如果这片海岸上的所有渔夫都这样想，他们全都会成为百万富翁……那么，为什么并不是人人都照你所说的那样想呢？”

她以问代答：“为什么我们就不能这样想？”

他对她讲述了一个普通渔夫对生活的见解是什么。一个渔夫永远不能存钱。你知道为什么？因为他是冒着生命的危险赚那份钱的。他是靠戕害大量鱼类赚那份钱的，而那些鱼类在海里游泳，还认为海是属于它们的呢。每一天，他都看见不计其数的此类鱼儿被捕捞，睁着眼睛，张着嘴巴，苦苦挣扎，自己已变得麻木不仁。可是，通过这样无谓的伤生害命而赚来的钱，不能存起来；这样做，就是不可能。

那么，为什么生活在海上的人们，例如他们，会挨饿呢？这可不仅是帕拉尼看待生活的方式；这是许多世纪以来代代相传的海岸哲学。卡鲁塔玛以前也听到过同样的说法。可是，有一个男人对此表示反对。她父亲。那时，父亲的理由并未折服她。然而，如今她不只是坚信不疑，而且也理解了他的推理的严肃性和重要性。不过，她没有把它们讲出来。她没有参与辩论的勇气。

帕拉尼再度说：“为什么一个渔夫非得存钱？展现在他面前的大海就是他的财富。我们缺少什么东西？即使他不存留任何东西，大海母亲也会赐给他足够的财富。事情就是这样！”

她反驳道：“那么，在捕不到鱼的时候，又为什么人人挨饿呢？”

“那是人们应当承受的。”

卡鲁塔玛想到自己的母亲和父亲。想到他们如何勉力买船和渔网。突然，仿佛一块燃烧着的煤触碰了她的心，她感到一阵灼痛。一种通过她的血管奔流的痛感。他们是如何逐渐拥有船和渔网的？那个老实厚道的帕里库提破产了。

帕拉尼问道："那是由于你的父亲和母亲吧？"

他的印象似已固化。他继续说："你的贪心一定是从他们那儿来的！人人都想知道，我们打算什么时候看望你的父母双亲！"

那里的所有女人都问过她同样的问题。她也心中无数。婚礼之后，没有被请回娘家省亲，是不体面的。可是，她怀疑此行究竟能否实现。她说："我们离家之时，母亲生命垂危。那边还有谁能到这儿来请我们？"

稍后，她笑着大声说："婚礼之后，新郎这边有什么人请我们做客了吗？这不也是一个传统吗？"

卡鲁塔玛只是想逗着玩。不过，她的话里却带着一点小小的讥刺意味。帕拉尼觉得自己仿佛被掴了一记耳光。他的心受到伤害。他不认为这有什么好笑。他也并不认为这是在开玩笑。他的表情变了。

"难道你以前不知道没有任何人会邀请我们做客？那么，他们为什么又打发你和我走？"

卡鲁塔玛的面色变得苍白。帕拉尼生气了。她未曾料到这一点。他没有打住。

"可是，事情不止于此，对吧？有个孤儿，没有人为他哭泣，也没有人与他同乐。又有个姑娘，不适宜于那片海岸。所以，我们将她这个累赘转嫁到他头上去吧。如果他死在海上，不会有任何人为他伤心。就是这么回事儿。"

这是一番不公正的谴责。一个不相宜于海岸的姑娘！她怎么能忍受这样的指控？不过，这不符合事实吗？潜藏在她内心的一丝负疚感，似乎业已变大。新婚伊始，丈夫已在说这样的话。

卡鲁塔玛用双手捂住脸，放声哭泣。由于猛力抽咽，她的身子哆嗦起来。帕拉尼坐在那里看着她。一段时间，只能听见啜泣声。他为她感到难过吗？一个从什么地方传来的声音在她的耳里鸣响："不是我在这样说。别的所有人都在说这事儿！"

似乎帕拉尼的心稍稍软化了一点。他说："这不是我说的。"

稍后，他说："是帕普一直在说这些事儿！"

于是，在婚礼之后，这个家里首度出现洒泪的情景，也作了两相和解的尝试。

一片阴影笼罩了四围。一种终夜绵延的不安之感。伴随着卡鲁塔玛的啜泣，传来她的一声凄楚的叫喊，"我……我……我不适合这片海岸！"

她恳求他信任她。她不会行为失范，从而导致丈夫在海上失事。她不会成为巨浪盖过他们家屋顶的根由。毒蛇不会在这一带海岸游弋和爬行；无名的海怪不会从茫茫水域中冒出，张着血盆大口，造成旋风；她要像一个渔妇那样生活。她无数次问他是否不信任她。他总是不予回应。她只能将头靠在他那宽阔的胸膛上，试图用自己的泪水软化他的铁石心肠。

帕拉尼问道："你为什么一直问我，'你是否信任我，你是否信任我……'好像你都不信任你自己。"

一块燃烧着的煤再度让她全身感到灼痛。他确实对她的隐秘有些怀疑。某个奸人已将流言蜚语灌入他的头脑之中。

之后，那天夜里，她不再说话。无论他知道自己的秘密与否，将事实真相透露给他，不是更好吗？可是，倘若她跟他说实话，他会谅解自己吗？那么，她又如何能对他讲呢？与其听凭别人围绕实际发生的事情编造虚假的故事，最好还是实话实说。

这是一种左右为难的困境。必须做出决断。她数次要开口对他说话，可是，她该说什么？她应当说："我曾经爱过一个男人"？哪个做丈夫的会大度地听这一套？要不，她应当如此开头："童年时期，我有一个伙伴"？这也不行。如果她开始就叙述这一段，那么她会在回忆的温馨中说太多的话，甚至会以赞扬帕里库提而告终。他就会认为，她依然眷恋着帕里库提。这就不对了。她应当说："那边海岸上的一个穆斯林迷住了我？"不，不，她不能说这个！因为这么一来，她就会把帕里库提描摹成一个坏人。一个卑鄙的人。卡鲁塔玛也不能做这样的事。帕里库提不是个卑鄙的人；他不曾迷惑她或欺骗她。她看见他的身影就在自己面前，伤心欲绝，泪眼朦胧。即使在黑暗中，她也能看清楚。她觉得，仿佛自己是在践踏了他的全部感情之后来到这里的。她在各个方面都把他毁了。他别无所求，只要生活下去。即使他到七十五岁时，他也会坐在海岸上，唱自己的歌。所以，他会一直唱到死……她能看见这一切。她的嘴唇翕动着，想要说话。她忘了自己身在处何。她没有意识到，自己的丈夫就躺在身边。她从心底大声说，"我爱你！"

她是对帕里库提说这句话的。她的说话声使自己战栗。

帕拉尼问道："你在说什么？你爱谁？"

卡鲁塔玛醒了。她自己露馅了？她说，"是的。"

他问道，"谁？"

她说了个赤裸裸的谎话，"我的渔夫！"

雄鸡叫了。海岸上人声鼎沸。是外出上船的时候了。她坚持要求，帕拉尼只有在沐浴之后才能离开。她再度帮他洗浴。

帕拉尼赶到渔船那里时，比平素晚了。此事以前从未发生过。那天，其他船夫不得不等他。维拉瑜丹开了个玩笑："事情就是这样！你一旦结了婚，起床就变得非常困难了！"

一句无伤大雅的玩笑话。而且确切地说，这是实情。可是，帕拉尼不喜欢开玩笑。

"啊，安静些吧，维拉瑜丹大哥！"

维拉瑜丹没好气地顶了一句："嘿，小伙子！你怎么冲我吼哇？"

帕拉尼一直担心，维拉瑜丹会提起别的问题。倘若他提及卡鲁塔玛，会怎么样呢？一个困扰着他的念头。

船启程进入大海，一路向西驶去。帕拉尼坐在船尾。哪里都没有鱼的踪迹。众多渔船左冲右突，均未撒网。可是，帕拉尼继续飞速将船驶往西面。他似乎没有确定的目标。他的狮子似的肌肉一条条地凸了起来。不够，海还不够大。船桨轻巧。在他跃身而起时，船尾下沉并随他一道跳起。仿佛要穿过并超越海平线。他的全部活力都被激发出来。

船已深入大洋。四面不见陆地。安迪大声问道，"你要把船驾到哪儿去？"

他们全都收了自己的桨。可是，船继续跳跃并快速前进。帕拉尼变成了一个恶魔。海平线成为他的目标。

库马鲁吓得发抖："你个婊子养的！就因为你没有亲人……"库马鲁冲着帕拉尼嚷叫："你去自杀吧！你找了个破鞋做媳妇儿！你会淹死在海里的。那是你的天数。可是，我们都有孩子和家呀！"

维拉瑜丹把桨从帕拉尼手中夺下。他把帕拉尼掩向安迪，让他坐在那里，将船掉头驶回。

帕拉尼沉默无语，仿佛由于长时间的严酷煎熬业已精疲力竭。歇了半天，他才又开始划船。他们回到其他船只所在水域，撒下渔网。

他们一无所获。谁也未能捕捞到任何东西。帕拉尼的船网住了一些小鱼。他们每人仅得到一个半卢比。

他们在沐浴时，维拉瑜丹问道："帕拉尼，你出什么事了？"

他们都想弄清同一问题。他失去了理智。帕拉尼过去常常凭借活力和勇气驾船。可是，他从未像今天这样受狂怒情绪驱动。

帕拉尼说："我不知道。我有点什么事吧！"

安迪说："小伙子，我们都有老婆孩子！"

库马鲁发表意见："我认为，帕拉尼不应当再留在船尾这个岗位上。他会把我们都淹死在深海之中的。"

他们都不得不表示赞同。他已被某个魔鬼附体。就是这么回事儿！

十三

按照风俗，在婚礼之后的第四天，新娘和新郎应在娘家受到招待。可是，这里却无人前去邀请他们。

查琪在婚礼当天卧病不起。自那时以来，她还不曾下过床。芳邻娜拉佩努间或前来照料她。潘查米负责掌管家务。切班孔珠对查琪迅速恶化的身体状况似乎并不太在意。娜拉佩努一直说，得请医生来。可是，他甚至对这一要求不予搭理。

在婚礼后的那些日子，他忙于各项事务。他常到查琪卧病的房间门口探看。所以，一次他站在那里时，查琪说，该有人前往特里昆纳普扎邀请卡鲁塔玛和帕拉尼归宁。

切班孔珠在盛怒中失态，大声吼叫：“我不去！我也不想让她再踏进我的家门！”

悲伤的查琪陷入昏迷。那天，切班孔珠将一名医生领到家里。

婚礼之后，姑娘未被请回家来。人人都想要知道个中原因。他不耐烦地回应他们。可是，他们也不肯退让。于是，切班孔珠与所有人都闹翻了。

切班孔珠很少走得离家很远。两条船确实每天都在出海。可是，总捕获量很低。他与船上劳工的关系似乎也很糟糕。

同样，在特里昆纳普扎，人人都在猜测和闲聊卡鲁塔玛未被邀请归宁之事。按照社会规范，得有人前来接他们。人人都知道，她是个有家庭的姑娘。这就意味着，她是被逐出家门的。即使是最穷的人家，也会在婚礼之后邀请自己的女儿归宁。卡鲁塔玛也在等待随时获得邀请。她未曾料到，自己的父亲会如此决绝地抛弃她。她也担心自己的母亲。可是，她过于恐惧，以致不敢对丈夫谈及此事。他会怎么想？不过，她决心提出此事。

一天午餐后，她认为自己找到了一个理想的时机。她大声说话，仿佛自言自语：“我想知道，我母亲是活着还是怎么了？”

他没有回应。她小心翼翼地看着他的面容。她继续看着他并迟疑不决地说：“我们一块儿过去看看，好吗？”

“此事想都甭想！”这个反驳刺痛了卡鲁塔玛，犹如一记耳光。

她未曾料到他会如此冷酷。说实话，他的表情变化让她感到惊恐。就像在刚收割回来的稻米中吃到一粒沙砾。

卡鲁塔玛强作欢颜：“你怎么能这么说？”

他用一种冷峻的声音问她：“哼……那我说什么？”

“我们也会有自己的女儿的。在她们找渔夫做丈夫时，我们也得为这一切付出代价！”

帕拉尼予以令她痛心的驳斥：“到那时，我会承受一切的！”

还能再说什么？于是，她完全不再提及这一话题。随后，在另一个机会出现时，她问道：“我可以只去看望自己的母亲吗？”

他对此没有表示反对。可是，他说了一句话：“如果你要去，你可以去，不过你就别再折腾回来了！”

卡鲁塔玛不禁有点怒从心上起。她想甩出一句话来：“天哪，男人怎么都长这样一副心肠？”

随后，她还是佯装出一副笑脸。

日子就这样流逝，既没有人考虑在尼尔昆纳特家中卧病的查琪的感受，也没有人在意陷在特里昆纳普扎家中的卡鲁塔玛的情绪。她们两人都在怆然泣下。卡鲁塔玛在独处之时会哭喊。查琪忧心如焚。可是，没有人知道这一点。

听闻查琪的病况在恶化，帕里库提有一天前来看望。切班孔珠不在家。他也不在海岸上，而是在别的地方。查琪见到帕里库提时，不禁失声痛哭。见她如此悲切地啜泣，帕里库提心神不安。

帕里库提成了一个变化很大的人。他今非昔比，不再是那个乐于助人、充满活力的帕里库提。查琪边哭边说：“老板，我……我……我要死啦。”

帕里库提能看出来，查琪非常衰弱。不过，他说：“查琪，你在说什么呀？你的病没那么严重！”

她打手势招呼他坐到床边。他坐了下来。查琪继续啜泣，一边瞟着他。帕里库提不晓得该对她说些什么是好。随后，就在他们坐在那里时，查琪说：“小老板，我有好多话要对你说呀！”

帕里库提请她说出自己的心里话。

她首先想谈钱。帕里库提让她不必再担心这个问题。查琪诅咒自己的丈夫。她说，他是个贪婪而邪恶之人。

“像我这样一个没有自理能力的人能做什么？他不会还你那笔钱了！”

“别再费心想这事儿了！”

“小老板，不是这么回事儿！”

她难以再往下说。

稍后，查琪继续说：“我没有把自己的孩子打发到一户好人家。她无时无刻不在极度痛苦之中！”

由于事关卡鲁塔玛，帕里库提不好主动提出自己的看法。

查琪接着说：“我躺在这儿，就要一命呜呼了，可竟然连我的孩子也没给接回来。”

一个母亲的焦虑开始生发。难道她没有许多事情需要担忧吗？她女儿曾有一段恋爱经历。可是，她却被安排嫁给了另一个人。她怎能知晓，这段恋爱经历不会给她的新生活投上阴影？一个新篇章正在开始。可是，她怎能断定，过去的事情不会产生影响？最要命的是，她被打发给一个一无所有而且没有一个亲属的人。她怎能确认帕拉尼会爱她？

查琪说：“我让自己的女儿坐在一片小小的椰子树叶上，就把她扔到海里了。”

帕里库提安慰查琪：“别这样想。帕拉尼是个好劳工。他会照顾她的。”

她点头表示同意。查琪继续宣泄自己的情感：“你们两个，过去在这片海岸上，一块儿玩耍嬉戏。”

帕里库提心中的一根柔弦发出共鸣。昔日的记忆被唤起。查琪看到了这一点。她毕竟也知道那段恋情。也许，她甚至知道那份感情多么强烈，多么深切地触动了他们两个的人生。

查琪尽管病倒了，可作为母亲，她还是说道："我的肚子不争气，没生过一个男孩。"查琪怀着深切的哀伤继续说："我有一个儿子。"

帕里库提看着她的脸，想要知道究竟；查琪回眸凝视着他，仿佛在问询："你不想知道吗？"查琪紧紧攥住帕里库提的手，说道："我的儿子是帕里库提，就是你帕里库提！"

帕里库提饱受伤害的心感到一阵宽慰。他所爱的人被从他身边夺走了。可是，从某种形式看，她依然是他的。他是她人生的一个组成部分。

查琪对卡鲁塔玛的婚姻不抱希望。她记得帕里库提和卡鲁塔玛在这片海岸上玩耍和成长的那些岁月。如今，她已将他认作自己的儿子。新芽突然从帕里库提希望的灰烬中萌生出来。卡鲁塔玛会永远都是帕里库提的吗？即使不是，她母亲的心愿会是如此吗？顷刻之间，帕里库提得出结论：这既不实际，也无可能。

这位心烦意乱的母亲告诉帕里库提："我的儿子，你一定要给自己找个媳妇，做好买卖，发财致富！"

这些话语在帕里库提的耳朵里回响着，不绝如缕。卡鲁塔玛在离去之前的最后一夜，也对他说了同样的话。可是，帕里库提无法像回应卡鲁塔玛那样答复查琪。

"我的儿子，你绝不要再让卡鲁塔玛心烦意乱。她有了一个渔夫。你绝不要给她找麻烦。"

帕里库提大为震惊。这些话语在他的耳朵中鸣响，犹如来自天庭的声音。天数注定，你绝不要介入她的生活。或者，这只是自己的一个念头？不，帕里库提确实听见了这道命令：“帕里库提是卡鲁塔玛的兄长。她没有亲兄长。我的儿子当然是她的兄长。”

这些话是查琪说出来的。他对此毫无疑问。查琪后来还说了很多话。切班孔珠抛弃了卡鲁塔玛；查琪奄奄一息；卡鲁塔玛被打发给一个既无家可归也没有亲属的人；除帕里库提外，她还有什么人？于是，查琪界定了他们的关系。兄妹！

查琪问道：“我的儿子，你愿意永远做卡鲁塔玛的哥哥吗？只是做个哥哥！”

帕里库提泪如泉涌。查琪看见，他的眼泪一滴滴地滚落下来。查琪晓得这意味着什么。她也明白是什么引发帕里库提珠泪流淌。

查琪费心说明了那段爱情故事的实质：“我的儿子，你与卡鲁塔玛过去相爱。可是，你现在只能是她的哥哥。这一点，可是衡量你对她爱的尺度哇。难道你不这样看吗？”

帕里库提没有应答。他潸然泪下，哽咽得说不出话来。他如果爱她，现在就该成为她的兄长——他被告知，理应如此。

时间在沉默中消逝。查琪问道：“孩子，难道不是这么一回事儿吗？”

帕里库提机械地回答：“是这么回事儿。”

“那么，我的孩子们，你们从今往后必须是兄妹！”

片刻之后，查琪继续说：“我躺在这里，就要死了。此时，要是她在这里，我会跟她说同样的话……”

查琪变得愈发心神错乱，恳求他做卡鲁塔玛的兄长。只能是她的兄长！倘若她不再有亲人，他就得照顾她！倘若她未能在查琪死前到来，他就得派个人去把她接来！帕里库提表示同意。可是，查琪觉得，他在表明认可她的意见时，态度并不端正。于是，她再度恳求。

那天夜里，查琪听见帕里库提在海岸上唱歌。

切班孔珠的日子也过得十分艰难。他不能出海了。他明白，这正是鱼品总捕获量低的原因所在。还有另外一项损失。他曾卖鱼给卡达尔老板，得从他那里收回一大笔钱来。一天夜里，卡达尔带着自己商棚里的所有存货逃之夭夭。这一损失对切班孔珠是个巨大打击。他决定再度返回大海。他要在海岸上等多久，这种艰难时期才能过去？

那一天以及随后的数日，人们看见切班孔珠待在船尾。可是，他不再站着，而是坐在那里。船再也达不到昔日那样的速度。它也不再与别的船竞逐。桨手们划船。可是，切班孔珠再也不能立在能起加速作用的船尾上了。他双股颤栗。以前，他单凭大脚趾的抓力，即可牢牢立在那块狭窄的船板上面，而他如今已不再有这样的勇气。那么，他们又怎能继续飞速前进呢？

切班孔珠很可能再也无法驾着自己的船与别的船竞逐了，他也不可能再拔得头筹满载而归。这条船就像别的船一样缓缓漂浮。这片海岸上的人们，再也不会看到这条船在海面跳跃、疾驶的景象了。

他们甚至会提前将船掉头返航。桨手们对其缘由大惑不解。

“我们打道回府，今天这些鱼就够了！”

切班孔珠从来就没有想过他还有“够”的时候！在驶回海岸的途中，切班孔珠被一支桨绊倒，落入水中。桨手们将他拉回船上。此后，切班孔珠再也不敢坐在船尾了。

那天，切班孔珠卖鱼时甚至没有讲价。他以甩卖价将自己捕捞的鱼出手了。他疲惫不堪地回到家中。他步履蹒跚，活像一个败北之人。

难道切班孔珠的谋划出岔子了吗？潘查米在等待父亲的归来。她已做好米饭，并为他做好了他爱吃的咖喱烧菜。从内室颤然传来一丝微弱的声音：“闺女，上饭吧；你爸该回家来了。”

潘查米端出米饭和咖喱烧菜。他塞了满嘴饭菜，可是觉得没滋没味。他只是在完成名曰“吃午饭”的动作。在他站起来时，一脸困惑的潘查米说：“阿妈，爸爸根本没吃东西！”

切班孔珠洗完手，前去看望查琪。她端详着他。两人的眼睛都噙着泪水。这是切班孔珠有生以来首次流泪。查琪说：“该怎么办？这是命呐！”

切班孔珠饮泣吞声。他甚至不允许自己掉一滴泪。他的意志仍然一点没有动摇。他问道：“你能起来吗？”

“我倒是想起来。我该怎么办呢？”

他站在那里，沉默了一会儿，然后问道：“我现在该怎么办？”

难道他已开始考虑一种没有她的生活了吗？一种她不再有任何用处的生活？那种生活会是残缺不全的，没有未来的。查琪能说什么呢？

他坐到床上，守在查琪身边。她觉得，丈夫的生气和力量似已全部耗尽。切班孔珠向她讲述了自己在海上的事故：“我的腿不行了！”

查琪没有想到，丈夫会在海上出事故。她甚至从未想象过这样的事情。这样的事情现在居然发生了。可能还会发生的。

“查琪，我该怎么办？”切班孔珠无奈地问道。这个问题，他又能问别的什么人呢？别人谁又有权回答这个问题？她是维系一种井井有条的生活的最主要的因素。可是，她现在卧病不起。因此，家庭生活的制度和规矩分崩离析。不仅如此，光明本身消失了！他蜷缩在床上，成了一名败兵之将。

查琪抓住他的一只手，将它贴到自己的胸口，问道："我走了之后，你将怎么办？"

切班孔珠怆然泣下："别这么说。我能怎么办？"

查琪将他的手紧紧攥住。她的胸脯开始剧烈起伏，她于是将他的手猛然推开。甚至就在她凝神谛视他时，一个声音说道："你一定要再婚！"

这话是她说的！查琪的身子颤抖着。她的心跳慢了下来。

查琪继续躺在那里凝视着他。切班孔珠问道："你说什么？再娶一个女人？"

没有应答。

她知道，有个生活伴侣是至关重要的。她在给他明示前路。切班孔珠从未考虑过这样的事情。

"查琪，说话呀。"

一层薄膜使查琪的眼睛变得模糊起来。切班孔珠十分惊恐。他要把她摇醒。"查琪！"

万籁俱寂。

"你走了？"

切班孔珠扑到查琪的胸脯上。她依然热切地紧紧地攥着他的手。

十四

潘查米失声恸哭："我现在没妈了！"查琪早已将女儿托付给了娜拉佩努。娜拉佩努安慰着潘查米，告诉她，自己现在有五个孩子，而不是四个。可是，这又如何能让沉浸在丧母之痛中的潘查米得到慰藉呢？

阿查孔珠和众人一道，强行将切班孔珠与查琪的遗体分开。有好多事要做。海岸头人获悉查琪的死讯。他来了。是否应当通知卡鲁塔玛前来奔丧的问题引发了争议。有人问道：“难道不该派个人去把姑娘接回来吗？”

这个问题传到悲痛欲绝的切班孔珠的耳里。

“不！”一声咆哮。

切班孔珠宣称，是卡鲁塔玛害死了查琪。

一时之间，所有聚在那里的人都陷入沉默。也许，他们都在想这个论断是对还是错。也许，他们在等待海岸头人做出裁决。

海岸头人说出自己的意见。

“她尽管眼见自己的母亲，就像一株倒下的树那样躺着，还是径自走了。唉，她对家里的一切不管不顾，就走人了。就让她在那儿待着吧！”

在场的每一个人都想到了婚礼那天发生的事情。她的所作所为可谓无情无义。

只有潘查米喊叫着，要让自己的姐姐回来。除了姐姐，她还有别的什么人可以依靠吗？可是，谁会在意她的意见呢？

葬礼已完全准备就绪。

帕里库提是属于另外一种信仰的人，却在周围游走出没。葬礼将在卡鲁塔玛缺席的情况下举行，他很可能是在为她而哀伤。可是，他怎么能介入人家的事务呢？

她会心碎的！倘若他们重逢，她会责问他：“我的小老板，你怎能不告知我有关情况！”

此外，那个业已作古长眠的妇人会原谅他吗？

帕里库提觉得，在这件事情上，他似乎可以大力效劳。可是，究竟应当做什么，他心里没底。他是卡鲁塔玛的兄长；他已经认她做妹妹。现在，他得尽一个兄长的责任了。

那天夜里，他难以成眠。在夜深时分，他坐了起来。良久之后，他步出门外，将商棚锁上。他步行而去。轻柔的海风似乎在吟咏着一个离奇的故事。海浪也在诉说着什么……你要到哪里去？前往特里昆纳普扎？为什么？将查琪的死讯告知卡鲁塔玛？可是，他有什么权利这样做？倘若有人就此对他表示质疑，他该如何回答？

在找到卡鲁塔玛之时，他该对她说什么？这是些应当让帕里库提却步的问题。可是，他继续前行。他还是有一定的勇气的。他是她的兄长。她母亲已经使他成为她的兄长。可是，她会做他的妹妹吗？

在帕里库提找到卡鲁塔玛后，他们的会面会造成什么后果？帕里库提考虑过这一点吗？

破晓时分，帕里库提抵达特里昆纳普扎海岸。他见一个渔夫即将驾船离开。帕里库提向他打听帕拉尼家在哪里。在大鱼汛期间，这个渔夫曾到过尼尔昆纳特。他认出了帕里库提。

“小老板，你为什么找帕拉尼？”

这个问题让帕里库提不知所措。帕里库提回答说：“帕拉尼的岳母死了。”

对于科丘纳坦来说，这可是一条新闻。他认识切班孔珠和查琪。科丘纳坦将查琪赞扬了一番。随后，他提出一个带有冒犯意味的问题。“可是，何必得由小老板前来报丧。难道那里没有渔民了吗？”

这是帕里库提早已预料到的一个问题。他为此找到了让自己心安理得的答词。可是，他不曾料到一个陌生人会问他这个问题，也不曾想到自己得回答这一问题。不过，他还是回答说：“他们做出决定，他们不打算通知帕拉尼和他老婆。”

帕里库提向他讲述了查琪死后发生的事情。可是，科丘纳坦的问题没完没了：“小老板，你何必在半夜三更来这里？”

他对这一问题的唯一回答是，告诉他自己如何被查琪弄成了卡鲁塔玛的兄长。可是，倘若他讲出这一点，他就得翻腾出背后的隐情。一个穆斯林男子怎么能做一个渔家女的兄长？卡鲁塔玛的母亲为什么要让他做兄长？帕里库提搜索枯肠，寻觅答词。最后，他表示，他们做的这些全然无情无义，他受到触动，因而前来这里。谁知道科丘纳坦是否相信这一番话？他将帕拉尼家的处所告知了帕里库提。

他该如何开口同卡鲁塔玛说话？他应直截了当地告诉她这个噩耗吗？她会怎么想？

所有的船都出海了。帕里库提伫立在帕拉尼住房的前面。小屋悄无声息。

帕里库提口干舌燥。他的喉咙灼热如火。他就这样站了一会儿。卡鲁塔玛——他不知不觉地从嗓子眼里冒出一声。没有人回应他的呼唤。他又喊了一声。

“谁呀？”从屋里传来声音。

帕里库提识别出了卡鲁塔玛的声音。

“卡鲁塔玛，是我！”

“我？我是谁？”

“难道你听不出来我是谁吗？”

“谁？”

“我……我……是帕里库提。”

沉寂！长久。深重。

“卡鲁塔玛，我有非常重要的事情要告诉你！”

屋内传来如同爆裂一般的喊声：“我都躲开了，你还不让我过平静的日子呀？”

片刻之后，她继续说：“不，不，我不会开门。我不想见你。”

她在哭。

这些话语刺痛了帕里库提的心。千真万确。她离开家乡，就是为了避难。可是，即使在这里，她也不得安宁。他纳罕，自己是否应当一言不发，即刻打道回府。不，他不会这样做。尽管她躲在家里，他还是要将那个讯息告诉她。可是，他怎能如此冷不丁地说这样的事情？帕里库提再次恳求她开门。

“卡鲁塔玛，难道你不认识我吗？”

她怒火满腔，咬牙切齿地说：“我认识你！”

“那你为什么不愿意出来见我？”

没有回音。他说：“我还是旧日的同一个帕里库提。我知道，卡鲁塔玛如今在生活中有了个渔夫。”

她无可奈何地说：“我不能见你。”

不知怎么回事儿，可帕里库提觉得，一股胆气在自己内心升起。“你可别那么说。我们得再次相见！我们得面对面地谈！”

“啊，不，不，不……他出海了！到了风涛险恶、波翻浪涌的海上！”

又是悄无声息！

“卡鲁塔玛！”

她仿佛命中注定要让他绝望，回答说：“什么？”

“我是你哥哥！”

“哥哥？”

他们之间深厚的关系并未冰消瓦解。相反，这一关系现在演变成了另一种有了名目的东西。她体验到垂死之人抓到一点什么东西时的那种宽慰之感。帕里库提说：“是的，妹妹，你的哥哥，你现在有哥哥了！”

“不！”

“是你的哥哥在呼唤！你母亲说，我应当关心你，像对待一个妹妹那样。”

“我的母亲？”

“是的。打开门吧。让我告诉你……”

卡鲁塔玛点上灯，打开门，步出屋外。

他该怎么告诉她那个重要的消息呢？可是，他还是以极为粗糙的方式脱口说道：“卡鲁塔玛，查琪死了！”

卡鲁塔玛大放悲声。邻居到来时，帕里库提业已离去。邻家妇女们试图安慰她。她们一时难以相信这个消息。即使在这样一个悲痛至为深重的时刻，她也不会向其中任何人透露，她是何以获悉这个消息的。她们都说，她是梦到这个噩耗的。

天亮了，泪已流了不少，她于是自己开始质疑整个事情的逻辑。她本人不再相信这个消息。这难道不会是一个害单相思的恋人的奸计？倘若她的母亲死了，难道不会有人前来告知她吗？

丈夫已经出海。他返航时，得伺候他吃饭。妻子的责任感促使她去做家务。同往常一样，她勉力烹制了一些米饭和咖喱烧菜。此刻，她在等待什么人随时前来报信。

帕拉尼到岸时间早于往日。卡鲁塔玛失声痛哭：“我妈死了！”

他似乎什么也没有听见。她看见他脸色铁青。以前，她从未见他如此这般模样。她怆然泪下：“我害了我妈。”

他脸上没有一丝同情之色，问道："谁来这儿告诉你这个消息的？"

她支支吾吾，无以作答。他端详着她，"那个小老板。"

"他此刻在哪里？"

"他说完该说的话就离开了。我后来没有看见他。"

他为什么如此冷峻？是因为帕里库提来过吗？还是因为他们未能以恰当方式报丧？

帕拉尼问道："是你爸派那个穆斯林男子来的吗？"

卡鲁塔玛无言以对。帕拉尼问道："他们难道不能派渔家少年过来吗？"

她能说什么？不仅如此。这是谈论规范和戒条的时辰吗？帕拉尼心中有事。可是，她对此毫不知情。她只有一句话要说："我们走吧。"

"上哪里？"

"到尼尔昆纳特。"

他扭动嘴唇，脸上现出一丝假笑。这就意味着，他无意前去吊孝。

"是我妈死了呀。"

这句话似乎也没有打动帕拉尼。卡鲁塔玛说："她爱你，把你当成了自己的儿子。"母亲是完美无缺的。她才是那个该受责怪的人。由于母亲坚持，她才随他而来。她说："我对大海母亲起誓，在我迟疑不决之时，是阿妈坚持说我应当走。我们走吧！"

她抱住他的双脚，放声哭喊。他站在那里，犹如一尊雕像。是查琪让帕拉尼看到，母亲是怎么回事儿。是她死了。难道她的死没有触动帕拉尼吗？也许，他受到了触动。他从内心深处说出一句话来：“他们把我推上了海岸。”

卡鲁塔玛问道：“为的是让我们能去尼尔昆纳特？”

“他们是那么说的。可是，事实并非如此。”

“怎么回事儿？”

片刻之后，帕拉尼说：“科丘纳坦老哥看见他前来这里。帕普一直在海岸四处散播恶毒的流言蜚语。所以……所以……”

他的声音哽咽了。他长吸了一口气，继续说道：“他们都有孩子。这正是他们打发我回来的原由。”

卡鲁塔玛明白了。原来这种闲话也传来了。她只有一句话要问他。她问道：“你怀疑我？”

他不知道说什么是好。

“那个穆斯林来这里报丧之后，死哪儿去了？”

“我没看见他。”

“他为什么来这里？”

是把一切都讲清楚的时候了，不要有丝毫保留。她能告诉他一切，一件事都不隐瞒吗？她能。可是，她无言以对。帕拉尼问道：“他说什么了？”

“就说我妈死了。”

这是决定这个小家庭未来的时候。

此刻，流言正在海上传播。老妇人死了，很可能是真的。人人都知道，她已卧床不起。她可能再也不会从床上起来，也是众所周知的。可是，那个穆斯林男子为什么一定要前来报丧呢？

科丘纳坦说：“他心急火燎。这一点我能看出来。”

帕普要说的话更多：“我听说，那个穆斯林男子跟她日夜在尼尔昆纳特海岸上厮混！在夜里，他一唱歌，她就会走出家门，到他那里。我所以在他们的婚礼上闹出那么大动静，原因就在于此。”

帕普得意洋洋。可是，他们全都为一事伤心。帕拉尼是个好人。他老婆原来竟然是这么一个货色，真倒霉！

有人问：“那你怎么还让他上船同你待在一起？”

人人都明白这个问题的言外之意。帕拉尼的家已被玷污！所以，倘若他在船上，就可能发生事故。

维拉瑜丹火冒三丈：“谁说他家被玷污了？”

阿南迪站在维拉瑜丹一边。他问库马鲁：“你能完全肯定吗？实际上，谁又能说自己家纯洁无瑕呢？”

谁也不愿意那么过分。他们得相信，自己家是没有遭到玷污的。理由是，他们谁都没有出过任何事故。

可是，他们普遍怀疑：帕拉尼难道不是因为心中有事才将船弄到深海的吗？

帕普的流言是另外一件令人恼火的事。无论如何，他们还是认为，卡鲁塔玛是个好姑娘。

除了库马鲁，大家都宁愿相信，帕拉尼的家未曾被玷污。库马鲁有个问题；可是，谁能清楚地回答这一问题？“渔民会派穆斯林报丧吗？他为什么在黎明时分前来？”

疑云无所不在。他们都同情帕拉尼。

在帕拉尼家中，依然是一派举棋不定的情景。卡鲁塔玛哀求帕拉尼同她一道去看一眼她母亲的遗体，向她表达自己最后的忏悔之意。她不是在以一个妻子的权利说话，而是以一个居丧女人业已麻木的痛楚发声。

他默然无语。

她问道：“你信任我吗？”

他说："丫头，我信任你！"

可是，他想知道许多事情。从他确认自己信任她的那句话中，就可以清楚地听出这一点。她准备向他倾吐一切该说到的话。她不会隐匿任何东西。可是，她既没有说话的力气，也没有说话的技巧。对于卡鲁塔玛而言，这是一个重大时刻。可是，帕拉尼不会明白，这个时刻有多么重要。这不仅是她母亲的死而已，而帕拉尼无法体会母亲之死的含义。

卡鲁塔玛孤苦无依地哭泣着。她说出自己的一个想法。让她独自前去奔丧；她将于当日返回。他同样没有就此给她明确答复。倘若她违抗丈夫，径自前去，会怎么样呢？这意味着，她将永远不再能够回来。

不，她不准备这样做。她生为渔家女，死为渔家妇。那是她已故母亲的愿望。

她想抱住他的双脚，就死在这里。父亲没有悲悯之心，乃至不曾派人过来告知她母亲的死讯。指望他收留她，连门都没有。她也没有权利提出这一要求。她业已违抗父命，永远离开了自己的家，随着一个男人走了。她只能在这间小屋中度过余生。

卡鲁塔玛想到潘查米。她几乎可以听见她"姐姐、姐姐"的凄切呼唤。当他们在浸透了盐分的沙滩上挖个坑并将自己的母亲葬在那里时，潘查米会哀伤而孤独地哭泣。她如今只能独自生活在那个家里了。

在那片海岸上，还会出现别的帕里库提。帕拉尼默默地坐着，看着远方，似乎也失去了心灵的平静。他是个在生活中从未有过乱象的人。此前，对他而言，大地上的任何地方都是天堂。

卡鲁塔玛走到他身边问道："你不想吃点东西吗？"

“我不饿。”

“怎么回事儿？”

他问道：“那个穆斯林为什么来？”

卡鲁塔玛吐露真言：“依我看，就是要毁了我，还能有别的什么原因吗？”

她愿意直面自己遭遇的这些麻烦事。卡鲁塔玛有勇气这么做。帕拉尼也很倔强。他问道：“卡鲁塔玛，他是你什么人？”

她完全明白他的意思，于是决定将一切都告诉他。她该如何对他讲述那段往事？她仅对此有所疑惑。至于如何开头，她并不在意。她在决定吐露一切之时，如何开头又有什么关系。

“从童年起，我们就在海岸上玩……”随后，她开始讲述自己的故事。

帕拉尼倾听着，脸上既未显示出愠色，也没有流露出别的任何情感。他难道对她的不乏沉重意味的故事无动于衷吗？她被他的做派惊呆了。

在讲了许久之后，她问道：“你相信我说的这番话吗？”

帕拉尼说，他相信。一个女人在给丈夫讲自己的爱情故事。没有必要怀疑她。她不是在往自己身上抹黑吗？

可是，她不能照此方式继续讲述自己的故事。她的叙事不再流畅。

在故事中，卡鲁塔玛当时十八岁。可是，她没有谈到那笔钱。她没有谈到那首歌。她也没有告诉他那最后的诀别。别的一应事情，她都说到了。帕拉尼是否怀疑她隐瞒了很多事情？天晓得！

她说：“我没有哥哥。他就是我哥哥。”

她觉得，这话没起作用。

帕拉尼在听完这一切之后问道："所以，大家说的话千真万确，你是被赶出尼尔昆纳特的。难道不是这样吗？"

对此，这位妻子只有一言以对：她将始终是一名配得上这片海岸的正派的渔家女人。

十五

卡鲁塔玛知道，自己对他所讲的一切都是实话。尽管他相信她，此事还是减弱了他对她的激情。帕拉尼陷入沉思。他的热忱消退了。他如何能直面帕普？

她是贞洁的；他信任她。可是，如若帕普说她不适合于这片海岸，会怎么样呢？他怎么能顶得住这一套呢？他是强行将她从娘家拖来的。身为一名渔夫而养成的责任感和信仰，不允许他遗弃她。倘若他抛掉她，她又能去哪里？

她对他敞开了自己的心扉。她将自己的信心寄托在忏悔中。她日复一日，以泪水认可自己曾有过错。一定要遗忘过去。她此后一定会是品行端正的。帕拉尼对此毫无疑问。

他再也不能满怀激情地亲吻她。他再也不能紧紧地拥抱她。她眼里噙着泪水，怀着双倍的热忱，不断喃喃自语。她一直试图将他拉回自己身边。在晓得他躲避自己，而自己又不知道该如何把他拉回身边之后，她总想牢牢抓住他。可是，每次她都能感觉到，他在抽身而去。她只能问他是否还信任她。她不敢问他是否还爱她。她觉得，自己已经失去问他此话的权利。

从不吵架的帕拉尼现在陷入争斗。一天，帕普面带讥诮的表情，直视他的双目，说了几件事。这一番话，帕拉尼已经听卡鲁塔玛说过。可是，当另一个男人将此话当面甩来时，他如何能够忍受？

他们相互推推搡搡。帕拉尼痛打帕普。

可是，争吵并未就此结束。帕普属于这片海岸上的一户大家族。他有众多成员。看来，这不是一般的轻慢。相反，这是一种傲慢行为——难道帕拉尼真成了人物，竟敢痛殴出自腾古姆库塔提尔家族的渔夫？

于是，卡鲁塔玛在此地安家落户的计划破灭了。那些日子，海洋也在休眠。帕拉尼毫无外出劳作的热情。卡鲁塔玛也没有勇气问他每天收入份额是多少。

难道他不想将她打扮起来，带她前去逛逛曼纳尔沙拉庙会？他们的小屋不该变成一座一室一厨的房子吗？还需要一块磨石。可是，还有别的许多东西有待置办！船和渔网就别想了；那是一项长期计划。可能买得起，也可能不会买。解决日常生活事务本身，在变得困难起来。一切都在分崩离析。她需要一块布和一件上衣。帕拉尼只有一块腰布。

一天，卡鲁塔玛问道："我从明天开始到东边卖鱼好吗？"

帕拉尼没有立即作答。他得思考此事吗？不过，他没有说话。她对他讲了这种买卖的盈利情况。只要他允许，她就去干。

他说："既然如此，那就去吧！"

两天后，她买了一个筐。在随后数日，在船靠近海岸时，卡鲁塔玛都会赶到那里，为到东面卖鱼做准备。

她还是个新娘子，就已来到海岸上劳碌。科丘佩努问道："你干吗做这个？"

"我也是这片海岸的一个渔妇呀。"

那天，此事成为人们议论的话题。对此事也有不同的看法。

这并不是卡鲁塔玛熟悉的工作。她以前是否曾经考虑过，她可能不得不从事这份工作？天晓得！她母亲做过这份工作。查琪是否曾经想到，自己的女儿会不得不用力拖着一筐淌水而又沉重的鱼叫卖？卡鲁塔玛是否也希望攒点钱？

船靠岸时，她也同别的女人一道前去。有个商人将一整船的鱼都拿下。卡鲁塔玛和别的几个女人将他手里的鱼悉数买了过来。

别的妇女都跑在她的前面。她们天天如此，业已习惯。她无法拖着一筐那么沉重的货物奔跑。她落在最后。她们可能至少需要东行四英里。她人生地不熟。其他女人已穿过各种不同的住区。她不知道如何发现新的地段。她站在每家门前叫卖。有些人家已买了当天的鱼。所以，他们不再需要鱼。

在一些家户，人们想知道卖的是什么鱼。无人对小鱼感兴趣。在另外一些家户，价格又不合适。尽管走了很长一段路程，她还是没有卖出一条鱼。那时，她只想将它们出手，哪怕亏本也不在意。她怎能把鱼再弄回去呢？所以，在亏本甩卖后，她腰酸背痛地回到家里。可是，她还是成就了一件事。几户人家确认由她固定供货。

帕拉尼坐着，在吸一支比迪烟。她精疲力竭，脸色苍白而倦怠，几乎不能行走。她以为，她疲惫不堪的样子，会促使他问她几个问题。她难道无权期待这样的问询吗？好吧，没有这样的事，那也就算啦。她刚开始一项新事业。他难道不该起码问一下，她那天挣了多少钱吗？她做此事不也是为他吗？帕拉尼什么也没有问。他坐着，仿佛她整天都不曾出门。她有权就这样的冷漠态度与他对垒吗？要不，她至少可以发脾气吧？不，她有什么权利？不，她毫无权利。

不过，她是他的妻子。她即使没有权利，也有自己的责任。她问道："你吃了吗？"

他说："吃了。"

她洗完澡时，没有洁净的衣服替换。她继续穿着浸透汗水的衣服。

尽管他没有问，她还是向他描述了自己当天的买卖情况。她这天得不偿失，但还是为翌日做好了一切准备。她还想让他许可她干另外一件事。她想一试身手，帮人编织一张“韧网”[1]。她想让他将自己引荐给一个经营此网的人。

他说：“算了吧。我不能这么做。”

翌日，捕捞上岸的是鲭鱼。卡鲁塔玛竭尽全力，用自己的钱买了很多鱼。与前一天一样，她落在其余所有妇女之后。很多与她有约在先的人等着她。其他妇女两条鱼卖一安那[2]。卡鲁塔玛五条鱼卖两安那。尽管利润微薄，她却又有了多户人家确认由她固定供货。他们要求她翌日再来。这位新渔妇是个好人呐。

数日后，海岸上爆发一场激烈争吵。所有在东面卖鱼的渔家妇女结成一帮，与卡鲁塔玛作对，对她恶语相加。卡鲁塔玛并非巧舌如簧，连她们之中的一个人都招架不住。所以，她又如何能够较量得过五六个女人？她站在那里哭泣。一个火冒三丈的女人说：“一个在某个地方和穆斯林睡觉的淫妇。她到这儿来就是要把咱们全都给毁了！”

随后，其他女人说：“她会揽到足够多的生意的。那些家户的男人们只要她……她是个不要脸的骚货，就是这么回事儿！”

所有这些话都是当着卡鲁塔玛的面说的。这些恶毒的辱骂令她耳不忍闻。她哭着回到家里。在这个世界上，没有一个人奋起为她仗义执言。谁也不知道她的真情实况。所以，她似乎没有权利像其

① 韧网——原文为Kambavala，意思是结实耐用的加固渔网。

② 安那（anna）——印度辅币，相当于1/16卢比。现已不再流通。

他渔妇一样谋生。

帕拉尼从海上回到家里，不曾问她当天何以没有去卖鱼。他只是端详她。他并不是第一次看见她泪痕满面。反正在大多数时间里，他见她都是这样。可是，她在那天显得更加悲伤。他问她原因。她回答，没什么。因为，她只能跟他讲这么多。她怎能告诉他所发生的一切呢？

难道特里昆纳普扎的妇女从无过失？在尼尔昆纳特，人们吵架时，都会用过去的故事相互中伤。每人都有自己的故事。事实就是如此。可是，她对这里的任何人都一无所知。她倘若有所耳闻，那么就会抖搂出她们的丑事。她为什么不能这样做？卡鲁塔玛有什么滔天罪恶？

这里的男孩女童不在海岸上一块儿玩吗？她难道不曾看见他们捡贻贝、挖沙隧及摸小鱼吗？

这些女人也曾是这一带海岸上的女童。卡鲁塔玛一度想过，自己如何才能搜集有关她们的故事。这片海岸上轻柔的风蕴含着一个古老的爱情故事吗？一个渔妇罪孽深重的灵魂曾在月夜掠过这片海岸吗？谁也不曾听到过一首那样唱的歌。

卡鲁塔玛不再前往东面卖鱼。可是，她开始了另外一行工作。她在海岸上买鱼，将它们腌制成干鱼，并将它们囤积起来。在没有鲜鱼的时候，她就能把这些存货卖个好价钱。不然，她也可以将它们卖给商棚主人。

于是，卡鲁塔玛重新忙活起来。实际上，世事岂非总是如此？至于自己的内心生活，她对谁也无从谈起。她在这儿独自生存着。她在这儿连一个朋友也没有交。好些时日，她不曾同另一个人说过话。

帕拉尼也是如此。他每天总是出去劳作。他失去了活力和热情。他过去曾有朋友。如今，他似已将他们全都丢弃了。

卡鲁塔玛与帕拉尼的生活进入一种索然无味的境地。新婚初期的激情已荡然无存。处于高潮的事物略趋平缓是正常的。如果他们的生活自然趋于平稳，他们的激情也就归于平淡。然而，他们的情况却并非如此。一团跳荡的火焰在瞬间被扑灭了。他们余生的梦想和打算突然冰消瓦解。人们可能会问，他们毫无激情，何以还像夫妻一样生活。在这个世界上，这样冷淡的婚姻难道不存在吗？

卡鲁塔玛满意吗？或许如此。帕拉尼呢？或许他也满意。在卡鲁塔玛成为海岸上人们议论的话题时，帕拉尼亦未能幸免。当他走过时，人们在他背后窃窃私语。即使此种情况没有发生，他也疑神疑鬼。

数月前，他生活在这片海岸上，与社群的关系还是一种不即不离的关系。那时，凡遇到他的人都会粲然一笑，跟他打声招呼，闲聊几句。他被视为一个好人。如今，在他走过时，他们诡秘地窃窃私语。多大的变化呀！帕拉尼没有对任何人犯罪。自从他像个狂人一样将船驶入深海那天起，他这个技术高超的船工就再也不被允许掌舵。大家都吓坏了。不只是与他在同一船上的劳工，而是人人如此。也许，他们认为，他已是恶鬼附体；不然就是，由于卡鲁塔玛是个堕落女人，因此与她的丈夫同船会招来灾祸——渔妇们就以此恐吓自家男人。这毕竟是一种由来已久的观念。

在那个地方，没有一个人为不幸的卡鲁塔玛仗义执言。也没有一个人为赤贫的帕拉尼大声呼喊。谁都可以诋毁他们。没有任何人对此表示反对。

孔詹·瓦拉卡兰是帕拉尼的船东。他出自一个始终拥有船只和渔网的家族。然而，他如今仅有的财富就是一条船和一张渔网了。他甚至将土地和自己居住的房子都抵押了出去。倘若他没有那条船和那张渔网，他就会挨饿。他的地位不允许他到别人的船上劳作。非但如此，他还是个老人。

关于卡鲁塔玛的流言蜚语也渐渐传入他的耳中。真倒霉！一个堕落女人的丈夫驾自己的船出海。每一天，直到船返回海岸为止，他片刻不得安宁。由于帕拉尼在船上，它很可能翻覆并撞成碎片。这条船可能卷入底流并被拖到大海深处。任何种类的事故都可能发生！他可能失去一切。

孔詹·瓦拉卡兰招集所有船工开了一个秘密会议，只是没有通知帕拉尼出席。他们全都心怀同样的恐惧。日复一日，他们家里的女人都在煽风点火，加重他们的恐惧情绪。每一天，这些女人都对大海母亲呼喊。所以，当孔詹·瓦拉卡兰召开议事会时，他们感到宽慰。

库马鲁说："瓦拉卡兰害怕失去船只。对我们来说，则是生命交关。天神哪，要是我们出事，十二户人家就会一贫如洗。"

这个意见，连维拉瑜丹都没有表示反对。他的心里也直发毛。

孔詹·瓦拉卡兰说："对呀，对呀，你们说得对。你们可别弄脏大海。"

他们无一对此有任何怀疑。即使时代不同了，大海的律令也不会改变。制约这片海岸渔夫的规则也不会改变。库马鲁怕得要死，说道："当我们在海上时，如果那个穆斯林来这儿，情况会怎么样呢？……你们能想象那种险境吗？"

孔詹·瓦拉卡兰吓得发抖："对呀，对呀，我们会怎么样呢？"

安迪孔朱绝望地说："人人都说，那个穆斯林现在还来这片海岸……"

孔詹·瓦拉卡兰问道："真的？如若我们把他结果了，会怎么样呢？"

维拉瑜丹说："与眼下相比，那麻烦可就更大了……"

家里的妇女们心神不安。从船出海那一刻起，她们就开始哭天抹泪。只有在船驶近海岸时，她们的心里才会平静下来。

安迪孔珠接着说："如果女人们规规矩矩，大海母亲就会照护咱们吗？若是老戒律还起作用，我们恐怕谁也不会有今天。咱们大家也许全都葬身大海深处喽。"

维卢塔孔珠说，帕普声称，自己在最近的一个月夜，曾在海岸上看见帕里库提。他在沙滩上边走边唱着一支歌！他似乎天天夜里都如此出没！

尽管如此，他们对帕拉尼还是大为同情。他是个好小伙子。他的命运竟然如此，太可惜了！谁又能有什么办法？

孔詹·瓦拉卡兰茫然若失。他问道："那么，眼下的出路在哪里？"

库马鲁说，只有一个办法。得把帕拉尼甩掉，让他待在陆地上。这才是我们该做的正事！这是唯一的办法。库马鲁再次说起帕拉尼像着了魔一般将船驶入深海的往事。他已是无数次提及此事了。

"他要是再那样发疯，谁知道会出什么事呢？每天，我在船上都面对他坐着，以便我能观察他的表情变化。"

他们全都认为此言不虚。即使舵桨不在他手里，他拿任何一支桨弄出一个错误动作，也会造成同样后果。

他们全都接受了库马鲁的建议。可是，这毕竟是一件让他们每个人都感到痛心的事。帕拉尼还是个孩子之时，即已开始为孔詹·瓦拉卡兰劳作。他最初被扔进水里帮助散布渔网。对于将一个孤儿抛进大海，没有一个人为之过于担忧。后来，他成为一名桨手。当他拿起舵桨并立在船尾时，他帮助他们至少比别的任何人都多得两卢比。孔詹·瓦拉卡兰问他们所有的人：“嘿，库马鲁，自从他放下舵桨以来，我们的收入难道不是已经下降了吗？”

库马鲁表示认可。可是，为了逃避这种巨大的危险，他们又能怎样做？毫无办法！然而，让谁去告知他这一决定，又该如何跟他说呢？孔詹·瓦拉卡兰说，他不能去。他没有这样做的勇气。可这事也不能不提呀。他对库马鲁说：“你们当中得有一人出面同他讲！”

他们谁也不愿出面。那么，他们又怎能将计划付诸实施？卡鲁塔心生一计。“我们必须在他到来之前就出海。这难道不是你解雇劳工，将他们丢在岸上的手法吗？”

孔詹·瓦拉卡兰当然明白这套把戏。可是，他也知道，遭到解雇的劳工会追问，以弄清缘由。当他见到帕拉尼时，他该如何面对他？这是一桩让孔詹·瓦拉卡兰心烦意乱之事。

然而，这是唯一的出路。船夫们就此做出决定后离开了。孔詹·瓦拉卡兰安排另外一人取代帕拉尼。

帕拉尼像往常一样在破晓时分醒来，前往海岸。可是，船在那时业已驶离。帕拉尼大声呼喊。他的叫声随即变成咆哮。这片海岸还从未回荡过这样的吼声。在意识到他们已将自己丢在岸上之后，这个大海之子心中的丈夫之气被激起。在随后的平静中，他的肌肉痉挛起来 。这个大海之子正在被抛出自己得心应手的领域。这是一副历经千锤百炼而能搏击风暴的身子。多年来，他奋发应对大自然的力量。可是，时至今日，他这样做的权利却遭到否决。就在这样的否决中，他的力量被唤醒。西风将他的吼声传送到房舍之间的小巷之中。倘若那些船工得以耳闻，他们会掉头返回海岸吗？可是，他们也许什么也不曾听见。

他所酷爱的船，飞速深入西面海域，仿佛在宣示对他的厌恶之感。

被唤醒的力量无以遏制。他明白已经发生的事情的意旨。帕拉尼纵身跃入海中。要追上那只船；要再次确立自己的权利。犹如一只水獭，宛若一头海豚，他飞速向西游去。他需要过渔夫的生活，大海之子的生活。一个巨浪，一个此前从未如此高耸的巨浪，从他的头上涌过。大海旋即耗尽他的体力，将他揉成一团，抛回岸边。

帕拉尼输了；他被击败了。他站起来，跑到孔詹·瓦拉卡兰家。他提出一个问题："难道我不适于出海吗？"

孔詹·瓦拉卡兰惴惴不安地挪动着身子，不知如何对答是好："这个……"

"谎言！无耻的谎言。她不是堕落女人。我知道这一点！"

"可是，人人都在这么说呀。"

帕拉尼满腔怒火地说道："是呀，他们都在这么说！"

他转身走回家去。

十六

当帕拉尼回到家里时，卡鲁塔玛大吃一惊。她不明白原因何在。她问他出什么事了。他说："你是个堕落女人。所以，他们宣布我不适于出海。"

卡鲁塔玛大为震惊。这么多人把她说成是淫妇，可是丈夫从未指责过她，从来没有。这是第一次。事实上，与其说他是在指责她，毋宁说他是在转述流言。于是，因为她的缘故，一个出色的渔夫被逐出大海。

帕拉尼问她："你以前难道不知道自己是个渔家姑娘？那么，你在童年时期，为什么同那个穆斯林少年一道嬉戏玩耍？”

事实确实如此。从未有任何人问过她这样的问题。过去，即使在母亲责骂她时，她也从来不必回答这样严厉而又明显的质疑。卡鲁塔玛茫然若失。她明白这一问题的全部含意。她不得不回答这个问题。可是，她能说什么？于是，卡鲁塔玛承认这是自己的过错。她噙着泪水说：“事情已经发生了。请原谅我！”

他的怒火并不是针对她的。他说：“我怎么能责备你呢？这又不是你的错。”

卡鲁塔玛如释重负。他原谅她了。他相信她对他说的所有的话。他只是责备她在成长时遭遇的冷漠。这让她深感宽慰。

帕拉尼继续说：“他们让自己的女儿与那个穆斯林少年厮混，到如今，他们的女儿就不得不自食其果了。做父母的难道不应当照护好自己的孩子吗？”

可是，帕拉尼的怒气没有到此为止。他盯着她的脸庞问道：“我看，你父亲是利用你做钓饵，引诱和欺骗那个穆斯林小伙子，才弄到自己的船和渔网的。真是妙极了！”

帕拉尼的怀疑合情合理。这是一个她还不曾向他透露过的秘密。卡鲁塔玛想，自己本来应该及早这样做。总有一天，她会将此事也告诉他的。

帕拉尼叮嘱自己的妻子：“喂，听我说，你一定要像你的父母那样，将你肚子里的那个小东西养大。如果那是个丫头，你就一定要让她给这片海岸上的某个渔家小伙子造成祸害。你听见我说的话了吗？”

“没有。”卡鲁塔玛说。她明白他的话语中的讥刺意味。她绝不会允许正在腹中成长的孩子再有自己那样的经历；她已经忍受了太多的磨难，吸取了太多的教训。尽管这是卡鲁塔玛人生中最为困难的时期，她还是体味到一种痛苦有所缓解的滋味。这是他第一次提到正在她腹中成长的孩子。也是他第一次开诚布公地谈论她的失于检点的行为。帕拉尼一点也不相信那些已经传遍四方的谣言。哎呀，这一事实本身就足以让人感到宽慰！

尽管他们一起住在同一所房子中已有一段时间，她并不敢利用这一点。相反，就像一个无助的动物想寻求慰藉那样，她走过去坐在他的身旁。他没有一脚踢开她。这是一件大事。它真的是一件非同寻常的大事。

她问道："我们眼下该怎么生活？"

帕拉尼还没有考虑过这一点。

她诅咒每一个人："背后捅刀子的冷酷家伙！他们甚至不让我到任何住区卖鱼！也不让你出海！"

帕拉尼挺直了身子。他坚定不移地说："丫头，我是个渔夫。活要像个渔夫，死也要像个渔夫！"

她看到一个充满大丈夫浩气的男人。由于劳作而强韧的肌肉如同波浪般起伏。她处在一个刚毅的渔夫的保护之下。帕拉尼咬牙切齿地说："谁有权宣告我不适于出海？我天生就是要在海上劳作的。海里的一切都是我的。谁有权剥夺我的这一权利？"

帕拉尼由于满腔义愤而微微颤抖。他是无量财富的主人！

"渔夫是不会外出耕田刨地的。我帕拉尼也不会这么做。这是确切无疑的。"随后，帕拉尼安抚自己的妻子："你别担心。我帕拉尼将靠海里的出产为生。"

到了收网之时。他从五岁起就在海上生活。这是他第一次坐在家里，无所事事。

帕拉尼向西面望去，能看见众多渔船位于中海。这是一个捕捞鲭鱼和库鲁奇鱼[①]的日子！帕拉尼变得坐立不安。他能做什么？他火冒三丈，坐在那里，大鸣不平，觉得自己被压抑的阳刚之气就要发作。

卡鲁塔玛也觉得内心有所冲动。如果他是渔夫，那么她就是渔妇。她也必须靠海洋的财富为生。从来不曾有渔妇靠给椰子去壳或搓绳子为生[②]。她不是该干这种活儿的人。她问道："我到东边卖鱼好吗？"

帕拉尼断然拒绝："不行，你就待在家里。你挺着个大肚子，就不必拉着一筐很重的鱼到处跑了。"

"我一切正常，既不虚弱，也不疲累。"

帕拉尼有力地说："我把你接到这里时，就知道我能照护好你。我有这个力量。你什么事都不必做。"

卡鲁塔玛无法完全接受这一建议。可是，她却从中获得了力量。作为一个有过失的女人，她曾为自己将来的生活而担忧。可是，他宣布她无须劳作，表明他将照料她。

这是她人生中值得铭记的日子。这难道不是她真正成为一个妻子的日子吗？人生如此，夫复何求？在这一片海岸上，还有像自己的丈夫这样能干的男人吗？在那一天，夫妻之间纽带的每个方面都得到了勘验。唯有一事悬而未决。就一个方面。

帕拉尼说："卡鲁塔玛，只有一件事你要记着……你一定要小心，千万别出轨……这样一来，就无人能剥夺你作为一名渔妇在这片海

① 库鲁奇鱼（kuruchi），一种海鱼，可能归于热带小沙丁鱼属。在纳拉亚那·梅农的英文译本中，kuruchi即被译为sardines（沙丁鱼）。

② 今印度喀拉拉邦全境椰林密布，盛产椰子及其副产品，如椰子壳粗纤维制作的绳索等。

岸上的地位。”

帕拉尼说出了自己的心思。到目前为止，她总是抱住他的双脚，要不就是将自己的脸贴在他的胸口，哭诉自己的无辜。他从未要求她如此这般，来个海誓山盟。实际上，每个做丈夫的都有权利要求自己的妻子如此盟誓。没有这一步，她的归属感就永远不会是不折不扣的。这样的誓言是包含在婚礼之中的：你一定要永不出轨。这是丈夫所以爱自己妻子的一个主要因素。

心怀感激之情的妻子，心满意足地靠在他宽阔的胸膛上。她的眼睛里的堤坝猛然决口。她仿佛是在对他的心直接倾诉：“你为什么说这样的话？我知道自己有过失。我会出轨吗？”

帕拉尼继续抚摸她的后背。他安慰她说：“别哭。你千万别哭。”

消逝的激情重又熊熊燃烧起来。他的强壮臂膀有力地拥抱着她，几乎让她喘不上气来。他们再度获得极度的感官之乐。孤儿帕拉尼现在有了需要眷顾的人。而她，一个失去亲友的不幸女人，也有了可以依靠之人——帕拉尼。他为她。她也为他。他们将携手搏击，一路前行。

船在纷纷驶近海岸。帕拉尼能看到鱼市交易忙碌而又喧嚣的景象。帕拉尼说，他的朋友们或许在相互探询，他如今何以为生。可是，他们无以让他陷入窘境。他们甚至无须尝试。帕拉尼不是一个轻易服输的人。

卡鲁塔玛自己有一个疑问：“他们的妻子就从来没人犯过错误吗？”

“当然犯过！他们都是撒谎者，只是对此秘而不宣，默不吱声而已……”

她想知道与此有关的一切。她想了解她们每个人的过去，以便她能当面一一以其人之道还制其人之身。她对此可以做到伶牙俐齿，出语尖刻。

她说："即便现在忍气吞声，我也会在日后一一责问她们。"

他们做出了所有决定。他们成为一体。可是，他们目下该干什么？他们将何以为生？

"我们干什么？对于这个问题，你为什么不说话？"

他只能对此予以思考。这是一个严重的问题。

卡鲁塔玛接着说："我身上有十二卢比。"

这一点钱不足以成就任何事情。买一张渔网都会花费约三十卢比。

卡鲁塔玛灵机一动，想出一个主意："我们何不买一根钓竿？"

"可是，我们如果买一根钓竿，难道就不需要一条小划子吗？"

"小划子上还需要增配一人。可是，谁会来呢？"

帕拉尼不以为意地撇开这一意见："别为此发愁。要是有一条小划子，我就独自一人出海，每天都会赚回足够我们花的钱。"

这片海岸上有几条小划子，用于捕鱼，颇为理想。卡鲁塔玛心里纳罕，不知他们是否能够租到其中一条。

"谁也不会租给我们小划子。如果出了事故，船就没了。"

"那么，出路何在？"

帕拉尼想了一会儿，说道："把钱给我。我要买一根钓竿。"

卡鲁塔玛数出钱来，将它们交给他。帕拉尼离家外出，去买钓竿。

一个决定承担生活责任的男人的妻子是幸运的。房子、家居用品、渔船、渔网以及诸如此类的东西，开始一一浮现出来。一个未曾举行庆祝活动的曼纳拉萨拉蛇神诞辰大祭节，已悄然过去。可是，还会有更多的节日。

她祈望自己腹中的胎儿不是女孩。她已经承受了生为女孩的诸多磨难。倘若是个女孩，如果历史重演，结局将会如何？不，她不会允许历史重演。她不会让这个女孩与一个男孩一道玩要，一起成长。她不会让她卷入桃色事件。

倘若是个男孩呢？她不会允许他成为给任何女孩带来麻烦的缘由。

她在厨房做米饭和咖喱烧菜。她想，他们将再度吃同一盘菜。她会滚一个饭团，把它塞进他的嘴里。不是一个小饭团，而是一个大饭团。卡鲁塔玛梦想着许多此类事情。

即使他们挨饿，她也会忍受这种苦楚及别的一切。丈夫在爱着她。他已原谅了她的过失。她还需要别的什么吗？她的神已保护了她。

黄昏之后，帕拉尼带着钓竿回到家中。有大的，也有小的！他将它们翻转过来，开始在上面安装渔线。于是，一切准备就绪。

在整个海岸沉入睡乡之后，帕拉尼带着钓竿步出家门。只有在他披露自己的行踪之后，她才让他走。他将在未经许可的情况下借用人家的小划子偷偷出海。在海岸醒来之前，他会钓到鱼并返回。“我也得靠海为生呀。”

卡鲁塔玛胆战心惊。他独自一人夜入大海？任何事情都可能发生。

她说：“你别，别……”

“为什么不去？”

“可你是孤身一人呀！”

“我是大海之子！”

在他往外走时，她说：“你千万别追着鱼进入深海！”

他没有说他不会这样做。

卡鲁塔玛无法成眠。她坐到自家小屋西侧的一株椰子树下。她看见，在偏南方向，一叶孤舟驶入海中。

卡鲁塔玛发自内心的祈祷一定起了作用，在为他护身。

在任何人都不曾醒来之前，帕拉尼回来了。他弄到一些鱼。当天一早，帕拉尼赶到在卡尔提卡帕利[①]的市场。他的鱼值八卢比。

需要一只小划子。他们若打算攒出这笔钱来，会用很长时间。他们如果有一百五十卢比，就可以买一条旧小划子。有一个办法。她有金子。可是，帕拉尼不愿为了买一条小划子而卖掉那些金子。

“那可是从你那苦心敛钱的老爹手里拿来的。”

她回嘴说：“不，这是我的！我母亲为我置办的。”

“不过，我不能……我不能用一个姑娘的钱财。”

“那么，难道我不是你的？”

他没有作答。用卖掉自家渔妇首饰的钱买船，不在他所计划的事项之列。

然而，他还是从她手里拿过金子，把它卖了。他随后买来一条小船。此船尽管与他的想望不符，却是他用那些钱所能置办的最好的船了。

对于帕拉尼买了一条船的消息，邻里感到十分好奇。对此可能也有许多猜测。他们何以不会说那笔买船的钱也来自那个穆斯林呢？

帕拉尼的新事业开始十分顺利。有些日子，他能赚到五到十卢

① 卡尔提卡帕利（Karthikapalli），今印度喀拉拉邦阿拉普扎县下属行政区。

比。有些日子则一无所获。他的生气和发达的肌肉所蕴含的力量未能得到充分发挥。船太小了。他觉得自己仿佛没有干什么活儿；他的精力完全没有展现机会；他远远谈不上疲劳。此外，对他而言，船和桨都不够大。他需要为自己弄一条大船。他希望站在舵位，手执一柄巨桨。用一组渔网追逐大鱼汛。

卡鲁塔玛问他："假如你有一条大船，你会独自一人出海吗？谁也不会跟你走的！"

"如果我有一条船，他们就会像街头的杂种狗一样闻风赶来！"

不过，就在此时，帕拉尼就一事下定了决心："我将不会在别人的船上出海！"

卡鲁塔玛身怀六甲，开始感到疲累。她的肚子也在鼓胀起来。他人在海上，却不时记挂着家里。他不能在海上耗费太多时间。

一天，他从海上回到家里时，有几个女人聚在那里。她们满面笑容地对他说："是个姑娘！"

在一株槟榔树外皮制成的槽里，一个新生儿正在接受洗浴。她在大哭大闹，有些声嘶力竭。产婆将沐浴过的婴儿递给帕拉尼。他不知该如何将婴儿接到自己手里。他以前从未抱过婴儿。

在只剩下夫妻二人之时，他问她："你怎么这么闷闷不乐？"

她无精打采。

"是因为婴儿是个姑娘？"

她说："要是个男孩……"

她接着说："你这当爹的不是也有同感吗？"

"啊，我可不这么想！"

"你只是捡好听的说！"

"不是的，不管是男孩还是女孩，有什么关系？"

她用一句话向他透露了自己的决定："我不会把这个丫头养育成另一个卡鲁塔玛！"

帕拉尼微笑道："我帕拉尼也不会成为另一个切班孔珠！"

婴儿的降生赋予他们的生活一种新的意义，一种新的甜蜜。他们两人也是在为另一个生命而活着。另一个生命在依靠他们。对于帕拉尼而言，孩子是唯一的欢乐源泉。他在等待鱼儿上钩时，想的却是这个天使小而明澈的眼睛。随后，他就会渴望回家。卡鲁塔玛教帕拉尼怎样抱婴儿。她会数落他："你要是老抱着孩子，她会被宠坏的！"帕拉尼吃了一惊，就会把她放下。

对卡鲁塔玛来说，孩子的降生成为她在几方面感到痛苦的根由。她的母亲已不在身边，无法看到孩子。她在凝视婴儿的面容时，会想到潘查米。潘查米曾是她的命根子。潘查米还是婴儿之时，也曾如此欢快地对着她的胳膊和腿又踢又打。潘查米没有做错什么事情。可是，与她的关系也被切断了。她的生活怎么样？卡鲁塔玛思量着。她忧心如焚。

一天，帕拉尼带回一条消息。切班孔珠已从切尔塔拉[①]或别的什么地方把一个女人带回家中。有个从尼尔昆纳特来的人提及此事，于是这条消息传到帕拉尼耳中。那么，在卡鲁塔玛出生和成长的房子中，在她母亲曾主事的家中，一个陌生的女人业已接手，成了女王和管家。母亲营建了那个家；一切东西都曾是母亲的。那个陌生的女人会如何对待潘查米？在帕拉尼贴身紧抱婴儿四处走动时，她想到父亲也一定曾经这样抱过她。父亲曾经爱过她。

很快，在开始觉得自己可以对帕拉尼熟不拘礼乃至可以找他的

---

① 切尔塔拉（Cherthala），今印度喀拉拉邦阿拉普扎县滨海城镇，北距科钦（印度古代柯枝国故地）30千米，南距县城22千米，现以多元文化并存和教育发达而著称。

茬儿时，她择机提起自己娘家的事情：“我父亲曾经希望，你在婚礼之后就在我家待下去。”

他问道：“你以为，随便哪个能干的渔夫，会那样在自己老婆家待下去吗？”

还有一次，当他在逗弄婴儿时，她说：“我看到她的脸时，就想起了潘查米婴儿时期的面容。我永远不会忘怀她。”

卡鲁塔玛眼角挂着泪水，继续说：“可怜的孩子！无论继母做什么，她将只好忍受着。”

帕拉尼问道：“怎么会是这样？”

“继母全都这样。”

“能怎么办？”

她小心翼翼地试探道：“我想回去看看她。”

帕拉尼没有回应。

还有一次，在他们嬉笑之时，卡鲁塔玛问道：“我就去尼尔昆纳特走一趟，行吗？去看看我的潘查米。”

他不赞同。她面带迷人的笑容，说道：“听着，我们有一个女儿。她不会回来看望自己的父亲吗？”

他无礼地喝问：“你想干什么？去看那个穆斯林？你是在用潘查米为借口到那儿去吧？”

卡鲁塔玛惊得目瞪口呆。一切都没有变化。兽性依旧。那个名曰“那个穆斯林”的黑影，难道还没有消逝吗？它永远也不会被抹掉吗？

卡鲁塔玛觉得，自己走错了一步。她说：“好吧，我永远也不会再去尼尔昆纳特了。我也绝不会再要求到那里去。”

然而，没有一丝一毫的安慰。她寻思自己的生活是否会再度变得暗无天日，于是眼里噙着泪水问道：“难道你不信任我？”

一片黑影一直在延展开去，就像生活本身一样悠长。她如何能够逃脱呢？

毫无办法，她毫无办法。她将不得不再次将功补过，以使生活回到原先的状态。

十七

据说，一个妻子故世后，她的灵魂会在夜里回到丈夫床边。她与他周遭的空气化为一体。这就是一个亡妻的后世生活。

“再娶一个女人吧！”为什么查琪说这样的话？也许，考虑到实际情况，她一定认为，这是一个最为明智的忠告。也许，他需要另一个女人的抚慰。她晓得，自己的丈夫需要床笫之欢，因而一定曾向他私语此事。

在查琪的眼睑合上之时，切班孔珠数度对着她的耳朵念叨：“我该怎么办？”他曾扒开她业已闭合的眼睑，大声问道：“查琪，你不想和我在一起，一块儿享受生活啦？”

人人都说，切班孔珠失去了自己的右臂。这的确是实情。他人生的所有成功和得意，都来自查琪。再没有一个渔妇像她那样能干。如今，切班孔珠该怎么办？一个小姑娘能管好家吗？卡鲁塔玛不会回来。他也不会派人请她回来。他说什么来着？一条不肯燃烧的细枝，就得扔掉！

“再娶一个女人吧！”查琪的临终遗言，一直在切班孔珠的耳里低沉而有力地轰响。他征求阿查孔珠的意见：“我领一名新人回来，你觉得怎么样？”

阿查孔珠说：“你需要这么做！姑娘也需要妈妈，不是吗？”

“可是，我再也找不到另一个查琪了！”

“绝不会再有这样的好事，无论你找到什么人！”

他们将潘查米托付给娜拉佩努，外出为切班孔珠物色新娘。

阿查孔珠借口谈论婚姻，就许多事情向切班孔珠提出建议。切班孔珠应该记住，自己已不是过去的切班孔珠。他如今是一个富人，一个有些声望的人。所以，他应当找一个在财富和地位方面与他般配的女人。

切班孔珠喜欢这样的思路。此外，他也身心俱疲。他不能再像过去那样劳作，现在是放松和休息的时候了，充分享受人生的愿望再次抬头。可惜！查琪也一直同他一道累死累活地苦干。然而，她从来不曾享受过片刻的欢乐。

就这样，在切班孔珠和阿查孔珠搜求新娘的过程中，他们听说了一个似乎合适的人选。帕利昆纳特・坎丹科兰・瓦拉卡兰的妻子。坎丹科兰・瓦拉卡兰业已谢世。帕皮孔珠的处境不再那么美好。

切班孔珠没有深入考虑就同意了。他对于安逸和享乐的想法，就是在帕皮孔珠家里萌生的。

她也欣然同意。她说，没有必要知会当地海岸头人。切班孔珠径直前去，将她接回家中。与她同来的是一个几近成年的儿子。

在坎丹科兰死后，帕皮孔珠尽管曾经遭受不少困苦，却仍然是一个妩媚的女人，一个容光焕发的女人。然而，潘查米不喜欢这个女人进入自己家。她跑到娜拉佩努那里，愤怒地对她倾吐怨言。

娜拉佩努劝她说：“我的孩子，你可千万别再说什么。”

“为什么不？”

“你爸爸会生气的！”

潘查米开始哭泣。她为什么哭泣？

切班孔珠第一次为自己的家感到羞惭。一所寒酸的小屋。他就把帕皮孔珠带到这里。他窘迫地微笑着说：“这所房子是在我既无渔船也无渔网的时候修建的。我的查琪对这些东西不太在乎。所以，我们再也没有另建住房。”

他曾去过帕皮孔珠的大宅。尽管它如今业已易主，她毕竟曾在那里住过。切班孔珠决定买一块地并建一所房子。他将此事告诉她。

他的可爱的查琪曾劝说他再娶一个女人。她会对他的抉择感到高兴吗？他朝周围张望。他的查琪肯定就在附近什么地方！

切班孔珠呼唤正在哭泣的潘查米。难道她不想与她的新妈妈晤面吗？

娜拉佩努吩咐潘查米：“孩子，走吧！”

潘查米眼含泪水，说道：“不，我不走！”

“我和你一块儿去！”

娜拉佩努用自己纱丽的末端擦了擦潘查米的脸。她叮嘱她不要再哭。娜拉佩努拉着她的手，把她送回了家。

帕皮孔珠端详她，问道：“姑娘，你为什么哭呀？”

切班孔珠说：“她是个孩子，一定是在哭她妈呢！”

切班孔珠紧抱着女儿，说道：“她是个好继母；我的宝贝，别哭！”

他本来还可以说很多话来安抚她：他是按照她妈妈的嘱咐才往家里领回一个继母的；这也是为了她好，如此等等。他难道不应当同时要求她现在就把继母视为自己真正的母亲吗？

帕皮孔珠的儿子甘加杜坦住在这个家里，犹如一颗带芒刺的小果扎在一条狗的身上。他无论与继父还是潘查米都无法相安无事。甘加杜坦是个小伙子。对帕皮孔珠而言，他是个累赘。正如潘查米对他出现在自己家中感到纳闷一样，他似乎也在寻思自己怎么就来到了这里。他仿佛觉得，自己的母亲接受另一个男人的保护是错误的。也许，她这样做就是为了甩掉他。她这样做并不只是为了给自己找个安身立命之处。

切班孔珠前往帕利昆纳特家买船时在那里品尝过的食物的滋味，依然存留于他的舌端。他关于人生须行乐的观念就是因那餐饭而萌生的。他曾想，自己从今往后一日三餐都要吃那样的饭菜。可是，这咖喱烧菜吃起来没有他在帕利昆纳特家品尝过的咖喱烧菜的味道；它们似乎全然不同。这些饭菜，他不再吃得津津有味，也不再有餍足之感。

查琪未能躺在自己买来的床上。床垫也始终未能备好。就她而言，一直没有时间办理此事。许多事情得及早动手完成，不必等到时机完全成熟之日。她既未能祛除自己皮肤上的褐色，也不曾让自己变得丰满起来。

切班孔珠定做了一张床垫。上面罩着帕皮孔珠在帕利昆纳特的那张床垫所用的同样的布料。可是，他觉得帕皮孔珠在失去自己的风韵。难道连皮肤白皙的美女，也会由于从这里海上吹来的凌厉的风而黯然失色吗？帕皮孔珠似乎业已失去自己的光彩。

他曾不无尴尬地向查琪讲述自己在帕皮孔珠家的见闻。他在自己心里回味着那幕场景。它总在使他的及时行乐的观念变得圆满并为之敷上一层色彩。在帕皮孔珠步入房间时，他也跟着她走了进去。

可是，那个亲吻没有热度。高度或深度都未能达到。他们的手扣得不够紧。持续的时间也不长。在那个轻松的时刻，从他的嘴里迸出的是“我的查琪……”她也咕哝出另一个名字。也许，那是她过去常用以呼唤坎丹科兰·瓦拉卡兰的昵称。

他们似乎确实不可能合为一体。他们中间隔着两个人。查琪和坎丹科兰·瓦拉卡兰。查琪和坎丹科兰的举止不同。也许，倘若切班孔珠和帕皮孔珠从青年时期就在一起，事情就会是另一个样子。

两人也曾尽力让欢声笑语飘荡在家中。不乏微笑，没有真正欢乐的假装出来的微笑。演戏似的强颜欢笑。

这种新生活有一种形式。可是，对于这种新生活，切班孔珠也觉察出内中有一股无名火在慢慢燃烧。一种未知的难以名状的焦虑感在他的心中肆虐。他无法悠闲地待着。他对这种生活不习惯。

在渔船返回时，他总是身着白布纱笼，肩披带有窄条纹边的细布围巾，前往海岸。他会对捕获的鱼进行交易。坎丹科兰·瓦拉卡兰就一直是这样。可是，年迈的切班孔珠能如此行事吗？

随着查琪飘然而逝，他出人头地的人生欲望也不复存在。现在，他就要变成帕利昆纳特·坎丹科兰了。

尽管切班孔珠没有多少事可做，他的气色却没有好转。他的肤色变浅了，不再那么黑。可是，他的面色却变得略微苍白了些。

一天，切班孔珠告诉帕皮孔珠："如今，我们的进账少得可怜。"

帕皮孔珠对此无话可说。也许，她从未对此类问题说过话。她不习惯这样做。他继续说："这与我过去常常拿回家来的收入不可同日而语。我的收入是依据船、渔网及执掌舵桨的份额来拿的……而且过去一直是其他船只收入的两倍！"

尽管说的是事实，切班孔珠的脸上还是带有一丝尴尬的神情。他继续说："我把进账托付给我们家的查琪后，她总会竭尽所能，使之不断增值……"

他描述了查琪为了给他们赚钱而做过的所有不同的事情。到东面卖鱼，帮助编织韧网，制作干鱼——他将这一切全都告诉了她。他在说话的时候，瞥了帕皮孔珠一眼。他看见了她脸上哀伤的神色。

突然，他说：“我不是说，你也该干那些活计！查琪还是个姑娘的时候，就习惯这一切了。可是，你的情况跟她不一样。”

然而，切班孔珠意识到，帕皮孔珠由于干不了查琪所胜任的任何一项工作而闷闷不乐。家里的一切，包括他们睡觉用的那张床，都是查琪努力的结果。

此外，还有甘加杜坦，整天都在纠缠自己的母亲。她曾许诺助他谋生。可是，迄今仍然一无所成。有必要尽早将他打发走。他说：“我害怕那女孩冲我瞪眼。她很快就会说出难听的话来。我得趁早离开这里！”

帕皮孔珠如何才能找到一些钱将甘加杜坦打发走？她知道，没有钱。她也不想向切班孔珠开口。

潘查米有一个新计划。她每时每刻都待在父亲身边。她似乎不会让帕皮孔珠有机会接近切班孔珠。帕皮孔珠也不曾尝试将她推开。

她曾一直生活得很好。这一切如今全完了。在别的一切都不复存在之后，切班孔珠成为她未来的靠山。帕皮孔珠就是因此而来到这里的。

她所以接受一位新丈夫，并非出于对床笫之欢的需求。倘若有别的办法，她不会甘愿披上妻子这副伪装。她只是在假扮成一位妻子。演戏。不过，帕皮孔珠是忠于自己的保护者的。她既不想确立自己的权利，也不想索取这些权利。她听从他的吩咐。

查琪曾帮助切班孔珠赚钱。也许，由于不能对丈夫提供这样的帮助，帕皮孔珠感到惭愧。切班孔珠可能本来就未曾指望她这样做，可是她难道不该萌生这样的愿望吗？查琪允许切班孔珠娶她这样的女人为妻吗？一定不会！查琪会希望他娶一个可能像她那样的女人为妻。一个懂得为营建一个大家庭而奠定基础的女人。一个眷顾自己丈夫方方面面物质享受的女人。

至于潘查米，则是个倔强的姑娘。她一点也不喜欢自己的继母。她总是对甘加杜坦做鬼脸。她所做的一切都表明她想的是什么：他们娘俩无权待在这里。

有一天，帕皮孔珠在走路，潘查米跟在后面，模仿她的步态。帕皮孔珠猛然回头，看见潘查米在取笑她。娜拉佩努站在自家房子旁边发笑。帕皮孔珠不禁哭了起来。

切班孔珠回家后，帕皮孔珠说："你需要好好管教这个丫头。"

切班孔珠想弄清问题何在。她闪烁其词："她总有一天得生活在另一户人家。我们对她的爱应当藏在心里。她在变成一个妖精呐！"

切班孔珠坚持要弄清问题何在。帕皮孔珠担心，自己找他女儿的茬，会惹他不高兴。所以，她在几经踌躇之后才开口说话。切班孔珠担心自己失去母亲的孩子。所以，帕皮孔珠小心翼翼地说："她蔑视我。这全是那户邻居挑唆的！"

切班孔珠呼叫潘查米。她在对着自家房屋北侧的地方站着。她对父亲的召唤感到惊恐。她在他大声喊叫数次后才回来。帕皮孔珠恳求切班孔珠千万不要惩罚她。然而，他在一怒之下，还是打了潘查米两巴掌。这倒不是因为他生女儿的气，而是在发泄他对邻居的厌恶情绪。

潘查米失声恸哭，大声呼喊着要自己的母亲。此情此景让所有的人都感到心碎。娜拉佩努跑过来，抱住了她。她问帕皮孔珠："娘们，这是怎么回事？你打算弄死这个没娘的孩子呀？"

帕皮孔珠回嘴道："我不想让她给人惯坏了！"

她在说话时竭力按捺着自己对邻居的怨愤。娜拉佩努厉声喝道："她被惯坏了，你这么说是什么意思？"

娜拉佩努转身对着切班孔珠，继续说道：“你千万别听她的，千万别伤害自己的女儿！”

帕皮孔珠问娜拉佩努：“这事和你有什么关系？”

“查琪在临终之时把这个孩子托付给我。这里的全部家业都是她挣来的！”

帕皮孔珠可能曾是个胆怯之人，可她毕竟也是名渔妇。她内心渔人之妻的本性被激发出来。她说：“住口！我是帕皮孔珠，一个曾与帕利昆纳特·坎丹科兰一道生活的女人！”

娜拉佩努反唇相讥，犹如在她脸上掴了一掌。“如今，你可是切班孔珠的老婆；你吃的都是查琪挣来的。请你滚蛋，好吗？”

切班孔珠无可奈何地站着。帕皮孔珠怒火中烧，有些失态：“这事与你有什么关系？切班孔珠是你什么人？”

“你……可恶的臭娘儿们……你，”娜拉佩努气得说不上话来。随后，她为自己的权利辩护。她不是切班孔珠的情妇，而是他的朋友之妻。这两个男人开始谋生时就一道出海，而且多亏了切班孔珠，她的孩子们才有饭吃。她爱自家的渔夫。她也有权照管切班孔珠。

从查琪来到这个家的那天起，她们就成了朋友；她们俩就像一个人。她们可能吵架，可她们相亲相爱。因此，她有权管查琪的家事。娜拉佩努重申，查琪在生命垂危之时，要求她对潘查米负起责任来。随后，她继续讲，从卡鲁塔玛和潘查米出生之时起，一条爱的纽带就将她与她们联系在一起。“我没有生她们，可她们就像我的孩子一样长大。我有权利管她们！”

娜拉佩努看着切班孔珠问道：“切班孔珠老哥，你一定要赶走这个两面派婆娘……我来带潘查米！”

她继续说：“你活该落到今天这步田地！你野心勃勃，把那么一个好女人给折腾死了。你是个贪婪的人。你把自己的大孩子打发到穷乡僻壤。现在你就剩这个孩子了。到头来，你会……我不想再多说什么了！”

娜拉佩努的怒气难以平息。她将自己的怒火烧向帕皮孔珠：“在这一带海岸上，我们的渔夫死后，我们不会跟另一个男人跑掉。我们就是这样！”

帕皮孔珠无法阻遏娜拉佩努的恶语。切班孔珠也无计可施。过了一会儿，娜拉佩努的冲天怒气平息下来，可是她仍然不愿放弃自己对潘查米的权利。她问道：“姑娘，你愿意跟我来吗？”

切班孔珠站在那里，呆若木鸡。娜拉佩努是在招呼他的女儿。潘查米随她而去。

帕皮孔珠一生中从未遭受过这样的侮辱。她竟然得听任这样的谩骂；还有什么可说的？她悲愤交加，无法忍受，于是问道：“我本来过着一种平静而又有尊严的生活。你把我带到这里就是为了这个？”

切班孔珠无可奈何地站在那里，说不出话来。帕皮孔珠继续说：“我出生在邦纳尼[1]海岸头人的家里。渔妇们从来不曾以这种态度跟我说话。”

为了安慰她，切班孔珠说：“这些人就这样！”

“可是，你还默不吱声！”

“我能怎么办？”

帕皮孔珠咬牙切齿，嘟囔着说：“你现在让我怎么办？”

她接着说：“我曾经跟一个高尚的男人一道生活……如今，这是

---

① 邦纳尼（Ponnani），今印度喀拉拉邦马拉普拉姆县城镇，西濒阿拉伯海，系地区重要渔业中心。

我的命哪……”

帕皮孔珠只能忍受娜拉佩努的辱骂，而切班孔珠却不得不为之付出代价。帕皮孔珠的怒火烧向潘查米：“娜拉佩努一招呼，你的宝贝女儿就跟她走了。”

切班孔珠说：“这两个姑娘都是她带大的。”

“那又怎么着！”帕皮孔珠怒不可遏，于是诅咒道：“那个小东西，跟她姐姐一样，也会成为一个淫妇。”

切班孔珠大为震惊。这是一个恶毒的诅咒。长女已不再是自己的孩子。他只剩下了潘查米。难道她也会不再属于自己？

帕皮孔珠喋喋不休。她除非吐尽自己心中的块垒，否则不会停下来，哪怕她就此粉身碎骨，也无关紧要。“这个小东西最终也会完全一样。就像她的姐姐，她也会勾引某个穆斯林小伙子，在这一带的海岸上寻欢作乐！”

闪电在切班孔珠的脑海中掠过。什么也别再问，别再说。

勾引一名穆斯林小伙子？

事情现在变得明晰了。那份归还帕里库提借款的热忱。此时，刹那间，一切都豁然贯通了。她，她……难道查琪也参与其事了？他只需要知道这一点。

切班孔珠觉得自己已失去理智。他跑到娜拉佩努家。他将潘查米从娜拉佩努的怀中拖出，拿一根棍子接连不断地猛击她。他不停地问她是否也会勾引一名穆斯林小伙子。娜拉佩努立在那里，目瞪口呆。潘查米不停地大声哭喊自己的母亲。在殴打孩子的间隙，他厉声叫道：“跟我说，你不会引诱一名穆斯林小伙子，跟我说……！”

眼见他似乎不会住手，她说：“阿爸，我不会引诱一名穆斯林小伙子。”

可怜的姑娘！她甚至不清楚自己在说什么。也许她清楚。她难道不是也目睹了整个事件吗？

他将她赶回了自己家。

那天，有人看见切班孔珠在挖掘查琪的坟墓。谁知道他想到了什么？也许，他想亲自盘问她。

十八

数日后，切班孔珠不再发疯。然而，他似已万念俱灰。他变得沉默了。他似已被击败，失去一切希望。不妨从他的角度看事态。他怎么还会别开生面呢？钱开始缩水。这在眼下尚可承受。所有迄今为止积攒起来的物质财富也在化为乌有。即使他理智犹存，能想象一下他的苦况吗？他会怎样看自己眼里的世界？

切班孔珠的两条船需要修理。它们不再适于出海。渔网也有数处破洞；它们没有按时修补。一张鲭鱼网被一头猪撕扯得破烂不堪。他急切需要一大笔钱。家里还有许多费用需要支付。他也不再像过去那样经常前往海岸。

帕皮孔珠现在成了为许多事情负责的人。她同切班孔珠谈修船补网。别无他法，只能借钱。切班孔珠同意贷一笔款。

可是，他该向谁借钱呢？在这片海岸上，除了乌赛普，别无他人。母亲在世时，潘查米通过卖银鱼赚了一些钱。她将自己攒下的二十卢比拿出来，交给父亲。切班孔珠将钱拿在手里，突然痛哭流泪。潘查米说：“我要是每天都能捡小鱼的话，我就会有更多的……”她接着说：“要是阿妈还活着……”

切班孔珠默然无语。强烈的情感不再能触动他的心。

甘加杜坦开始执意要求将自己送走。可是，帕皮孔珠还无法就他的问题向切班孔珠开口。仅仅为了生存，为了能够照顾甘加杜坦，她就不得不忍受诸多难处。潘查米尚未停止对她发泄敌意。帕皮孔珠甚至觉得，甘加杜坦无权在这个家里吃饭。最要命的是切班孔珠员工的流失。她万没有想到，事情到头来竟会是这样。

帕皮孔珠未曾想到，切班孔珠会如此一败涂地。她无意败坏他的家业。他毕竟是她的保护人。

也许，她对自己不能像查琪那样赚钱感到不快。倘若她能去东面卖鱼，或懂得如何编织韧网，情况可能会好些。她开始沿着这些路径思考，是非常自然的。

帕皮孔珠曾悉心照料过一个丈夫。她知道该怎么做。她也爱切班孔珠。不爱他是不可能的。可是，切班孔珠得在一个曾被另一位男人占据的位置建立自己的地盘。同样，她也得在一个充满另一个女人遗迹的家中找到自己的处所。就像切班孔珠在危机时刻会想到查琪一样，帕皮孔珠在遇事需要与人商议时，则会念起坎丹科兰·瓦拉卡兰。也许，她在祈求他的谅解。

帕皮孔珠心神不宁。一切都在分崩离析。有时，她觉得自己就是一切问题的根由，因而为一种内疚之感所困。查琪在世时，切班孔珠家业兴盛。在帕皮孔珠取代她后，切班孔珠走向穷途末路。查琪是渔夫之妻。帕皮孔珠是渔网商之妇。

渔船被拖到海岸上。帕皮孔珠担忧后果。她决定遣人请乌赛普来。晚餐后，切班孔珠坐着，陷入沉思，帕皮孔珠到他身边问道："你怎么能这样闲坐着？难道我们不需要修船吗？"

他抬起头来，谛视她的面庞。他默然无语。她再度发问。"需要。"他应了一声，又归于沉默。按理说，接踵而来的应是一番商谈。

她问道："我派人去请乌赛普来，好吗？"

“叫他来。”回答迅捷。他意识到自己在说什么吗？切班孔珠比这片海岸上的别的任何人都更清楚，向乌赛普这样的放高利贷者借钱意味着什么。那么，这岂不意味着，他未经认真思忖就开口说话？他倘若对此事深思熟虑，还会说那样的话吗？他似乎不太在意自己的船闲置在海岸上。

在这所房子里，此类晚餐后的景象以前就曾经出现过，谈论的内容无非是如何为未来奠定坚实的基础。当时，那些谈论的见证，是一盏破煤油灯的捻子。当时，切班孔珠思维敏捷，生气蓬勃，已作为童养媳过门而来的查琪与他在一起。他们总是深思未来。在小屋里，他们的两个孩子已经入睡，沉浸在欢快的梦境之中。如今，潘查米却由于梦魇纠缠而辗转反侧。

帕皮孔珠问道：“我该做什么？”

他没有言语。她继续说：“我就是个累赘。我不能管事。你要我做什么？我习惯于男人养家，自己吃现成饭！”

切班孔珠默然听她诉说。帕皮孔珠潸然泪下：“我毁了多少人？我一来到这里，一切就都给毁了！”

切班孔珠开口说话：“现在扯那个又能怎么样？”

“你要我做什么？”

“做点什么吧！”

甘加杜坦执意要五百卢比。帕皮孔珠已使他堕入尘寰，拥有今生。所以，他要什么，她就得给他什么。她怎么办，与他无关。切班孔珠不得不全额付款。他已买下帕皮孔珠的爱情。甘加杜坦的母亲将自己卖给了另一个男人。甘加杜坦是坎丹科兰·瓦拉卡兰的化身。有时，帕皮孔珠觉得，是坎丹科兰站在那里，向她要钱以及别的什么东西。

帕皮孔珠派人去接乌赛普。她告诉他，家里要做什么事。乌赛普同意借给他们钱。可是，他们必须以两条船及数张渔网做抵押。如果本金及利息不能如期偿还，船和渔网将归他所有。

切班孔珠默然无语。乌赛普问道："切班孔珠，你怎么不说点什么呢？"

切班孔珠说："我有什么好说的？反正我需要钱。"

翌日，乌赛普拿来一纸协议书。切班孔珠甚至不曾费心一读。他在上面签了字。乌赛普点出七百九十五卢比。他说，得从借款中扣下五卢比，以支付某种费用。切班孔珠将钱放入箱里锁好。

他内心的沉默似乎开始消退。他开始说一些话：请人修船。钱得在规定期限内偿还。否则，这将是一大麻烦。乌赛普是个无情的人。帕皮孔珠许诺，自己将竭尽全力。

也许甘加杜坦察觉到家里有钱。也许没有。可是，他开始对帕皮孔珠纠缠不休，强度前所未有。必须将他打发走。继续在这里待下去，他已不堪忍受，哪怕多留半个小时也不行。帕皮孔珠苦苦哀求他。等船修好并能出海再说。她会觅得他所需之钱的。

他不依不饶："我等不了那么长时间！"

帕皮孔珠怒火中烧："你不能等，那就随你的便。你还指望从我身上再捞取什么？"

"既然如此，你就忘了你还有我这个儿子吧。"

帕皮孔珠无言以对。她是他的母亲，是生养了他的女人。她玷污了他父亲的名声，嫁给了切班孔珠。

她无可奈何地问道："我怎么能恳求他这个人？"

"阿妈，你得想办法送我走。"

无论她说什么，他就是不听。他的意思是，她只有将他打发走，才会完全属于切班孔珠一人。

“儿子，我来到这里，也是为了你呀！”

“这倒有可能。可是，你得让我走。”

帕皮孔珠没有勇气向切班孔珠提及这个令人不快的话题。可是，事情就要发展到再也无法保密的关头。

帕皮孔珠焦虑不安。切班孔珠举止漠然，仿佛他所拥有的一切都不再是他的。而在另一方面，则是甘加杜坦的纠缠不休。她本不应当结交另一个男人。不过，她该怎么活下去？她怎么可能知道会有这样的麻烦……要是自己压根儿不曾冒风险走到这步田地就好了。倘若如此，她就既不会被迫容忍甘加杜坦的勒索，也不会被迫承受切班孔珠的不快。她在一条错误的路线上开启了自己的生活。倘若她是个普通的渔妇，她本来可以头顶筐子，前往东面卖鱼。她可能就这样勉力维持生计。一切都错了。她原以为自己在傍上一个事业欣欣向荣的船主。未来会如何呢？

在内心世界的激烈斗争中，母亲这一角色占了上风。也唯有母亲这一角色才能获得胜利。往最坏处说，她也就是不得不挨饿，外出乞讨……帕皮孔珠有勇气承受这一切。她与这个家是什么关系？倘若她想过这一问题，那么她与它其实毫无关系。倘若切班孔珠破产，哎呀，她恐怕就会挨饿。然而，倘若能给甘加杜坦带些钱，将他送走，他发了迹，她也会享福。倘若她享了福，那么切班孔珠肯定也会享福。于是，她身上的母亲角色在这场斗争中获胜。

一天，切班孔珠不在家时，帕皮孔珠打开了他的箱子。潘查米也不在家里。她从乌赛普交给他们的那一扎钱中拿出二百卢比纸币。她锁上箱子，再度将它放妥。

那天夜里，潘查米看见，在小屋西侧，母子俩相互挨着，在窃窃私语。她设法藏到一株椰子树后面偷听。潘查米隐约听清了他们说的一些话。帕皮孔珠请求他暂且知足，先拿上二百卢比。其余的钱，日后再给他找。

儿子带着母亲的祝福走了。母亲望着自己的儿子。她的眼里噙满泪水。她擦了擦脸，回到屋里。

潘查米有了一件新武器。她决定使用它。继母给了她儿子一些钱。她没有意识到，这钱是从切班孔珠存起来的那笔钱中拿出来的。然而，对于这钱从何而来，她毫无疑问。就出自他们家。她要私下把这个秘密告知父亲。就在父亲因无钱而不得不将船和渔网抵押出去之时，继母竟然有自己的私房钱。就是她给了自己儿子的那笔钱。

翌日早晨，在切班孔珠外出前往海岸时，潘查米也随他而去。

稍后，他疯了似的冲回家来。切班孔珠打开箱子，往里细看。那儿只有五百卢比。一声怒吼随即炸响："你从这里拿钱啦？"

帕皮孔珠供认不讳；她坦白了一切。他怒不可遏，浑身颤抖。他的驱逐令，听来依然如同雷鸣："从我家滚出去！"

帕皮孔珠默然步出屋外。潘查米对此感到快意。

"到海边去吧！"

帕皮孔珠走向海滨。他关上房门："你敢再进这个家！"

帕皮孔珠对此也没有作答。

在那长长的海岸上，一个不幸的一无所有的女人在飘荡。她曾是坎丹科兰之妻，如今则是切班孔珠的老婆。

不知从何而来的进取心和生命力，再次从切班孔珠身上迸发出来。一度麻木并消逝的活力和热情，此时重新显现。

切班孔珠将帕皮孔珠轰出家门的消息，像野火一样传遍这片海岸。帕皮孔珠坐在海滨的一株椰子树下。她能去哪里？在这个地球上，她没有别的地方可去。切班孔珠的心似乎也不可能最终变软。可是，人人都说，对这一问题不能听之任之，由它自行消解。一个一无所有的女人在海边飘荡！

社群长老聚在一起，前往海岸头人家里。从一开始，海岸头人就对她甘愿与切班孔珠一道生活感到不快。这个女人出身于邦纳尼海岸头人之家，曾是帕利昆纳特·坎丹科兰的妻子。这样做，似乎是对天下所有海岸头人的侮慢。他斩钉截铁地说，自己所以对一个不尊重传统的女人的事情毫无兴趣，原因就在于此。海岸头人怒不可遏。可是，长老们也不肯让步。这是个严重问题。一个夜间没地方睡觉的女人呆在海岸上。这合适吗？

海岸头人说："你们想怎么办就怎么办！把他们打死，把他们扔到海里去！"

阿延孔珠卑怯地问道："先生，这怎么可能呢？"

"你还想让我再说什么？"

"你一定要把切班孔珠找来，跟他谈话。"

"我不能。我能跟他说什么？"

"那么，我们该怎么办？还有别的什么人该解决这样的问题？"

面对社群长老的这个问题，这片海岸的头人和保护者，不得不俯首屈从。得做些什么事情。

一个出身于海岸头人之家的女人，像游民一样在这片海岸上飘荡。海岸头人说："这就是忘掉传统和信条的结果。若是她在一户海岸头人家呆着，这样的事情会发生在她身上吗？"

他们全都赞同他说的话。

侵夺亲娘地位的继母已被逐出家门。一切复归清明。潘查米粘着父亲。她想成就什么事情。她在寻找机会提出这个话题。

这个话题微不足道。家里没人了。他们为什么不把姐姐接回来呢？倘若如此，这个家又会和从前一样。

阿妈不复存在是这个家的唯一缺憾。可是，如若卡鲁塔玛在家，潘查米甚至可以忍受这一缺憾。然而，她无法找到合适的时机提起这个话题。

切班孔珠片刻也不闲着。他总是板着面孔。他重新焕发出生气和力量，似乎成了另一个人。他决心重新焕发自己昔日的风采。他总是找每个人的茬。帕皮孔珠是毁灭的征兆；从她的身影落在这所房子上的那一刻起，毁灭就开始了。他一决定娶她，就遭到了诅咒。

他声称："我想，那时我的脑子一定是糊涂了。我让她的肤色、她的秀发以及她的曲线给迷住了！"他还谈到卡鲁塔玛。她引诱了一个穆斯林，后来一个渔夫出现，她就跟他走了。她不是自己的女儿。对他而言，她已不复存在。

他偶尔会问潘查米："你到头来会成为一个什么样的人？"

他对她也不信任。

他打算开始一种新的生活。尽管他在中间曾干过一系列蠢事，那也无关紧要。

娜拉佩努将帕皮孔珠领到自己家中。看到那颗象征毁灭的扫帚星停留在附近，而不是被发落到宇宙中某个辽远的地方，潘查米感到十分沮丧。倘若此事是别的什么人做的，她还能够忍受。母亲临终之际，已将潘查米托付给了娜拉佩努。那么，自己的养母如今为什么成了叛徒？

切班孔珠也被此举触到痛处。然而，他也找到了所以如此的原因。阿查孔珠总是在嫉妒他。

潘查米觉得，他们会在近期某天达成和解。可是，此前得把姐姐接回家来。终于，在长期寻觅时机之后，她说：“阿爸，您为什么不把姐姐请回家来？她是个单纯的女孩。人们有关她的所有说法都是谎言！”

切班孔珠怒火中烧，浑身颤抖：“好你个兔崽子，你要把谁接到这儿来？”

潘查米十分惊恐。

“那个穆斯林的商棚可能已经破败不堪，可他仍然生活在这片海岸上。我不打算让她那样的淫妇踏进我的家门。”

潘查米默然无语。切班孔珠问道：“你也要像她一样，干同样的事吗？要是这样，你马上滚蛋！”

切班孔珠此刻怒火万丈。他已经失控，忘记了地点和体统，大喊大叫：“滚蛋！滚蛋！”他似乎也要将她逐出家门。

切班孔珠开始大声责骂卡鲁塔玛。接着又大声怒斥潘查米。她也会效仿卡鲁塔玛！他抛开帕皮孔珠。他已不再谈论她。卡鲁塔玛和潘查米眼下成了他的出气筒。

其间，海岸头人莅临查看情况。社群长老、切班孔珠和帕皮孔珠都被请来。这是一桩大事。许许多多的人聚在那里。只有一个人——潘查米——在狂热祈祷：千万别让他们达成和解。

她默默祷告：“我的大海母亲，我的已经去世的阿妈，不要让这样的事情发生吧！”

海岸头人将切班孔珠叫来问道：“切班孔珠，这一切是怎么回事？你的行事表明，你似乎根本不顾规范和惯例，为什么？”

海岸头人提出很多严重指控。切班孔珠再婚未曾获得他的允许。他这样做的理由是什么？

这是一项很严重的罪行。切班孔珠应先向海岸头人进贡槟榔叶和烟草并获得他的祝福，然后再将帕皮孔珠领回家来。

人人都在等着看切班孔珠会如何回应。同别的一些人一样，阿查孔珠也是与此事有牵涉的人物之一。他们也不得不对那项指控做出回应。其中一些人开始慢慢散开。

海岸头人凭借属于自己的权力喝道："切班孔珠，告诉我，为什么？"

切班孔珠站得笔直。他似乎长高了，变宽了。他满不在乎，脸色铁青。谁也不曾见过切班孔珠这副站相！

海岸头人重复了自己的问题。答话斩钉截铁，脱口而出："我没有娶她。"

这个说法出乎她的意表。他们全都大为震惊。海岸头人坐了下来，倒吸了一口气。他镇静下来，说道，"那么，对于这个女人的出现，你怎么解释？"

"我领一个女人来为我干活。这又何错之有？"

海岸头人遭到挫败。他的第一项指控冰消雪泮。

别的所有指控也一一土崩瓦解。

帕皮孔珠被召来。海岸头人从头到脚将这个把风俗和规范全都抛到九霄云外的女人审视了一番。他问她："娘们，这是实话吗？"

人人都以为，她会否定切班孔珠所声称的那一套。直至此时，切班孔珠似乎依然不太担心。即使她回答说，他所说的一切都是谎言，他也似乎毫不在意。他似乎已经决心漠视和轻贱一切。无论如何，他决不打算让步。

海岸头人向帕皮孔珠重复了自己的问题。"是的。"她的简短答话脱口而出，人人为之感到震惊。

"那么，切班孔珠没有娶你？"

“没有。”

“那么，你是在这里当佣人？”

“是的。”

尊贵的海岸头人一时语塞。切班孔珠本人不曾料想会听到这样的回话。海岸头人瞧着业已声誉扫地的帕皮孔珠，带着对这么一位自甘败坏家声之人的厌恶神情说：“你活该遭逢这一切！你也曾与一个体面的男人一道生活……”

他没有把整句话说出来。然而，他无意让满不在乎地挺立在那里的切班孔珠逃脱惩罚。他问切班孔珠：“即使她是个佣人，你也不能把一个女人就这样逐出家门吧？”

“她是个贼！”切班孔珠当即作答。

海岸头人再度哑口无言。

即使听起来天衣无缝，那也不是事实。大家都心知肚明。切班孔珠曾送给帕皮孔珠一块婚服布料[①]，并将她领回家来。

海岸头人想到一个新招。他决定恐吓切班孔珠：“你傲慢得有点过分了吧。不只是现在，而是一向如此。你知道这样做的结果是什么吗？”

切班孔珠一撇嘴，露出嘲弄的神色，问道：“有何见教？你现在想跟我说点什么新鲜玩艺儿？我切班孔珠根本不吃这一套，因为切班孔珠知道，他前面有大海，头上有蓝天！”

他接着说：“我不会损失一根寒毛。一切都过去了。我不想听命于任何人，所以请不要误会我。我无意服从任何人。告诉我……我为什么就该服从别人？只有腰缠万贯的人，才会每走一步都胆战心惊！”

---

① 婚服布料，原文为podava，亦指纱丽。

海岸头人威胁他道:“离我们远点!”

海岸头人尚未说完，切班孔珠就开始大声喧哗，激愤得浑身发抖:“安静点!如果你想保持自己的尊严，就保持沉默……”

从来不曾有人敢这样对海岸头人说话，而且竟然是在整个渔民社群的面前。他不只是在冒犯一个人；他是在侮辱整个社群。

切班孔珠在想什么?他疯了吗?他难道就不想后果如何?人人都感到莫名其妙。

切班孔珠走了，没有再说一句话。

海岸头人受到侮辱。其他人站在那里，面面相觑。帕皮孔珠随切班孔珠而去。

潘查米的所有希望都破灭了。她站在那里，眼看着帕皮孔珠跟在切班孔珠后面。

切班孔珠没有喝令帕皮孔珠走开。

十九

翌日，潘查米失踪。她到什么地方去了?女人们说，这个可怜的孩子已经逃走，以躲避自己的厄运。她们加油添醋地说，她是被赶走的。

现在，这里所有的女人都对帕皮孔珠怀有一定的敬意。她没有背叛切班孔珠。别的任何女人也会这样做么?帕皮孔珠是个正派人。对于她那天的行为，没有什么值得惊异的。她曾是一位高尚而勇敢的男人的妻子。所以，她会有如此举止。

切班孔珠侮辱了海岸头人，人人都在等着看他的好戏。他准备如何承受海岸头人的怒火?谁知道他的火气会以什么形式发作?不仅如此，那两条渔船终将落入乌赛普手中。那时，他将如何生活?他无论如何都不能再出海劳作了。

与此同时，在这片海岸上，在远离所有这些喧嚣和流言的地方，另一个人的生活在走向穷途末路。一种没有目标的生活，而倘若没有这样的生活存在，尼尔昆纳特就会黯然失色。

帕里库提！尼尔昆纳特有很多渔船、商棚、渔夫、渔妇，然后就是有帕里库提。他也是这片海岸的一员。间或，他会坐在一条被拖上沙滩的船上引吭高歌。在经过反复多次演唱之后，这首歌形成一种特别的旋律。一种为他所独有的风格和曲调。别人谁也不像他那样唱这首歌。那位大海之子曾经想到过自己的诗会以这种形式出现吗？帕里库提已使之成为自己的作品。没有他，那种风格和曲调将不复存在。别人谁也无法将这首歌唱得像他一样。

帕里库提的商棚分崩离析。它已坍塌，化为尘土。在这片海岸上，也曾有别的商棚；其中一些也已倾圮。破产的商棚主人于是永远不再出现。然而，他继续生活在这片海岸上。他难道没有另外一个地方可去吗？也许没有。

黄昏时分，人们总见他低头在海滨行走。仿佛他在搜索某种失落于沙粒之中的东西。这难道不是事实吗？一段人生就失落在沙滩上了。得寻觅并找回这段人生。

他偶尔成为别人议论的话题。每一次，都有关于他勾引并诱奸卡鲁塔玛的传闻！可是，这种谣言也总是迅速归于寂灭。很多商棚主人诱奸过很多女人，随后就离开这些海岸，以至连流言都化为乌有。没有人将此类行为太当回事儿。没有人真的认为此种关系有什么分量。一个穆斯林商棚主人能与一个渔家女相爱吗？谁也不曾说过，这样的爱情不能萌生。可是，这样的事情此前从未发生过。这是事实。

所以，没有人听说，这段爱情竟给当事人造成精神重创。

即使在今天，在渔船靠岸时，帕里库提也总会前往那里。他会观看人们的交易。他会充当掮客，安排一些人的买卖，从而聊以度日。他就这样生活。

他往往走到切班孔珠拖上岸来的渔船边上伫立并凝望它们。也许，他是在内心的记忆被激活之时才如此行事。也许，他是在回想那些渔船的历史。一次，他正好站在那里时，切班孔珠出其不意地出现了。他没有看见切班孔珠在走近。

帕里库提已很久不曾遇见切班孔珠了。无论何时，只要看见切班孔珠在远处，他就总是绕道规避。他的罪行的性质是什么？是的，帕里库提实际上已对切班孔珠持续犯罪。

当切班孔珠猛然逼近时，帕里库提惊慌失措。立在他面前的这个人，既不是昔年的切班孔珠，也不是切班孔珠的幽魂。他一眼就能看出，切班孔珠身上有某种异常之处。切班孔珠也看到了自己曾经熟识的那个帕里库提了吗？

他们彼此打量对方片刻。

切班孔珠气势汹汹地向帕里库提抛出一个问题：“我欠你多少钱？”

帕里库提从不费心跟踪账户情况。他不知道。他心中无数。

切班孔珠问道：“多少？”

帕里库提不知如何回答是好。他没有什么要收回来的；切班孔珠也不欠他任何东西。有太多的话要说。可是，他又害怕说出这些话来。他张口结舌，倒像个借款人。他的债权人身份遭到压抑，使他陷入沉默。

那种予与取的真正性质是什么？帕里库提爱上卡鲁塔玛，而卡鲁塔玛也随即爱上了他。这是事实。那种爱情是纯洁无瑕的。就在爱情之花绽放的那些日子，他与切班孔珠及查琪的交易业已安排停当。即便在当时，在借出钱时，他就说过，自己不想再收回那笔钱来！那么，他有意让她的父母欠他人情，从而促使那段爱情顺利发展吗？用现金使他们眼花缭乱吗？向他们行贿以弄到人家的姑娘！然而，这是不可能的事。帕里库提从未试图勾引或诱奸卡鲁塔玛；他也不曾尝试如此行事。那么，在另一个男人使她成为自己的人并将她带走之后，难道他不应当讨回那笔钱吗？在事情未能办成之后，一个人不该拿回贿金吗？他所以给予那笔钱是因为她央求过他吗？倘若如此，这钱就不是私下馈赠的。

由于缺了那笔钱，他已破产。不仅破了产，而且一贫如洗，因为他只有身上穿着的衣服。他的房子和土地不再是他的。在帕里库提的生活中，一切都已不复存在。既没有期望，也没有目标。他难道不能开一个小规模的商棚吗？使自己的人生再度获得成功？就算别无他图，只是让自己活下去直至终老也好。卡鲁塔玛绝不会属于他。他应当忘记自己人生中的那段插曲。在面对人生的严酷遭际和险阻之时，人会有所变化，有所不同。可是，直到如今，他还是那个不幸的情种。

切班孔珠从腰部解下一个荷包。他再度发问："小伙子，那是多少钱呐？"

没有应答。帕里库提站在那里，似乎深感内疚。切班孔珠继续说："我原以为你是个好人。可你，你……不是。"

然而，帕里库提犯了什么罪？他欺骗过卡鲁塔玛？他制造过障碍，阻难过她的婚礼？他曾非法插足她的婚姻生活，到她门上制造过麻烦？他做了什么？

他曾堕入情网。他并非有意如此。他不想给她的家庭或她本人带来麻烦。他生为一个男人，于是爱上了一个女子。即便在那时，他还是从她的生活中走开了。然而，他依然伫立在那里，仿佛自己业已越轨。切班孔珠说：“你当时只是因为我女儿才给我钱，不是吗？”

“不。”回话就在喉头涌动，却没有脱口而出。难道帕里库提不该用一个“不”字否认切班孔珠的指控吗？他没有这样做。切班孔珠说：“我一向你借钱，你便把一切都归置起来，交给了我。毫不犹豫。我还以为，你所以这样做是因为你幼稚。可是，事实并非如此。你别有用心。”

切班孔珠打开荷包，开始点钱。他突然问道：“你知道你的罪行的影响吗？”

帕里库提仍然如同一尊雕像。没有任何情感，没有任何思想。切班孔珠眼含泪水：“你不知道；你真的不知道……可是，你怎么会知道呢？你就是个魔鬼。”

帕里库提默然无语。

“你破坏了一个家庭。糟踏了它。改变了我的生活，使我一无所有。你知道自己残害了多少条命吗？”

到了回顾一下这个家庭的历史的时候了。他们当初梦寐以求渔船和渔网，查琪于是弄一满筐鱼到东面售卖，犹如现今这样。倘若人们从整体的角度看那段历史，切班孔珠的那种指控难道没有几分意义？

切班孔珠说话时，他的声音在颤抖：“我的卡鲁塔玛，像查琪一样，一直在这片海岸上玩耍和嬉戏……你毁了她。就是从那时开始的……事情难道不是这样的吗？”

这确实是真的。倘若帕里库提不曾与卡鲁塔玛相爱，这一事件就不会发生。在一般情况下，一户怀有目标的渔家，会在这片海岸上取得一定进步。然而，切班孔珠所期盼的鸿运，却总是一场幻想而已。切班孔珠是个不断与自然力抗争的壮实的渔夫，而且是个生活受到所在社群规范支配的人。如今，切班孔珠还有什么？既没有老婆，也没有孩子；他为之不懈奋斗的两条渔船已经易主。没有渔网，什么都没有留下……连他的特殊人脉也已土崩瓦解。在满打满算之后，还有五百九十五卢比。这就是他与查琪毕生奋斗之后的全部家当。还有一笔旧债有待偿还。

帕里库提就像一只邪恶的蠹虫，开凿隧洞并蜿蜒钻入这个家庭的史册之中。一朵火焰点燃，使它在途中就被烤蔫了。那么，切班孔珠质问他难道不对吗？如果帕里库提是个有几分人性的男人，他应当诅咒自己首次前来这片海岸的那个日子。当时，他还是个小孩子，紧抓着父亲的手。那天，切班孔珠家也处在土星的邪恶星力[①]之下……可是，就在当天，姑娘前来捡拾船上掉下的小鱼，曾不眨眼地盯着他看。他向她要她刚捡到的一枚粉红色的小贝壳：“你愿意把它送给我吗？”

她将那个贝壳给了他。可她难道没有将自己的心也同那枚贝壳一并送出吗？

然而，他对这一切是没有责任的。帕里库提并没有刻意钻进切班孔珠家。他在不知不觉间踏入这个家庭的内在节律。可以就很多事情指控他。帕里库提可能一直像是个被指控者。可是，谁了解他的真相？他又如何能让随便什么人知道他的实情？只有一个人——卡鲁塔玛——明白这一切。可是，即便是她，能够认可这一切吗？

① 星力（influence），占星学术语，一种被认为来自星体的能影响人的性格和命运的力量。

她在看见他时，想到他时，难道不是忧心忡忡？他已成为令她恐惧的对象。帕里库提。就是他。

切班孔珠说："我只有一笔没有了结的债务。你的借款。你为了勾引我女儿并毁灭我而给我的那笔钱……给你！"

他把钱递了过去。

帕里库提呆立着。切班孔珠又说："给你……拿着！"

"嗯。"一声咕哝。

这是一个严肃的命令。帕里库提机械地伸出手来。切班孔珠将钱放在他的手上。

"我倾囊而出，就现在这么多钱。我不知道我欠你多少。这一点，只有我的查琪知道。如果这钱不够数，我也就无能为力了。"

切班孔珠扬长而去。

帕里库提伫立良久，手里紧攥着那笔钱。他茫然而又困惑。

他要钱干什么？对于一个靠每日赚钱为生的人而言，钱何用之有？他失去了多少钱？仅仅是钱吗？他已失去了自己的生活。他有每天吃饭的钱。那么，当人生还在向前延续之时，这笔数目相当可观的钱，难道不是一笔巨款？一笔旧债得以偿还。

帕里库提看着自己的手。他紧攥着这笔钱。钞票的末端在微风中颤动。他要这钱干什么？他曾考虑过这钱是自己的吗？是啊，这钱怎么能是他的呢？那么，这钱又是谁的呢？

听到一阵大笑后，帕里库提战栗着，扭过身来。在不远处，切班孔珠从坎丹科兰手里买下的那条船被拖起来，安放在沙滩里的两根原木上。迄今为止，它停在那里已有些日子了。多少时日以来，船尾一直向上翘着，仿佛在凝视着大海，瞭望着海平线以外的什么东西。有什么东西在那里吸引着它。内海和外海是老朋友。不仅如此，它难道不也是海洋的一部分吗？它不应当活跃在海洋上吗？它就是为海洋而造的。许多时日以来，它一直渴望着冲入海里。它只需要一次触动，随后就会凌波而行，破浪而进。它将迂回穿梭，逾越海流和洋流，进入深海。

船似乎在说话。我会在这片海岸上坐多久？瞧我，身子已由于刺目的阳光照射而开裂破损。你不愿意让我进入那片令我欢欣鼓舞的咸水的深处吗？

起于水面的风可能让它觉得凉快了一点。它原是帕利昆纳特·坎丹科兰的船。它又曾是切班孔珠的船。一条总捕获量最大的船；一条优雅的船；一条像鸟儿一样飞的船。

船的另一端斜插进一堆沙子中，仿佛在说它行将离去。

刺耳的笑声就是从船的另一侧传来的。那是一种冷冰冰的没有快意的大笑。切班孔珠在发笑。

姐妹俩相互拥抱在一起。她们谁也不知道自己究竟在那里站了多久。她们两人都在哭泣。卡鲁塔玛是在违抗父命而且眼见母亲卧病在床奄奄一息的情况下离家出走的。“姐……姐！”小妹凄楚呼喊的回声，一路上久久追随着她。那种叫声，一再回荡在卡鲁塔玛的耳中。从那时以来，发生了这么多事情。阿妈死了。继母来了……此刻，姐妹俩终于重逢。

潘查米在自己的计划破产后直奔特里昆纳普扎。她又能去别的什么地方呢？潘查米的到来是出乎意料的。姐妹俩紧紧拥抱在一起，不停地落泪。帕拉尼站在一边，注视着她们。他怀抱中的婴儿发出咯咯的笑声。她在咿呀学语。婴儿似乎也在为此情此景而开心。

帕拉尼问道：“眼前这位是谁呀？潘查米？你怎么来这儿的？”

潘查米尚未答话，卡鲁塔玛即接过婴儿。婴儿从她手里跃入潘查米的怀中。卡鲁塔玛说：“这是孩子她姨！”

潘查米对婴儿吻个不停。她这一阵子就在梦想着这个孩子。帕拉尼没有询问有关尼尔昆纳特的任何事情。对于那个地方，他没有什么要问的。他和那个地方有什么关系？一点关系都没有。

卡鲁塔玛有很多事情要谈，有很多情况要了解。潘查米也有很多话要说。卡鲁塔玛对谁或什么事情感到好奇，帕拉尼并不在意。事实上，一想到那个地方，他就觉得厌恶。他甚至不喜欢别人提到尼尔昆纳特！也许，他对潘查米并不反感。一个单纯的小姑娘。他怎么会不喜欢她呢？她是无可指责的。然而，她是从什么地方来的？她又带来了谁的消息？帕拉尼看到的不是失恃的潘查米。他所看见的是一团黑影。这团黑影已飘入自己家中，并将使卡鲁塔玛的心思转向所有那些为他所嫌恶的东西。在看到来自尼尔昆纳特的潘查米时，卡鲁塔玛会想起什么？她会询问什么？她会打听谁的情况？

帕拉尼毫不热情。一团黑影再度笼罩这所屋子。一种不快的氛围。婴儿不停地咿呀独语，使充斥家中的沉闷情绪间或闪现些许喜气。这个婴儿从来不哭；她也从来不必哭。然而，婴儿此时却开始哭喊。随后，潘查米便说：“姐姐，别让孩子哭呀！”

她将婴儿抱起，试图抚慰她。婴儿喜欢这个“小母亲”。

什么都不能问，也不能说。每个人似乎都屏住了呼吸。一切都只能在帕拉尼不在场时才能听到或说起。无法找到那样的时机。

帕拉尼也许想知道她会询问什么。很有可能。即便如此，能责备帕拉尼吗？他是个丈夫，也是个父亲。卡鲁塔玛曾赌咒发誓，许下诺言。不过，她的心曾属于另一个人。时至今日，那个穆斯林是否依然生活在那里的某个隐秘地方？他对此无从确认。即使情况并非如此，一个丈夫，任何忠诚的丈夫，对自己的妻子有所怀疑，都是很自然的。对于帕里库提，卡鲁塔玛会询问什么呢？

卡鲁塔玛前所未有地对几乎所有一切都感到恼火。帕拉尼也烦躁不安。他们一直处于随时爆发争吵的境地。

某种东西使他们两人都透不过气来。窘迫之感挥之不去。

潘查米迟疑地再度开口说道："你是个无情的人……"

"你为什么这么说？"

"你对阿爸的情况，一句都没问。"

卡鲁塔玛说："轻点声！他会听见我们说话的！"

帕拉尼说，那天晚上，他将早点出门去布置钓线。卡鲁塔玛松了口气。他将饵料安放到钓线上。她早早动手煮饭。黄昏时分，母亲和孩子看着他驾船出海。小孩子举起小手摆动着。这已成为习惯。坐在船里的父亲也总会挥舞臂膀道别。然而，那天晚上，这一情景并未出现。渔船飞速向西驶去。他将船划得愈来愈远。婴儿哭喊着。

姐妹俩单独待在家里。

潘查米开始谈。充满爱心的母亲的故世，她如何被托付给娜拉佩努关照，阿妈如何允许阿爸与另一个女人结为伉俪——事无巨细，全都讲了。

"姐姐，有一天，帕里库提老板前来看望阿妈。"

卡鲁塔玛转换了话题。她的心在怦怦地跳。潘查米问道："怎么啦？难道你不想听发生了什么事？"

卡鲁塔玛假装没有听见这个问题，说道："阿妈死时，为什么不告诉我？"

"所有人都说，我们不应当告诉你。"

“所有人？”

“是的。所有人都说姐姐坏！你的心肠那么硬。可是话又说回来，你从来就没有多少爱心；你是个狠心的女人！”

随后，她谈到继母。提到这个话题时，她披露了一件重要的事。“我们的船和渔网都没了！被抵押给乌赛普伯伯了。继母把那笔钱给了她儿子。”

随后，她讲述了家里发生的其他事情。他们的船和渔网都没了！往事浮上心头。卡鲁塔玛仿佛看见，自己的父亲立在船尾，渔船劈波斩浪，像一只鸟儿一样飞速前进。她的父母毕生为之奋斗。她也爱那条船。她曾指着那条船说：“我们的船！”后来，他们才有了帕拉尼的船。如今，那条船已是别人的了。她不再与之有任何关系。卡鲁塔玛再度怆然泣下。

卡鲁塔玛接着问道：“阿爸现在如何维持生活？”

“天晓得！”

潘查米的冷漠让人分外难过。它极度刺伤了卡鲁塔玛的心。对潘查米而言，她们的父亲如何过活似乎没有什么关系。

卡鲁塔玛有些失态，说道：“你是个多么狠心的家伙！”

潘查米趁机反问：“你怎么能这么说？”

“你不待在家里，弄清阿爸如何维持生活，就跑出来了。好像不是他们把你撵出来的。阿爸身边现在还有谁？”

“哎呀！我们就不说这个了吧。你又怎么样？你干了什么事？”

此言非虚！潘查米说得对。怎么能只责备潘查米一人呢？然而，情况毕竟有所不同。卡鲁塔玛别无选择，只能丢下自己的父母。潘查米的情况与之不可同日而语。

潘查米说：“要是你那天不走，这些事连一件都不会发生。你本来可以像阿妈一样，把咱家照料好。”

卡鲁塔玛坐着，陷入沉思。即便如此，果真就会一切都顺利吗？这个可怜的孩子！她一无所知。倘若她不离开，那就会出太多的事！那时，哪里还会有个姐姐可以说起。语言刻毒的潘查米继续说：“一个渔夫出现时，你忘了其余一切，跟着他走了！”

“不，不是这样的！”几个语词从她隐隐作痛的心间跳上她的舌端。然而，这句话更像几个脱口而出的不清不楚的音节。她认为，作为渔夫多情的妻子，她应当服从他，他让她到哪里，她都有责任随他而去。她那天所以离家，原因即在于此，难道她不应该说出这一番话来吗？她住在帕拉尼的家里，吃着他在海上不倦劳作赚来的饭食。难道她不该这么说吗？

可怜的人！他外出了。事实上，她是从那个地方逃走的。既不是因为她不爱自己的父母，也不是因为她是一个多情的负责任的妻子。她也不像潘查米所声称的那样，是紧追自家渔夫而来的。

在所有消息中，还有一条是关于切班孔珠发疯之事的。潘查米讲述了此事。由于几乎毫不掩饰的愤怒，她咬牙切齿地说：“那个胖子说，你被那个穆斯林勾引了，毁了我们的海岸！”

她怀着些许怜悯之情继续说，“可怜的阿爸！他疯了……”

卡鲁塔玛无以应答，整个人变麻木了。她的耳朵嗡嗡作响。她的目光变得呆滞。潘查米一直喋喋不休地讲着。那么，在那片海岸上，那一切依然是闲聊的话题。此事依然在遭人议论。她的骄傲的父亲也逐渐晓得此事。父亲会原谅她吗？

潘查米再度提起帕里库提。她讲述了那个年轻人的凄惨故事。她说：“姐姐，他一无所有。他是个穷人了。他一直在海边游荡。你要是看见他，总会以为他是个疯子。真是太可怜了！”

对于潘查米是该继续讲下去还是停下来，卡鲁塔玛不置一词。她急于了解一切与此有关的事情。倘若环境不同，她自己就会打听帕里库提的情况。

她或许也在自己的心海中看到一个少年的身影。他穿黄色的衬衫和长裤，戴一顶帽子，脖子上系一块手帕，紧紧抓着父亲的手。她送给他的贝壳……那段恋情中的一幕幕场景，历历浮现在她的眼前。

一个宝贵的生命遭难了。它正在陨灭。不，它已被摧毁。她无意中问潘查米："小老板还坐在船上唱歌吗？"

潘查米回应道："啊……他有时唱！"

潘查米知道那首歌唱的是什么吗？不可能。

卡鲁塔玛问道："你曾见过他吗？"

"有时能见到他！"

"那么，他曾向你打听过姐姐的情况吗？"卡鲁塔玛的声音发颤。

潘查米说："他见到我时，总是微微一笑！"

"有时，他会打听她的情况！"

一种以前从未听到过的声音炸响了。帕拉尼站在她们面前。

潘查米和卡鲁塔玛跳了起来。

卡鲁塔玛的秘密泄露了。

二十

卡鲁塔玛发现自己有了一股勇气。这一点，她以前从不知晓。一种意向。一项朦胧而又明晰的计划开始在她心中酝酿。

生活和环境使她走到了这一步。此前，她一直是个胆怯的女人。害怕一切事，害怕所有的人，没有自己的意志或愿望。也许，她可能有过自己的诸多梦想。可是，她连这样一个梦想都没有说起过。

变化是突然的。也许，潘查米的到来与之有些关系。她有了一个伴侣。在她的所有秘密全都曝光后，还有什么可隐瞒的？还有什么可惧怕的？人生的安全保障不再至关重要。她在人生中尽管历经危难，却并不孤独。她有潘查米在自己身边。

她对丈夫重申了自己的诺言。她向他敞开自己的心扉。帕拉尼问道："除了是你儿童时期的玩伴之外，他和你还有什么关系？"对这一问题的回答是，她从来不曾让自己为别的什么人所占有。

帕拉尼并不要听那样的话。他问道："你和他相爱过吧？"

她看见潘查米以怜悯的语气描述过的那个帕里库提历历如在目前——一个业已失去人生中的一切，刻下如狂人般在海边游荡，同时唱着自己的歌的帕里库提。"我将永远唱这首歌；我愿意唱这首歌，以让你在特里昆纳普扎也能听到它。"——这些话语在她的耳朵里回荡着。

"你们在有了船和渔网之后，会把鱼卖给我吗？"

在卡鲁塔玛应答略有迟疑时，帕拉尼就会重复自己的问题。她扪心自问："还有什么可隐瞒的？你没有过错。你是在婚前与别人相爱的。何错之有？"

卡鲁塔玛说："是的，我曾与他相爱！"

一种深厚浓重的沉寂笼罩房间。什么声音能够打破它？帕拉尼的问题划破了这种沉寂："你向他告别了吗？"

她没有回答。

又一个问题："你是否跟他说过，你下次什么时候同他见面？"

"我从来没有说过这类话！"

孩子醒来，开始啼哭。她抱起孩子，给她哺乳。那天，她并未想赢得他的爱心。可是，她一次又一次地试图以自己的忠贞誓言激发他的智慧。一个妻子的誓言。别的女人只是以婚礼默默宣誓，她则用明确的话语宣誓。她似乎在问，他对她还有什么更多的期许。

黎明时分，帕拉尼起身走了，没有说一句话。潘查米问道："他生气啦？"

卡鲁塔玛说："我们俩没有任何亲人了。"

潘查米说："你还有人可以依附。我完全没有亲人！"

"不，我的小妹妹。我们两人处境相同。我们将生活在一起！"

卡鲁塔玛不无痛苦地继续说："我们是能干的切班孔珠的孩子呀！"

那天下午，帕拉尼回来后，卡鲁塔玛向他提出请求："我想去尼尔昆纳特走一趟。"

他默然无语。

她对他讲了切班孔珠的目前情况。"我父亲身边没有一个亲人了。"

他对此也没有应答。

那天，他同往常一样，仍然将饵料安放到钓钩上。她侍候他吃晚餐。帕拉尼带着钓竿和桨走在前头，卡鲁塔玛跟着他前往海滨，一只手提着盛放午餐的筒，另一只手抱着孩子。那天，孩子照旧抬起手来挥别。帕拉尼驾船刚刚驶入海中后，回头张望。孩子还在高举着手。

卡鲁塔玛继续在那儿站了一会儿。暮色朦胧。西面的天空现出一条熔金似的曲线。那颜色多深哪！在蔚蓝的大海和那一长条浓厚的彩云相接的地方，形成了一条黑色的线。在那条黑线以远，是一片诡秘的土地。万象的最大的奥秘就在那里。

帕拉尼的船在飞速穿越那片浩渺无际的大海，一路向南奔去。他在立着划桨。船载沉载浮。不少水涌入船内。

他已很久没有这样立在船上狠命划船了。他的一直休眠的全副活力再度苏醒过来，迸发出来。可是，桨不够称手，难以耗散他的精力。这是一柄轻省的桨，而船又小。他瞄着海平面上的那条黑线不停地划着，没有意识到海水正在灌进船内。在那片浩瀚的海面上，那种复苏过来的力量的呼啸之声，并没有什么人听到。帕拉尼的小船在天际飞驶。

什么东西才能激起那种原始的力量？又是什么样的主宰才能遏制和驯服它？一种不可控制的力量被释放出来。他在奋不顾身地远去。

一群海豚聚集在船的周围。其中一头用脊背将船尾翘起，然后又将船甩开。船跳出水面。它会倾覆吗？帕拉尼的怒目喷射出火星。他咬牙切齿，发出吼声。不，那是一声咆哮。他又开始划船。那头海豚再度用后背将船翘起并甩掉。一切都发生在须臾之间！船没有翻转。那头海豚后背断裂，沉入水中。帕拉尼又划起船来。向西，再向西……他要去哪里？西面难道没有尽头吗？

在海岸上，孩子无缘无故地啼哭着。也许，她的纯真的心灵，能够感知自己的父亲在着了疯魔似地挥桨远去。孩子可能因为看见父亲前往西面无尽的海平线而啼哭。帕拉尼没有听到孩子的哭声。风在往东面刮。于是，风将他与那头海豚搏击时发出的吼声吹送到海岸上。卡鲁塔玛听到他的吼声了吗？没有，它不会传入她的耳朵。她不够贞洁，难以听到那一吼声。

帕拉尼在追寻一个秘密。他看见月亮从海上升起。他在进入一个新世界。银色的月光洒满浩淼的碧海。突然，他体会到一种悚惧之感。他陷入四周海平线的重围之中。他的世界收缩了。他又开始划船。他必须飞速前进，突破那道水墙。

海蛇在爬进他的船里。它们在浩渺碧海里的银色月光上滑行。在船的边缘，它们以尾巴支撑，立起身子，翩然起舞。随后，它们又爬回水里。在船内，两条蛇相互盘绕在一起。

一波遮蔽了海平线的巨浪从西面滚滚涌来。他心里萌生了从巨浪中部突围到对面去的强烈愿望。然而，巨浪将小船拨弄到波峰，哗笑着将它连同一堆白色的水花抛掷过去。那里没有任何波浪。一派平静。可是，海略呈黑色。在海面下，一条长舌似乎在从西南方向蜿蜒伸展过来。这种平静完全不同于以往。它没有逼近这条船行经的路线。相反，它有一种吸力。在什么地方有个旋涡。在水流的裹挟下，连海底的淤泥也被搅动起来。

他必须与旋涡的吸力搏斗。帕拉尼的船正在被海流拖走。他逆着海流划船。在远方，一片亮光在散开。有什么东西进入那片亮光之中。

成群的海鸥在细小的波浪上轻轻摇荡。它们在睡眠。突然，它们腾空而起，拼死尖叫，四散逃命。它们并非受到这条船的惊吓。在那片海中，可以听到一阵骚动。

鲨鱼！一只海鸥已被一头鲨鱼咬住。

帕拉尼安放好钓竿。只有一个富于经验而且技巧娴熟的渔夫才会试图这样做。

姐妹俩坐着说了一会儿话。她们没有谈论业已发生的事情。关于母亲或帕里库提，已经无话可说。一切都已成为往事。切班孔珠倒是个现实问题。能干的切班孔珠的两个时运不济的女儿也是现实问题。就在她们交谈之时，潘查米忽地睡着了。

卡鲁塔玛却无法成眠。风在持续不断地刮着。一阵风吹来一首以前从未听到过的歌。卡鲁塔玛觉得，帕里库提的歌的片断仿佛混杂在风中。她聆听，她凝神聆听。于是，她的思绪流向自己的那段与帕里库提有关的生活。

她的渔夫独自在海上。他正在远海中投放饵料。所以，就像传说中的第一个渔妇那样，她也应当立在海边，为他的安全祈祷。与之相反，她想起了帕里库提。

她不是有意识这样做的。她没有入睡，也没有醒着。帕里库提是一个好人，一个高尚的人，一个充满爱心的人。这些全都是明摆着的事实。她此生无法忘却帕里库提。永远不能。她也不会这样做。帕里库提是她的；她也是他的。

在灵台深处，没有人在阻止她。她的心也没有激烈跳动。她在那种昏睡状态中喃喃自语：她在等待着。帕里库提会来；帕里库提会呼叫她。她将留意他的召唤。

这正是她所以醒着的缘由。

“卡鲁塔玛！”

卡鲁塔玛清醒过来。难道有人在呼叫她？

“卡鲁塔玛！”

她觉得，她仿佛听见了那声从远方传来的召唤。她陷在恍惚状态与现实生活之间。难道这呼声是自己想象出来的？要不，就是有人在门口叫喊？

“卡鲁塔玛！”喊声再次传来。

只有一个人曾于夜间此时在她门口呼唤过。每天夜里都传来一声这样的呼唤声。帕拉尼从海上归来后，总会喊一嗓子。此刻差不多正是他返回之时。

“卡鲁塔玛！”

这是他的声音吗？又能是别的什么人的声音呢？她大声呼应：“嗯。什么事儿？”

那个声音没有要求她开门。他通常总是让她开门。可是，她还是起身，开门，步出屋外。强风劲吹，同别的任何一天都不一样。一种带有一定野蛮气息的风。清澈的月光流布四方。院子里空无一人。她前往房屋西侧。前往海岸。凝望大海。一个男人伫立在月光下。是帕里库提。

卡鲁塔玛并不害怕；她没有大喊大叫。她挺立着，仿佛她就是响应他的呼唤而步出家门的。他慢慢朝她走来。她仔细地看着那个身影。这不是她的小老板。他变得十分憔悴。

当他走得更近之时，她不害怕吗？难道他不会盯着看她的乳房和臀部吗？不，她已没有这样的恐惧……她的乳房也不再挺然耸立，不再美得令男人心旌摇曳。婴儿柔嫩的嘴唇已过度吮吸了这一对乳房，使它们变得丰硕而平展。不过，当帕拉尼在出海之时，她应在夜分之时站在那里，与一个男人说话吗？卡鲁塔玛并不害怕。难道她以前不曾在夜阑人静之时与他会面吗？话又说回来，她不应当给予那个受到严重伤害的人相会的慰藉吗？即便这只是一次短暂的晤面？

他们站着，面面相觑。她毁了这个站在自己面前的男人。卡鲁塔玛在灵魂深处知道，他爱着她，而且会永远如此。无论发生什么情况，无论什么时候，无论处境如何，他将永远爱她。他也总会原谅她。她可以给他造成至为严重的伤害。他也会为了她而忍受这种伤害。

在那短暂的一刻，卡鲁塔玛忘记了平生所有令人失望之事。她不是一个失败的女人。她有一笔巨大的财富。一笔别的任何女人都没有的财富！如同她曾想过的那样，她处在一个能干的男人的呵护之下；也如同她曾想过的那样，她的生活是安稳的。她对生活充满信心。她将永远不会挨饿；她将永远不会遭受世人的搅扰。这一切让她有了自信。她的帕拉尼是强壮的。他的精神是令人敬畏的。一个男人爱着她。她将永远是他眷恋的人！一个如此爱她的人此时正站在她的面前。

她移步靠近他伸出的双臂，将自己的身子贴在他的胸膛上。她仰起头来望着他的脸。他对着她的耳朵轻声呼喊："我的卡鲁塔玛！"

"什么事？我最亲爱的！"

他的双手移动到她的臀部。他这个穆斯林，以及那些海岸混混，曾盯着她的臀部看个没完没了。

帕里库提呼唤道："卡鲁塔玛！"

她处于恍惚状态，再度回应："什么事儿？"

"我是你什么人？"

她用两只手掌捧着他的脸，半闭着眼睛轻声说："你是我什么人？嗨，你是上天给我的一笔巨额奖赏[①]！"

他们再度合为一体。她在狂喜中向他轻声倾诉着绵绵情话。她无法从那种拥抱中挣脱或挪开身子。

---

① 巨额奖赏，原文为pot of gold，字面意思是"金罐子"，指可望而不可即的大笔奖赏或报偿。

在远海中，一头鲨鱼咬住钓饵。一头巨大的鲨鱼！此前，这样一头巨鲨从未咬过任何人的钓饵！以前，从未有任何渔夫曾捕到过这么大的鱼。一吞下钓饵，这条大鱼就开始用自己的巨尾拍击海面。海水被搅动起来，水花腾起到空中。随后，这条鱼向前跳跃。帕拉尼看见它蹦到了水面上。钓线从它的嘴中缓缓逸出。他必须当机立断。他应当收紧钓线，将鱼拖到船上来？还是应当任它游走，自己在后面追赶，直到它力竭身死？他得即时作出决定。如果钓钩已深深扎入它的喉咙，那就只须用力一拉，便可结果这头庞然大物的性命。然而，它可能会垂死挣扎，将船击为碎片。如果他放它游走，那么船就得追逐它。可是，它将游向哪里，又会走多远？

海岸已渺不可见。事实上，他甚至不知道海岸在哪个方向。帕拉尼一面一手紧握鱼线，一手执桨行船，一面观看星宿以确定自己的航向。他寻找的那颗星无影无踪。流云几乎将碧空完全遮蔽起来。然而，即便在此时，船还在以令人难以置信的速度破浪前进。船随波逐流，划开水面。风平浪静。大海一片宁谧。然而，海的颜色变得愈来愈暗，愈来愈深，而且正在令人惊恐地扩散开来。如果仔细观察水情，判断出海流的去向，则可据此找到海岸所在的方向。可是，帕拉尼无论多么费力观看，都无法弄清海流的动向。

鲨鱼以疾风一般的速度拖着船飞驶。它要到哪里去？他们走多远了？

帕拉尼咬牙切齿，再度怒吼："停住！还不到你带我去大海母亲宫殿的时候！"他紧紧拉住鱼线。突然，船速放慢了。帕拉尼纵声大笑："哈哈哈……没辙，哥们！别跑啦！"

在离船不远之处，鲨鱼在临终前的剧痛中胡乱拍打着尾巴。帕拉尼兴奋起来，再度收紧鱼线。鲨鱼跳起复又落下。

尽管船已逐渐停下，它却陷入海流之中，开始在浩淼的海面上转圈。海流在回旋。帕拉尼再次仔细察看。难道他遇上了旋涡？海水转着圈再度扫来。可是，他依然紧抓鱼线。他仰头望天。连一颗星都看不到。他的所有星辰都消隐了。云层已将它们悉数遮蔽。

帕拉尼在船里站起来，向周围张望。此前，他就已经见到过大海的恣意暴涨。四面全都是水！现在，情况并非如此。他被一圈大山包围了。他和船陷入了深谷。船舵被抬起。大海母亲的宫殿在深深的海洋底部。那是大海母亲居住的地方。帕拉尼曾听到过对那个宫殿的描述。人们穿越旋涡抵达那里。旋涡猛烈搅动整个海洋，在水流中开出通道，进而叩击大海母亲的宫门。

帕拉尼觉得，四面影影绰绰的大山，仿佛变得更多了。他将钓线稍稍放松一点。船再度以令人难以置信的速度飞驶。帕拉尼逃脱那个旋涡了吗？他越过大山了吗？

可以听到什么地方发出的一声狂暴的咆哮。他以前从未听见过这样的声音。一股旋风。

波浪涌起，高如小山。波浪一个接一个地加速扑来，变得愈来愈近。他以前从未见过这样的波浪。它们并非呈纵长线形扫来。相反，它们不断翻滚着涌来，每个波浪的两端相会，围拢在他的周围，形成一个圆圈。

帕拉尼瞬间明白了，这是大海在异乎寻常地发怒。他知道怎样在浪峰上行舟。他还习得如何与旋风搏斗。他曾在漆黑的夜里划船行进。

闪电射出眩目的光亮。接着是巨大的隆隆的雷鸣声。帕拉尼松开鱼线。倘若他紧勒鱼线，而船又停息下来，鲨鱼就会将船击为碎片。就让这头海鲨依自己的速度拖着这条船跑吧。

在船头跨上浪峰时，帕拉尼把桨用作杠杆，让自己腾空而起，以减轻船的重量。在船完全登上浪峰时，他会恰好落在船里。那时，船就会呈现近乎倒立的状态。还会有另外一个大浪，伺机用洞开的巨口将他和船一并吞没。

大海的咆哮声回荡着。大海在十分愤怒地对这个可怜的渔夫咆哮。旋风在为大海的咆哮调音。雷声在为之配上节奏。这是一种多么狞恶的舞蹈！他只是一介凡夫。难道大海母亲非得释放如此强大的力量来粉碎他吗？她将他拖入自己的宫殿该是多么轻而易举！

也许，这些波浪可能已经翻卷到海岸上。甚至涌到那里的房顶上了。也许，毒蛇正在海岸上爬行。远处，可以看到有什么东西巍然耸立。难道是异常壮阔的巨浪之峰？还是一个高昂着头颅并张着岩洞般大嘴的海怪？

这个渔夫的不屈不挠的精神已被制服了吗？在一个波浪涌来时，他凌波一跃，却无法蹦高。这个波浪张着大口，将他和船一并盖在下面。在一波威力强大的电闪雷鸣中，不但云团被撕碎，而且连天空也被劈裂。

海里所有的水都聚在了一个地方。旋风呼啸着，仿佛要毁灭一切。在一个浪头上，可以看见船舵。波浪消退后，可以看见船已倾覆，而帕拉尼则在紧抓着它。他牢牢地抓着船，以免失控。瞬间，他喘上气来，于是放声大叫："卡鲁塔玛！"

帕拉尼的呼叫声盖过了旋风的咆哮声。这一声呼唤超越了旋风的全部咆哮声。

他为什么呼叫卡鲁塔玛？这样做不是有个原因吗？保佑海上渔夫的女神，就是他留在家中的妻子。所以，他在恳求她为自己祈祷，如同那第一个渔妇为丈夫平安归来而祈祷一样。尽管遭遇一场旋风暴，那第一个渔夫不是平安返航了吗？只因为他的妻子的祈祷。帕拉尼也相信自己会平安返家。他有个渔妇。她会为他祈祷。就在当天，她不是向他许诺了吗？

风暴的狂怒愈益加重。然而，帕拉尼依然战而胜之。风暴为波浪助力。另外一个波浪巍然耸立，滚滚而来！他的嘴里刚刚吐出“卡鲁……”两字之时，浪头已扑到他的身上。什么都看不见了。风、雷和闪电在一同猛烈宣泄着自己的愤怒。这是它们最后一次发出的大力。所有这些自然力在狂怒中合为一体。它们在为这场毁灭行动增添最后的细节。

洪波涌起，恶浪排空，又兜头倾泻下来。大海变成一个洞窟。旋风变成一种可以感知的力量。它就在眼前。

船再度浮现在波浪之上。帕拉尼趴在船上。他依然紧紧抓着船帮。那头还会抬起来吗？

这场无情的毁灭行动结束了吗？

船被卷入逆流，像一根石柱那样直立起来，随后沉没。

一颗星在天际闪现。这是渔夫借以确定航向的一颗星。渔夫的指路灯。可是，它的光似已变得黯淡。

翌日清晨，黎明时分，大海微波荡漾，仿佛什么事情都不曾发生。一些夜半醒来的渔夫说，深海曾出现巨大的风暴。波涛一直涌到一些家户门前。在白色的沙滩上，还看到一些海蛇。

潘查米站在海边，潸然泪下，怀中的婴儿在大声哭叫着自己的父母。她姐夫昨夜出海捕鱼，尚未归来。同她一道睡觉的卡鲁塔玛也不见了。她一边落泪，一边勉力安抚婴儿。

两天后，一个男人和一个女人的尸体被冲到沙滩上来。卡鲁塔玛和帕里库提。他们依然紧紧地拥抱在一起。

在切里亚齐加尔海滨，人们发现了一头仍然带着鱼线的死鲨。

2015年10月至2016年5月10日初稿

2016年10月第一次修订

2016年11月第二次修订

2017年6月第三次修订

中篇小说

洁厕工之子

死亡

那天夜里，伊舒库穆图没有合一下眼。他发着高烧，也咳得厉害。破晓时分，他浑身疼痛。于是，他打发自己的儿子丘达拉穆图去见督察，告知他自己得休两天假。

丘达拉穆图回来后，讲述了他见到督察时发生的情况。伊舒库穆图无法相信自己听到的那番话。三十年来，伊舒库穆图一直在阿勒皮市[①]当洁厕工。在此期间，他也就休过六七天假。然而，当他请假休息两天时，答复竟然是，将安排别人顶替他！尽管他每个月的工资至少有三分之一落入督察腰包，却还是遭到如此待遇。

伊舒库穆图问自己的儿子："他当真说要把我给替换下来？"

丘达拉穆图答道："他说，他们已经找好一个人干这份工作。"

"他们打算今天就录用他吗？"

"他就是这么说的。"

① 阿勒皮（Alleppey），亦名阿拉普扎，今南印度喀拉拉邦阿拉普扎县县城。

伊舒库穆图沉默了一会儿。要是录用别人来干他的这份活儿，那么他病愈后该干什么呢？他一直有个心愿，即在死前将自己当洁厕工用的白铁桶和黑铁铲传给儿子。他告诉过一连数任督察，当他不再能够劳动之时，就录用自己的儿子接班。伊舒库穆图已竭尽所能让他们都感到满意。

他问道："你要求他录用你了吗？"

"没有。"

伊舒库穆图大发雷霆。他拿起身边的一根棍子，抬起胳膊。丘达拉穆图闪到一边，棍子没有碰到他。伊舒库穆图开始咳嗽。他随后大骂丘达拉穆图。丘达拉穆图从来不干分内之事。他不听话。他本来应当将这一问题向督察挑明，却没有这样做。倘若他说明由自己来取代伊舒库穆图，他就会被直接录用。父亲得出结论："你真没用！你办事漫不经心。他不会喜欢这个。"

想想看，另一个人会进入自己保洁长达三十余年的厕所！对老人来说，这真是太过分了。他为什么让住户修理厕所里的缺损之处？为了儿子的缘故。让他干活儿顺手些。

下午很晚的时候，伊舒库穆图拿起拐棍外出。他披在双肩的一块布料的末端，掖着一个半卢比。坐一会儿，爬一会儿，走一会儿，天色已经十分黑暗之后，他才回到家里来。他召唤自己的儿子。丘达拉穆图翌日早晨开始接班。然而，他头一个月没有工资。

那天夜里，丘达拉穆图无法成眠。他也要成为一名洁厕工了。他曾两度替换别人做扫街工。即便在那时，他就已经知道，自己有朝一日会成为一名洁厕工的。那一天即将到来。从现在起，他的一生只能与白铁桶及黑铁铲相伴度过。

如果成为一名洁厕工，自己应当怎样生活？他已经做出决定。

他将不喝托迪酒[1]。在过去，许多人曾邀请他喝这种酒，但他滴酒不沾。他将来也不会喝这种酒。难道一个洁厕工就不能活得有点人样吗？他就不能积攒些钱吗？丘达拉穆图躺在那里，心里翻腾着许多诸如此类的念头。

拂晓前一两个小时，伊舒库穆图就将丘达拉穆图叫到身边。他讲解了每家每户的特点，对他提出详尽指教：一定要唯命是从；一定要干净利落。丘达拉穆图答应奉行这些行为准则。伊舒库穆图哽咽着，眼里充满泪水，为儿子祝福。

“神会护佑我的儿子的。我是在交出一个父亲的白铁桶和黑铁铲。靠这些工具，我的儿子一定能活下去。”

老人拥抱自己的儿子，亲吻他的额头。他的眼里噙满泪水。带着父亲充满爱心的祝福，丘达拉穆图走出家门。他拿起白铁桶和黑铁铲时，老人对他大声说：“儿子，那个角落里有个罐子。也要带上它。只有你捎带回一点水来，我才会有的喝。你喝了点什么吗？”

丘达拉穆图一言不发。听到他外出的脚步声，老人再度发问：“你带上那个罐子了吗？”丘达拉穆图没有回话。伊舒库穆图双手合十祈祷：“神哪，让我儿子天天都能吃上米饭吧！”

于是，在那天，在阿勒皮的昌达纳科区，一个年轻的洁厕工开始劳作。

丘达拉穆图负责的区始于一个交叉路口。这里有一家旅店。伊舒库穆图已经吩咐他从那里开始作业。丘达拉穆图从旅店厕所所在地段出来后，一名侍者拿着两卷煎饼[2]前来，招呼他说：“在浴室屋檐下面，有一个小白铁罐。把它拿过来，我给你倒些咖啡。”

---

① 托迪酒（toddy），用烈酒加糖、热水或香料等调配而成。

② 煎饼（dosha），用米粉制成的一种薄饼，里面可添加蔬菜及调味品，为印度旅店早餐常见食物。

丘达拉穆图径自走开，并不答话。侍者大声嚷嚷：“喂，说你呢！我在叫你呀。”

丘达拉穆图停下脚步，转过身子说道：“我什么都不要。”

对于旅店工人来说，这似乎是一桩奇事。他返回店内。稍后，经理从楼上下来，前往厕所。他出来后说：“不管怎么说，他把厕所收拾得不错。”

丘达拉穆图拒不接受煎饼和咖啡，是一件颇不寻常之事。这位新来的洁厕工一时之间成为主要话题。于是，人们听说了这个新洁厕工，并将消息传开。

十点钟完成的工作，是两天的工作量，必须做得恰到好处。出门工作前，他两度碰到督察，后者两度警告他，他如果活儿干得不好，就会丢掉这份工作。

大约十一点钟。丘达拉穆图还未能完成工作。他非常疲惫，而且什么东西都没有吃。在几户人家中，他本来可以吃一些前晚剩下的米饭。他们似乎全都强迫他吃点东西。因此，他的倔劲上来了，决心什么都不吃。

无论什么人的咖啡还是米饭，哪怕是一口清水，他都不要。路边，一个姑娘正在从水管打水。由于口干舌燥而且疲惫不堪，他不假思索，脱口问道：“请你给我嘴里灌点水好吗？”

女孩用手指捏住鼻子，跑开了。

到十二点时，丘达拉穆图的工作才告完成。他的手推车上的大桶已经装满。将它推到粪场①也是一项艰难的工作。秽物不断溢出，掉到路上。他得频繁停下，把路面清扫干净。

① 粪场（night-soil depot），粪便临时贮存场所。粪便通常会在夜间清运，用作农家肥料。

丘达拉穆图回到家里，累得要死。屋里的老人在咳嗽——一阵撕心裂肺的咳嗽！丘达拉穆图浑身战栗。他开始面对现实了！伊舒库穆图那天粒米未进。他躺在那里，等待着儿子的归来。听到外面的足步声，老人大声叫道："丘达拉，我的儿子！"

丘达拉穆图不敢应声。

"你带回来点什么东西没有？我的喉咙都干得冒烟了。"

丘达拉穆图没有进屋。老人躺在那里，问道："你有什么吃的吗？"

静默无声！

丘达拉穆图不能待下去。他觉得自己仿佛站在一堆还在燃烧的炭火上。伊舒库穆图朝门口爬来。

"博学的法官问询我在哪儿了吗？爸爸卧病在床的情况，你告诉文书了吗？"

丘达拉穆图已经消失。伊舒库穆图来到门口张望。一个人都看不到："你没有回来呀？天哪！你难道不知道爸爸唇干舌燥？"

伊舒库穆图凝神谛听。因为活儿重，这孩子今天一定延时下班了。可是，他为什么会这么晚呢？难道他不知道父亲躺在那里，连喝的水都没有吗？

旅店的生意极为红火。经理没有休息或松弛的时间。经理倘若有暇抬头观望，就会当即看到丘达拉穆图。他一直在门口站了一个小时。没有一个人看到他。他们即使看到他，也没有任何认识他的表示。人们只是在早晨才会认识或记起一个洁厕工。倘若人们认识一个洁厕工，就会有一个特定的门供他出入。此门处于屋宇后面，是锁着的。他在屋宇后面大声喊叫。无人应门。人们在一段时间会注意听洁厕工在外面呼喊。那时，他只消吆喝一声或轻轻咳嗽一下就够了，门就会被人打开。

丘达拉跳过围墙，进入院中，走过去站在旅店后面。

他在那里站了很久之后，一位雇员从旅店中出来。他没有认出丘达拉，于是问道："你是谁？你为什么站在这里？"这位就是早上给他煎饼的那个人。

丘达拉说："我来要点米汤。"

"这个时辰，不可能嘛。别在这里晃悠。"

他将一只大罐清理干净，又拿着它离去。稍后，另一个人前来。他也问他是何许人也，来此处何干。

"伊舒库穆图的儿子。"

"伊舒库穆图？他是什么人？"

"负责本城这一区段的洁厕工。"

"你为什么现在来这里？"

"我父亲已经一整天没吃东西了。"

"哎呀，此时此刻，这里没有什么可以给你。去站到垃圾箱边。他们倒剩饭剩菜时，你就自便吧。你会弄到很多吃的。"

他所指向的垃圾箱装满了剩饭剩菜。可以从中找到一些剩饭。几只狗在垃圾箱内抢食。

丘达拉穆图挪动脚步。决定去别的地方后，他打开门走了出去。

法官住在隔壁。父亲过去经常谈到那所房子，他想到那里碰碰运气。

一个看门人立在门边。他问道："你是谁呀？"

"我是伊舒库穆图的儿子。"

"伊舒库穆图？他是谁呀？"

“洁厕工。”

“此时此刻，你想要什么？”

“我想要点大米粥。”

丘达拉穆图说，自己的父亲在这座城里当了三十年洁厕工。法官十分尊重他。父亲此刻卧病在床，连一滴能喝的水都没有。可以将此事告知法官吗？看门人说：“他们全都在祈祷呢。此时此刻，不能处理任何事务。”

可以听见一群人在室内念诵经文的喧声。丘达拉穆图问道：“他们的祈祷活动什么时候结束？”

“大约三刻钟后吧。”

父亲喉头干渴，会大声呼叫他的。那儿至少会有些洁净的水吧？是的，有两天前打回来的水。可是，即使他要喝此水，也还得等着。

丘达拉穆图前往下一户人家。在一盏油灯前面，一个呈祈祷姿态的老妇人，在反复念诵一位神明的名号。丘达拉大声叫道：“请您给我一点水好吗？”老妇人勃然大怒。在这个不吉利的时刻，丘达拉穆图已是第四个前来乞讨之人！

丘达拉穆图爬上爬下许多台阶。大约十点钟时，他在造访一些穷人家户后，有了半罐食物。他决定即刻回家。他为老人弄到了足够的米饭和水。

丘达拉穆图从自己这一天的经历中习得一两个教训。当厕所满到令人不快之时，洁厕工就会得到一些东西。傍晚，厕所清空了。于是，谁也不再认得他是谁。

丘达拉穆图是靠吃稀粥和米饭长大成人的，而那些食物是放在洁厕工手推车顶上带回家来的。千真万确。可是，难道这就意味着，他每天都得吃这样的食物吗？如果他活儿干得不错，并拿到自己的工资，难道他不能吃得体面些吗？无论如何，对于自己是否能够永远如此按部就班地生活下去，丘达拉穆图表示怀疑。一个扫除污秽之物的洁厕工，被迫吃污秽之物。下个月没有工资可用。这两个月都得照这样过。倘若他在傍晚拿着这个罐子到处走动，对于老人而言不是个问题。可他自己该怎么办呢？

三四个衣冠楚楚的人一路走来，在兴致勃勃地交谈。丘达拉穆图陷入深思，从这一小群人中间穿过。其中一人恶狠狠地瞪了他一眼，说道："你这个臭东西！你就不能从一侧过去吗？"

丘达拉穆图一言不发。尖刻的回话到了嘴边。可是，他忍气吞声。是的，他应当从一边走过！他身上似乎散发着臭味！让他发出如此难闻气味的东西，不就装在那些可敬的绅士自己的肚子里嘛！

从一所大宅飘出炒芥子的香味，在为一种可口的咖喱烧菜备料。道路两边的房舍耸立着，宛如光明和欢乐的象征。然而，丘达拉穆图想，这一切恬适和幸福，难道不是因为厕所被收拾得干净吗？倘若没有洁厕工，倘若谁也不准备当洁厕工，这座市镇会变成什么样子？它就玩完了。所有这些大人物都会捏着鼻子跑掉。他们也会玩完。可是，他们知道如何寻找洁厕工。永远不会缺少洁厕工。

这是一个美好的月夜。远处那可见的围墙所在就是粪场。粪场以远，可以看见一片黑点，是洁厕工的棚屋。它们在那里延展开来，死气沉沉，破败不堪。在一间棚屋中，在北头，丘达拉穆图的父亲躺着，也许在大声呼叫自己的儿子。

丘达拉穆图疾步行走。老人急于接过并饮用这水呢。这样，他就会得到满足。他会长长地打一个嗝。啊！多么令人宽慰！他有许多话要对自己的父亲说，说人们的友好和同情。

要走一条回家的便捷道路，就得翻越粪场的围墙。在明亮的月光下，丘达拉穆图看见，在一个坑里，逶迤堆积着当天清运来的粪便。他跳过粪坑，越过墙头，到达自家棚屋前面的那片空旷地带。屋内阒寂无声。

“爸爸！”

一片寂静。

“爸爸！”什么声音都没有。丘达拉穆图低头进入屋内：“爸爸，您在睡觉吗？我弄到了一些稀粥。”

即便在此时，也没有任何回应。丘达拉放下罐子，摸了摸父亲。他的手碰到了什么冰冷的东西。他打了一个寒噤。“爸爸！”他浑身发抖，再次高叫。一片寂静。丘达拉扯着嗓子喊叫：“爸爸！”

棚屋内，一盏煤油灯在燃烧。在屋子中间，老人的遗体躺着，裹上了两三块布。所有的洁厕工聚集在遗体周围，为之祈祷。一个男子坐着，离众人稍微远些。他也是一名洁厕工，已经皈依基督教。在房间的另一个角落，丘达拉穆图蜷缩着身子，躺在地板上。

一名男子打断祈祷，问道：“伊舒库穆图多大年纪了？”谁都说不上来。这群人中最年长的帕拉尼说：“就我的记忆所及，他好像有一把年纪了。”

在持续念诵祷文一段时间后，帕拉尼再度提起核心问题：“我们中间，还没有谁活到他这把年纪。即使没有发生别的不测之事，我们也会得伤寒，要不就是霍乱，再不就是痢疾或天花。于是，一切都结束了。即使这些疾病一个都没有赶上，也会得肺痨。我们能指望活到的最大年龄，也就是四十岁。”

下一个话题是丘达拉穆图的母亲。她曾是阿勒皮一个扫大街的。

她死时，丘达拉穆图才一岁。

念诵祷文结束了，他们开始相互交谈。帕拉尼说，他认为，伊舒库穆图是个幸运的人。似乎无人明白他如此说话是什么意思。帕拉尼解释说，他的好运气在于，他没有长期卧床不起。事实如此，大家都表示赞同。帕拉尼接着说："好运气是什么意思？就是在步行穿过街道时死去。"

独自坐着的约瑟夫，无法认同这一看法。他说："那是哪门子好运气？"

瓦迪维卢明白约瑟夫的言外之意。约瑟夫从自己皈依基督教那天起，就一直在规劝瓦迪维卢改宗。瓦迪维卢问道："很好，那么，什么是好运气呢？就是踏上基督教之路吗？"

约瑟夫相当鄙夷不屑地说："我们为什么而降生？就是为了赞美上帝。如果我们死亡，那么我们需要获得拯救。人应当在尚有知觉之时接受最后的圣餐，然后死去。"

其他人纵声大笑。约瑟夫坚守自己的信仰，愤怒地叫道："异教徒！"

雄鸡振翅啼鸣。时当午夜。皮昌迪问道："我们不该就这么坐着，而是要做点什么，对吧？"

这句问话将他们拉回现实，使他们直面该做什么的问题。他们是否应当连夜将伊舒库穆图下葬？早晨，他们都得上班。帕拉尼问丘达拉穆图："喂，小伙子，他该埋在什么地方呢？"

丘达拉穆图潸然泪下。皮昌迪尽力安慰他。他们都会死的，悲伤何益之有？他死时没有受罪，他们应当为之庆幸。可是，丘达拉穆图心中的痛楚没有消退。从他一岁起，老人为了将他养大成人，吃尽了人间之苦。他是为了自己的儿子而活着。丘达拉穆图此时在想，自己的父亲所以突然辞世，就是因为他整整一天无水可饮。是他让自己的父亲丧命的。

帕拉尼再度问丘达拉穆图，他要将父亲下葬于什么地方。帕拉尼解释说：“如果我们将他运到墓地，我们就得给那里的管事人东西。随后，我们还得送抬棺人东西，哪怕只是水呢。大概一共要花五卢比。所以，我要问一声。”

舒普说：“我们必须筹集这么一笔钱。除此之外，我们又能怎么办？”

随后，约瑟夫也大声说道：“我们在教堂办理此事，怎么样？在那里，我们只需要有足够的殡葬费就行了。现任神父是个好人。我会跟他说的。即使没有钱，他也会举行仪式。”

无人赞成这一主意。丘达拉穆图算出总共要花多少钱。他们需要六卢比。他没有这笔钱。舒普说：“没关系。你得在上午去。不管怎么着，会有六卢比的。”

舒普让这群人想起了最近举办的两三次葬礼。那些开销是怎么支付的？他们必须去自己为之工作的家户索要，如果张嘴，就总会弄到这笔钱。尸体还得在那儿停放一两天。这样一来，如果事情办得恰当，他们至少可以心安理得了。

丘达拉穆图回想自己在那天的经历，以及老人突然亡故的缘由。他想将它们都讲出来。可是，他已没有力气。他只是说，“我不能向人家开口。”

他们再度群策群力，但未能得出任何结论。晨光熹微，留给他们的时间不多了。帕拉尼坚持认为，他们必须做出决定。丘达拉穆图对此有什么话要说？

皮昌迪说：“让我们在黎明前把他埋到院子里的什么地方吧。”

舒普问道："我们不会犯法吧？"

"唉呀！谁会知道？如果我们自己秘而不宣，那就万无一失。"

瓦迪维卢问皮昌迪："不久以前，我们不是在那儿埋过帕拉尼的老婆吗？我们可以把伊舒库穆图埋到那棵巨大的腰果树下。"

这似乎是个好主意。帕拉尼赞同道："那么，就让我们行动起来吧。"

一时之间，他们坐在那里，相互无言。帕拉尼起身，到屋外去伸懒腰。约瑟夫打了个长长的呵欠。安迪揉了揉眼睛。他们全都难以保持清醒状态。帕拉尼打破沉默，喊了一嗓子："喂！会有什么麻烦吗？"

皮昌迪同意承担责任。"但是，关于此事，谁都不得对我们这个群体之外的任何人走漏一点风声。"

皮昌迪让丘达拉穆图站起来。他看了看父亲的遗容。他躺在那里，仿佛睡着了一般。迄今为止，曾有一人希望丘达拉穆图能够活下去。也曾有一人让丘达拉穆图心存畏惧。从现在起，他无须再叫一声"爸爸"。也再没有人会叫他一声"儿子"了。

他们一道抬起遗体，运到外面，为之沐浴。当他们将遗体搬回之时，老人似乎在微笑。丘达拉穆图再也无法忍受下去。

没有布遮盖遗体。皮昌迪和舒普拿来一块。与此同时，瓦利纳亚卡姆和希瓦南迪抄起自己的铁锹，前往粪场。那时，粪场里所有的狗开始狂吠。

他们想给伊舒库穆图一块他独享的六尺之地，于是将他搬到了一处合适的地点。在将遗体放进坟墓后，丘达拉穆图掬起几捧土撒下。他伤心欲绝，勉力叫了一声"爸爸"。

坟墓填满土后，大家都走开了。此时，一些狗前来，想弄清这里刚才发生了什么事。

交叉路口旅店的房客在向经理投诉。洁厕工来而复去，可厕所还是污秽不堪，无从下脚。一名旅店工人提到，清洁工昨晚曾经来过。

法官家的厕所也有问题。洁厕工虽然也来过，可是厕所并不干净。就这样，连续数家的人们都为此而怒气冲冲。洁厕工再度成为话题。

正午时分，丘达拉穆图推着自己的垃圾车。在前往粪场的途中，他注意到有几个人掩鼻而过，远远地躲开他。垃圾车是一种臭烘烘的物件。父亲总是将嘴边的肌肉往里收缩，仿佛要将鼻孔关闭起来似的。为了同一目的，他的上唇一直向上翻卷。何以会如此？或许，他最初拿着铲子和桶进入厕所时，就成这副模样了。老人的父亲并非洁厕工。可是，一代洁厕工会造就另一代洁厕工。在不知不觉之间，他的面容此时也呈现出一副令人不悦的模样。

此时，粪场非常繁忙。众多手推车不断涌来。丘达拉穆图也穿门而入，显得虚弱而且疲惫不堪。前一天，他既不曾吃饭，也没有睡觉。此外，他的人生中还发生了生死大事。皮昌迪注意到他精疲力竭的样子，走上前来，接过他的手推车，将它推到坑边。他掀起盖子，将手推车转到直对粪坑的角度时，问道："嘿，小伙子！怎么这么少？你今天没有干满一轮？"

"我干完了。"

皮昌迪想起一个笑话——一个洁厕工的笑话："昨天人们一定都没吃多少东西。"

舒普站在附近，闻言大笑。他没有说风凉话，今天，他也没有装够一车。随后，约瑟夫说，在欧洲人的住宅中，活儿好干。于是，经验丰富的洁厕工解释了不同社区的厕所如何大相径庭。在从事此项工作两天之后，丘达拉穆图也有一些见闻可以拿出来与众人分享。尽管快累死了，他还是说："在所有厕所中，粪便成堆。我每个厕所都掏一点。你们应该都见过他们。又大又肥——他们全都像白蚁一样贪吃。"皮昌迪正在彻底清理丘达拉穆图的手推车。丘达拉穆图继续说："他们忘了，别人得掏出所有那些秽物。他们在上厕所时，弄得到处都很脏，于是洁厕工就遭殃了。"

瓦迪维卢问道："即便非得用人工掏粪，也不能就不让他们吃吧？"

希瓦南迪接过话头："吃！在过度吃喝和把厕所弄脏后，他们全都找清洁工的茬。这真让我恼火。"

在仔细斟酌此事之后，帕拉尼发表自己的意见："他们就是要吃。他们不考虑厕所问题。麻烦就在这里。"

另一个有十年经验的洁厕工说："在我的辖区，百分之七十五的人好像什么都消化不了。"

在这个问题上，洁厕工中最年长的帕拉尼似乎也有话要说："富人吃东西根本不考虑自己的肚子。他们一点活儿都不干。所以，他们什么也消化不了。穷人什么都吃。所以，他们也消化不良。"

丘达拉穆图将这些话全都听进了耳朵里。他说："他们忘了，我们也是人，这是为什么？"

皮昌迪说："我们自己就没有认识到，我们也是有血有肉之人。"

另一个洁厕工添油加醋："我们的女人可是知道这一点。"众人哄堂大笑。

皮昌迪说："这些大宅子里的女人没有羞耻感。"

“她们只是在与我们打交道时如此这般吗？”

丘达拉穆图不知这句话的含义。他还得了解诸如此类的事情。

他们全都完成了自己的工作。他们回到家里时，都会有东西吃。一些人可能已经吃过了。丘达拉穆图情况如何？

皮昌迪问道：“丘达拉，你家里有什么吃的吗？”他没有答话。“要是没吃的，就到我家吧。”丘达拉穆图与皮昌迪一道前往皮昌迪家。

翌日，丘达拉穆图从自己所造访的各家弄到一点钱——两安那左右。他既没有张口索要，也不曾有所期冀。那天，所有住户都在等着他。

在这种情况下，丘达拉穆图就有大量活儿要干。不过，他回家时心满意足。他怀疑，对于一个活儿干得很好的洁厕工，是否有什么人在意；他们简直意识不到，他是在工作。当厕所里的臭气飘逸到住宅顶层时，他们就会询问有关情况。倘若他让他们记起厕所的存在，他们就不会遗忘他这个洁厕工。

这样，洁厕工就不再是没有权力和影响之人。然而，他并不欣赏自己的权力。法官十分尊重丘达拉穆图。父亲去世后，他表示非常同情丘达拉穆图的遭遇并给了四个安那。富有的雷迪亚尔尽管最初找过茬儿，现在却小心翼翼，不与他发生争吵。很好。洁厕工并非那么无足轻重之人。人们畏惧他。如果厕所不处于非常干净的状态，大人物也会有不那么傲慢地同洁厕工过话的时候。

丘达拉穆图学得很快。然而，仍有许多东西需要学。也有大量事情要做。

粪场连一个人影都看不见，没有任何生命迹象。此刻，他们全都走了吗？他回来得不至于那么晚吧。一定有某种特殊的原因。他来到粪场门口，一股令人难以承受的尸体腐烂的气味扑鼻而来。

在那株腰果树下，横陈着一个发红的正在腐败的东西。地面已被弄得乱七八糟。在稍远一点的地方，一些狗站着，发出低沉的吼声。其他洁厕工站在远处旁观。丘达拉穆图跳过壕沟，赶到那里。

一群狗在埋葬伊舒库穆图的坟地刨土，让他的遗体露出一半。它们对着逝者的面部和颈项又咬又撕又扯。逝者的双目似乎在凝视着什么。它们望着丘达拉穆图。一种淡蓝色的液体从中滴出。

皮昌迪走过来，一把将他抓住。

倘若一具尸体下葬并被掩埋，悲痛之情也会在一定程度上消逝。然而，这样的慰藉与这位洁厕工无缘。即使在遗体业已腐坏之后，儿子还得再度与之相见。

不过，其他洁厕工则有另一个问题。无论是狗还是蛆虫获得伊舒库穆图的遗体，对他们而言全都一样。他们在粪场埋葬了一具尸体。他们该如何解释此事?

舒普说:“我当时就说过，我们应当把尸体运到坟地。”

希瓦南迪说:“我那时就告诉你们，这个穴不够深。”

约瑟夫提醒他们，他曾说过，他们应当将遗体搬运到教堂下葬。倘若他们如此行事，还会出现这样的灾殃吗? 丘达拉穆图得想辙。由于他父亲的缘故，他们全都面临危险。

突然，犹如一块石头被扔进了乌鸦群一般，大家向四面八方飞奔而去。有些人跳到围墙上。另外一些人藏到灌木丛中。只有皮昌迪和丘达拉穆图站在原地不动。督察一路骑着自行车赶了过来。丘达拉穆图走到路上，皮昌迪跟随着。

督察目光冷峻地上下打量丘达拉穆图，用严厉的声调责问他:“那儿倒着的东西是什么? ”

丘达拉穆图温顺地说："父亲的尸体。"

"它怎么到了那儿？"

丘达拉穆图觉得愧疚，因而一句话也没有说。这样的事本来就不应当做。可是，他竟然做了。他如何能够应答？

皮昌迪说："埋得很深呐。"

督察勃然大怒："还有什么别的人参与了埋尸？"

这是自己的过错，怎么能让他们都承担罪责？可是，他又如何能避而不说实话？丘达拉穆图处于左右为难的窘境。

督察声色俱厉地辱骂了他们所有的人。他刚才看见，他们都连蹦带跑，四散而去。他要一个不漏，狠狠地教训他们一番，让他们长点记性！随后，他跨上自行车绝尘而去。

在皮昌迪挖掘穴位之时，丘达拉穆图忙着将仍然半埋在地下的尸首拖出。已经膨胀的肚子让铁锹碰了一下，于是猛然爆裂开来。一只手掉了下来。

在一鼓作气劳作很长时间之后，他们再度将伊舒库穆图下葬。此时，大家面临一个新问题，既如何从陷入的麻烦中脱身。皮昌迪是唯一能帮助丘达拉穆图之人。皮昌迪安慰他，说自己永远是他的朋友。丘达拉穆图将头斜倚在皮昌迪的肩上，嘤嘤啜泣。皮昌迪也潸然泪下。随后，皮昌迪擦掉他的眼泪。"别哭，小伙子。问题不是总有解决的办法吗？"他安慰道。

"你得做我的大哥。你是唯一对我伸出援手的人。"

"我即使丢了工作，也会与你站在一起。"

全体洁厕工详细讨论了这一问题，决定派遣帕拉尼、皮昌迪和丘达拉穆图去见督察，为他们说情。

托迪酒馆！

这是一座覆盖着茅草的建筑，立在路边，围着由椰子叶和竹子构成的篱笆。酒馆分成若干房间，每个房间都是一个独立单元。

时间已过夜间十点，生意的喧声略为平息了一点，可这还不是常客离开之时。在所有房间中，都可以听到兴致勃勃的交谈声。

在西头房间的游廊上，舒普、约瑟夫、孙迪兰和瓦迪维卢团团围坐在离房门有些距离的地方。他们中间是四个空瓶，两个满瓶，以及几个杯子。在别的房间外面，也有类似的洁厕工群体。

这是洁厕工的发薪日。无论喧声有多大，老板都没有怨言。这是洁厕工痛快淋漓的日子。

舒普问瓦迪维卢："喂，你拿到多少工资？"

"八块钱。你怎么样？"

"我拿到七块半。"

"七块半？那是怎么回事儿？"

"不清楚。"

约瑟夫领到九卢比。上个月，他只有六块半。此时，孙迪兰提到一件让他困惑不解的事儿："我们的工资实际应当是多少？"

舒普拿起托迪酒瓶，将那些杯子斟满。他说："那只有督察知道。"

约瑟夫说："可是，这个月，我们的工资都被削减了。就是因为给老伊舒库穆图下葬的事儿。"

孙迪兰表示赞同："没错。就是因为此事。"

在隔壁房间的游廊上，是帕拉尼和他的朋友们。舒普冲他大叫："喂，帕拉尼！你这个月的工资有不同寻常的下降吗？"

帕拉尼回答说："有，我的工资下降了。"

帕拉尼和他的朋友们站起来，前去与舒普那一伙儿聚合。他们全都对这一话题感兴趣。那些坐在其他酒馆门前的人也站起身来，与他们合为一伙。这群人此时共有十至十二名洁厕工。由于为伊舒库穆图下葬，他们的工资全都被削减了。

约瑟夫问道："我们大家为什么这样无缘无故地损失钱财？"

帕拉尼说："我们又能怎么办？"

"丘达拉穆图得补偿我们的损失。"

帕拉尼大笑。丘达拉穆图从哪儿弄这笔钱？他开始工作只有寥寥数日，而且头两个月还没有工资。舒普怒气冲冲地说："我当时就说，我们应当把他运到坟地下葬。我想要回自己的钱来。"

帕拉尼问道："该谁给这笔钱？"

"随你的便。"

皮昌迪站在与其他人略微有点距离的地方，抽着一支比迪烟。他说："那你就等着吧！"

舒普说："我一定要把这笔钱要回来。我是个男子汉，一定要把这笔钱要回来。"

"就是你父亲出面，也拿不到这笔钱。"

"这是什么话？你是在说我父亲？"

"就算我说的是你父亲，你想怎么着？"

舒普朝皮昌迪扑去。帕拉尼抓住皮昌迪，阿乌达拉住舒普。他们两人开始相互诅咒。无人晓得谁在辱骂谁。酒馆老板来到外面。

就在这个节骨眼儿上，谁也不知道四个警察从什么地方突然冒了出来。一切归于沉寂。警察照着皮昌迪、帕拉尼和舒普，一人打了一棍。他们全都站着，浑身发抖，双手合在一起。

于是，他们失去了剩余的工资。这还不算完，连他们下月的工资，也有一部分被惦记上了。他们全都一道离开酒馆。他们默默地走了很长时间，仿佛谁都没有长嘴。

孙迪兰打破沉默，问道："上个月，瓦迪维卢不是刚挨过打吗？"

有人确认，事实如此。"这些警察就等着我们的发薪日。每个月都一样。那一帮人是从哪里来的？"一个清洁工忿忿地说道。

他们一致认为，这是千真万确的。自从成为一名洁厕工以来，帕拉尼就不断经历此类事件。

约瑟夫说："他们记着这个日子，于是埋伏起来，准备随时出击我们。"

然而，有什么补救办法吗？绝对没有。如对属于警察住宅的厕所不予清空，会怎么样呢？那就准备吃更多的打吧！皮昌迪有话要说。实际上，他发表了一篇演说。所有的洁厕工必须团结起来。届时，他们才会弄清，每个洁厕工每个月应当收入多少钱，他们才会获得全额工资。他们也才会不必害怕任何警察。

过去，皮昌迪在每个月的发薪日往往都会发表这一演说。这次他也发表了同一演说。他们全都凝神谛听。他们做出决定，所有的洁厕工和扫街工应当联合组建一个工会。然而，皮昌迪还有一件事要说。过去，他每次也都讲这一番话："我刚跟你们说过，我们必须持久团结，如此等等。明天，督察就会知道情况。这就意味着，我得让他用藤杖打我两下，我的工资也会被扣掉半卢比。每个月，我都会跟你们说刚才那一番话，并因此得到这样的惩罚。"

工会

在昌达纳科区，人们看见，一个洁厕工身着背心和短裤，头戴对折成三角形的方巾，拿着桶和铲子，在房舍后面走过，在狭窄的小巷里前行。他留着稀疏的胡髭。他身板结实，体态健美。他的背心和短裤利落而干净。人们一眼就能看出，这不是个普通的洁厕工。倘若不是因为他随身携带的工具，人们不免要怀疑他是否真是一个洁厕工。

他在思考一个具有相当重要意义的问题。他有许多事情要考虑。他是个能够明白并理解世事的人。他不会在头天晚上喝得烂醉如泥，在路边随便什么地方倒头便睡，然后前去工作。昨天，他洗了澡，吃了饭，睡了觉。今天，他也会洗个澡，吃个好，睡个觉。如果我们再次靠近他，那么我们会观察到，在他的眼睛深处，是看不到一个洁厕工畏缩而又恭顺的表情的。他是一个果断的人。不到万不得已，他不会低下自己的头。

你不会在意这样一个洁厕工。你肯定不会喜欢一个天天洗澡的洁厕工，一个刮胡须的洁厕工，一个穿自己洗或店里洗的围裤或短裤的洁厕工。你的女眷则会说，“真是个帅哥！”如果一个年轻女人看见他，她将无法进入或离开厕所。你喜欢见到的洁厕工，一定是个酒徒，在他的生活中，一定不会有规则或秩序。他定然总是处于某种麻烦之中。

然而，丘达拉穆图就是这个洁厕工。他将本职工作干得恰到好处。谁也不敢对他肆意妄为。不过，他对每家每户的人也都彬彬有礼。他从社会层级较高的人身上学到了很多东西。所以，在这么短的时间内，他取得了长足的进步。在生活中，他还需要成就许多事情。

然而，在他负责的卫生区，还没有人不曾多少受过他的捉弄或烦扰。一次，他给可敬的法官造成一点麻烦。那位绅士的厕所没有顶子，却在面对小巷的一侧有个洞。清洁工在小巷中就可以清理厕所。遮挡那个洞的门掉了。尽管丘达拉穆图要求安装一个新门，法官却一无所为。一天夜里，豪雨滂沱。翌日，这个厕所已没有需要丘达拉穆图做的活儿。清理小巷不是他的活儿。有人提出控告。法官因陷入这一官司而感到羞耻，至今依然未能忘怀。

看看，一个洁厕工有智慧和卫生观念，会有多么危险！倘若你住的地方有这样一个洁厕工，这难道不是对你的尊严的一种冒犯？

没有一个人非常在意丘达拉穆图。然而，在特殊的日子，他们都会等着给他钱。他无须张口索要。人人都十分清楚那一天；没有一个人会遗忘这个日子。

丘达拉穆图既学会了赚钱，也学会了省钱。他有了积蓄。这是他从别人那里学来的重要一课。他还想增加自己的存款，这是另外的重要一课。

然而，时至今日，督察还在给他制造生活难题，跟对待其他所有人一个样。即使在竭尽所能之后，他依然不知道自己真实的工资究竟是多少。确定无疑的是，他没有全额领到自己应得的工资。

一些洁厕工聚到一起讨论这一问题。皮昌迪提出自己一向主张的解决办法。

他说："我们得联合起来。"

一连数日，在做自己的例行工作之时，丘达拉穆图也一直在想这个问题。在他看来，如果团结起来，他们能够成就许多事情。他们会全额得到自己的工资。他们领到工资后，不必再将其中一部分交给督察。他们会享有较短的工时。由于自己对工友有很大影响，他看到了别的一些有利因素。丘达拉穆图盘算活很长时间！

丘达拉穆图说："椰子壳粗纤维工人有一个协会，木匠有一个协会，我们也需要一个协会。只有到那时，我们才能成就随便任何事情。"

他们全都持有同样的想法。洁厕工也需要一个协会。他们将组建这样一个协会的责任托付给丘达拉穆图。丘达拉穆图同意承担此项任务。

在昌达纳科，有一个人懂得如何成立这样一个协会。他的住宅是丘达拉穆图工作的一个点。他们非得逮住他并组建一个协会。由于这一决定，会议延期至那个特别的日子。

从那天起，丘达拉穆图不断思索这一问题：如果组建一个协会，自己肯定会担任其中一个重要角色。所有工友都会处于他的领导之下。如果他们处于他的领导之下……他于是由此生发了一些别的想法。除了督察以外，难道市政当局不也会对他有所忌惮吗？丘达拉穆图心生一计：倘若他掏自己的腰包支付最初的费用，会怎么样呢？

聚会和讲话结束后，他们头脑中一直处于半成熟状态的想法变得清晰起来。实际上，发言人只是说出了他们经常思考的东西。可是，当他们听到那些话时，他们认识到，即使在他们的生活中，也有重要的事情：他们有责任。最重要的是，他们不是没有力量。

每个洁厕工都有了一种以前从未体验过的自豪感。现在，每个洁厕工都能那样讲话。全城都仰仗他们。他们能使全城人民畏惧他们。

在那一天，洁厕工有了阶级的意识。在那一天，阿勒皮城的洁厕工用一个声音宣告了一件重要事项。这一声音回荡在四面八方。城里父老们的心将会震颤。力量的巨大集中已经发轫。现在，他们在大声呼喊。明天……他们将开始行动。

在那一天，洁厕工工会成立了。他们一个接一个地在登记表上签字——皮昌迪、帕拉尼、希瓦南迪、瓦迪维卢，一个都不少。全体都有，但是缺少丘达拉穆图。虽然是由他召集的会议，但他只是坐在一个角落里。谁也没有注意到这一点。成立协会的热望会等待一个人吗？他们全都加入了工会。他们全都成为工会会员。丘达拉穆图心烦意乱。在他看来，围绕在主席座位边的人群和喧声，不过是一种狂乱之象。

丘达拉穆图无法理解发言人所说的话。在丘达拉穆图看来，发言人说，工会成立后，属于工会的人就不能独自行动。丘达拉穆图想，既然如此，加入这个协会就无利可图。什么事情也不会干成。发言人的几点声明回荡在丘达拉穆图的耳朵里。似乎洁厕工是重要人物！他根本无法理解这一点。他绝不能勉力以某种方式摆脱这一切吗？倘若洁厕工享有相当重要地位……他必须永远做一名洁厕工吗？这个协会是属于终生做洁厕工的那些人的。对于甘愿躺在烂泥中的人来说，它是很好的。这可不是丘达拉穆图的意愿……发言人另外一句话的意思是，他们必须用暴力取得自己的权利！这就意味着，他们要卷入与自己上司的争端之中，不是吗？发言人的这一番关于他们的上司的讲话……可是，他们明天可能就会失去工作。对于神和命运，他也说了点什么。不，这个协会是危险的。不过，所有的人都在加入。

丘达拉穆图心乱如麻。在他看来，这些清洁厕工的高度兴奋和热情是可笑的。难道他们的脑袋空空如也？这真是一场表演。一切都会流失到这种热情之中并化为乌有。

口号声开始再度回荡在整个会场。在这场乱哄哄的集会上，一种不曾预料到的能量变得显而易见。他们的面容，不再是遭受贫困和艰难劳作之苦的人的憔悴面容。多大的差异呀！他们的眼睛闪射着光芒！他们喜形于色。呼喊口号时，他们举起的手臂，似乎是铁铸的，他们的手掌转向天空。他们成为一体。此时，他们会打击和粉碎许多东西。

丘达拉穆图也想一跃而起，与他们一道大声呼喊。可是，他很害怕这股力量也在粉碎他。这股力量在摧毁他的计划。在任何人都没有注意到情况下，丘达拉穆图走了出去。

在他们全都成为会员后，会议继续举行。下一件事是选举工会执行委员会。那天的会议主席就是工会主席。当他们开始提名其他成员时，有人提到丘达拉穆图的名字。他没有加入工会，甚至已不在现场。

会议主席极为震惊。会议的组织者已偷偷溜走！其余那些在场的人同样错愕莫名。

在丘达拉穆图的一生中，那个夜晚是另一个重要的夜晚。当天早些时候，他在众人发言中听到的一些东西，众人呼喊的一些口号，在他的耳中回响着。

然而，他决心永远不让自己后代中的任何人再做洁厕工。他确信，他绝不会让自己的孩子成为洁厕工。既然如此，他还有必要加入这个工会吗?

让他们斗争吧。他们努力取得的益处，他会没份儿吗？丘达拉穆图就用这样的想法宽慰自己。明天见到自己的朋友时，他知道如何让他们满意。他们是穷哥们儿，是离不开他的。当他们需要一点现钱时，还有别的什么人能提供吗?

翌日，他在上班途中遇到的第一个人是督察凯沙瓦·比莱。后者相当鄙夷地看了他一眼：“你们的工会是怎么回事儿？”

丘达拉穆图的心怦怦地跳着：“我没有……那是…… ”他未能说出一句清楚的回话。

“唔。市政主任正在查问。雇用你是个错误。你是个无赖。我本来一开始就该知道这一点：是我自己愚蠢。”

“工会——我不在里面。我……”只有通过冗长的解释，丘达拉穆图才能表明自己的无辜。一句清楚的或有条理的话都没有说出。他从未意识到自己会面临这种危机。因此，他不曾思谋过自己应当给予怎样的答复。无论如何，督察没有耐心听。他太恼火了。

丘达拉穆图觉得，自己要丢掉工作了——一场真正的灾难。这本来完全可以避免。走到这一步，真是愚蠢透顶！可是，他从未想到，倘若组建一个工会，结果会是这样。在见到市政主任时，他该如何解释这一切？

那天，在挨门逐户劳作时，丘达拉穆图思虑的就是这些事情。关于他该如何解释，他该说的事项，他都做出了不可更改的决定。他将自己要说的话铭记在心，又默诵了几遍。

傍晚，丘达拉穆图前往督察家里见他。他哀求说，自己不该为所发生的事情而蒙受惩罚。督察的怒火没有消退。他要让他知道天高地厚。一项决定已经做出。市政主任表示同意，一切均成定论。

丘达拉穆图不知如何是好。他将一个装着钱的纸袋放在督察脚边。然而，后者并不同意帮助他。这不是一件可以取得一致意见的事。市政主任极为恼火。最终，督察勉强同意在市政主任面前为他说情。

市政主任惬意地坐在自己的办公室里。丘达拉穆图穿过大门，站在前院的一个角落里，而督察则径直走进办公室。通过窗户，丘达拉穆图能看见主任和督察谈话。这是多么令人心焦的几分钟哪！

一团火在他的腹中燃烧。他浑身发热。他坐下，起来，四处走动；他观察他们的姿态。还有一星半点的希望吗？他的全部未来正在由人在那儿决定下来。

最后，主任来到外面。丘达拉穆图能听见自己的心脏在跳。他一刻都无法忍受。他正处于被解雇的程序中。主任是来告诉他这一决定的吗？

跟在后面的是凯沙瓦·比莱，他的脸没有透露任何信息。主任的面孔因恼怒而涨得通红。他问凯沙瓦·比莱："凯沙瓦·比莱，就是他吗？"

凯沙瓦·比莱说："是的！"

"唔。不错。他看来是个相当粗野的家伙，难道你认为不是这样吗？"

凯沙瓦·比莱挠了挠头，含含糊糊地说："是的，可是……他很穷啊。"

主任上下打量丘达拉穆图。"你是组织会议的人？"他问道。

丘达拉穆图连一个字都说不出来。那些为这一场合而准备的烂熟于心的话，他忘得一干二净。他觉得自己要晕过去了。

"凯沙瓦·比莱，我们需要这样的无赖吗？昌达纳科有几个人告诉我，他变得有点自命不凡。这么说的人中，就有法官和雷迪亚尔。哦，你们的协会怎么样？"

"先生，我没有参加。"这句话不由自主地从丘达拉穆图的嘴里蹦出。啊！总算轻松了。

"没有参加？这是怎么回事儿？他的名字出现在那些印出来的通知上，不是组织者吗？"

"是的。"凯沙瓦·比莱说，"可是，就在会议进行期间，他离开了。我就此事问过其他洁厕工。”

主任问丘达拉穆图：“是这么回事儿吗？”

丘达拉穆图如释重负，因而能够回答说：“是的。”

此时，丘达拉穆图不再张口结舌。主任继续问道：“你中途离开，为什么？”

“发言人在会议开始后说的那一番话，似乎不对头。”

“他说什么了？”

丘达拉穆图想了一会儿，随后说道：“他说当局的坏话。他说，我们必须与他们理论一番，拿回我们的工资。可是，先生，您明白，这样的话我是说不出口的，什么我们为之劳作的人全都是贼，而且还是一帮子脑满肠肥、吃得太多的家伙。他说，神也是贼。随后，我冲了出去。我不想再听那一类话。”

主任转向凯沙瓦·比莱：“你看，他们将这些穷人领上歧途。”

丘达拉穆图变得稍微胆大了一点，接着说道：“会议主席说，他们必须与那些处在上面的人斗争，他们必须打击和粉碎某些东西，随后他还要求他们齐声说：‘我们将把他们全都粉碎。’他要求他们全都说这句话。他们全都紧握拳头，高声呼喊，仿佛就要打击谁似的。我没有参加这一活动。”

“这些话在你们的通知里都说到了。你为什么把自己的名字加在上面？”主任问道。

丘达拉穆图装出一副无辜的样子，说道：“匠人工会的主席让我签字，我就签了。”

停顿片刻后，市政主任问道：“参加会议的都有谁？”

凯沙瓦·比莱回答了这个问题：“他们都去了。”

“哪些人是主谋？”

丘达拉穆图供出了瓦迪维卢、希瓦南迪以及其他几个类似人物的名字。

凯沙瓦·比莱还有几句话要说。“如果丘达拉穆图愿意，他可以搅散这个协会。”

主任问丘达拉穆图：“你怎么能把它搅散？”

凯沙瓦·比莱说：“他们都欠丘达拉穆图钱。在他们缺钱的时候，他就借给他们几个安那。因此，如果他对他们提出要求，他们就都会退出来。也正是由于他的名字在通知上，他们才去参加会议的。”

“那么，他有一些存款呐？”

丘达拉穆图羞怯地说，他确实有几个铜板。

凯沙瓦·比莱接着说：“他知道如何省钱，也会管理钱。他不喝托迪酒。他想买一块地和一所小房子。”

“哈！原来是这么回事儿，对吗？”

“对。”

“好！这很好。你就这样来提升自己。可是，别像这样让人领上歧途。那么，言归正传，如果你规规矩矩，我也可以帮助你。”

凯沙瓦·比莱提出一项建议，让他把自己的所有存款都拿到这儿来。他也可以把自己从现在起赚来的钱全都交来。当这笔钱充分增加后，我们一定要为他买一块地和一所小屋。

“这个可以做到。如有必要，我会自掏腰包，锦上添花。任何怀有提升自己愿望的人，都应该得到帮助。我很高兴见到这种情况。”

凯沙瓦·比莱与丘达拉穆图说了几句：“明天，你必须把自己的所有存款都带来。你明白吗？”丘达拉穆图表示同意。在他看来，这似乎是做成事情的良好途径。主任找补一句话，以示警告：“不过，你得搅散这个协会。怎么样？”

丘达拉穆图回答说：“我来试试！”

“这还不够。你必须搅散它，凯沙瓦·比莱会帮忙的。”

于是，丘达拉穆图愉快地走了，不仅因为他的焦虑烟消云散，而且因为有人为他找到了一条在人世攀升的良好途径。

凯沙瓦·比莱与丘达拉穆图聚在一起，制定了一项方案。丘达拉穆图答应不折不扣地发挥自己在这一方案中的作用。凯沙瓦·比莱亲口答应丘达拉穆图会因这一方案而获益。从现在起，他们必须相互保持友好关系。

不过，在翌日，丘达拉穆图到达和离开粪场的时间比任何人都早。这样，他就能避免见到自己在那儿的朋友。那天，他没有回家。次日同样如此。那天傍晚，督察问他：“你都见谁了？结果怎么样？”

丘达拉穆图该如何作答？他不曾同任何人说话。倘若他见到他们，他能给予妥帖的回话吗？他怎能直面他们并同他们说话？不仅如此。他也不知道自己应当如何回答他们的问题。在过去的两天，他一直在心中反复思虑此事。他肯定得回答他们的问题，因为他们无疑会提出几个问题。丘达拉穆图在面临一个道德难题。

然而，他能像这样隐藏多少天？他能持续不见他们，不与他们说话？丘达拉穆图对督察说：“那件事啊，我在制定一个方案。”

凯沙瓦·比莱怒火中烧：“什么时候施行呐？你要等到协会顺利发展并站稳脚跟之时吗？”

“不，不是这样的。他们是有思考能力的人吗？他们很生我的气。几天之后，他们的怒气就会逐渐平息。那时，事情就会容易一些。”

对凯沙瓦·比莱而言，这个答复似乎不无道理。

无论如何，两天过后，丘达拉穆图确实见了三四个洁厕工。当他到达粪场时，希瓦南迪、皮昌迪和瓦迪维卢也在那里。丘达拉穆在还有相当距离之时就看到了他们。他的心跳加快了。他该如何面对他们？不过，他还是鼓起勇气，向里面走去。丘达拉穆图的脸色十分难看。尽管他竭力让自己镇静下来，他还是没有血色。他心中翻腾的那些事全都在他的脸上映射出来。丘达拉穆图干着自己的活儿，简直旁若无人。皮昌迪和其他人相互轻声说了一两句话之后，走到丘达拉穆图身边问道：“你到哪儿去了？我们到处都找不到你。”

丘达拉穆图吭吭哧哧：“我……我……我在这儿呀。”他觉得口干舌燥。

此时，希瓦南迪和瓦迪维卢也走了过来。希瓦南迪问道：“怎么回事儿？这是谁呀？丘达拉穆图？你可真棒。把我们都弄来参加会议，你倒偷偷溜走了。”他的声音透着惊愕。

瓦迪维卢说：“偷偷溜走？到什么地方？唉！他不参加工会是因为没钱交会费呀。”

皮昌迪问他：“你昨天和前天没来干活儿？”

丘达拉穆图答道：“来啦，我来啦。我的身体不太舒服。”

“你为什么不参加工会？会议还没开完，你就走了。”

丘达拉穆图终于充分控制住了自己，能够开口说话。他抬起头来，说道：“皮昌迪老哥，我跟你直说吧。我一点也不喜欢那个会议。那个讲话到底算什么？不过就是大量的口号和谩骂。工会就是这么回事儿吗？”

希瓦南迪问道：“那个讲话有什么错吗？”

“那就是一个恶棍的讲话。他不就是想毁掉我们这样的穷人的生计吗？如果我们照他说的那样做，那我们最终只能蹲大狱，我可以肯定地说，就是蹲大狱。”

瓦迪维卢问道：“那么，我们不该说出自己的问题吗？”

“这是解决问题的办法吗？他难道没有说我们应当攻击我们的上司吗？你们等着瞧！凡是参加工会的人都将失去工作。市政主任已经知晓此事。”

皮昌迪狡黠地问道：“可是，难道不是你请那个发言人来的吗？那是怎么回事儿？”

“我知道他是这种人吗？”

希瓦南迪脾气发作：“他有什么错？他是个男子汉。你的主任和督察的花招，对他不会起任何作用。因为熟练工人的缘故，他已经多次入狱了！”

丘达拉穆图也装出一副相当生气的样子：“他说的是什么话？我们必须自我提高？”

“还有什么？”

“如果你是个男人，你肯定有一定的常识。你肯定能明白你听到的话。他说过我们一定要放弃洁厕工的工作来改善自己的处境吗？我们应当节省自己挣来的钱，而不要糟蹋钱，我们应当信仰神，我们不应当喝酒，我们应当尊敬我们的上司。这些道理，他不该教给我们吗？我原本认为，他会讲所有这些话的。”

希瓦南迪说：“可是，他说的那一番话难道不是实情吗？”

“那么，我先警告你们。市政主任会将你们各个击破。且记住我的话。”

无论是皮昌迪，还是希瓦南迪，或是瓦迪维卢，都不再有什么话可说。他们想驳斥丘达拉穆图所说的话，但又不知如何遣词造句。丘达拉穆图的智力以及他对事情的见解，他们都十分推崇。不过，他们觉得，他对工会主席的评论是不对的。他们还没有意识到，自己将丢掉工作。他们难道会因为参加工会而失业吗？

希瓦南迪问道："你见到市政主任啦？"

丘达拉穆图说："我见到了。他说，他将把你们全都开除。他本来要在会后第二天就这么做。我和督察说：'他们是穷人。他们会退出工会。您得原谅他们。'如此等等。在听了我们说的话后，他冷静了一点。"丘达拉穆图清空自己的手推车，随后径自走了。

皮昌迪、希瓦南迪和瓦迪维卢仔细思索此事。皮昌迪说，依他之见，丘达拉穆图所说的话可能有一定道理。他补充说："因为说了我们需要一个工会，我的工资就被克扣了。"

住在海滨附近的两个洁厕工凯卢和帕普，由于遭到投诉而被暂时停职。传言说，瓦迪维卢和希瓦南迪将下岗待业。上面正在做出安排，将从边界对面马德拉斯邦[①]的蒂鲁内尔维利[②]招收一些洁厕工来。倘若真的如此，那么目前所有在职工人都会被解雇。

在所有清洁工的家里，人人心神不安。所有这些人的妻子都在问，他们为什么加入工会。一切问题都该归咎于工会。发薪日来而复去。谁都没有拿到工资。以前，他们还能时而从丘达拉穆图那里借一点小钱。现在，找他也没用。他横竖一毛不拔。

"我破产啦。即使我没有破产，市政主任也跟我说了，不要把钱拿给任何加入工会的人。所以，我奉劝你们，买一点低级大米，凑

---

① 马德拉斯邦（Madras State），前身为英属印度马达德拉斯管区（1652~1947）。面积最大时囊括南印度大部地区，包括今泰米尔纳德邦、安得拉邦以及卡纳塔克邦和喀拉拉邦的部分地区。马德拉斯市（今金奈）为其冬季首府。1947年8月15日印度独立后，马德拉斯管区更名为马德拉斯省。1950年1月26日印度共和国成立时，成为马德拉斯邦。1956年，马德拉斯邦重组。

② 蒂鲁内尔维利（Tirunelveli），南印度泰米尔纳德邦城市，也是蒂鲁内尔维利县县治所在地，位于金奈西南700千米处，距喀拉拉邦阿勒皮市较近。

合活下去吧。”

他们从丘达拉穆图那里得到的，往往就是这种回应。在洁厕工中，饥饿显著蔓延开来，不满情绪随之增大。由此造成的结果是，厕所不再能够保持干净。许多工人遭到投诉。几个人被警告，他们将丢掉自己的工作。

有人代表工会提交了一份备忘录。一本小册子被公之于众，陈述洁厕工的迫切要求。工会主席两度提出书面申请，要求会见市政主任。他三次前往他的府邸。可是，他仍然未能见到市政主任。

一个工会所能做的事情，只是提交要求，而后经过讨论，达成一项协定。这是一项需要好多时日来处理的事务吗？

由于在粪场、托迪酒馆、自家门前的讨论，洁厕工们对一件事情是明确的：他们要么必须退出工会，要么必须准备承受大量苦难。不过，他们有一点是全体意见一致的——团结一致至关重要。

于是，事情处于相当混乱的状态。苦难变得越来越难以承受。一天，他们听说，被暂停工作的帕普又被叙用。他在离开工会后，当天就领到了自己的工资。翌日，约瑟夫也退出了。这样，在四五天内，三分之一的洁厕工退出工会。他们全都领到了自己的工资。稍后，人们获悉，作为一件强奸案的嫌疑人，工会主席遭到逮捕。

丘达拉穆图和凯沙瓦·比莱赢了。工会办公室的所在地，如今成了一家理发店。市政工作者不再有工会烦扰。市政委员会主任颁给丘达拉穆图一条围裤和一件上衣，以及一件值两卢比的新年礼物。他还向丘达拉穆图提出警告：“在将来，不准再发生任何此类事情。你明白吗？”

“是的！”

然而，凯沙瓦·比莱见了许多洁厕工，他还有些话要说。拥有一个工会的愿望，已在清洁工中扎根。它不会逐渐消逝。

主任问道：“我们对此该怎么办？”

“解决此事只有一个办法；但是，它必须操在我们手里。”

对于主任而言，那个办法似乎不错，他批准凯沙瓦·比莱做一切必要之事，并同意由市政当局承担有关费用。

在一个月之内，在阿勒皮的一家剧院，另一个属于洁厕工和扫街工的工会成立。一个苦行者主持成立仪式。城中巨商之一主持会议。

那天，在市政厅为洁厕工和扫街工举办了一场盛宴。他们每人都收到一条围裤。随后召开大会。他们在那儿听到了很多杰出演讲者的发言，但他们对于所说的话则全然不知所云。有人在说什么事情。这些讲话，无一与他们有任何关系，也无一与他们忧虑的事情有任何关系。可敬的苦行者要是说，他们不应当喝托迪酒，会怎么样呢？他们已经知道，喝酒不好。在他奉劝他们向神祈祷时，他们认为他的建议毫无新意。在他说他们的上级对他们有同情感时，他们也是耳熟能详。然而，由于他们建立工会的强烈愿望，他们都成为了这个工会的会员。市政当局慨然为所有人支付了会费。就看一看那些老板们的慈悲心吧！凯沙瓦·比莱成为工会主席。在同样选出一个执行委员会后，会议在特拉凡哥尔[①]国歌的咏唱声中结束。

那天，他们的宴席包括一道特别的甜点。在会议期间，他们头上的电扇在不停地旋转。任何人都不可能感到肉体上有一丁点的不适。然而，当他们离会时，没有一个人与别的任何人说话。一种多

---

① 特拉凡哥尔（Kingdom of Travancore，1729~1949），全名特拉凡哥尔王国，南印度土邦，全盛时期据有今喀拉拉邦中部和南部大部分领土。1949年7月1日，特拉凡哥尔王国与科钦王国合并为特拉凡哥尔—科钦邦，成为1956年11月1日成立的喀拉拉邦的前身。

么令人忧郁的气氛！但是，与其说这是一种忧郁感，毋宁说是一种无力感。肉体上的无力感？实际上未必如此，这是一种灵魂上的无力感。仿佛他们的生命已经被改，被取走，被偷盗。仿佛他们已经失去了某种对他们而言非常珍贵的东西。

也许，在他们的心灵深处，一种遭到压制的阶级意识正在像大海那样咆哮。人们如果细看他们的面容，就能发现他们内心深处的不满情绪。

请看，如今，宗教在以抚慰人心的来世生活信念，在以比从前巨大得多的热情和诚意，开辟着自己的前进道路；连各种世俗特权集团不也愿意为之让步吗？诸多百万大富翁难道不向慈善机构捐出巨额财富吗？思想家正在努力修订他们的哲学体系！一些人居然说《圣经》中就有共产主义。这一切的背后是什么？这是因为，世上亿万人民心灵深处不满情绪的回响，能够让他们听到！这样的响声，比浩瀚海洋的咆哮之声还要洪大！

凯沙瓦·比莱面带大获全胜的神色，略为拉开一点距离，毕恭毕敬地跟在市政委员会主任后面。他们两人在欢快地交谈着。丘达拉穆图在凯沙瓦·比莱后面走着，一言不发。由于某种奇怪的原因，他在内心深处并不快乐。

他不也是横遭践踏之人吗？无论重负的性质是什么，他不也是在承受着吗？或许，他也有种惘然若失之感。

成婚

粪场。洁厕工一个也没有到来，因为天时太早了。只有两只猫站在壕沟边上。

在场院的一个角落里，一株杧果树枝叶扶疏。树荫下，一个情种紧挨自己的女友站立着。他的头低垂下来，而她则在满怀期盼地等待着；可是，他不敢将她拉近！他在心里渴望拥抱她，渴望亲吻她的面颊，但他缺乏必要的勇气。

“我有件事……”

丘达拉穆图张口结舌，无法说出自己的感受。瓦丽慢慢抬起头来，温柔地看着他。在他的爱意之中，仿佛掺杂着一种畏惧之情。她微微一笑。如果他愿意，他不可以把她揽在怀里跳舞吗？可是，他甚至害怕触摸她。他有必要征得许可吗？

丘达拉穆图迟疑不决地再度开口说话：“我有……事……要说。”

她面带微笑问道：“什么事？”

丘达拉穆图没有答话。他的双唇颤抖着。他有许多话要说。他此前已为之殚精竭虑。可是现在，他却忘得一干二净。

见他如此张皇失措，瓦丽不能自已，突然大笑起来。他随之迸出一句话来：“我打算建一所房子。”这样的开场方式是不适当的。这也不是他想先说的话。

她问道：“这就是你想要和我说的事？讲一讲此事有这么难吗？”

他变得十分难为情。由于依然处于一种张皇失措的状态，他说：“不，我已经决定买一所房子，外带院子。”

“买一所房子和院子？为了什么？”

“就是为了你。”丘达拉穆图热切地望着瓦丽的面容，看她会有什么反应。

“就是为了你。”这句话发自他的内心深处。就是在他遇到她的那一天，院子和房子开始在他的脑海中成形。这句话也触动了瓦丽的心。她明白这句话的含意。她再度低下头，打算说点什么。

丘达拉穆图用一只手将她揽近自己，用另一只手扶起她的头来亲吻她，而她一直在热切地期待他这样做。场院里所有的野花都在摇头致意。在壕沟中抓土啄食的乌鸦相互呼唤，仿佛在谈论着这场爱情剧。

他说，他打算买的房子和院子是为了她。她也认为是这么回事儿。然而，这一切实际上并不是为了她。丘达拉穆图不曾想过为她造一所宅院。他的计划是一个延展到下一世纪的计划。这个计划连他作古后的事都考虑到了。这所房子是他所有梦想的中心。她只是他的宏伟计划的中心。

丘达拉穆图希望在此时此地将这一切都说清楚。可是，连他的开场方式都错了。他不曾以自己应有的方式说出这一计划，而她也未能以应有的方式理解这一计划。丘达拉穆图想，自己必须将一切都告诉她，于是说道："我不是为你而买这所房子。"她听不懂他的话。他说，他们将一道成就许多事情。他需要一个伙伴。这所房子甚至不会是他的，但这所房子一定要扩建成为一座公馆。

她嫣然一笑。丘达拉穆图接着说："它不是为我们两人中的哪一个而建。"

"那么，它是为了谁而建？"

"为了孩子们。"

在丘达拉穆图看来，她对自己说的这番话似乎一无所知。可是，她实际上完全明白这位洁厕工的那一套。不过，他没有察觉这一点。

对于杧果树下上演的这幕爱情剧，路上掩鼻而过的行人没有留意。一幕粪场爱情剧？而且还是在正午。当一个富人之子与一个富人之女相会在一个月光映照的花园——那才是爱情萌生的适宜背景。一个男子在请一个女人与自己联手建立家庭。两颗心因契合而兴奋，爱情甚至会在这里出现。丘达拉穆图的心在激烈跳动着，无法说出他想要倾吐的所有话语。

在远处，可以看见两辆手推车在走近。瓦丽和丘达拉穆图各自走向自己的手推车。他们干起活儿来生龙活虎，力气倍增。从表面上看，他们之间什么事儿也没有发生过。

瓦丽和丘达拉穆图结为伉俪。在清洁工中，这是一个很特殊的时刻。人人都说，她是个幸运的女人。

瓦丽还是个孩子时便父母双亡。此后，她在世上唯一的亲戚是父亲的一个妹妹。是她收养了她并将她带大。她借以谋生的职业就是阿勒皮城的扫街工，不过她也会临时干洁厕工的活儿。瓦丽时而帮姑母一把。

就在结婚当日，他们搬到了丘达拉穆图所在的洁厕工住区的老屋中。他们略微装饰了一下这间小屋，做了所有必要的维修工作。他们在四壁挂上竹席。由于铺有水泥地面，这所房子在洁厕工寓所中独一无二。所以，丘达拉穆图偕同妻子入住的是一所条件改善了的住房。

这所房子里的东西一应俱全，有煮饭的铜锅、铜水罐、杯子、床架和储藏物品的箱子。在房间的一个角落，是南印度最受青睐的印度教神祇穆鲁伽[①]的画像，由一些花环装饰着。

瓦丽心里充满自豪感。不但在这里，即便在她成长起来的海滨附近的洁厕工住区，也没有这么好的房子。她丈夫不是一文不名；他赢得了别人的尊重。

---

① 穆鲁伽（Murugan），印度教大神湿婆与雪山神女波罗伐底的次子，象头神伽内萨的兄弟，在南印度受到广泛崇拜。穆鲁伽在北印度又名迦尔底吉夜（Kartikeya）或室建陀（Skanda），为统帅天神军队的战神，英俊、勇毅、博学而又正直。在北印度，一般认为室建陀为兄，伽内萨为弟；在南印度，一般认为伽内萨为兄，穆鲁伽为弟。

那天黄昏时分，他提议让她将一盏立式小灯放在神像前，注上油，做一根灯芯，然后点亮。她一一依言而行。在别的棚屋传来孩子的哭泣声和大人的打骂声时，在这所小房子里，夫妻俩正盘腿而坐，呈祈祷姿势。丘达拉穆图对妻子说："我说一句，请你重复一遍。在祈祷时，你必须心心念念在神。"

直到那时，瓦丽才破天荒第一次做祷告。丈夫盘腿坐在那里，闭着眼睛，双手合十，她对着他凝望了许久。他是从哪里学来这一切的？他反复念诵一节颂神诗。她努力效仿他，可还是在多处出现差错。他纠正她。

在祈祷结束后，她听见一户邻家传来的争吵声和哭泣声，于是问道："有人在挨打吧？请你过去看看吧！"

"为什么？"

"他要是把她打死，怎么办？"

"随他的便。同这样的人做隔壁邻居就够糟心的了。我们应当前往别的什么地方去。"

"我们能到哪儿去？海滩也是这个样子。"

"我不是这个意思。我们应该去另一个可与好人做邻居的地方。"

一个洁厕工是否能住在一个通常没有洁厕工生活的地方，瓦丽对此心存怀疑。那些体面的人会容忍他们做邻居吗？此时，丘达拉穆图问道："难道我们非得满足于永远当洁厕工，就这么生活下去吗？"

她不明白他的言外之意。一个洁厕工不就是一个洁厕工吗？难道他有可能成龙变虎？

那天夜里，丘达拉穆图将自己的所有规划对妻子和盘托出。非得成就的大事。逐步改善自己境遇的办法。她一一聆听。丘达拉穆图说：“我在干活儿时，也在研究那些主管人员在做什么，看一看如果我也改善自己的境遇，事情会怎么样。”她问道：“我们怎么才能变得像那些指挥我们劳作的人一样？”

“你就等着瞧吧。但是，有一句话你得记住。我们没有时间享乐。只有十天。”

“以后呢？”

“以后我们不能再想享乐。我们必须苦作苦受。”

瓦丽思忖片刻，随后说道：“即使我们苦作苦受，只要我们相亲相爱，我们也将是幸福的。”

她对此深信不疑。这就是她对幸福的想法。如果他们相亲相爱，就足以让她觉得幸福。丘达拉穆图对此难以理解，因为他对幸福的想法与之大不相同。于是，他说：“不，瓦丽，我们将不能够快乐地享受生活。我们必须劳作到死。”

瓦丽天真地问道：“此话怎讲？我们必须劳作。那又能怎么样？”

“如果我们苦干，我们的孩子们将能舒舒服服地生活。”

她知道，人们劳作是为了活下去。在她看来，劳作并非不幸福的起因。一个人不劳作就不能够活下去。孩子们得养大。为了他们的缘故，母亲和父亲必须承受相当的苦难并做出牺牲。可是，即便如此，他又如何能说，他们不会幸福呢？

她不知道他们将如何养大自己的孩子并在人生中给予他们较好的社会地位，于是说道：“我们的孩子们绝不能成为洁厕工。”难道他们的孩子们会像她丈夫所说的那样成为要人？瓦丽对此持怀疑态度。

丘达拉穆图请了十天假。他有这样做的理由。他问瓦丽：“你愿意看看这个国家[1]吗？”

---

① 此处的国家指特拉凡哥尔土邦，而不是全印度。

她说愿意，于是他说明了自己所谓只有十天时间可以享乐的含意。在十天的假期中，他们将漫游全国并享受生活；他们会幸福的。在第十一天上，他们将返回故乡，而从那时起，将为自己的孩子苦干。他为庆祝他们的蜜月做了一切必要的准备。

在为期十天的蜜月结束时，丘达拉穆图和瓦丽回到家里。

她看到那么多东西！她有那么多奇异的体验！一个新世界展现在她的眼前——一个充满绝妙景象的世界！她看了那么多地方。一个洁厕工的舌头也能够品尝美味佳肴。一个洁厕工的鼻子也能够区分各种气味。一个洁厕工的皮肤有触觉。如果听到各种悦耳的声音，他能够辨别它们。现在，她能够讲述这些见闻，而皮昌迪和瓦迪维卢的妻子则是她的听众。

她在埃尔纳古拉姆[①]潟湖附近度过一个夜晚。当时，她身穿一袭丝绸纱丽，头上插着鲜花。那个夜晚真是一种全新的体验。她决定在阿勒皮的海滩上也度过那样一个夜晚，因为她想知道，这样一个夜晚是否还会同样令人赏心悦目。然而，洗衣工将她那天穿的纱丽收回去了。她将再度从他那里把它拿来。

一个月夜，她与丈夫乘一叶扁舟，飘飘荡荡，凌波而去。他们总是谈论自己在那夜看到的一切有趣的事物。她能再像那时一样享乐吗？不，他们一致认为，人一生只能享有一周的幸福。

她要将自己的所有见闻都讲给自己的朋友听。然而，他立了规矩，从今往后，她绝不能去看她们当中的任何一个，也绝不能与她们保持亲密无间的关系。她开始明白一个洁厕工生活中的卑劣和污

---

① 埃尔纳库拉姆（Ernakulam），位于印度喀拉拉邦中部科钦市东部，濒临阿拉伯海，被称为喀拉拉邦的商业之都。东罗马帝国时代即成为贸易港口，曾为柯支国（故地即今卡拉拉邦的科钦一带）首都，处于中国与欧洲主要贸易线路上。

秽的一面。

丘达拉穆图将一切情况都对她讲清楚了。然而，他说她绝不能与她们有任何关系，那么她能与谁建立联系呢？她必须离群索居吗？她甚至不被允许与隔壁邻居往来！

在新婚生活的兴奋消退之后，瓦丽觉得自己很闲散，没有事干，也没有可以与之说话的人。她开始不断琢磨自己丈夫的规划。所有这些事情都能做得到吗？在她看来，这一切似乎都是虚无缥缈的。这些都是不可能实现的梦想。在那几天，她彻头彻尾地忘记了自己是个洁厕工。在意识到自己将不得不重做洁厕工的那一天，她感到震惊。也许，她在新生活中的立足点还不够稳固。无论何时，只要她穿得漂漂亮亮，四处走动，或嫣然一笑，或去看电影，她都觉得惴惴不安，害怕什么人会斥责她。他们在自己不应涉足的道路上行走。这样做并不能改变她和丈夫都是洁厕工的事实。假定一个洁厕工与别的洁厕工没有关系，那么他又能与谁人交往呢？

瓦丽的姑母在她一岁时就开始带她并把她抚养大。她已经三个星期未见到姑母了。那个可怜的老妇人曾抱有多大的期望啊！她一直在等着，以为自己的养女今天或明天会来。将她养大成人，连让她有足够的槟榔可嚼的好处都没带来。老妇人想，在瓦丽长大并让人迎娶之后，她自己的所有困苦就都会过去。可怜的老东西还在扫马路。即便这位年轻的女人做出决定，愿意让姑母与他们一道生活，她的请求也不会获得同意。

老妇人一直怀着见到瓦丽的希望徒然期待着。因此，她有一天早早收工，前往瓦丽的住处。她随身带了两块小糕饼。她在见到瓦丽时，无法相信这就是自己的养女。她见到的是一个妩媚的年轻女人，衣衫漂漂亮亮，头发梳成了辫子，额头上点了一颗红志！老妇人感到快乐；她的生活愿望实现了。然而，瓦丽的心在隐隐作痛。她的姑母已变得十分憔悴。

听到老妇人说自己一直在等待着她时，瓦丽的心感到痛楚。她拿不出任何理由。她心存另外一种畏惧——丈夫会因为姑母来过家里而生气。

瓦丽伺候姑母沐浴，施用了护肤油；她找了一块不错的布让她裹身；她还招待她吃了一餐饭。她讲述了自己的全部旅游见闻。她的丈夫有钱；待他钱更多时，他会买一所宅院。市政委员会主任承诺为他办理此事。老妇人从未听过比这更让她开心的话语。

瓦丽看到丘达拉穆图从远处走来，于是出门去迎接他。她用一种带有歉意的音调说："姑母来了。她一来，我就给她洗了个澡。"丘达拉穆图只是轻轻哼了一声，而瓦丽接着说，"在我只有一岁时，我的父亲和母亲就都死了。是她收留了我，照料了我。除了我，她再没有别的亲人了。"

丘达拉穆图用一种刺耳的嗓音问道："那又怎么着？"

"没什么。只是别对她说什么风凉话。"

他同意不这么做。老妇人面带和蔼可亲的笑容，出来迎接他们。她慈爱地嗔怪道："宝贝儿，你连我那儿都没去过呢。"

"哦！我们没能过去。"

丘达拉穆图微微一笑，透出一丝得意的神色。随后，他去沐浴。丘达拉穆图冷漠的举止并未让老妇人有所触动。

丘达拉穆图用了比平素略长一点的时间沐浴。晚饭后，他似乎得去什么地方。他问瓦丽："你姑母不走啦？"

"如果她不……"她欲言又止，望着丈夫的脸。她希望丘达拉穆图明确说出，姑母必须走人。然而，他什么都没有说。

当他们就这样站在那里时，老妇人走了过来。是她离去的时候了。“我的孩子，我得走几里地。我得走了。”她亲切地说。

“既然如此，我想你就该动身了。”他非常迅捷，毫不犹豫，让她离去。

那天，丘达拉穆图第一次看见瓦丽的双眼噙满泪水。

“我的孩子，过一两天，把瓦丽送到我那儿去吧。”

“这是不可能的。”

一个毫不含糊的答复。他说这句话时的严厉口气，甚至让自己都有点不安。

老妇人的脸往下一沉。她仿佛自己有什么过错，说道：“不，不。我只是随便说说。要是我把她接走，这儿不就缺人啦？”

瓦丽陪着老妇人走了短短一程。她们分手后，瓦丽站在那里，眼含热泪，望着她的背影远去。

在自己的新家里，瓦丽体会到缺乏自由的滋味，但又说不出什么来。他曾在交叉路口对她说情话，曾在粪场向她求爱，曾让她的女性魅力绚烂绽放。他不再是那个恋人。此刻，在她看来，他只是个丈夫。他的外表没有变化，身体依然强壮。即便现在，他还留着一头卷曲的短发。他的脸上是一派男子汉气概。然而，一个女人需要的不仅仅是这些东西。

他声称，她不够干净！在她看来，他只是在无端找茬儿。她打扫屋子，使之保持洁净。她经常沐浴。她在每个方面都是干净的。哪里不够干净？于是，瓦丽开始讨厌听到这种喋喋不休的批评。她已够干净，够整洁，如何能比现在更上层楼？丘达拉穆图在卫生这一问题上，提不出什么正面建议。她简直无法理解他的思路。

还有一个问题：她似乎是个挥霍无度的人！瓦丽对此也无法理解。他们虽然有钱，可是瓦丽从不掌管钱财。她本人从未花过分文[1]。她对丈夫总是言听计从，从未偏离一丝一毫。然而，她倒成了一个挥霍无度的人！

瓦丽从不步出家门；她与任何女人都没有亲密的关系。她不折不扣地执行丈夫的指令，不跟她们交往。她常常觉得这种生活无法忍受。不过，她屈从于他。

周围的人认为她很傲慢，谁也不在意她。然而，在丈夫的眼里，她又一身的不是。如果一个女人对她说点什么，她能不予理睬吗？一天，丘达拉穆图气得咬牙切齿，说她永远不会有长进。瓦丽不停地哭泣。

下一个问题是她不够虔诚！她努力变得更加敬畏神明。她熟悉大量颂神歌和虔信歌。每天，她都同丈夫一道祈祷。然而，即便在这一方面，她也没有达到要求。

一般情况下，丘达拉穆图并不责备她。他不对她发火。然而，她还是害怕。倘若某个人总是发号施令，一个女人怎能容忍他剥夺自己的自由？这难道不是比打骂还要恶劣吗？倘若她做的每一件事都是错的，什么也不对，那该多么令人不快。

每天，丘达拉穆图回来，都从自己的上级那里学了点新东西。他努力将它们应用于自己的生活之中。她不明白他的想法和意图。因此，许多事情并未如他所愿那样发生。

这么多沉重的问题压在心上，但丘达拉穆图没有时间坐下来跟妻子说话。对此，一个年轻的妻子能忍受吗？此时，对瓦丽而言，

---

① 分文（paisa），音译为派沙，印度货币单位，青铜硬币，1957年前相当于1/64卢比，之后相当于1卢比的1%。至2011年时，50派沙的硬币尚属法定货币，但已鲜见流通，其他面额更低的派沙硬币则早已不再流通。

丘达拉穆图所说的只能享受十天生活的话开始变得合情合理。在那十天当中，她觉得真幸福。后来，他们从未有过一次令人愉快的闲谈。并非她丈夫不会谈笑风生。然而，他们尽管年轻，却已得不到生活的乐趣。

她丈夫总是在计算，他的血脉缺乏青春之火。他的拥抱不再令她窒息。他的亲吻也徒具形式。在做恋人时，他更为鼓舞人心；在成为丈夫后，他变了；他的情感之源干涸了。

丘达拉穆图所需要的，不过是个实现自己人生规划的伙伴。他已经达到了这个目的。

随着妻子变得日益不满，她对丈夫的规划越来越怀疑。他不会买一所宅院，给房子再加上一层，使之变成一座公馆。一个洁厕工不会变成一个工头。他们的孩子将怎样成长？他们将如何学习写字？无论发生什么事情，他们将仍然是洁厕工。他们只能作为洁厕工生活。他所规划的那一切，将毫无结果。

在她看来，他的所有祈祷不过是装模作样。有时，她甚至不信任他的爱情。

瓦丽忍受着这一切；她想息事宁人。生活就这样缓慢持续下去。她所想要的一切应有尽有。在对一些事情不明白之时，她常常忍不住想提出问题。可是，她没有勇气这样做；她感到害怕。

她从未见过像他们这样的夫妻关系；这完全不在她的阅历范围之内。妻子在任何事情上都一言不发，没有权力。妻子服从丈夫；她对他望而生畏。然而，在别的任何地方，都没有这样的畏惧。在其他清洁工的家里，夫妻会打架；他们会互相厮打。然而，她在别的任何地方都没有见过任何与此相似的情况。有时，她甚至不被允许说话。

也许，主管人员家里发生的情况就是这般模样。对他们而言，这就是爱情的意味。他们使妻子成为奴隶。

一天夜深时分，在一户洁厕工的小屋里，丈夫和妻子都没有入睡。他们谁都睡不着。除了他们时而辗转反侧的响声，万籁俱寂。谁也不说话。谁也无话可说。

就丘达拉穆图的情况而言，每天夜里，通常是好多小时过去了，他都难以成眠。他有事要想。对于心里有事的人而言，深度睡眠是不可能的。

在这个时刻，瓦丽打破沉默："你觉得娶了我是个错误？"婚姻给她留下的印象是……丘达拉穆图大吃一惊。

"嗯？"他仿佛不明白这个问题，吐出一个字来，意思是让她将问题重复一遍。丘达拉穆图不但思路被打断，而且脑子一片混乱；他不得不回答一个自己无法回答的问题。

瓦丽将问题重复一遍："我刚才问的是，你是不是觉得，因为你娶了我，所以你无法做自己规划的事儿？"

"我没有这样的感觉。"

在给予这个答复后，丘达拉穆图觉得意犹未尽；这不是一个正确的回答。可是，由于丘达拉穆图在这个话题上的想法全都被搅成了一锅粥，他并不清楚自己应当给予什么样的回答。

瓦丽接着问道："有时，你觉得自己本来应该娶另外一个女人，是不是？"

"你怎么知道这个？"

"你何必再问？这是真的，对不对？"

丘达拉穆图再次被搞得稀里糊涂。她的问题是一些危险的问题；

他甚至不曾想到，她竟能提出这样的问题。然而，仿佛为了将自己从这种困窘状态中解脱出来，一个问题脱口而出："你觉得我不爱你吗？"

瓦丽厉声回答："我没有这样的感觉。"

"那么，你为什么提出这样的问题？"丘达拉穆图觉得，他现在掌控了局面。

"不是这样的。我想知道的是，你觉得自己本来可以找一个更有钱的人，一个更干净也更有尊严的人，对吗？"

片刻之后，丘达拉穆图说："我要是能找到这样一个人，岂不更好。"

一个妻子听到这样的回答能不生气吗？一个丈夫承认这样的事儿，即他认为，倘若他能找到一个更好的对象，那当然好，他巴不得自己能做到这一点！怎么可能让她不生气呢？那天，她第一次意识到自己有直面他的能力。她有许多事儿要问，也有许多话要说。此时，她对局面有了充分了解。她可以反抗他。

瓦丽厉声问道："可你心里有这样一个人吗？"

"我这么说了吗？"

"如果你有，就去把她带到这儿来！"

从那时起，瓦丽开始勇敢地直面他。她加强了自己的地位。她对丈夫提出警告。他曾长时间向她求爱；他曾许下许多诺言。她告诉他："此事我全都记得，一点儿也不会遗漏。我没有忘记你说的一个字。你简直让我失望；我将要你好看！"

这是一个非常严重的威胁。她继续说："你把一条金线系到我的脖子上，成了结婚的标志。你把她藏哪儿啦？"于是，她申明了自己作为他明媒正娶的妻子的权利。

“无论如何，她肯定是个洁厕工的女儿。她在哪里？”

丘达拉穆图陷入危险境地。他没有忘记，自己被她吸引的那些时日，自己一心思念她的那些时日。他永远不会忘怀。他曾将娶她为妻视为自己全部人生梦想的实现。最初，他站在她面前，双腿总是不由自主地颤抖，跟她说话也总是结结巴巴。她说的话千真万确。他曾许诺永远爱她。

然而，一个对人生有规划和抱负的男人，难道不会间或觉得，倘若自己娶了一个比发妻优秀的姑娘为妻，情况可能已经好转？这是对爱情的背离吗？这意味着他否认她吗？

瓦丽继续问道：“她在哪里？她在哪里？”她进而指责他不能和颜悦色地同她说话是因为他心中有了另一个姑娘，因而总是在思念她。瓦丽攻势凌厉，不可阻挡。她潸然泪下，挥动臂膀。她似乎就要疯了。

丘达拉穆图不知所措。他该如何安慰她？他该如何打消她心中的疑惑？倘若他听之任之，那么他的所有梦想就都会破灭。直至此时，丘达拉穆图才意识到，她在自己的生活中有多么重要。

丘达拉穆图被击败了，被彻底击败了。事已至此，他不得不承认，她对于他是至关重要的。于是，她明白了他的软肋所在。

天花

这里从未有过如此漫长而炎热的夏季。一连数月，滴雨不下。在酷热中，众生全都萎靡不振。事态警示，某种传染病即将袭来。

天花！所发生的正是这样一场传染病。一种特别凶险的恶性天花，时间从不超过六至八天，是致命的。凡得此病之人，几乎无一幸存。

人人都意识到了这一局势。人们惶恐不安。可是，即便如此，生意照做，工厂在运行，街上到处是人。谁也不知道这场疫病在哪里暴发。

人人开始发问，市政当局在干什么？谁也说不出，他们是否在做什么事情。一些牛痘接种员在四处奔跑，仅此而已。此外，谁也不知道，市政当局是否正在采取任何行动。在邻近的卡塔纳德县，在谢尔塔拉乡的部分地区，此种疾病已经开始蔓延。

总而言之，局势已经到达引起恐慌的节点。一条关于城里电影院的执照将被撤销的谣言传播开来。从事夜间娱乐活动被禁止了。某些工厂可能关闭一些时日。据传，那些工厂的发病率很高。这些问题将在市政委员会下次会议上讨论。一位委员提交了一份解决方案。

传闻只起了一个作用，就是使得电影院业主和工厂经理前往市政委员、市政委员会主任、市卫生局局长家中拜访。在下次市政委员会会议上，卫生局局长宣读了报告。他借助统计数字证明，严重恐慌状态已在城里蔓延的说法是没有道理的。在一个月内，全部九个天花病例报告中仅有两例被证明是致命的。一连十天，没有新的病例报告。他的报告的要旨就是这样。根据这个报告，此前已经提交的供市政委员会考虑的解决方案被撤销。不过，市政委员会主任被授权再任命四名牛痘接种员。

与此同时，市政委员会主任发现自己面临另一个问题。在他的住地附近的人家中，也出现了天花。而在一些地方，死亡接踵而来。将妻子和孩子送往特里凡得琅[①]之后，他锁起自家房门，暂时住到

① 特里凡得琅（Trivandrum），南印度喀拉拉邦首府和最大城市，地处印度西海岸，接近大陆最南端，被圣雄甘地誉为“印度的长青城”。1991年，恢复原名蒂鲁瓦南达布拉姆（Thiruvananthapuram）。

别的什么地方去了。这一切只是临时的不便。令他心烦的倒不在此。来自海岸附近的扫街工和洁厕工的数量在逐日减少。凯沙瓦·比莱临时弄来其他人干这些活儿。可是，如果情况继续这样恶化下去，即使照此方式也不可能弥补空缺。主任和督察仔细考虑着这个问题：主任问督察："凯沙瓦·比莱，问题只是出在海岸吗？"

"先生，城北头还没有一个人得这病呢。"

"可是，他们随时能感染此病呐。要是他们真的感染此病，由于他们虚弱而又污秽，那就不会有一个人可以幸免。"

凯沙瓦·比莱表示认同。二十年前，有一次相似的疫病暴发。那次，没有一个幸存者。在两个星期内，城里连一个洁厕工都没有剩下。那时，凯沙瓦·比莱也是督察。主任好奇地问道："凯沙瓦·比莱，你那时是怎么做的？"

"我让人把活儿干了就足够了。即便现在，当我想到此事时，我都纳闷，我是怎么把事情办成功的。我们那时不得不花大量的钱。"

"有没有哪一天活儿没人干呢？"

"没有。我保证不让这样的事情发生。"

"你是怎么做到的？"

"在疫病发作初期，我就带了相当多的钱前往蒂鲁内尔维利。我在那里做出安排，带回相当数量的替换人员。我回到这里一周之内，那帮老人没剩一个。"

主任思索了一会儿，随后问道："我们这次也需要去蒂鲁内维利吗？"凯沙瓦·比莱没有当即作答。主任继续说，"如果我们不未雨绸缪，那么事情就会一塌糊涂……"

凯沙瓦·比莱答道："我也一直在考虑此事。我本来一直想告诉您。"

“你大概需要多少钱？”

“上一次，我带了两千卢比。弄到这些人非常难。他们需要盘缠。非常难呀。如果他们知道是我们需要他们，那么他们就会狠敲竹杠。”

“虽然如此，你最好还是去。”

凯沙瓦·比莱表示同意。主任进而提出一条建议：“有件事你明天必须办。你应当带一个牛痘接种员，去给住在北段的那些人全都进行免疫注射。起码得有人把活儿持续干到你回来之前，对不对？要是他们在此前全都蹬了腿儿，不就抓瞎了吗？”

凯沙瓦·比莱根据自己的经验，表示反对这个主意：“不，我们不应当这样做。这样风险更大。如果给他们进行免疫接种，他们就会体温升高。他们发了烧，活儿就没人干了。在有些情况下，他们甚至因为免疫接种而发病。”

在主任看来，这种说法似乎很明智。凯沙瓦·比莱接着用压低的语调说：“还有一件事。对此我已想了一段时间了。这正是我们更换所有这些人的时候。我们留用这些人不应超过十年。此外，这是天赐良机呀。虽然工会解体了，可即便是现在，他们的所有谈话还是关于工会的。他们还是企图成立一个工会。让他们干自己的活儿很难。这是一个好机会。”

主任没有领会他最后一句话的意思。他问道：“用什么办法？”

凯沙瓦·比莱有些支支吾吾，随后说道：“可不是将他们全都解雇那么回事儿。”

“让他们死。就这么回事儿，不是吗？妙！”主任似乎看到了问题诡谲的一面，于是纵声大笑。凯沙瓦·比莱也微微一笑。

“凯沙瓦·比莱，很好，很好！”

“先生，不是那样。在这个自治市，我多年来一直与这些人打交道。在十年或十五年内，他们就这样变得精疲力竭。这时，我们就需要弄一些新手来。于是，活儿就有人干了。”

就是这么回事儿，主任表示赞同。然而，在内心深处，他尚有一丝不安。这一点，在他问话时显露出来：“凯沙瓦·比莱，他们不也是人吗？难道他们没有孩子和幼儿吗？”

凯沙瓦·比莱脸上现出惊异的神色，问道：“他们也是人？妙！”

主任也觉得这一番话有点像笑话。无论如何，在吩咐凯沙瓦·比莱去办必要之事后，他打发他走了。主任认识到，凯沙瓦·比莱是市政委员会最有用的官员。可是，市政委员会的管理将会非常棘手。

在城里及周边各地的所有神庙中，黑夜已经变成白昼。最近这些日子以来，各个神庙的大门实际上从来不曾关过。整整一个月，人们一直在奉献供品。民间普遍认为，就天花而言，星期四和星期五是特别糟糕的日子，因此，在这些日子，得向掌管神庙的官员行贿才能获准入内。此外，供品的规模可是不小。在阿勒皮，得有多少富人呐！每天，人们都听说，今天某个富人要做祭祀。每天都要致力于超越此前奉献的供品的档次。从竞争激烈程度判断，人们会认为，每个人都在努力提高自己的名声！也许，这确实是此种竞争的动机。此外，他们的生意难道不会因此而兴旺吗？

这种事不仅发生在印度教神庙，而且也出现在基督教堂，只是每一宗教分别遵循自己的惯例而已。属于上流社会的基督教徒，甚至请人在印度教神庙替自己奉献供品。在夜间，穆斯林不休不眠，到街头高声祈祷，他们传统的圣火在陶罐中燃烧着。

人们漫无目的地立在四处。做什么才能逃脱这一危险？他们供奉鲜花；他们做弥撒。不同宗教在迷信中走到一起。所以，基督教徒转而信赖鲜花供品，印度教徒转而相信弥撒。听到穆斯林在街头祈祷的念诵声，胆战心惊的印度教徒感到宽慰。

那天，市政委员会主任的供品不止是鲜花，还有牲祭和杜尔迦[①]祭。奉献供品不仅在穆赖迦尔举行，而且也在帕扎维杜、吉丹甘帕兰般以及科坦库兰加拉举行。这些活动甚至在帕扎亚纳迪帕利举办！这是该城的一个特殊日子。清洁工们也希望参加活动，于是决定每人献出三卢比。

各种祭祀仪式都过去了。然而，无论采取什么行动，危险并未缩减。住在海岸的洁厕工中，死亡人数在增加。恐惧在城北住民中扩散。能有什么疗救之药？

在丘达拉穆图的领导下，所有洁厕工聚在一起讨论局势。人人都同意丘达拉穆图的意见，即他们会通过信神而被救出这一险境。他们应当奉献供品，以获得神的宽恕。无人对此有一点反对意见。所以，他们决定以洁厕工的名义，在神庙和教堂奉献特殊供品。丘达拉穆图将负责筹备供品；督察将安排举行有关仪式。

在两三天内，钱收齐了。没有争吵，以前从未有过这样的事情。翌日，得把钱交给督察。晚上，丘达拉穆图在核对献金。瓦丽站在旁边观望，问道："他们都拿出一些钱吗？"

丘达拉穆图含糊其词地作答。

"你也为我们放进一些钱吗？"

丘达拉穆图只是哼了一声。瓦丽觉得有点可疑。她在逐渐了解

---

① 杜尔迦祭（Durga），印度教三大神之一湿婆（司毁灭）的妻子，意译为难近母，被认为是降魔女神，具有战胜邪恶的非凡能力，深受信徒崇拜。

他。他们的份额未被纳入其中；她感觉他没有将他们的一份献金放进去。不过，她没有直截了当地把话挑明。过了一会儿，她说："海边北头有个老妇人，我的姑母。她没有一个亲人。应当为她放进一些钱去。"

瓦丽用威严的语气说话。她并非有意如此。此话就是脱口而出："多花三卢比！"丘达拉穆图抬起头来问道，"为什么？"

"你问为什么？我们做这一切为什么？"

丘达拉穆图没有进一步回答。他在说明自己已身无分文之后，将所有的钱都放到一块布上包好。

瓦丽忍无可忍。她不禁大哭起来。不是因为自己的愿望遭到否决，而是因为老妇人独自生活在一个每天有两三个人死亡的居民区。没有人替她为奉献供品之事出钱。

她有许多话想说。她试图亲近他。然而，她很长时间不能接近他。她问他："你打算从这笔钱中弄出多少来？"

这是一个全然出乎意料的问题，尤其未能想到的是，这一问题竟然会由她提出。他在数钱时，可能一直在进行某种算计。无论情况如何，都不可能断言，他的想法丝毫没有不光彩之处。尽管他本可以用自己的权威并凭借责骂来让她安静下来，他还是说："这供品是我们这个群体要奉献的，对不对？那么，没有把她的钱归入又有什么关系？可是，如果你要这么做，我就把这笔钱也放进去，明天吧。"

于是，夫妻之间的龃龉暂时终结。瓦丽获胜。由于这一胜利，她的所有遭到压制的愿望抬起头来。老妇人独自住在那里。如果她说他们应当将她接到这里，会怎么样？为什么不让她暂时住在这里？这是她对姑母应尽的义务；难道她无权要求他允许姑母与他们待在一起吗?

与此同时，丘达拉穆图的心思在往另一个方向运转。她在挡他的路。她在出难题。在她的眼里，他已变得渺小；此外，她已使他显得渺小。她对于他的方略一无所知。这个方略会完全成功还是不会呢?

就在这样的心思流经他的脑海之时，她强烈要求道:“我们必须把姑母接这儿来住下，直至这场流行病过去。”

活见鬼！丘达拉穆图突然想到那种非常可能发生的事情。如果老妇人待在海边，并在当前的险恶疫情中逝世，那就顺其自然吧。他的思绪一直这样不停地流动着。此时，妻子提出这样的要求。丘达拉穆图答应将姑母请来。于是，又赢得一场胜利。瓦丽感到宽慰。

翌日，丘达拉穆图收工回来后，对妻子说道:“你姑母发烧了。”

孙迪兰的妻子体温升高。她高烧加重，在一个星期二，全身都出现了丘疹。

所以，此病也传到了那个住区。丘达拉穆图非常不安。他们必须离开那里，住到别的地方；不然，他们就必须将这位病妇弄走。对丘达拉穆图来说，突然搬离此地是不方便的。

包括丘达拉穆图在内，所有洁厕工都在皮昌迪家中会合。他们也安排了一个知晓此病的人前来。在看过病妇之后，他来到他们中间。

这位专家坦陈己见:“此病非同小可。现在还不可能弄清它们是什么种类的丘疹。三四天后，我们才能说她得的病属于什么类型。”

孙迪兰失声痛哭。她在十二岁时，就已娶她为妻。尽管他们不断打架，她还是一个富于爱心的女人。她没有一次不给他做饭吃。

如果孙迪兰无钱去托迪酒馆，她总会设法给他找几个子儿。他有大量诸如此类的事情可说。一旦获悉病情真相，他的感受非常深切。五个孩子在他身边，最大的才八岁。他无可奈何地问道：“这些可怜的小东西，我该怎么办？”

随后，专家申明：“我们不能说，她很可能死亡。从她目前状况判断，那些丘疹会是危险性较低的白色丘疹。可是，它们也可能发展成为黑色丘疹。无论如何，我们必须采取预防措施。”

孙迪兰向神祈祷，但愿这样的事情不要发生。此外，他又能怎么办？

下一步，他们谈论病妇的治疗方案。专家说明，如果他们采用草药，将起码需要五十卢比。此外，他们将需要从什么地方弄两个人来照料病人，还会需要一名医生。“至少要花那么多钱；少得不能再少了。你自己算一算吧。包括病人在内，三个人的费用会是多少？再加上药费，等等。”

丘达拉穆图插话说：“草药治疗没用。对这种病尤其没用。如果你想用有效的治疗方法，你就得花钱。你有钱吗？”

孙迪兰双手一摊，双眼含泪，仰首望天。“全能的神哪！我连一个子儿都没有。”

他悲伤的哭声触动了每一个人的心。丘达拉穆图理解。在谁都没有说出一言半语之前，他说明了自己对此事的看法：“在我看来，我们似乎应当把她送到医院。这是最好的做法。”

丘达拉穆图不耐烦地等待着响应。他怀疑这条意见是否能被接受。孙迪兰的可怜状况极大地触动了每一个人。

舒普反对这个主意。他用带有一丝敌意的声音说：“既然如此，你何不现在就杀了她？”

丘达拉穆图反唇相讥：“难道政府花钱建医院就是为了杀人？你认为人所以死就是因为他们被送进了医院？”

瓦迪维卢同意舒普的意见：“如果你有钱，医院是好。如果你没钱，那么实际上就是这么回事儿。”

丘达拉穆图觉得，自己的推理不是那么不合逻辑。为了驳斥他们所说的话，他试着换了另外一种说法：“要是你已走到人生的尽头，无论你在哪里，你都会死去。唯一能做的事情就是，让一个懂行的人查看你的疾病，从而得到一点安慰。”

瓦迪维卢说：“不是这么回事儿。即使未尽天年，人也会死的。”

丘达拉穆图问道：“那怎么可能？”

就在他们这样争论之时，帕拉尼说，在他看来，地方药物对这种病是有效的。孙迪兰坐在那里，一言不发。他只是在哭泣。孩子们紧紧围拢在他身边。一个孩子睡着了，头枕在他的膝上。无论他的朋友们希望他做什么，他都会遵行。除了他们，他没有任何亲人。

“好，可是有买这种药的钱吗？”丘达拉穆图问道。

在相当长的时间里，没有一人说话。他们已经知道，孙迪兰一文不名。舒普打破沉默：“这里有二十户人家。每家必须拿出两卢比。我们应当对治疗做出这样的安排。他是我们的一员，是不是？”

瓦迪维卢表示支持。所有在场的人都支持这一提议。只有丘达拉穆图一言不发。于是，会议气氛略微活跃了一点，因为他们看到了出路。他们都说，自己会在翌日拿出钱来。丘达拉穆图神色凝重，仿佛要发布重要通知。他问道：“这病是传染的，你们知道吗？”

舒普予以有力反击：“我们知道；我们很清楚这一点。”

“可是，如果我们把她留在这里，这病就会传开。那时，谁来提供所需之钱？”

舒普怫然作色:“我们都打算去死!每隔五六年,就会暴发霍乱,要不就是伤寒,或别的什么病,把这种群体中的人全部灭绝。情况难道不是这样吗?”

丘达拉穆图清楚,没有一个人打算跟着他。他沉默了一会儿。随后,他说:“我不会给一个派沙的。”

有人厉声问道:“我们不要你的钱,怎么着?”

另一个人说:“不仅如此,我们也绝不会接受你为此拿出的钱。我们了解你。是你搞垮了我们的工会。看看这些孩子,你认为自己可以把他们的母亲送进医院,让她死在那里!你,一副铁石心肠,你他妈是什么人?你还是人吗?”

丘达拉穆图气冲冲地走了。失败令他心神不宁。

瓦丽焦急地问发生了什么事。丘达拉穆图说:“他们打算把她留在这里,毁灭这个地方。”

瓦丽不解。他解释说,如果他们不送她去医院,此病就会传开。她说,如果他们将这位病妇送到医院,她就会死。她为那些行将成为孤儿的孩子们感到难过。

丘达拉穆图隐瞒了自己对这一切事情的想法,因为他害怕她。然而,他对于自己要做的事已下定决心。

这是一幕令人撕心裂肺的景象。病妇哀求他们不要将她送往医院。她认为,倘若进入医院,她就会死。谁也不必为她担心;她只要躺在自家床上。如果她要死,那就顺其自然吧。她的感觉就是如此。

洁厕工们全都无可奈何地站在附近。市政委员会主任下令将她运到医院,理由是天花病人不应留在人口密集区域。于是,搬运工带着一副担架来了。她的朋友们会怎么办？前一天，他们决定募集一笔捐款，请人来照料她；一些钱已募集到位。然而，有什么用？孙迪兰躺在那里哭喊着，仿佛自己孩子的母亲就要死了。孩子们孤独无依，聚拢在他的身边。他们只是知道，一件重大的事情正在发生。他们悲怆地注视着这一切。

在搬运工将她抬到担架上时，她大喊大叫。这不仅是肉体疼痛的表现，这更是预料到死亡正在逼近而产生的精神剧痛。他们在将她与自己挚爱的一切分开。她大声喊叫："把我留在这里。我只有这么一个要求。"

孙迪兰听见了她的喊叫声。他觉得，他们仿佛在将她送往火化场。他跳起来最后一次看她。其他人将他拉回来。随后，她乞求他们："让我看一眼我的孩子们！"孙迪兰要求他们同意她的请求。然而，他们没有，答应这样的请求不妥。此病是天花呀。

当他们将她抬起正要离开棚屋时，她的一个孩子看见了正在发生的事情。他不是已有两天没有见过自己的母亲了吗？他大声叫道："爸爸！妈妈！"

其他孩子也看见了这一幕。一个较小的孩子开始尖声喊叫自己的母亲。孙迪兰背着孩子。孩子试图从他身上挣脱下来。老二在哭喊。老大问道："爸爸，他们把她弄哪儿去？"

无人应答。随后，母亲大声喊叫一个孩子的名字。他们都望着她被抬走。孙迪兰伤心欲绝，高声喊叫："阿穆！"从远处传来应答之声："老公！"望着这一凄惨的景象，大家无不发出叹息之声。

丘达拉穆图和瓦丽站在自家门前观望。瓦丽在垂泪。在他们带着阿穆走出很远一段路之后，丘达拉穆图感到如释重负。

"呸！一个危险因素总算排除了。"

他的无情的话语刺痛了瓦丽的心。她无法控制自己的反应力度，她满腔怒火地说：“好你个卑鄙小人！”

丘达拉穆图相当害怕。瓦丽继续说：“在害了母亲，留下那五个没人管的可怜孩子之后……”她无法说出其余的话来。她觉得，几个事件正在构成他们之间的壁垒，这就是其中之一。

过了一小会儿，丘达拉穆图说：“这是命呐。”

“命！那么你为什么闭着眼睛坐在神像前祈祷？”

丘达拉穆图勉力恢复了自己的权威感：“走！到里边去！”

她走了进去。

为了清除洁厕工住区的危险因素，丘达拉穆图动用了自己对市政当局的影响力，将孙迪兰的妻子弄到医院去死。尽管如此，危险依然与他们同在。翌日，一个名叫维拉巴布的洁厕工发烧了。此后，瓦迪维卢的妻子也发烧了。在一周内，洁厕工住区有二十余人感染天花。几乎所有病例都是重症。

丘达拉穆图开始踅摸另一处住房。

有人看见，孙迪兰的长子背着最小的一个孩子沿街行走。其他三个孩子跟在后面。数日之后，只剩下四个孩子。又过了数日，长子已不再背负任何累赘。留下来的孩子们散了伙，分布在城里的不同地方。可以看见，这个破碎家庭的残余成员，在店铺前面或路边游荡。

无人知晓，在这次天花暴发中，有多少人死亡，或多少人幸存下来。不过，凯沙瓦·比莱拯救了这座城市。他与丘达拉穆图一道前往蒂鲁内尔维利，带回来一些男子。他们都是良好的劳工。虽然市政当局多花了一点钱，那又有什么关系？

背叛

一个月夜，在挨着粪场的洁厕工住区，洁厕工们围坐在棚屋前的开阔空地上，一个装着托迪酒的罐子摆在他们中间。在我们已遇到过的那些人物中，只有一个人留存下来，就是皮昌迪！其余全都是新人。

这是他们领取工资后的次日。灶火在所有棚屋中燃烧；孩子们在嚎叫；母亲们在责骂他们——众声叠加，一片喧嚣。虽然面孔变了，但生活没有显著区别。对于接班的新人而言，有了这些现成而可用的茅棚，也算省了一笔不小的开支。属于这个阶层的人的生存模式是，每隔两三年，就有这种或那种传染病袭来，将他们悉数剪灭。

他们在相互告知自己领取的工资数额。这一次，帕拉尼延迪拿到十二卢比。他在前一个月即已获悉，他的工资是十八卢比。穆尼斯瓦米问道："你究竟怎么弄清楚这一点的？"

"督察告诉我的。"他们都认为，这种说法一定是谎言。

接着，另一个人说："我们所有人的工资都一样。壮工和扫街的都一样。"

这是他们不能取得共识的另外一点。不过，他们没有因此投入一场激烈的争论。他们何必呢？他们每个月该拿多少卢比，这有什么关系？他们不会拿到那个数额的工资。交谈就这样进行下去，内容逐渐涉及自己前一天给了丘达拉穆图多少钱这个问题。穆尼斯瓦米给了七卢比，帕拉尼延迪给了六卢比，瓦利纳亚加穆给了八卢比，如此等等。

一个人说："妙，那么他这次从我们身上一共弄走多少卢比？"

另一个人努力计算这一数字。每个人报自己拿出的钱数。很快，计算出了差错。他再次汇总这一数字，总计八十卢比。随后，一个别的什么人说："他一定也从海滨那帮人手里弄了一笔钱。"

还有一个人想弄清别的什么事情："如果今天借五卢比，我们得还多少？"

穆尼斯瓦米借过五卢比，还回七卢比。他是在两周前借这笔钱的。于是，每个人都谈了自己所负债务以及所偿还的钱数。对于这些交易，瓦利纳亚加穆像个知情者。他说："可是，他赚到的钱，有一半落入督察手里。他是个过路财神，对不对呀？"

别的某个人说："无论如何，我们的朋友一定从这笔交易中赚了相当多的钱。"

皮昌迪已经沉默了一段时间，此刻加入了这场讨论。"确实如此。他不是在弄小钱，而是真金白银。这是一个不喝托迪酒一类东西的人的上进之路。他打算买一处宅院。"

瓦利纳亚加穆问道："他为什么离开我们住到别处呢？"

"事情就是这样。他的孩子们不做洁厕工了。"

皮昌迪讲述了丘达拉穆图的人生。他谈到伊舒库穆图之死和丘达拉穆图的婚姻。在说起工会的始末时，皮昌迪变得有点情绪激动。他说："丘达拉穆图是我的一个极好的朋友。他也喜欢我。这是毫无疑问的。可是，尽管如此，他却是个叛徒。我们不能信任他。就因为这个卑鄙小人背叛我们的方式，如果我还是阿勒皮的一名洁厕工，我就一定要给他一个教训。友谊是一回事儿；人们对你如何行事是另一回事儿。这是可以肯定的。"

他们很想耳闻工会的来龙去脉。于是，皮昌迪讲给他们听。最后，他们说："他让每个人都失望了，对不对？"

"没错。"

对于这个问题，他们没有意见分歧。

他们不知道自己的工资应当是多少，有人在跟他们要花招。他们可能已经喝醉，但他们能意识到自己有许多类似的委屈。有人表达了一个意见，即皮昌迪非常熟悉阿勒皮城，是推动工会运行的不二人选。

皮昌迪允诺承办此事。他满怀信心地说："我将成立一个工会。我知道如何着手办理此事。但是，你们必须全都记住一点。我们必须坚定不移。一定不能退却。丘达拉穆图会试图阻止我们成立工会。这一点也必须记在心里。"

穆尼斯瓦米奋然插话："让你中意的人尽力阻止他使坏。我们需要一个工会。"

是的，他们准备直面任何反对势力。他们需要一个工会。

皮昌迪的脸上现出领袖的严肃神色。他摇了摇头："好，可是你们必须做一件事。即使饿死，也不从丘达拉穆图那里贷款！如果你们都同意这一点，那我就来负责成立工会的事儿。"

"好嘞。这样我们岂不是要宽裕一些了吗？"这一提议得到一致同意。

他们开始讨论议事日程的下一项。他们得召开一次会议。他们确定了会议日期。皮昌迪劝告他们对这些事项保密。

于是，一种联合起来的感觉再度逐渐变得强烈。皮昌迪也成为一名领袖。

然而，在酒劲儿逐渐消退之后，皮昌迪变得不安起来。他想起了自己说的所有关于丘达拉穆图的话。虽然他说的都是真的，但此类话是不应当说出来的。这些话都会传到丘达拉穆图的耳朵里。他将如何直面丘达拉穆图？皮昌迪曾是他的朋友，现在依然是他的朋友。就丘达拉穆图改善自我境遇而言，别人谁也不曾像他那样感到由衷高兴。丘达拉穆图社会地位的上升，对皮昌迪来说是一种自豪之源。在丘达拉穆图处于困境之时，还有谁曾出手相助？

并不是丘达拉穆图曾为他做过什么特殊的事情。可是，皮昌迪是他的朋友。这种局面似乎有点荒诞不经。然而，世上难道不是有很多类似的人际关系，亦即我们无法为之找到根由的友谊？

还有一事：他现在不得不起而反对丘达拉穆图。皮昌迪怀疑自己是否有必要的力量。可是，他们必须有一个工会。

这场谈话在洁厕工住区进行时，丘达拉穆图待在沙瓦科塔桥附近租来的房子里，将所有门窗都关上，清点着自己的钱。瓦丽坐在离他很近的地方。他在弄清自己有多少钱后，便开始心算，用了不少的时间。

瓦丽有许多问题待问。他们一共积攒了多少钱；他们将多少卢比托付给了主任；买宅院需要多少卢比——她想知道许多诸如此类的事情。可是，如果在一个人数钱和计算之时提问，那么运算就会出错。不过，一种反叛态度正在深入她的内心。难道不应该让她也知晓这些计算事宜吗？为什么如此秘而不宣？

为了不让硬币叮当作响，丘达拉穆图悄无声息地将它们聚拢，放进一个布包里。多么贪婪！难道她对这些钱不也有一份权利吗？她问道：“你那儿有多少卢比？”

她的声音似乎稍微大了一点。丘达拉穆图答道：“安静点。轻声说。”

“为什么？”

“有人会听见。”

“要是他们听见，会怎么样？”

丘达拉穆图发怒了：“既然如此，那就去冲所有人大喊大叫，说我们这儿有钱啦。”

丘达拉穆图将布包放进一个箱子，站起身来。瓦丽的反叛精神让自己躁动不安。她得发问；她得知道；她得确立自己在这一切事务中的权利。可是，他不该主动将此类事情告诉她吗？她在此类事情上的权利不该得到承认吗？

她仿佛不像丘达拉穆图原先认为的那么聪颖。他说：“我们目前所拥有的钱是不够的。如果我们要买宅院，那么我们需要等较长一段时间。该怎么办？只有在一个男人的老婆不缺乏应有品质的情况下，才能成事。”

瓦丽问道：“缺乏什么品质？”

“你没用，就是这么回事儿。如果你有用，难道你不能用我们现有的钱赚点外快吗？”

“你曾托付给我一点钱吗？”

“即使我把钱托付给你，也不会有任何用处。”

丘达拉穆图开始详细说明自己的生财之道。邻居们全都缺钱，只要他们谨慎从事，他们可以按高利率放贷。倘若她也一试身手，那么他们的本钱就会飞快增加。

瓦丽凝神谛听丘达拉穆图所说的一切。可是，她并不信服他说的话。此外，由于某种无法完全说清的原因，她感到一股怒火在从心底腾起。他讲完之后，她说：“如果我们像这样谋取暴利，那我们将无法留住财富。”

丘达拉穆图不理解她的愤怒情感，因而反驳她所说的话。

他问道：“那么，所有那些富人是怎么赚钱的？”

丘达拉穆图随后接着说明他是如何学习世事的。他带着桶和铲子进入厕所时，他并不只是干一个洁厕工的活儿。他在观看，在观察世事，在学习。他幸而拥有正常的智慧，能使自己学来的教训适用于自己的生活。只有这样的人才会改善自己的处境。可是，他有一点不满之处：自己的妻子不理解这一切。

“为什么我不打发你出去工作？你想过这一点吗？如果我打发你出去，我们会赚更多的钱。那么，为什么不打发你出去呢？为什么我说你必须让这所房子保持干净呢？想想吧。对于这一切，我有一个目的。可是，你不会费力弄明白的。”

随后，丘达拉穆图讲述了自己借以安身立命的信条。他在做的事情没有一样是为自己的，也没有一样是为她的。他是为了下一代，是为了他们的孩子的孩子。他们绝不会再做洁厕工。他向她说明了自己迄今总共有多少钱。他交给主任三百卢比，以便妥善保管。他打算明天将自己现在掌握的钱的一部分也交给主任。

瓦丽的对立情绪在一定程度上得到缓解。至少她终于明白了这么多情况。然而，这还不够。有事相商难道不是她的权利？至于说她缺乏应有品质，她无法忍受这样的指责。

她问道：“假如主任不归还你交给他的卢比，怎么办？”

丘达拉穆图大吃一惊。如果他不还那些钱，怎么办？如果他不还，他能怎么样？那是钱，对不对？谁不见钱眼开？

顷刻之间，丘达拉穆图几乎喘不上气来。瓦丽注意到他心神不安。她甚至有点幸灾乐祸。

在丘达拉穆图第一次将钱托付给主任时，他还没有这么多钱。他一点也不像如今这么富裕。瓦丽是聪颖的，她是敏锐的。然而，一个像主任这样的大人物，难道会对一个洁厕工如此背信弃义？

那天夜里，丘达拉穆图谈及很多事情，他与瓦丽商讨这些事情，他表示尊重她的意见。然而，他还不能相信，她已取得长足进步，以至会赞同他的规划。

于是，皮昌迪决定成立工会！他甚至无意与丘达拉穆图商量此事。洁厕工们打算孤立他。谁也不想与丘达拉穆图有任何瓜葛。

丘达拉穆图对此亦抱有同感。让他们成立工会，让他们抛开自己。可是，假如他们不愿与自己有任何关系，情况会怎么样？丘达拉穆图晓得，他们正在着手一个不切实际的事项，这一点他们将会明白过来。如果不借钱，阿勒皮的洁厕工们能挨过几天？世事如此，将洁厕工们与丘达拉穆图捆绑为一体。

可是，丘达拉穆图不能对这一切毫不在意。工会即将成立的消息传到督察那里，主任也对此有所耳闻。除了丘达拉穆图，还能让谁负责粉碎这一再次萌动的企图？

丘达拉穆图面临又一场危机。皮昌迪是他不得不反对的人。此外，洁厕工们联合起来了。可是，处于高层的当权者对于此种说辞不予接受。

“如果你与皮昌迪决裂，对你会怎么样？”

督察对丘达拉穆图提出这个问题后，他陷入进退两难的困境。

他说：“与皮昌迪决裂是不可能的。他不是那种会与人中断关系的人。他不懂怎样做到这一点。”

督察对此茫无头绪。于是，丘达拉穆图问道：“可是，如果你开除皮昌迪，情况会怎么样呢？”

丘达拉穆图认为，这是一个好主意。然而，他的话并没有得到预期的反应。皮昌迪现在是洁厕工的领袖了，倘若他被开除并从而导致大家都来罢工，情况会怎么样呢？值此市政当局无法承受罢工后果之时，这岂不是在冒一场太大的风险吗？

督察坚定不移地下令，必须将洁厕工意在联合起来的尝试消灭于无形。

翌日，丘达拉穆图见到皮昌迪时，一句话也没有说。下一天，洁厕工们正在粪场里争论什么是构成优良厕所的要素时，丘达拉穆图故意取笑皮昌迪。第三天，就有传言四处流布，说皮昌迪讲了丘达拉穆图的坏话。当天晚上，皮昌迪到丘达拉穆图家看他。皮昌迪痛心地说："我不会说这样的话。我也没有说过这样的话。看到你在不断改善自己的生活，我感到高兴……"

丘达拉穆图痛斥皮昌迪一番，然后让他滚蛋。皮昌迪双目含泪离去后，瓦丽出来问道："这是在闹啥？"她问丘达拉穆图，皮昌迪是他什么人。他究竟干了什么坏事？

丘达拉穆图无法忘怀过去发生的事情。一切历历在目。在这整个世界，只有一个人对他多少有些关爱之情，此人就是皮昌迪。然而，丘达拉穆图需要与皮昌迪决裂。可是，瓦丽对此不明不白。没有一个人清楚这一点。

一天，丘达拉穆图前往粪场，心里装着一个消息。当时，只有帕拉尼延迪在。别的人谁也没有到来。丘达拉穆图急于将这个消息告诉某个人。在他的内心深处，仿佛有什么力量在设法将这个消息推出来。不知何故，话语堵在了他焦渴的喉头。他不得不讲的这条谎言事关重大。

在丘达拉穆图的一生中，他的内心深处充满情感压力的时刻并不太多。他几乎在不知不觉之间将这个消息吐露给帕拉尼延迪。

"在雷迪亚尔家，发生了一起盗窃案，"他说，随后低声补充道：

“他们说是皮昌迪干的。”

帕拉尼延迪走到丘达拉穆图身边问道：“你说的是前几天发生的那起盗窃案吗？”

“是呀。”

丘达拉穆图装作漫不经心的样子，接着说道：“他好像是从一个孩子的脖子上一把扯下一条项链来。”

“警方知道了吗？”

“他们大概会查明情况吧。我们最好什么也别说。”丘达拉穆图迅速干完了自己的活儿。

消息像野火一样在洁厕工住区蔓延开来。原来这桩盗窃案是皮昌迪干的！

皮昌迪在哭泣，而且赌咒发誓地说，自己是无辜的。如果他们愿意，那就让他们搜查自己家。倘若他拥有那么贵重的东西，他的境况何至于如此悲惨？一天两顿像样的饭，他已经有多久不曾这样吃过了？皮昌迪在有生以来的四十年间，从未干过任何类似的坏事。

如何是好？穆尼斯瓦米说出了自己的想法：“要不，你离开这儿避几天风头？”

他们随声附和，全都赞成这个主意。事实真相终会水落石出，不是吗？其间，难道不会有许多风险吗？皮昌迪极为悲伤，说道：“我的孩子们该怎么办？”

瓦利纳亚加穆宽慰他说：“这事你就别操心了。我们来照顾他们。在此危难时刻，他们就是我们的孩子。只要我家里有食物，你的孩子们也就会有饭吃。”

帕拉尼延迪和穆尼斯瓦米许下同样的诺言。

“可是，你今天夜里就得走。警方可能会来搜查。”

人人都认为这是最佳行动方案。

此时，他想到另一个问题。倘若不请假就走，那么他再回来时，还会有这份工作吗？穆尼斯瓦米说，他会处理此事。他将向督察请假。可是，有一个难处。请假如若获准，他们就得给督察至少五卢比。

皮昌迪双眼含泪，说道：“我连一个派沙都没有啊。”

须臾之间，他们都陷入沉默。穆尼斯瓦米提出一个解决办法，“我们大家都得凑点零钱。”

穆尼斯瓦米有七个铜子儿。瓦利纳亚加穆能勉力拿出九个铜子儿。于是，他们每个人都依据自己的财力，许诺拿出一定数额的钱来。还有一件事儿：该以什么理由请假呢？最好说他生病了。

他们都以自己膜拜的神明的名义、自己挚爱的亲人的名义赌咒发誓，他们永远不会透露皮昌迪请假的真正原因。在将自己的家人托付给朋友和上天之后，在亲吻自己的孩子们之后，皮昌迪在一片哭声中离家而去。

翌日，瓦利纳亚加穆和穆尼斯瓦米将这一切都告诉了丘达拉穆图。丘达拉穆图似乎已从一位警官那里获得这一消息！

穆尼斯瓦米说：“可是，皮昌迪没干那事儿呀。”

丘达拉穆图意味深长地微微一笑：“你们谁都不真正了解皮昌迪。他能够在光天化日之下偷走一头大象。”

“如果一个人有钱，难道他会攒起来不用，让自己的家人挨饿？”

“这正是一个精明的贼的标志呀。他考虑这样做会露马脚，所以就不会花这份钱。无论如何，事实真相终会大白于天下。”

穆尼斯瓦米和瓦利纳亚加穆无话可说。丘达拉穆图说的这一番话也许是对的。丘达拉穆图继续说："对于皮昌迪，我不会说假话。他给过我许多帮助。可是，很清楚，干这种事，他不是那种瞻前顾后的人。"

瓦利纳亚加穆说："千真万确。他一定拿了那条项链。"

"是呀，"穆尼斯瓦米表示赞同，"可是，既然如此，那么赃物在什么地方？"

"一定在他家里，"丘达拉穆图说，"除非他随身带走了。"

穆尼斯瓦米和瓦利纳亚加穆陷入沉思默想。可怜的幼稚的家伙！你可以让他们对任何事情都信以为真。丘达拉穆图开始逐一胪陈皮昌迪对他施以援手的方方面面。最后，他问道："对于这样一个人，我会散布谣言吗？"

穆尼斯瓦米摇了摇头，说道："不会的。"

在离开丘达拉穆图之后，穆尼斯瓦米问瓦利纳亚加穆："如果情况是这样，我们为什么还要帮助他的老婆孩子度过困难？"

瓦利纳亚加穆回答说："我也在想这个问题。"

丘达拉穆图虽然如愿以偿，但他在离开时心里并不轻松。目下，组建工会之事已遭到阻滞，皮昌迪对洁厕工的影响已被削弱。可是，皮昌迪是个挚爱他的人，这一事实依然存在。是真真确确有那么一桩不利于皮昌迪的案子吗？还是督察只是吩咐他如此这般恐吓皮昌迪一番呢？这条消息被捅出来后，丘达拉穆图没有想到皮昌迪会走人。如今，丘达拉穆图成了这一切事端的根由。当皮昌迪再度返回时，他该如何面对他？他能拿出什么借口？整个事件萦绕在丘达拉穆图的心头。此外，倘若瓦丽弄清这一切，情况当会如何？她怎么可能不明白过来呢？

洁厕工们再度开始向丘达拉穆图借贷。

洁厕工们在自己住家附近聚会。他们有一些严肃的事情需要考虑。皮昌迪犯了盗窃罪，他老婆窝藏着赃物。在这样的情况下，没有一个人负有照顾他家人的责任。

穆尼斯瓦米铿锵有力地申明自己的意见。大家一致认为，倘若情况如此，就没有必要给皮昌迪和他的孩子们提供任何东西。

瓦利纳亚加穆问道："我们把他老婆找来，直截了当地问问她，怎么样？"维拉巴胡朝着皮昌迪的棚屋跑去。

帕拉尼延迪问道："皮昌迪怎么样了？他在哪里？"谁都一无所知。

"他请了多少天的假？"

"十五天。"

"那么，他得在第十六天上午回来，对不对？"

"对。"

"可是，照现在的情况看，他不会回来。"

"如果他不回来，那就太糟糕了。"

皮昌迪的妻子阿拉梅露被带来接受讯问。她就是一具披着一袭破烂不堪的纱丽的骷髅。

穆尼斯瓦米用一种命令式的语调说："好，娘儿们，说实话！东西在哪里？"

阿拉梅露不明白他在说什么。

"你说的是什么东西呀？"

穆尼斯瓦米挺起胸膛："哼！你想要知道是什么东西？就是从雷迪亚尔家拿来的那件东西呀。"

阿拉梅露放声哭泣。

“怎么回事儿，娘儿们？说实话。皮昌迪偷了人家的东西。”

这个可怜的女人该说什么？她丈夫不是那种做此类事情的人。他没有干那事儿。天上的神明可以为她作证。可是，无人相信那个见证。阿拉梅露怆然泪下，她试图让自己的话更为可信，于是向他们诉说了自己的难处：“上个月，我们没有吃过一顿饱饭，连一天也没有。他但凡有点儿东西，哪里会让孩子们没有任何东西来填饱肚子呀。在这一点上，他是个非常好的父亲。”

穆尼斯瓦米带着一脸怀疑的神情，摇了摇头，说道：“难道有谁会毫无根由地说他拿了人家的东西？这样说一定有一点事实依据吧。”

她起誓说，事实并非如此。她还有别的什么可说的？

穆尼斯瓦米以法官自居，说道：“喂，直到今天为止，我们一直给你钱，让你每天都能弄一两升米来。为什么？因为我们把他看成是我们的一分子。从现在起，情况就不是这样了。我们把你带到这儿来，就是为了告诉你这一点。我们为什么做出这一决定？因为如果我们帮助一个贼，我们就是在犯罪。”

于是，他们抛弃了这一家人。阿拉梅露试图再次说明事实真相。她在呼唤全能的神作自己的见证之后，讲了自己的实情。

瓦利纳亚加穆的心略为变软了一点。他说：“皮昌迪带着东西走了。她可能对此毫不知情。”

穆尼斯瓦米并不赞同：“你滚开！关于此事，你懂什么？她就像他，同样是贼。他们把东西藏起来了。”

阿拉梅露啜泣着，再次发誓说，事实并非如此。“我以自己四个孩子的名义说，他们不是贼！”

“滚。你滚。”

阿拉梅露走了。洁厕工一致决定，无须再向她提供帮助。皮昌迪犯了盗窃罪。阿拉梅露藏匿了他偷来到东西。

整个事情，是督察凯沙瓦·比莱玩的一个把戏，为的是恐吓皮昌迪。这也是丘达拉穆图寻求的一个与皮昌迪绝交的机会。因为，那些洁厕工，一帮可怜的愚昧的家伙，全都联合起来之时，就会造成一种严重局势。

警方前来洁厕工住区寻找皮昌迪。他们搜查了他的棚屋。他们将阿拉梅露带到派出所。那天，没有一个洁厕工回家。他们全都非常恐惧。

翌日，阿拉梅露回来了。她拖着脚步，过于虚弱，以致无法行走。四个孩子围坐在她身旁。前一天，他们什么也没有吃。她该怎么办？

阿拉梅露处于崩溃状态。她一向瘦得皮包骨，此时她的身子肿胀起来。长子进城乞讨去了。次子病倒了。

贼的妻子不值得同情，他的孩子也不值得同情。所有洁厕工都认为，皮昌迪犯有盗窃罪。按照穆尼斯瓦米的严格命令，谁也没有给予任何援助。向贼的家属提供帮助，是一项严重的罪行！日子就这样一天天过去。

病中的阿拉梅露数着逐一消逝的日子。“再过五天，爸爸就会回来。”她靠说这样的话来抚慰自己的孩子。在他回来后，一切都会好转。爸爸会给他们带回食品来，他会给他们买大米和木薯粉。于是，孩子们期待着他的归来。

在皮昌迪出走的第十五天，阿拉梅露能够离开床并坐起来。不管怎么着，如果这一天能够结束，另一天能够开始，那该多好！如果他回来，将她和孩子们一道带走，那就足够了。

阿拉梅露彻夜无眠。她凝神谛听丈夫的脚步声。就这样，天色破晓。可是，皮昌迪没有回来。

“妈妈，爸爸为什么还没有回来？”孩子们开始提出问题。

翌日，下一天，他仍然没有回来。就这样，整整一周过去了。

一天中午，督察带着一个洁厕工及其家人出现了。阿拉梅露和孩子们得腾房子。她的身子依然肿胀。她拿着两个煮饭用的罐子、三口烹制咖喱菜的锅，以及几张旧垫子，带着孩子们走了。一个新家庭来到这里住下。

为人父母

丘达拉穆图回家后没有看见瓦丽。这是非同寻常的。他下班回来后，通常总会发现她在游廊里。今天，所有的门都开着。可以听到呕吐声从门后传来。丘达拉穆图焦急地前往声音传来的地方。

是瓦丽在呕吐！她由于用力过猛而弯了腰。她透不过气来。

“瓦丽，怎么回事儿？”

她虽然看起来很难受，但还是说：“没什么。”

“我去请医生来吧？”

“没必要。”她觉得略好一点之后，站直了身子。丘达拉穆图也不再那么焦急。

“你怎么了？”

她报以嫣然一笑。人们问病人遭受怎样的痛苦之时，他们会微笑吗？

连续数日，瓦丽一直不舒服。丘达拉穆图一直在探询原因何在。她回答说，没什么。她还一直在吐酸水，次数多于平素。有一次，他又问到这是为什么。她一直不能正常吃饭。眼下，她在呕吐。这是什么种类的呕吐？

“瓦丽，你哪儿不舒服？告诉我。”

“我跟你说过了。没事儿。”

“那么，你这呕吐是怎么回事儿？”

“啊！这很正常。”

“正常？你说什么正常？”

瓦丽再度嫣然一笑！

那天吃罢饭后，丘达拉穆图不曾外出到任何地方。晚上，当他在为自己种于花园中的一些灌木的根部松土之时，她在房子后面干哕。这可真是讨厌！她说她没病，可她在猛力呕吐。他在询问原因之时，她大笑起来。

她跟他讲了实情。丘达拉穆图用双臂将她抱起，四处乱蹦乱跳。她嫣然一笑的含意原来如此。一个女人，即使是第十次怀孕，在告诉丈夫这一消息时也会感到羞涩。

丘达拉穆图的规划就要成为现实了。

黄昏时分，他们用花环装饰屋中专门留出的礼拜之处。整个空间散发着檀木的馨香和另外八种馥郁之气。这股气息一直上升到位于他们家南侧的那户富裕人家的大宅的顶层。那天，他们的数盏小黄铜灯的捻子发出一种特殊的光亮。在礼拜之时，瓦丽双手合十，闭上眼睛，呈祈祷姿势。她意识到，需要为一些事情祈祷。难道她在期盼着的孩子不需要长命？难道他不需要良好的健康？人生中良好的地位？他们必须为这些事儿祈祷。他们怀着由衷的诚意赞颂神。甚至在丘达拉穆图业已完事之后，瓦丽仍然在祈祷。他站着观望她。为了孩子，一个母亲有许多事情需要祈祷。

那天夜里，他们两人谁都不曾入睡。然而，他们也没有说点什么。就在丘达拉穆图沉思自己的规划之时，瓦丽也在想象着自己腹中的胎儿是个伟大而强硬的人物。躺在她体内的孩子会成为要人。她在给予他生命的礼物。

翌日晚上，丘达拉穆图给妻子带回一瓶药片。他是在穆莱加尔的一家药店买到这瓶药的。她问他这些药片有什么作用。

“是让你服用的。富裕人家的老婆在怀胎期间就吃这些药片。医生跟我说的。”

“她们为什么服用这些药片？”

“你在生孩子时不会疼痛。孩子也会壮实。”

随后，他问她想要个什么孩子，男孩还是女孩。她想要个男孩。这也是丘达拉穆图的愿望。可是，如果是个女孩呢？那么，他们就养育一个女孩！

丘达拉穆图问道：“孩子在你肚子里时，你能知道是男孩还是女孩吗？”

“人家说，已经生过孩子的妇女能看出来。”

每天，他们都会谈论和思考某种新事物。每天，丘达拉穆图都会带回一些新学来的东西。一天，是准妈妈应当吃的食品；另一天，则是对她的日常活动的安排。凡是他告知她的事项，她都付诸实施。

在此期间，丘达拉穆图没有再勉力积攒钱财。需要花钱的地方太多了！可是，此中自有慰藉。他的所有梦想都将以这个孩子为中心而得以实现。所有这些花销都是为了这个孩子。然而，对于瓦丽来说，这样大手大脚地花钱是不可接受的。丘达拉穆图努力向她解释说：“你认为，从你的肚子里会生出个什么样的人？”

她略加思索，随后回答说：“什么样的人？嗨，就是个洁厕工的儿子！”

丘达拉穆图大吃一惊。他还从来不曾想到过这一点。孩子将会是洁厕工的儿子——这是个多么严峻的事实！

丘达拉穆图向她提出一条忠告：“你绝不能这样想。昨天，在穆莱加尔修道院，圣人说，你必须一心念想美好的事物。如果你这样做，孩子长大就会成为人物。如果你把他想成一个洁厕工的儿子，他就会成为一名洁厕工。”

“那么，我应该想象他将来成为什么人？”

这个孩子会成为什么人？法官？医生？还是市政委员会主任？丘达拉穆图简直无法拿定主意。他还不曾想过这个问题。

瓦丽独自在家时，会想到自己孩子的前途。五个月后，这个天使就会现身了。他一旦降生，她就不必独自枯坐了。至于他长什么模样——跟他父亲一样就行了呗。

瓦丽清洗了一些旧布片，将它们放在一起，做成一个摇篮。她买了一件用以烧水的器具。于是，她为孩子的出生做好了准备。

房子里面，婴儿已经哭喊了很长时间。真能哭喊！她们在屋里对他做什么？他刚刚出生。他应该这么大哭大喊吗？他有这份力气吗？丘达拉穆图大声叫道：“别让他哭了。”

室内妇女们压抑的窃笑就是对他的呐喊的回应。丘达拉穆图感到自己刚才说了蠢话。

孩子的哭喊声慢慢平息下来。然而，她们依然没有把他抱出来。难道父亲没有权利先看到他吗？没有，那是母亲的特权。可是，无论如何，她们此时可以把他抱出来，再径直把他抱回去。

丘达拉穆图通过门上的一个缝隙往里瞧。什么也看不见。他突然想到，自己这样窥探是不合适的。他有三四次几乎就要吩咐她们把孩子抱出来。

孩子再度开始啼哭。丘达拉穆图又变得焦急起来。他这样哭，会不会停止呼吸？他又一次大声喊叫：“不要让他哭。”

从里面传来答话：“我们在给他洗澡。”是妻子的声音。

过了一会儿，门开了，产婆抱着婴儿出来。

当丘达拉穆图的目光落在蜷缩起来颤抖着的婴儿身上时，他感到自己的所有梦想似乎正在成为现实。他的眼睛和心灵都在欣赏一幅以前从未体验过的景象。这孩子是从哪里来的？他的眼睛活泼而又明亮。

产婆说：“抱抱婴儿。”

丘达拉穆图的双手停留在自己身躯的两侧。一个从房间里出来的老妇人说：“先给十个铜子儿，然后再抱孩子。”

丘达拉穆图找出十个铜子儿，给了她们。可是，他害怕用自己的臂膀抱孩子。他是个洁厕工。他怎么能用清理厕所的双手抱这个孩子呢？然而，他还是得抱他。他伸出双臂，抱住孩子。随后，他立即将婴儿交还产婆。

以前，丘达拉穆图从未对自己当洁厕工感到如此深恶痛绝。孩子似乎也有同感！他有嗅觉吗？洁厕工即使洗澡，身上还会散发出一股臭味。仅仅因为他接触了孩子，就会有坏事发生在孩子身上吗？他必须在不与洁厕工接近的条件下成长。然而，丘达拉穆图在将孩子放到别人的怀抱之后，就又想将他接过来。

产婆和别的女人都走了。丘达拉穆图进入产房。瓦丽将孩子放在自己身边，躺在床上。她嫣然一笑。这是一种新的微笑。当丘达拉穆图望着孩子舒适地睡在那里时，她问道：“你为什么盯着他看？”

她的声音中有一种不容置疑的口气。丘达拉穆图犹如一个罪犯，回答说："啊，没有什么。他在睡觉。"

她用一块稍微有点破的旧布盖住孩子的肚脐。那截残剩的脐带十分显眼，仿佛它不属于那个地方。丘达拉穆图无意从自己所站之地移开。

"你说他该成为什么样的人？"瓦丽问道。

丘达拉穆图几乎每天都在琢磨，他的儿子应当成为什么样的人。可是，他还远不到做出决定之时，他还得就此冥思苦想。

丘达拉穆图的责任的分量，让自己都感到害怕。孩子应当成为什么样的人这一问题，可不是个空洞的微不足道的问题。孩子的母亲是在问，他决定让孩子成为什么样的人。换言之，确切地说，这是孩子在问。

站在那里望着母子俩时，他觉得，他们是在一个与以往不同的世界里，他们的利益现在是同一的。孩子通过她索要无论什么东西，他都得准备给予。

这是千真万确的。然而，他只是给予还不行。丘达拉穆图现在没有权利，唯有责任。至于孩子的母亲，他此时必须惟命是从。

翌日，他在出去劳作时，听见律师库鲁普的住宅中有个婴儿在啼哭。律师的女儿身怀六甲，已到孕期之末，在前一天生了孩子。是个女孩。

律师的妻子问丘达拉穆图："你家孩子昨天什么时辰出生的？"

"下午。"

"既然如此，那孩子就处于箕宿[①]的星力作用之下了。"

① 箕宿（Pushya），印度教天文学二十七宿中的第八宿，属巨蟹座。

丘达拉穆图什么也没有说，因为他听不懂，那位夫人继续说：“有什么‘足’吗？”

什么足！他对这句话也莫名其妙。孩子有胳膊有腿。他没有身体缺陷。女人大笑着说：“不，不是指那个。当月亮进入箕宿所在区域时，就有那么一些不吉利的时辰。如果一个孩子出生在那些日子当中的一天，各种各样的坏事都能发生在母亲或父亲身上。我问是否有什么‘足’，就是这个意思。”

丘达拉穆图觉得，仿佛有什么炽热的燃烧着的东西掉进了自己的心里。坏事将发生在谁的身上？那位夫人劝他说：“问一问星象家瓦尔雅尔。画一张星象图，就能知道一切。”

恰好，丘达拉穆图就在这位星象家的住宅干洁厕工的活儿。就在当天，他安排了自己孩子的算命事宜。

他回家时怀着沉重的心情。他的脸上不再像往日那样洋溢着幸福的神色。他的身子也显得疲惫不堪。他的抱负的城堡遭到巨大的一击。城堡的墙壁开裂乃至破损了。如果孩子的星象不利……他祈愿事不至此。此外，他还能怎么办？

那天，有几个人前来看望新生的婴儿。瓦丽的朋友们！丘达拉穆图紧张不安，在听说此事后十分恼火。他问妻子：“她们来干什么？”

一个毫无意义的问题！瓦丽给予的答复是：“这是风俗。”

“风俗？任何人都没必要来这里。”

“事情要是这么办，那你就应当去告诉周围的所有家户，说谁都不必来。一派胡言乱语！”

她没有屈服于他。他察觉，通过这次反抗，她的力量和权威增强了。倘若他把那天早些时候听来的东西对她当面抛出，情况会怎么样？可是，一个母亲怎么能承受这一切？

丘达拉穆图的怒火转到另外一个方向：“她们抱起我的孩子，还要摩挲他。”

她问道：“你的孩子？”她脸上的表情略有变化。

这个问题是个奇怪的问题，与此同时也极其意味深长。丘达拉穆图不得要领。他茫然若失。他怀着深情说：“是的，我的孩子。难道我不是他父亲吗？”

瓦丽有力地说：“是这么回事儿。你是他的父亲。这一点没错。可是，你在说话时，必须记着神。孩子弱小无助。他要是死了，该怎么办呢？”

丘达拉穆图感到震惊：“说的是什么话！”

“你什么意思？记住，孩子是神的。不要再说那样的话。”

丘达拉穆图没有就这个话题再往深里说。他再度陷入不可控制的焦虑状态中。难道她也听到了律师的妻子跟他说的那一番话？

他早听一些人说过，最好别生儿育女。对丘达拉穆图而言，此话似有一定道理。没有孩子，就不会有太多烦恼。

丘达拉穆图祈愿孩子长寿。即使如此，也还是不够的。难道孩子的母亲不也应当活着吗？所以，他随后祈愿她长寿。单这两条就够了吗？难道他不也应该活着吗？就这样，他为许许多多的事情祈祷，达到一百件或更多。尽管如此，他还留有更多事项，未及为之祈祷。

他在瓦丽身上看不出些许此类焦虑情绪。事情为什么会是这样？难道她不像他那样爱孩子？难道她不应当像他为她的长寿而祈祷那样，也为他的长寿而祈祷吗？对于孩子而言，难道他这个父亲没有必要长寿吗？

他们非常小心地养育着孩子。他们把他包在法兰绒里，给他搽爽身粉，如此等等。他就像王子公孙般成长。他的母亲呢？她难道不是必须将他养大之人吗？瓦丽的身份和地位都得以改善。每天，丘达拉穆图都会带回来自己买的好东西。她得吃，她必须处于最佳健康状况。孩子不是得吃她的乳汁吗？她因为负责照料他的方方面面，所以必须分外干净。每一天，他都使他们的生活方式有些变化。

丘达拉穆图带着桶和铲子进入不同家户后，就察看和研究与儿童有关的东西，以及养育孩子的方法。如今，他甚至知道数种治疗小儿疾病的药物。

他的儿子必须取个名字。他知道穆莱加尔区所有孩子的名字；他把了解这些儿童的名字当做自己的职责。他们该选什么样的名字？除了名字，他的儿子还需要一个昵称。

丘达拉穆图给儿子取名莫哈南。小名就叫宝贝吧。瓦丽表示赞同。丘达拉穆图发布严格指令，从那天起，只能把孩子叫做宝贝。

克鲁普律师的妻子获悉这位洁厕工的儿子名叫莫哈南之后，不禁哑然失笑。这一声笑不仅使丘达拉穆图感到自己渺小，而且还使他大为震惊，目瞪口呆。笑声中非但充斥着嘲讽的意味，而且听起来仿佛一个洁厕工没有权利给自己的孩子起名似的。

丘达拉穆图离开那所大宅时，一些迫在眉睫的问题使他痛苦不堪。他们难道不承认他的儿子是人类的一员？他不能给他取自己选择的名字？别人无须爱他，可是他本人难道无权这样做？

丘达拉穆图勃然大怒，发出一声吼叫。他再一次决定，孩子的大名应是莫哈南，小名就叫宝贝。他要让他们知道，洁厕工的儿子有个昵称。

他前往医生家，像一个发狂的人那样对医生大声说：“昨天是我孩子取得名字的日子。”丘达拉穆图以为，医生会问孩子叫什么名字，可是这对任何人而言，都不是一个会感兴趣的问题。丘达拉穆图未经询问，自说自话：“他的名字是莫哈南。”

丘达拉穆图随后仔细观察，看看医生脸上的表情有什么变化。他心怀报复这个世界的急切欲望，等着看这句话将产生的效应。

医生的嘴唇似乎略为翕动了一下。最终，他说，他曾给一个名叫苏凯诗妮的治疗脱发，也曾给一个名叫苏洛姹娜的治疗眼疾，不过，她们的名字的含意却分别是“秀发”和“美目”。依此类推，岂不可以认为，莫哈南的意思一定是“万人迷”吧？

丘达拉穆图前往雷迪亚尔家，告诉人家说他的儿子的名字是莫哈南，而且孩子有个小名。他以同样的方式，前往所有人家并告诉了他们这一切。这是对他们的高傲态度的一次进攻。一个洁厕工把自己的儿子叫做莫哈南。丘达拉穆图刻下将此视为一场挑战。从现在起，他将在许多方面向他们挑战。可是，他不知道这些挑战的性质会是什么。

市政委员会主任的妻子问道：“那么，他一个未来的洁厕工，要叫做宝贝？”随后，她也大笑起来。

“他不会是洁厕工。”这句话已经到了丘达拉穆图的嘴边。可是，他隐忍着没吐出这几个字来。让他们日后了解这一点吧。

那天，丘达拉穆图回到家里时，比以前任何一次都更为忧郁。复仇的思想犹如烈火，在烧灼着他的心。他要让他们叫他的孩子“宝贝”……可是，遗憾的是，他生来就是个洁厕工的儿子。

他的孩子正趴在游廊里玩耍。瓦丽身在厨房。他走到孩子跟前时看到，孩子已经把自己弄脏，他的小手插在垃圾中，正在玩弄着一堆秽物。

“嗨！瓦丽！”丘达拉穆图气得发狂，“嗨！”

听见他非同寻常的叫喊，她从厨房出来。她看见丈夫站在那里，真的发了怒。她不知道原因何在。丘达拉穆图指着孩子问道：“这究竟是怎么回事儿？”

瓦丽抱起孩子。丘达拉穆图变得更加愤怒。孩子这样趴在那里玩，她觉得没有什么。他开始咒骂她。瓦丽反唇相讥：“孩子们有时就是这样。”

“我的孩子绝不能这样。”

“那么，你以为自己整天都在干什么？”瓦丽问道，“孩子属于某个干那种工作的人。”

“这么说来，他也必须是那个样子吗？”

瓦丽不屑于回答。她想，他的勃然大怒不过是虚张声势罢了。

当孩子发出“妈”的声音时，瓦丽就会大叫，“我的儿子，你在说什么？”她有权利这样说。可是，当孩子发出“爸”的声音时，丘达拉穆图却害怕作答。他是个洁厕工。孩子呢？孩子是什么人？瓦丽感到恼火：“啊，竟然是这样。孩子叫你时，你一个字儿都不回应。”

这倒不是因为丘达拉穆图不愿回应。也不是因为他不愿确立自己作为孩子父亲的身份。丘达拉穆图想宣称这孩子是自己的。可是，他害怕！孩子绝不能知道自己的父亲是个洁厕工；这一点绝不能告诉他。孩子绝不能由此产生自卑感。

瓦丽不解。她说：“他长大后无论成为什么样的要人，他的父亲依然是他的父亲”。

随后，她问孩子：“我的儿子，难道不是这样吗？”

孩子发出欢快的声音，朝他蹦跳过去。丘达拉穆图没有抱起他来。相反，他说：“他为什么要知道？我把他养大，使他成为人物。这就够了。他为什么要知道这一切？”

“那么，他就永远不该知道事实？”她问到，“这是什么疯话？”

丘达拉穆图思索片刻，接着说：“他不需要知道自己是个洁厕工的儿子。”

“他为什么不该知道？”

“这会让他在人世遭到失败。”

“不会有这样的事情。如果他是个没有父亲的孩子，那是另外一回事儿。他该说自己的父亲是什么人？”

这也是个问题。他会说自己的父亲是什么人呢？

他身为洁厕工之子，会面临许多困境。丘达拉穆图逐一列举了所有这些难题。无论他成为多么重要的人士，一个洁厕工的儿子都会在社会地位方面遭到相当损失。

“他不该生为咱们的儿子。难道不是这样吗？”

“你想说什么呀？我不懂。”

“就一个意思。他不该出世。”

丘达拉穆图讲述了孩子取名为莫哈南之后发生的诸多事情。即使他向别的洁厕工说起儿子的什么事情，他们也会发笑。一个洁厕工就不能有个好孩子。他不能给他起个好名字。这样的孩子不该有昵称。一个洁厕工不应该疼爱自己的孩子。那么，一个生来就要成为重要人物的孩子，就不能生为洁厕工之子吗？他的血统本身岂不就是对他的自由的剥夺？

无论他说多少，瓦丽也不明白他的推理。与丘达拉穆图不同，她没有生活在一个想象的世界里。她唯一的愿望就是，自己的孩子应当生活得比他们宽裕一些。当她说他必须在经济上宽裕一些时，她并没有构建一座空中楼阁，推测他会成为一个什么人物。除了觉得他应当过上宽裕的日子，她没有想过他的命运这一问题。她不断的祈祷旨在让他长命。这是她的最大愿望。她是他的母亲嘛。

只是为了观察孩子，丘达拉穆图常常花费数小时。孩子初次微笑的那天，是他人生中的一个重要日子。看见孩子脸朝下摔倒，丘达拉穆图会十分害怕并大喊大叫。孩子会在地上磕伤鼻子的。他开始爬的那一天，丘达拉穆图变得更为焦虑。孩子的膝盖会因摩擦而变得粗糙吧?

看着孩子成长，会有一种巨大的喜悦。可是，在这样的幸福之中也有一种悲哀，一种凄凉之感。他压抑着自己的父爱。这种不能显露的父爱，在敲击着这个可怜家伙的心扉，让他感到心碎。当孩子满地打滚时，他无法接触他，而只是站在那里。丘达拉穆图已经决定不碰他。一种自我强加的禁咒！倘若偶尔能够叫他一声“儿子”，他便会心满意足。可是，他已经决定，连这样的事也不做。倘若他做这一类的事情，莫哈南的人生中就会出现魔障。他将悄然撤离。他对人生将一无所求。就是为了让儿子长大成人！

在目睹孩子成长之时，丘达拉穆图感到满足。然而，这是一个完全自我剥夺了接触儿子并叫他一声“儿子”之权的父亲。这是那些令人愉快而又不切实际的愿望的结果；这是觉得自身不干不净的结果。

莫哈南腰上系着一条金线。他有一个金手镯。丘达拉穆图将自己的孩子与他遇到的每一个孩子相比。他的孩子相貌英俊，天资聪颖。他觉得，自己必须向每个人炫示自己的孩子——他一定会让他们惊讶。

一天晚上，这对父母给孩子穿戴得衣冠楚楚，前往海滩。瓦丽抱着孩子，走在前面；丘达拉穆图跟在后面。那是一个美丽的夏日晚间。许多人来到海滩呼吸新鲜空气。城里的大人物！他们的漂亮的孩子们，在白色的沙滩上四处奔跑，跳跃，打滚。丘达拉穆图在观望，看看这些大人物是否有谁注意到他自己的孩子。

看到别的孩子们在沙滩上躺着和玩耍，莫哈南也想下地。他正在从母亲背上挣脱出来。略远处，一对夫妇注意到他的执拗。女人对丈夫说："喂，瞧那个聪明伶俐的孩子，在跟她妈妈捣乱。"

丈夫说："他看起来不像是她的孩子。"

"没错。这么一个活泼的孩子。"

丈夫仔细看了一眼，说道："她是个扫马路的。这不是她的孩子。"

丘达拉穆图听到了他们的全部对话。他的儿子是个活泼的孩子！他难道没有权利感到骄傲吗？

对于一个母亲而言，孩子只是叫她"妈妈"并不够。即使没有父亲，她也会教孩子说"爸爸"。即使她不教他这么做，孩子也会逐渐主动说出"爸爸"这两个字。即使父亲禁止他，他也还会这么说。在一户父亲爱孩子超过自己生命的人家，在一户夫妻关系没有淡化的人家，一个孩子难道会不需要父亲？母亲难道会失于将父亲指点给孩子？

莫哈南见到父亲时，会喊爸爸，也会大笑，还会站在门口等他——这些事情，他样样都会。谁也不能阻止这一切。可是，丘达拉穆图一直无动于衷。他没有抱过孩子；他没有亲吻过他。莫哈南没有体验过这样的天伦之乐。

瞧，弃绝众生无不渴望的这种乐趣——这是一种多么巨大的牺牲！

莫哈南心中萌生了一个愿望。谁也说不清它从何而来。也许，这是一个孩子与生俱来的本能。压抑这一愿望是不可能的事。

他躺在母亲怀里说："妈妈！今天我要和爸爸一块儿吃饭。"

一个母亲听到自己孩子这样的要求时，会感到万分喜悦。她表示赞同。随后，一个危险的问题接踵而来："爸爸为什么不抱我？"瓦丽能给予怎样的回答？他接着问道，"我打算让爸爸抱起我来。"他进一步说，"今天我将只给爸爸一个吻。我就不吻你了。"

正午，瓦丽多次叫莫哈南来吃饭，但他拒不听命。他在等自己的父亲回来。

对于他的愿望是否能够实现，瓦丽心存怀疑。她决定，必须与丈夫谈谈，让他放弃这种疯狂的固执。孩子所要求的一切——难道他没有这样的权利吗？难道它们不是他必然想要的东西吗？他已经开始提出问题。不能再拒绝他了。

父亲结束当天的辛劳，筋疲力尽地回来时，莫哈南老远就看见了他。他跑进屋内："妈妈！你盛米饭的时候，把我的盘子和爸爸的盘子放在一起！"

"你必须亲自跟他说。如果我跟他说，他不会听的。"

莫哈南拉长了脸："我不。你得跟他说。"他揉了揉眼睛，开始哭泣。

丘达拉穆图到家时，看见儿子就那样站在那里。他好奇地问："孩子为什么哭？"

瓦丽微笑着回答："他要坐在你身边。"

丘达拉穆图大吃一惊。是的，他真的打吃一惊。他从未料到孩子会提出这样的要求。孩子要吃父亲用双手——那刚清理过厕所的同一双手——搅拌出来的咖喱菜米饭。他怎么能答应他的这个要求？然而，他又如何能拒绝这一要求？从现在起，儿子就要公开叫他爸爸了。

莫哈南站在屋里哭。丘达拉穆图再次感受到他的工作区域的那些厕所的恶臭。许多年来，那股恶臭一直留在他的鼻腔里，挥之不去。他想到了自己熟悉的所有厕所。他每天拿着铁锹和铲子，将那些秽物掏进桶里，再把它们倒进手推车——一路上，这些秽物会泼溅出来，掉落到他身上……而他是个人呀！一个有心灵、思想和五觉[①]的人！他为什么有生育子嗣的能力？难道是为了让世上有更多的洁厕工？他的儿子有可能成为重要人物吗？不会的！对丘达拉穆图而言，他似乎应当在早晨随身带一个罐子出门。他从各家各户弄来的一切，前一天的发了霉的帕雅糁[②]，或是洗米水，或是快馊的粥——他应当将这一切放到罐子里，把罐子放在粪车上，把它带回去给自己的孩子吃。他应当这样成长。一个洁厕工的孩子，不吃那种污物就不能成长。即使他不给孩子吃这等污物，孩子自己也要吃。一个洁厕工的孩子觉得，这等污物要比饼干更为可口，因为对此类食物的嗜好是遗传下来的。

然而，丘达拉穆图在与这些想法战斗。孩子必须在不知道自己是洁厕工之子也不食用那种污物的情况下成长。厕所的臭气一定会令他作呕。他见到洁厕工一定会感到厌恶。他走近父亲时一定会捂住鼻子。他一定不能称自己的父亲为“爸爸”。

就在那几分钟内，丘达拉穆图对一事下定了决心：就自己作为父

---

① 五觉（five senses），即视、听、嗅、味、触五种感觉官能，一译五官。

② 帕雅糁（payasam），南印度的一种知名甜食，呈半液态，以牛奶为基本原料，可据个人口味加入炒腰果、葡萄干、豆蔻、米饭等，一译牛奶布丁。

亲这一角色而言，他对未来岁月只抱一二希望。在年老时，他希望能够悄然待在一个房间里；一日三餐能够有东西可吃。那只象征他身为洁厕工的陶罐，应当永远埋入粪场。对于丘达拉穆图而言，无论自己的儿子成为一个多么重要的人士，如果他能得到那几样东西，也就够了。就这么一两点希望！他甚至情愿放弃这么一点点希望。没有这些条件，他也能活下去；他一无所求。倘若莫哈南能像别人一样，只是称他为“洁厕工”，也就够了；让他用这一称呼形式吧。

这一切多么可悲！一个洁厕工，在建立家庭并养大儿子之时，却打算将他造就成为重要人物。丘达拉穆图明白，这是多么不可为之事。这样一个孩子刚诞生，洁厕工的妻子就会亲吻他。他没有取一个好名字的权利。即使这个孩子的手沾上粪便并将它吃下去，他的母亲也不会在意。他将不会对花时间清掏秽物的父亲感到恶心。

不过，丘达拉穆图决心付出相当努力。这一天，丘达拉穆图没有吃饭。

童年

莫哈南没有朋友。隔壁几户邻居是富裕人家。这些人家以远是穷人的房屋。那一带四围全是儿童。可是，这位洁厕工的儿子还从未与他们当中的任何人一道玩过。

再往远处，在身为百万富翁的巨商之家，能听见儿童们安装球网和从事球类运动的喧闹声。一只黄色的球在网上飞来飞去，从墙外即可看见。莫哈南站着观望，着迷了。一个富人的孩子，在自家公馆的游廊里，像个日本洋娃娃，莫哈南在自己家里站着，与他相互窥视；他们做着各种手势。可是，他们之间有一道高高的石墙。

莫哈南也观望屋前街上的孤儿和无家可归的孩子。他们在玩耍时喊叫，咆哮，而且总是吵吵闹闹。一个男孩跑在前面；另一个在后面追赶他。他们会像这样冲出去多远？一定非常开心！……莫哈南在对他们的游戏产生兴趣之后，总是与他们一道大笑大叫。在雨季，他们会将纸船放入水渠漂行，并蹦蹦跳跳着跟在它们后面。在阳光明媚的晴日正午，他们总是跳入道路对面远处的溪流中戏水。还玩那么长时间！这些乞儿享受的自由，让他惊讶得说不出话来。

一些孩子邀请他入伙。另外一些孩子对他做鬼脸。还有一些孩子攥紧拳头，装出仿佛要揍他的样子吓唬他。然而，他还是非常渴望越过篱笆，与他们一道玩耍。

一天，莫哈南正站在门口时，一个小男孩走到他的身边。莫哈南正在嚼一块饼。小男孩问他是否愿意给他一点饼，莫哈南欣然从命。

小男孩开始说道："你愿意来玩吗？"

"我妈妈会生气的。"

就这样，他沉浸在一场愉快的对话之中。他谈到那么多事请！在其余的男孩子们组织另外一种游戏时，小男孩在对谈中间起身走了。莫哈南的母亲喊叫说，他洗澡的时候到了。

于是，莫哈南得到了一个朋友。他总是给莫哈南讲发生在闹市的所有事情：一只被轿车碾过之后死亡的狗的故事；咖啡馆里一个男人将热水泼在一个男孩身上的故事；一个警察追赶他们四人的故事。就这样，莫哈南听了许许多多有趣的故事。在城里，一个人想去哪里就去哪里，看得见一切正在发生的事情，该多么开心！

在母亲不知不觉的情况下，莫哈南总是拿出饼和香蕉，将它们送给自己的朋友。不管怎么着，他觉得自己的母亲不会对此有所察觉。瓦丽对此确实一无所知。

一天，莫哈南等自己的朋友，用了很长时间。那天，男孩子们无一现身，莫哈南感到非常沮丧。翌日，他还是没有见到自己的朋友。第三天，他在午间露面。

城里一个富人家举办婚礼。一连两天都是盛宴，他就到那里去了。不仅是他，其他男孩子也成群结队到那里去了。

“我们吃呀吃呀，直到自己觉得想吐了才停下。真好呀。我们能吃的东西无穷无尽。”

随后，他拍打自己胀得像鼓一样的肚皮。

莫哈南站着，惊讶地望着这个乞儿。他似乎不得不立马就走。在穆莱加尔的一个神庙举办节日活动。会有五头大象参加游行，还会有烟火表演。他在盘算着前往那里。他问莫哈南：“你去吗？”

“我不能去。我妈妈不会让我去。”

“那么我就走了。”

“你在家里的妈妈会同意吗？”莫哈南问道。

“我没有妈妈，”小男孩漫不经心地说，“我也没有家。哎呀，我要走啦。过节的时候到了。”

他大声吼着某首歌的片段，飞奔而去。莫哈南望着他的背影，伫立良久。他能够看到那么多东西！

这一友谊每天都在增强。当母亲发现这件事后，她坚决禁止他与那种孩子有任何往来。然而，友谊不是一种可以阻挡的东西。在母亲没有看见时，莫哈南总会走到门口，站在那里，等着小男孩。他们总是在一起说话。就莫哈南而言，这名乞儿是个惊喜之源。他没有父亲，没有母亲，没有家。所以，他自由自在地到处走动。

莫哈南从这位乞儿那里弄清了一些事情。他和伙伴们每天都会在穆莱加尔看到莫哈南的父亲。莫哈南的父亲是个洁厕工。

于是，莫哈南最终得到了对自己的一个疑问的答案。他过去常问母亲，父亲每天去哪里。她总是回答说，他去工作。当孩子为了满足好奇心而问是什么工作时，她总是说他干的是一份挣钱来买饼干、香蕉、大米等食物的工作。现在，他已弄清，父亲去的是穆莱加尔，当的是“洁厕工”。

这位乞儿也曾有个父亲，他也是一名洁厕工。那个洁厕工名叫皮昌迪。乞儿知道父亲的名字，但不知道自己的名字。

莫哈南对母亲还另有一个问题：“妈妈，‘洁厕工’这个词是什么意思？”

问题过于棘手，难以回答，瓦丽因此对儿子十分光火：“你为什么问这么没有意义的事情？”

她吓唬他，说要打他。莫哈南害怕了。

那天晚上，瓦丽将这一切都告诉了丘达拉穆图，包括莫哈南如何问起洁厕工一词的含义等情况！

丘达拉穆图大为震惊。这是对他的空中楼阁的又一次打击。可是，与瓦丽的预期相反，愤怒的风暴没有出现。片刻之后，他叹了口气说：“我早就知道，不可能对他保密。可是，他没必要这么快就知道真相。”过了一会儿，丘达拉穆图绝望地说：“瓦丽，你是对的！我们的儿子不可能在人生中获得那样一个良好职位。这也是我一直在想的一个问题。”

丈夫话语中冷冷的绝望触动了瓦丽的心。她也明白这种可悲的现实。由于心存疑虑，她一直反对丈夫的徒然期许。虽然如此，她还是怀着一个想法，即自己的儿子有朝一日会成为一个要人。独自闲坐时，她曾想过儿子会成为举足轻重的人物，但她能够看到成千上万的障碍。

于是，夫妇俩一道得出相同的观点。丘达拉穆图继续说道：“这正是我一直在想的事情。总有一天，他会弄清楚自己是个洁厕工的儿子。无论到哪里，他都是个洁厕工的儿子。这件事令人害怕。”

瓦丽也有话要说：“我也想到了这一点！他假装自己不是洁厕工的儿子，有什么意义吗？就想一点：他将到哪里找个女人嫁他？他会找到洁厕工女儿之外的任何人吗？”

“不会的。此话没错。可是，我不会把他当成洁厕工的儿子来养大。这是肯定的。虽然他是洁厕工的儿子，但他的儿子不该是洁厕工。”

瓦丽叹了口气，说道：“那个孩子将是洁厕工儿子的儿子。”

丘达拉穆图想了一会儿，说道：“是这样。”

“是谁先造成洁厕工这一行当的？”瓦丽问道。

“你也想这样的事儿？”

“没错。我偶尔想到这样的问题。我过去从来不想这一类事儿。现在，我开始沿着这样的思路想问题。”

“你不喜欢当洁厕工吧？”

“我该如何回答这样一个问题？我有可能不喜欢这一工作吗？”

他提起这个话题，旨在表明妻子所想的同他一样。

为了澄清自己的一个疑点，瓦丽问道：“会有不再需要洁厕工的时候吗？”

“啊，我不知道！”

“不可能有那样的时候。永远不会有。怎么可能有那样的时候？如果有厕所，那么不就该有洁厕工吗？”

丘达拉穆图正在想的问题，不是瓦丽头脑中的疑点。对于是否永远会有洁厕工，他毫不在意。他本人将不得不作为洁厕工活下去。莫哈南知道自己的父亲是个洁厕工，他也会知道这一工种的屈辱。在未来的岁月中，他将不得不面临重重障碍。他儿子会有克服这些障碍的力量吗？

“假定我们不要这份工作呢？”瓦丽问道。

丘达拉穆图回答说：“宅院落实了吗？主任说的话是，我们必须为此再给他五百卢比。如果我们勉力弄到这笔钱，我将放弃这份工作。近来可不像以前那样容易攒钱喽。”

这个一直让瓦丽惴惴不安的问题，此时让她愈发忧心忡忡：他们一共给了他多少钱？这笔钱有收条吗？主任会骗他们吗？倘若他真这么做，那该怎么办？

丘达拉穆图劝她放心，告诉了她已交付的确切金额。主任不是一个搞那种骗术的人。他会为他买那种带花园的房子的。

“但愿全能的神保佑我们。”瓦丽只能如此作答。

他们开始在家里教育库鲁普律师女儿的孩子。他——莫哈南——必须进入一所学校就读。这是个新问题。

在他们的住所附近，有人为几个儿童开办了一个学前班。丘达拉穆图决定，如果将儿子送到那里学习一段时间，他就能让他进入一所学校。因此，一天下午，他去了那里。

教师是一个秉持正统信仰①的人。他在前额涂抹圣灰，在身上涂抹檀香膏等，而且头戴顶髻。丘达拉穆图说明来意后，教师问道：“你不就是住在那位富有的地主隔壁的洁厕工吗？”

“是的。”

① 正统信仰，指印度教。

教师以相当严肃的声调问道:“你是怎么想到把自己的儿子送到这里来学习的?”

“这儿近。”

“哼!无论如何,这里是不可能的,”教师一面盯着丘达拉穆图的脸看,一面继续说,“这里是不可能的。你明白吗?你怎么能如此放肆?你以为你可以将自己的孩子带到这里,让他们挨着这些孩子坐,是不是?想得倒美。”

丘达拉穆图看见了所有坐在教师房间里的孩子。他认识其中许多人:一个是在椰子壳粗纤维厂另一侧经营小餐馆的女人的孩子;另一个是人力车夫的儿子;还有一个出自商人之家。他的孩子比那里的任何孩子都更机灵。丘达拉穆图马上就要当场说出这样的话来。他随即想,说这话有什么意义?

丘达拉穆图的下一个尝试目标是稍远一点的一所政府学校。他去家里见了校长,被告知翌日给他答复。在他按约定时间到达后,校长说,按照规定,班上现有儿童已经超标,因此不可能再收他的孩子。他需要经助理督学批准进入另一所学校。在他到别的地方时,又是另外的某种借口。

他已十分清楚儿子不能被录取入学的缘由。就是因为他是个洁厕工的儿子,而且只有这么一个原因!

一天,丘达拉穆图让莫哈南穿好短裤和衬衫,将他带在自己身边。他想,要让他们瞧一瞧这孩子。校长喜欢他;好,优秀的孩子。他似乎像个出身世家的男孩。可是,这位校长也找了个借口来搪塞。

从未听说洁厕工让自己的孩子上学之事。也从未发生过洁厕工的孩子被送进学校之事。这条不成文法怎能触犯?

至关重要的是,他的儿子应当接受教育,学会读书写字;只有孩子能识文断字，他才会心满意足。倘若他向校长行贿，会怎么样呢？丘达拉穆图想，事情届时或许可成。他去与督察交涉。督察说，如果他给他二十卢比，他就负责确保此事得到妥善安排。

二十卢比就二十卢比。丘达拉穆图同意了。这是丘达拉穆图人生中最重要的事。一周后的一天，督察通知他，校长已同意录取孩子。但是，有两个条件。须另有他人被指定为孩子的监护人。另外，关于费用，他一个月至少得给校长两卢比。

丘达拉穆图对此也表示同意。于是，一个叫莫哈南的孩子作为市政委员会主任司机的侄子，进入了政府拨款学校第一班。

对于丘达拉穆图和瓦丽而言，那天是个喜庆的日子。至于这所学校半饥不饱的校长的月收入，则上升到了十卢比。

在学校里，别的孩子没有一个看起来这么干净利落。谁也不会猜到他是一个洁厕工的儿子；他们格外注意不让任何人想到这一点。由于他们付出了艰苦卓绝的努力，由于孩子的教育比别的任何事情都更为重要，瓦丽心里还在仔细思索他们是否存在别的问题。他们让他读书能走到哪一步？直至那一天，阿勒皮的洁厕工中从未有一人送子读书。莫哈南有幸在付出二十卢比的贿款后进入学堂。可是，这样的好事有可能延续下去吗？

父亲毅然做出让儿子上学的决定所产生的兴奋之情，使这一决定得以成功实施的幸福之感，现在均已消退。他开始深入考虑局势。儿子的教育可能持续不断吗？未来的障碍会是什么？有可能让他读多少年书？他的结局如何？

夫妇俩再度取得一致看法。他们达到了不谋而合的地步。瓦丽再度说，他们的远大抱负不会实现，丘达拉穆图认同她的意见。他还提到自己想到的别的事情：“你知道咱们孩子为什么不被学校录取吗？如果洁厕工的子女开始接受教育，那么人们就会担心世上将不再会有任何洁厕工。”

丘达拉穆图进一步详细地说：“如果我们识文断字，那我们就不愿成为洁厕工。”

瓦丽赞同说，就是这么回事儿。人们在全国各地看到那些学校，实际上是为谁人开的？“有一点可以肯定，”她说，“他们不会让洁厕工和乞丐读书。”

其间，小乞儿每天早晨站在路上等莫哈南。他总是同他一道走到学校。每天，瓦丽都会给儿子一个铜子儿花。他总是用这个铜子儿买花生、糖果及别的东西吃。小乞儿整天一直在周遭游荡，能弄到点什么就吃什么。放学后，小乞儿总是再度回来，肚子胀得像个气球！他总是与莫哈南一道走到他家。

于是，在丘达拉穆图和瓦丽一无所知的情况下，他们的友谊发展起来。

放学回家后，莫哈南有许多事情讲给母亲听。他的老师的围裤撕开了，还对所有的孩子都很生气。他问每个孩子他们都吃了什么。一天，一个男孩问老师：“先生，今天早晨您吃什么了？”

他什么也没有吃。

莫哈南问母亲：“妈妈，老师为什么不吃点东西？”

在班里，有几个孩子中午不去吃饭，他们的家里一无所有。有一些孩子早上来时，甚至连大米粥[①]或咖啡都不曾喝一口。有些孩子患皮肤病。有些孩子身着破烂的旧衣就来了。他在给母亲讲自己的故事时，突然想起一件重要的事来：“妈妈，挨着我坐的那个拉

① 大米粥，原文为kanji。

曼·奈尔，身上有股臭味。天呐，他多臭呀！”言语之间，仿佛他能再度闻到那股气味。莫哈南用手捂住鼻子，说道：“明天我将请求老师让我坐到别的什么地方。”

在听完这一切之后，母亲说：“好。我的孩子今天在学校学了什么？”

“啊！我们学了一两个字母。我们学了从一数到十。老师什么都不教。他十分疲乏。他的主要事务就是喝凉水。”

他将自己学的字母写下来让她看。

此后的一段时间，莫哈南在早晨持续不断地烦扰瓦丽。他不要前一天穿过的短裤和衬衫；他搽起爽身粉来没完没了；他一定要用一种芬芳四溢的好香皂沐浴。此前，他从未如此一意孤行。瓦丽愤怒地问道：“你昨天穿的短裤怎么了？它还很干净。”

他揉着眼睛回答说：“所有的孩子都说我散发臭味，捂着鼻子从我身边跑开。”

瓦丽忽然明白这是怎么回事儿了。一个洁厕工散发臭味；所以一个洁厕工的儿子也散发臭味。这是那些讨厌的孩子玩的一个损招。老师前些时候坚持要求，他们来上课时，都应看起来像莫哈南那样干净。敌意由此产生！

她向儿子的执拗让步。可是，即便如此，孩子们还是继续捂着鼻子跑开。母亲为他沐浴并穿衣，她眼含泪水吻他，说道：“我的可怜的不幸的儿子！”那种气味将与他终生相伴。即使再往后，它难道不会依然存在吗？

瓦丽怀着悲痛的心情，将此事告诉丈夫。多么恶劣的事态！丘达拉穆图也感到痛心。他说，他们还会有更多的像这一样的令人悲苦之事需要承受。瓦丽毫不犹豫地答道：“没用。你得找一份不同的工作。”

“宅院怎么办？”

“你必须找到别的什么工作，挣钱把它买下来。”

“是这么回事儿。”

“那么，我们就得离开这个地方。我的孩子绝不能再受这样的侮辱。他已经弄清自己是个洁厕工的儿子；可至少到他长大成人时，不要让他遭受这份羞辱。”

丘达拉穆图对此也表示同意。可是，还有另外一个难处——他们业已托付给主任的钱！他曾说过，他会提供买宅院所需之款的相当一部分。丘达拉穆图相信这一承诺，一直忠实地劳作着。用不了再劳作太长时间，他就可能获得那一数额的钱了。

瓦丽决心让他立即停止工作，而且对此坚定不移。“如果他不想额外给我们钱，我们就不要了。我们必须拿回我们已经交给他的钱。”

丘达拉穆图一言不发。他在思索这一切。瓦丽对当洁厕工的厌恶，甚至比他还要强烈。

在随后的不眠之夜，丘达拉穆图审视了自己的整个人生。这是他第一次这样回顾既往岁月。他的父亲曾是爱的化身。他只是为自己的儿子活着。但丘达拉穆图想到伊舒库穆图之死和随后的事件，他的双眼涌满泪水。已经腐烂的毁损的尸体，杧果树下群犬将它刨出的景象，只有一人——皮昌迪——出手相助的事实！亲爱的老皮昌迪！他曾多么频繁地向自己提供食物，而根本没有想过任何回报！皮昌迪无论到什么地方，唯一在意的事就是赞扬丘达拉穆图……老皮昌迪今天还活着吗？孩子们呢？毁了那么一户人家——丘达拉穆图的心像火一样烧灼。他的所有神经都绷得很紧。他口干舌燥……丘达拉穆图觉得，他能看见孙迪兰站在自己面前，双目泪如泉涌。他从自己还小的时候就认识孙迪兰……随后，他听见一声可怜的哭喊：“妈妈！”

当他们将母亲送往医院时，她的孩子们都在哭喊。接着，他听见另外一声喊叫和它引起的回应：“阿穆！”

“老公！”

丘达拉穆图闭上眼睛。他用双手捂住耳朵。可是，这种景象并不是一个人闭目塞听就能够避开的东西。如果你做了那种事情，某些情景就变得更加清晰；某些声音就能够听得愈发详尽……记忆一直会提醒他，那些家庭已被击得碎裂，友谊的纽带也已断开。

丘达拉穆图纳罕，他怎么能如此行事。他无法相信，自己曾做过这些事情中的随便哪一件。他怎么有胆量干这一切？……哪个魔鬼缠上了他？他想起了妻子第一次反对他这样做时的情景。在那天，他们毫不怜悯地将孙迪兰的妻子从所有亲人面前弄走，送她去死。在他为了钱而出卖人性和常理的所有时刻，她都反对他。他曾认为她是个有许多缺点的人。可是，她说的所有的话都是对的……洁厕工的儿子！洁厕工的儿子！她说的话是对的。无论如何，他将永远是个洁厕工之子。

丘达拉穆图擦着一根火柴，将灯点亮。莫哈南蜷缩着身子，正在睡觉。一个洁厕工的儿子！莫哈南这个名字不适合他。库鲁普律师妻子的笑声不无道理。

丘达拉穆图诅咒伊舒库穆图病倒的那个日子。从那时起，他接受了洁厕工的工作，以此作为谋衣糊口的手段，带着桶和铲子外出。倘若他不曾这样做，现在沉睡的这个孩子，就不会成为洁厕工之子。那是多么脆弱和愚蠢的行为啊！丘达拉穆图不记得自己年少时曾想过要接手洁厕工的工作……而自己认为可在保有这份工作的同时出人头地，是另一个错误。

现在怎么办？放弃他迄今为止已获得的一切？他能干别的什么工作？主任会放他走人吗？他是市政当局手中用以摧毁他的朋友们的一件武器。他的朋友们……是的，他们如果不是自己人又是谁？像任何别的洁厕工的孩子一样，难道睡在此处的这个孩子不是洁厕工的儿子吗？自认他比其他孩子优越——丘达拉穆图觉得自己欺骗了他。

然而，他仍然要奋力前行。他有了钱，儿子就不是洁厕工的儿子了。等着吧，等着吧，看看他儿子是否找不到别人，而只能娶个洁厕工的女儿。

一天，小东西哭着回到家里。老师脾气很坏，在学校打了他。他再也不想去上课了。

母亲脱下他的短裤查看，看见他被打过的大腿上有三处伤痕。对她而言，这真是太过分了。她焦急地问道："我的宝贝儿子，他为什么打你？"

"他说：'你不就是个洁厕工的儿子吗？即使我给你讲，你也不会懂，'随后他就打我。那个老师给我们讲什么，我们都听不懂。"

事情竟然是这样？你教一个洁厕工的儿子，他不愿意学，情况是这样吗？在瓦丽看来，她儿子是非常聪颖的。她也猜测到，他是个好学生。尽管她从未读过书，他还是跟她讲了自己学来的一切知识。在家里，他背诵自己在学校学的东西。他也许可以学会更多的东西！而老师却声称，他听不懂！如果一个洁厕工的儿子去上学，他也就只能听任这种说法。除此之外，他还得挨打。

莫哈南还有另外一个不满之处："妈妈，请告诉爸爸不要当洁厕工了！这一定是他不让我同他一道吃饭的原因。明天，他最好别去上班了。"

孩子虽然对此类问题几乎一无所知，可是已在开始说这种事了。他不仅是说说而已；而是在发号施令。对瓦丽而言，他的话听来犹如一道命令："请告诉爸爸不要当洁厕工了。"孩子知道他为什么是个洁厕工吗？他一定知道。如果并非如此，他会这么决绝地说话吗？无论事实真相可能是什么，她都害怕进一步挑明这一问题。

他又问她："妈妈，你会告诉爸爸吗？"

瓦丽答应告诉他。莫哈南欣喜若狂。他不但将要与父亲坐在一起吃饭，而且再也不会是学校里受人嘲弄的目标。他在对此事念念叨叨之际，停下来问到："妈妈，洁厕工是干什么的？"

一个棘手的问题！他不了解洁厕工是干什么的。瓦丽不知说什么是好："即使我告诉你，你也不会懂。"

"你就像老师一样。"

随后，她琢磨让他知道真相是否会不太好。为什么隐瞒真相？他最终会弄清的。他在家时逐渐弄清真相不是更好吗？然而，瓦丽害怕把真相给兜出来。她将儿子紧紧抱住，亲吻他的头顶，说道："儿子，我们是穷人！只是穷人！"

"那么，妈妈，洁厕工这个词的意思就是穷人吗？"

"是的。"

莫哈南的好奇心并未完全得到满足。他还没有得到答案。可是，翌日，当班里的男孩子们叫他洁厕工的儿子来取笑他时，他至少会有答词回敬他们了。他感到松了一口气。

这位洁厕工的儿子并不知道"洁厕工"一词的意思是什么。可是，其他同龄儿童知道。他们所以知道是因为他们对洁厕工有一种厌恶之感。

瓦丽将儿子的要求告诉丈夫，随后说道："不可能回避这一问题。你得找一份不同的工作。你必须在他弄清一切之前找到另一份工作。"

丘达拉穆图并未给予令她满意的答复。他此前见到市政委员会主任，提到宅院之事。主任又说，他会为他买的。丘达拉穆图说明，如果他拿回自己已经交给他妥为保管的钱也行。随后，主任大发脾气。

瓦丽非常担忧地问道："那么，我们可能拿不到这笔钱了？"

"事情不是这样！他不会不给这笔钱的。"

"事情若是如此，他就不能干脆让你拿到这笔钱吗？"

"事情不是你想的那样；是因为我着急，他才生气的。"

瓦丽对这一番话半点不信。在她的内心深处，一个声音在不断地说，他们拿不回那笔钱了。她问道："假定你拿不回这笔钱，如果你决定不再保留这份工作，会发生什么情况？"

"如果我决定辞掉这份工作，岂不会让问题变得更为难以解决？"

瓦丽头脑敏锐，于是又问道："那么，我们拿不回这笔钱吗？"

丘达拉穆图有点恼火，说道："谁说是这个意思？"

丘达拉穆图发现一个变更自己工作的途径。他们在考虑为市里的一处殡葬地任命一名值守人。他可能有机会得到这份工作。在瓦丽看来，即便这份工作也是够好的。

翌日，莫哈南回到家里，指责母亲对他撒谎。当母亲问他这是什么意思时，他说："你昨天难道没跟我说，洁厕工就是穷人吗？洁厕工不是穷人。"

他已弄清一切！

莫哈南继续说："今天中午，我正在走路时，看见一个男人拉着一辆小车。我用手捂着鼻子跑开了。随后，一个男孩子告诉我，那就是个洁厕工。妈妈！爸爸就像那样拉着一辆小车前行吗？"

瓦丽早已预料到，在莫哈南弄清"洁厕工"一词的意思后，这种非常棘手的局面就会出现。然而，他问话时，语调同他平常说话的方式一样。在知悉这个词的含义后，他似乎并没有太大的不同。即使他直接弄清这个问题，也不会出现困境。或许，当他知道小车里装的是什么东西之时——即便在那时，他也不会恼羞成怒。

瓦丽慢慢地，不动声色地回答他的问题："是的。爸爸也像那样拉着一辆小车前行。"

孩子的头脑，与他们所预期的相反，在以一种不同的方式运转："可怜的爸爸也会在烈日下流汗的。"

霍乱

在科图瓦尔，在查瓦迪桥附近的路边，晨光中现出一个死去的乞丐，冰冷而僵硬地躺在一家茶馆前面。他曾上吐下泻。这具遗体上面，覆盖着从全城飞来的所有苍蝇。

对茶馆主人来说，这是一件有点讨厌的事。他决定将这具尸体从那里挪开……但隔壁商店靠卖烟草和槟榔叶为生的男子，劝他不要如此行事。

"你会不知不觉面临谋杀指控。最好别碰它！"

"那么，该怎么办？真是个讨厌鬼！他就不能死在别的什么地方吗？"

"你应当到市政委员会办公室或派出所告知他们。"

这会造成另外一种困境。如果人们到那种地方说点什么事情，都需要一些开销。住在附近的律师的书记员说明自己如何看待此事："如果你联系警方，他们会让你玩完。至于市政当局，你晓得那个督察是个多么狡诈的家伙吗？在我看来，你应当就让尸体躺在那儿。他们风闻此事，会前来把它弄走的。"

周围的人都认为，这是一条合理的建议。人力车夫纳努也表示和律师的书记员想法一致："你们瞧，熟悉周围道路的人们前来之后，一切问题都会得到解决。"

店里的生意像素日一样照做。茶馆主人意识到，由于弃尸躺在那里，他那天赚的钱比平常略多。快到傍晚时，他的点心已经脱销。通常到这个时候，还有一些点心剩在放置它们的货架上。前来看尸体的人们，在那里站一小会儿，就会走进茶馆里面，喝点什么，吃点东西，然后走掉。好！生意由于这具尸体而如此兴隆，茶馆主人额手称庆。

晚上，律师的书记员塔努·比莱提出另外一条忠告："穆木，在夜间，你得留神，以免狗来撕咬尸体。如果他们看见尸体上有创痕，事情就复杂化了。"

这是一件麻烦事。无论如何，穆木拿了一盏灯，在夜间驱赶那些在稍远处徘徊和厮打的狗。午夜时分，天空变得黑沉沉的。虽然身在店里，茶馆主人穆木还是很害怕。

过了一会儿，大风开始猛刮，大雨开始倾泻。穆木将此视为好运气。早晨到来时，尸体全然膨胀起来，分解已经开始。可是，所有的排泄物和呕吐物与水混合在一起，已经被冲走，流经人们前去沐浴的地方，注入运河。穆木茶馆前尸体横陈的地点此时倒是干净的。

随着白昼缓慢推进，臭气变得浓重了！到正午时分，恶臭令人无法忍受。那天，穆木的生意并不太好。实际上几乎没有现金销售。只有斯平威尔公司①雇员中的赊账客户露面。

附近的店主们再度全员聚首，寻找解决问题之道。依然没有任何人前来的迹象。这份恶臭怎么办？无法忍受。有人去找来律师的书记员。他在深思熟虑这一问题之后提出的看法是，他们应当送出一份由所有住在近处的人签字的请愿书。

这一看法得到赞同。笔和纸被当即拿来。律师的书记员接着说："不应当出任何纰漏。稍微想一想再写。"

就在律师的书记员开始起草请愿书之时，在茶馆工作的伙计跑来说，市政当局的人来了。穆木似乎需要立即前往现场。

有一辆垃圾车，还有三四个洁厕工在那里，此外还有约瑟夫督察。督察在极为严肃地书写什么东西。茶馆主人以一副无以复加的媚度向督察问好。

督察抬起头来，问道："这个倒毙在那儿的人是谁？"

穆木吓得发抖："我不知道！"

"此人是什么时候死的？"

"昨天早上，我看见他躺在那儿，已经死了。"

"听任这具尸体这样躺在这里的同时做生意，谁准许你的？"

穆木没有回答这个问题。他有过错。穆木不曾预料到这么一个问题。督察用严厉的语调说："你为什么立在那里一言不发？"

"它……它……先生，请救我，请，我求你了。"

督察咬牙切齿，上下打量着穆木。他再度开始书写。此时，律

---

① 斯平威尔公司（Spinwell Company），南印度一家以销售棉纱为主要业务的纺织品公司。

师的书记员也来到那里。书记员，一个极为精明的家伙，走到督察身边。

他们两人移步到稍远处谈话。穆木、卖烟草者吉坦与律师的书记员一道开了另一场协商会。一个装着钱的小纸袋，从律师的书记员手中落入督察的衣兜里。

督察先前的严肃神情毫无缓解，他望着穆木，指着律师的书记员说:“由于他，我这次就放你一马。”

穆木非常感激，深深地鞠了一躬。律师的书记员似乎由于自豪而变得更为高大了。

洁厕工们将尸体抬到小车上。难道他们不是人吗？然而，他们不是得执行拾掇和处理这具正在腐烂的尸体这样的任务吗？督察告诉穆木，他起码应当慷慨地给他们一些喝的东西。什么都行。穆木对此也欣然表示赞同。

霍乱!

在那次霍乱爆发期间，阿勒皮城的死亡数字无可估计。这是因为，死亡的人并未被作为人口组成部分包括进来。他们是乞丐、穷人之类。有人看见，在路边和街角他们一个又一个地被收集出来。不可胜数！清点数字是一件不可能的事。此外，在这些人中，谁又会有名字呢?

后来，据传说，一些较高阶层的人死了。市政当局或许可能收到一些此类死亡案例的通报。于是，在死神的黑色阴影之下，阿勒皮城愁苦而恐惧地度日。

在何处能得到救助？这种救助的性质是什么？谁会得救？无人知道自己何时会被击倒。瞬息之间，人生变得无常，未来变得黑暗而可怖。

人们不需要抓住什么东西以求得慰藉吗？人们无须有信心就能逃脱这样一场时疫吗？一个人可能不可避免地感染此病。可是，如果一个人有自己会获救的信心，那么死亡的极度痛苦就会减轻，直至最后一息。

在这样的时刻，某些世代相传下来的信仰，会支撑人们度过危机。对抗霍乱和天花的女神是迦梨①。在穆莱加尔，供奉鲜花、祭祀女神、喷洒圣水的活动开始了。圣乔治②曾斩杀恶魔。于是，他们在阿勒皮又开始向他献祭。

即使在那时，茶馆的生意犹如往常；人们在瓦达溪及商业运河中沐浴。生活之河畅通无阻地向前流动。唯一的迹象是，昨天还看到过的人，今天却不见了。

如果人们想要看到可怖的死亡之舞的真实状况，要去的地方就是殡葬场。每天，在破晓时分，可以看见许多长方形沙堆在那里隆起；葬礼所用的诸多焚尸柴堆已经烧透并行将熄灭。洁厕工们痛饮托迪酒，喝得几乎不省人事。那些被柴堆火焰照亮的墓地里，在夜间充满活力。

数日之后，狗群开始猛刨并拽出尸体。每天都有八至十具尸体被发掘出来。显然，甚至连店主和官员的尸体也在其中！

---

① 迦梨（Kali），印度教女神，印度神话中大神湿婆之妻提毗的别名之一，意译为“时母”。肤色深黑，容貌可怖，身缠毒蛇，披挂髑髅和人头，武器是一柄短弯刀。有关传说起源于吠陀神话。《蒙达伽奥义书》（徐梵澄意译为《髡发奥义书》）称其为印度教火神阿耆尼七根摇曳不定的舌头中的黑舌。曾出现在《摩诃婆罗多·夜袭篇》中，具有多种强大能力，被认为是邪恶力量的摧毁者。在印度各地尤其是孟加拉、阿萨姆、克什米尔、旁遮普、喜马偕尔、喀拉拉、泰米尔纳德等地受到印度教徒的崇奉，甚至被尊为“宇宙之母”。

② 圣乔治（St. George），英格兰的守护圣人，著名的基督教人物之一。出身贵族，军人。由于抗议罗马皇帝戴克里先迫害基督徒，愤然撕毁后者的禁教谕令而被捕，于公元303年4月23日被处死。由于勇敢捍卫穷人、平民和基督教信仰，圣乔治在殉难后迅速受到基督教徒的尊崇。他的殉难纪念日已成为一个节日——圣乔治节。

随后，问题变得严重了。传出的消息说，公墓里尸体埋得不够深。市政委员会决定，应当任命某个人监管殡葬场。

新职位的设立有利于丘达拉穆图。他成为第一个公墓值守人。

他们规定了公墓值守人的着装：黑短裤，黑衬衫，还有一根长棍。于是，丘达拉穆图就在公墓入口处的一个制高点就位。他的棍子上有个标记，表示墓穴应有的深度。

那天，丘达拉穆图将父亲托付给他的铲子和桶弃置一边。他再也不会拿起它们。这就是他所想往的。丘达拉穆图不再是洁厕工了。他的儿子也不再是洁厕工的儿子了。

丘达拉穆图手执长棍，身着黑衣，前往并站在公墓门口时，准备了一份与新工作有关的方案。他知道自己有什么权力也知道自己能做什么。

当这个黑色的人影在那片生命终结的圈用地入口就位时，这块地方的恐怖氛围似乎增强了。在生命走向终点之前，你还得再向一人报批。一天前还在你家厕所劳作的洁厕工，来到这个新地方之后，就成了一个不同的人。过路的人望着他，说道，“瞧，那儿站着的是死神的使者吗？”

他们运送死人穿过那道门，给他每个人都有权得到的六尺[①]之地。无论是谁，丘达拉穆图都当场定夺。墓穴挖好后，丘达拉穆图就拿自己的棍子测量一下，看是否够深。他们只有在获得他的准许之后，才能将死者下葬。如果有人需要火化，他有权以木柴不足为由拒不允准。在两天之内，他已经了解焚化一个死人需要多少木柴。

不过，丘达拉穆图不可能在那里无动于衷地做自己的工作。他经常看见焚烧幼小孩子的遗骨。他总是观望他们埋葬那些夭折的少

① 这里的尺指英尺，1英尺约0.3米。

年。烧化很老的男人的遗骨用时真长！丘达拉穆图想，他们既然这么小就死了，那又何必生出来呢？那个年轻人做完了自己生来要做的所有事情了吗？而那位老人，为什么会活这么久？既然说到这个话题，那么一个人应该在什么年纪死亡呢？四十岁？五十岁？六十岁？……如果是五十岁，那么丘达拉穆图就会计算，他剩下多少余年？瓦丽有多少年活头？而莫哈南又会活几多春秋？

烧过的骨头四散在墓地。它们是谁的遗骨？有时，他们在挖墓穴时，会取出属于不同年龄的人的头骨和肋骨。多少人被埋在这里，连同他们的所有希望和壮心！

一些夜里，在众人都走后，公墓变得十分荒寂。还在燃烧的焚尸柴堆，发出黯淡的光亮。这时，丘达拉穆图会感到害怕。可是，他不必像这样独自坐很长时间。这是霍乱流行时期，不是吗？在夜间，装裹好的尸体被源源不断地运来。

一天夜里，这样遮盖着运来的尸体之一是穆尼斯瓦米的……又一夜，是帕拉尼延迪和他的两个孩子。就这样，死神也开始从洁厕工住区索取自己的份额。在一周内，丘达拉穆图的许多熟人死亡并被运送到墓地。不但有洁厕工，而且有他曾为之劳作过的家户几个人。

死神已经蔓延开来的活动，这种直截了当的生死交割，震动了丘达拉穆图的心灵，也消弭了他的勇气。尽管模模糊糊，这个被人们认为缺乏想象力的目不识丁的洁厕工，还是能超越自身，看到世界和人生的某一方面。他意识到，人生无常。活生生的人，没有一个稳定的立足点，四处飘转，甚至无法牢牢抓住任何东西，而只能随波逐流，乃至陷入这一强大的潮流之中。他也在同其余人一道漂流；他的瓦丽和莫哈南也是如此。谁知道，他，还有她，以及他的宝贝儿子莫哈南，明天是否还会活着？

丘达拉穆图变得胆战心惊。哪里有藏身之处？丘达拉穆图离家时，就对那里正在发生的情况感到焦虑。每分每秒，他都在等待着令人悲伤的消息。

倘若他们离开这座城市，离开这个受到时疫侵袭的地区，会怎么样？宅院无关紧要。他跟瓦丽说过此话。

“待在这里不好。我们这一帮人都在死去。让我们走吧。”

丘达拉穆图变得多么惶恐！他害怕自己会随时倒毙，而这样的结局早已注定。当这样的时疫以前在城中翩然起舞之时，瓦丽曾眼见丘达拉穆图岿然不为所动。她纳罕，他眼下如此大为恐惧的原因是什么。她试图安慰丈夫：“这一切都是命呐。该发生的事情，都会发生。如果这是神意，那我们也无力回天。你这么惊恐，又有什么用？”

然而，瓦丽心里的平静也受到扰动。连她对命运的信心也无法让自己觉得十分踏实。可是，作为妻子，她有责任抚慰丈夫，她也有自信能这样做，至少在表面上。

她问道，“在我们这帮人中，谁还活着？”

“我不知道，我不知道。他们全完了，一个不剩。市政方面的活儿都没人干了。”

过了一小会儿，瓦丽继续说一些宽慰的话语：“虽然你曾说过，我没有系念着神，可我现在祈祷，而且把花环挂在神像上。傍晚，我在那里洒水，而且点上灯。有时情况就是这样，信神是逃脱噩运的唯一途径。”

她觉得，自己说的一番话丝毫没有触动丘达拉穆图。他虽然听见了，却并不明白。他认为，谁也不能拯救他们。一场灾难不可避免；它已迫在眉睫。可是，他不知道这场灾难会以什么方式出现。

“你近来怎么没有祈祷？”瓦丽问道。

“一直无法祈祷。”

“尽管你身在公墓，难道你不能在傍晚祈祷吗？谁也没有规定，你只能在某些地方祈祷。”

他答应从那时起恢复祈祷。他会继续沿用旧有祈祷方式。虽然丘达拉穆图口中念念有词，可是在他的内心深处，满满的焦虑之情却呼之欲出，行将横溢。这段时间，他一直独自承受着焦虑的痛苦。他想，为什么要告知她自己的情况并让她也受到这种焦虑心情的烦扰呢？可是，此时他再也无法独自承受下去。他说：“瓦丽，那不是我在想的事儿。不错，我们都应当信仰神。拯救之道就在于全能的神。并不是……”丘达拉穆图嗫嚅着，眼里涌出泪水。

“我们没有近亲。我们是孤独的。有什么人爱我们吗？只有你爱我，也只有我爱你。至于我们的孩子，只有我们爱他。”

瓦丽的眼里也涌满泪水。在这个广袤的世界上，他们是孤独的，完全孤独的！须臾之间，皮昌迪的身形像影子一样，掠过丘达拉穆图的脑海并消失。他浑身战栗。他无法继续想下去。泪水从他的眼里涌出。瓦丽也怆然泣下。她走到丈夫身边，给他擦泪。

“这是在冒什么傻气？”

她只能这样说。丘达拉穆图不胜悲伤，难以自已，问道：“不……如果我死……你们俩怎么办？”

瓦丽大吃一惊：“这是在发什么疯哪？”

“不是发疯。所有那些死人都被弄到那儿去。那些鬼……那些鬼……”

丘达拉穆图十分恐惧，仿佛他看见那些死者的幽灵在眼前游荡。

瓦丽惊恐不已。她用双臂抱住丈夫。

“这一切是怎么回事儿？”

“啊，没什么，没什么。不，瓦丽！我亲爱的瓦丽！你照顾我这么久了。你是个好人。我只求你照顾好我的儿子。请照料好他。”

丘达拉穆图深信不疑，自己将沦为这场时疫的牺牲品。

“这样的事情不会发生。神不会让这样的事情发生的。我死后，你来埋我。可是，请照顾好我的儿子。即使我死了，他也会长大成人。”

“可是，如果他父亲死了，情况会怎么样？”

这是一场在夫妻互爱的地方才会听到的谈话。妻子只有一再看见丈夫并将自己的孩子托付给丈夫强壮的臂膀予以保护之后才愿意瞑目；丈夫愿意在妻子的眼泪使自己的胸膛变得清凉之时死去。这难道不是到处都能发现的事情吗？可是，还需要看谁的愿望会得到允准。

丘达拉穆图的心思转到另一个方向：“如果我们两人都死了，情况会怎么样？”

孩子！他们的孩子！除了他们，他还有什么亲人？瞬息之间，丘达拉穆图看见一群孩子，由于父母双亡而成为孤儿，一个又一个地出现在全城各个角落。其中就有孙迪兰的孩子们。

“神不会让任何像这样的事情发生。”

犹如一个发狂的人一样，丘达拉穆图紧紧抓住瓦丽的手，说道：“瓦丽，让我们走吧！让我们离开这个地方。”

丘达拉穆图紧攥的手松开了。另一个需要面对的事实！他见到了主任，向他索要那笔钱。主任说，他此刻没有现钱。

“我们不要那笔钱了。我们不要任何东西。让我们逃命去吧。”

“那么……那么……让我们走吧。”

“可是，要是走了，我们将如何谋生呢？”

她该怎样宽慰他？她该怎么回答他？

瓦丽给自己的儿子莫哈南洗了澡，在他的前额点上典型的吉祥志，给他穿上干净的短裤和衬衫，将他交由神照护，亲吻了他并送他到学校。她望着他，直至他从视线中消失。可爱的孩子！除了他们，他还有什么亲人？瓦丽的眼里涌出泪水。

莫哈南不断回望。瓦丽返回家里后，他停下脚步。他的玩伴小乞儿从后面跳出来，说道：“看见你妈妈站在那里，我就一直藏着。”

莫哈南回答说：“我也看见你了。”

他们两人为在瓦丽不知道的情况下会面而快意。那天，莫哈南身上带着两个铜子儿。小乞儿已设法弄到了三个铜子儿，他打算在当天再弄十个铜子儿。

“今天在穆莱加尔有个大节。我说大节，就是一个很大的节日。天黑时起，还会有烟火。有十头大象。今天是个再好不过的日子。我刚从那儿来。”他开始描述那个地方是如何装饰的。

“你带我去看一看好吗？”莫哈南问道。

“这有什么问题？如果你现在就去，我们很快就可以跑到那儿。我们看完那些东西再回来。”

“我应当上学。”

“哦！学校不过就是个学校。我们可以不让你妈妈看见，去了再回来。”

他的稚嫩的良知在面临一个危机。他从未旷过课。

小乞儿问了点别的事情："老师不会打你吧？"

"打。他每天都打我。他就是那么一种老师。"

此时，莫哈南想起了另外一件事儿。他那天本来应该交家庭作业的，可他没有做。他给忘了。于是，他的下一个问题是："我把这块石板和书放哪里？"

他的朋友说，这不是问题。他们离开那条路，转向另一条路。小乞儿熟悉这一地区，拿着莫哈南的书，将它们放在街角一家商铺里保存起来。

这么多新景象，这么多新地方！莫哈南陶醉了，与他一道行进，直至他们到达穆莱加尔。

他说的一切都是真的。多么富丽的装饰！它们真值得来看一看。对于莫哈南而言，这是一个全新的世界。

那是一个可以同时看到十头大象的日子。一个地方有魔术表演；另一个地方有一种用小棍表演的戏法；还有另一个地方有体操表演。就这样，他一路前行，看着各种景观。他们两次骑在一个大轮子上转圈。在一个地方，他们付了两个铜子儿得以进入，看一只蜘蛛讲话。再往前走，是能够起舞、蹦跳和说话的木偶。

就这样，他们的钱全都用光了。正午时分，还有许多事没做。小乞儿说，他去再弄点钱后，很快就会回来。他把莫哈南安顿在一株榕树下面的平台上，嘱咐他不要到任何地方去。如果他要走动，就很难找到他。随后，小乞儿离去并消失在人群中。

莫哈南开始感到害怕。他是孤独的！眼前没有一张熟悉的面容。他想起了母亲，还有父亲，不禁失声痛哭。他无法忍受饥饿。于是，这个父母一向视若掌上明珠的孩子，变得疲惫，头晕目眩，睡在了平台上。

小乞儿回来，将他捅醒。随后，他问道：“你想吃点东西吗？”

“想。”

“那就跟我来。我吃过饭了。”

他向莫哈南招手示意，进入一家饭店。莫哈南饱餐一顿。多么好吃的咖喱烧菜呀！

他吃完后，小乞儿从口袋中拿出两个铜子儿付账。他还剩下一些铜子儿。不但有铜子儿，还有安那和法纳姆①！他从哪儿弄来这么多钱？莫哈南想，如果自己也能像他那样弄钱该有多好。于是，他们继续走路，看所有好玩的东西，买糖果和腰果吃。流连在所有这些景象之中，莫哈南几乎忘了自己的母亲和父亲以及自己的家。他就这么走下去，尽情地游玩着。

四点钟了，随后是五点钟，再后是六点钟。在一支游行队伍中，人们为举行献祭仪式而带来一些东西。来自本地治里②的一个鼓手在击鼓，看到他的头发披散开来，甩来甩去，煞是有趣。他还做极为滑稽的鬼脸！在另一个地点，有二十面大鼓在同时敲响。一个人在吹一支弯得像弓的笛子。

所有地方都装饰华美，莫哈南看见所有彩灯一起点亮时，觉得这真是太妙了。随后，燃放烟花的时间到了。他最初几次听到爆炸声时十分害怕。后来，在爆竹和烟火发射后，他也随众人大呼小叫。

夜里，他们吃了一顿饭；他们又在一家茶馆吃了点心。莫哈南

---

① 法纳姆（fanam），印度独立前南印度硬币名称，有马德拉斯管区法纳姆和特拉凡哥尔法纳姆两种。本书中的法纳姆系后者，银币，由特拉凡哥尔土邦发行。1法纳姆等于4查克拉姆（chakram，铜板），7法纳姆等于1特拉凡哥尔卢比。1949年后不再流通，现为国际钱币藏品。

② 本地治里（Pondicherry），南印度城市名，濒临孟加拉湾，1674年成为法国殖民地，后成为重要商业中心。人口约65万。1954年11月1日并入本地治里中央直辖区并成为该直辖区首府。2006年更名为普度治里（Puducherry）。官方语言为泰米尔语和法语。风光旖旎，为旅游胜地。

还买了一个气球和一个哨子。

莫哈南与小乞儿一直到达穆莱加尔那家婆罗门食府的北墙。由于走了那么长的路，他们全都精疲力竭。甚至在走路之时，他们就睡着了。

天光大亮之时，莫哈南醒了过来。他这是躺在哪里睡觉？妈妈！妈妈！爸爸！

莫哈南由于衬衫和短裤沾满尘土而感到非常害怕，站在自己家门口往里窥探。小乞儿站在稍远的地方，想要弄清莫哈南的妈妈是否会打他。如果真发生打人这样的事情，那么他倒想看看热闹。

莫哈南在门槛上站了一会儿。门是开着的。一个人也看不见。他想，妈妈可能在厨房里。可是，那个方向并没有炊烟飘出。

这个少年充满内疚之情，心脏跳得很快，就这样在那儿站了相当长的时间。一只山羊进入院中，在吃种植在那里的神圣的罗勒[1]。这是他母亲常常将它摘来用于祭神的。莫哈南将山羊赶走。尽管这一行动造成了响声，他的母亲还是没有出来。

他认为，自己听到了屋内有人打呼噜的声音。虽然天时已经不早，也许母亲还未起床呢。她可能在前一日花整天时间来寻找他，走遍了穆莱加尔，回来后睡了 。

慢慢地，莫哈南往厨房里窥探。那儿所有的罐子和锅都被弄翻了。它们甚至还没有清洗过。甚至没有前一天炉灶点燃过

---

① 罗勒（basil），拉丁文学名为Ocimum basilicum，唇形科一年生草本植物，干叶可制香料。原产于印度和伊朗。现分布于亚洲、欧洲、太平洋群岛及北非等地域，品种繁多。已作为蔬菜广泛种植。鲜叶和干叶均可作菜肴调料。叶呈心形。在印度有“香草之王”之誉，被视为神圣之物。二十步内，香气扑鼻，犹如丁香，略带薄荷味。有药效。约于公元初期传入中国北方。后赵（319~352）时期，北人为避石勒讳，呼罗勒为兰香。陶弘景称，中国民间“呼之为西王母菜，食之益人。”

的迹象。

莫哈南往屋里窥探。瓦丽仰面躺着，身边是混合在一起的排泄物和呕吐物。在她吸气和吐气之时，可以听到一种像是打鼾的声音。她的肚子膨胀起来，以致高于她的胸脯。

莫哈南在门口站了一会儿，随后走进里面。即便在此时，由于感觉内疚，这个孩子还是害怕。他怕母亲睁开眼睛看见他时，会责骂和痛打他。

他在房间里站了一小会儿后，变得十分惊恐。母亲不是在睡觉；她也不是真的在呼吸。担心母亲会打他的畏惧之感不翼而飞。他大叫一声："妈妈！"

母亲没有回应。

他害怕走近她；他害怕地站着看。

瓦丽全身颤抖。她的双眼是睁着的。莫哈南不寒而栗。

万籁俱寂！

他觉得这不是自己的母亲。他母亲的眼睛不是那样的；她的嘴也不会像那样洞开。这是别的什么人。一个魔鬼！一个幽灵！

小乞儿此时恰好走了进来。他也目睹了这一切。他拉着莫哈南跑到外面，拖着他前行。他明白这一切意味着什么。

前一天正午时分，公墓值守人已显示出霍乱发病迹象。天破晓时，有人看见他躺在自己通常站立的地方，已经死亡。

莫哈南与小乞儿一道前往公墓。另一个人在用丘达拉穆图的棍子测量一个大墓穴的深度。墓穴附近是一具尸体，全身都包裹起来并捆扎着，但是头和脚依然可见。

莫哈南意识到，这是自己的父亲。

现在，人们常常看见，这两个孩子相互拥抱着，躺在栈桥附近路边的尘土中睡觉……有时，莫哈南与其他孩子打架。他不懂得使用自己的拳头。因此，他是个挨打最多的人……在别的时候，莫哈南像水獭一样在瓦达溪或商业运河玩深潜游戏。那充满父母之爱的灵魂，在空中围绕着他徘徊，在他跳下水中之时一定变得害怕……无疑，在他从路边的泥土中睡醒起来时，他们会拭去他身上的尘土。有别的任何神祇，会将他从此种生活方式的诸多危险中拯救出来吗?

莫哈南——他们为什么给他取这个名字呢?在库鲁普律师的妻子突然大笑之时，那可不是一种毫无意义的笑声。为了他的缘故，两个活生生的人放弃了对舒适生活的所有念想。

“我们只能享受十天生活。”

他们享受生活只有十天。丘达拉穆图梦想的宅院何在?他托付给主任的那笔钱何在?

就这样，皮昌迪和孙迪兰的孩子在两侧，莫哈南在中间，于少不更事的幼年踏上了人生的旅程。他如今只能从饭店的垃圾箱中找东西吃。

复仇

数年过去了。希望在妻子照拂的慰藉之中辞世的丈夫，希望在丈夫的凝视之下死去的妻子，对神的祈祷没有得到回应，都死了。儿子未能按时从学校回来，瓦丽没来得及为此担忧就失去了意识。情况可能就是这样吗?她未能将儿子托付丈夫照料。在莫哈南于翌晨回来呼叫她时，她可能对此有所知觉吗?在她咽气之前，她的两只眼珠就已凝滞。她那时看到他了吗？无论如何，她既不可能知道自己的丈夫已经死了，也不可能知道自己的儿子如今与街头小混混儿一道四处游走。

公墓值守人怎么样呢？他在临终之际心中会感到宽慰。妻子会照料他的儿子。与此同时，倘若他曾见到他们两人，他不会不问她几件事儿。他没有机会给自己的儿子最后的祝福。他一定也有一些话要叮嘱。

就这样，这对已经逝世的夫妇化作了地、水、风、火[①]。他们的坟墓上生长着的芳草，在被太阳烤焦之后，在每一个雨季，一直在重新萌发。是否能确认，在相当距离之外伫立的某棵巨树或在公墓四围之内生长的一丛灌木的长根，在无人知晓的情况下，没有延伸进这些坟茔呢？他们的遗骨不会成为碎屑并化为尘土吗？

然而，那些父母身上的某种东西继续存在着，无论是风，还是雨，无论是夏天的烈日，还是时间，都不能摧毁它。宗教不是宣称，我们永恒的灵魂，是神的存在的显现吗？不仅如此。我们无论行走、端坐还是躺下，难道体会不到一种惴惴不安、一种对未来的焦虑以及一种举棋不定之感吗？人生不就意味着逾越压迫心灵的重重困境吗？现代生活没有达到一种无常状态吗？今天，人人都在说，活着没意思。人们畏惧生活。一个人在想这种具有毁灭性的哀伤是如何

---

① 地、水、风、火（earth，water，air and fire），简称“四大”，排列次序或有不同。在吠陀时代，印度哲人已认识到水、火等为世界的本原。公元前六世纪，印度哲学家阿耆多·翅舍钦婆罗（Ajita Kesakambali）提出，世界的基础是物质，而物质由地、水、风、火四大元素组成；人死之后，元素分解，回归四大。同一时期的佛教学说也认为，地、水、火、风为构成物质现象的基本元素。换言之，世界万物和人的身体，皆由四大组成。大约与释迦牟尼和大雄为同时代人的印度哲学家婆浮陀·迦旃延（Pakudha Kaccayana）则认为，宇宙由永恒不变的地、水、火、风、乐、苦、命（灵魂）七元素组成。大约处于同一时期的希腊哲学家恩培多克勒也认为，火、风、水、地四大元素构成世上一切结构。他还认为，爱和争这两种力量相互作用，使四大元素结合或分散。他的这一学说被称为六元素说。他曾预言：“万物终将回归/构成它们的元素。/我们的肉身将化成土/我们的血液将化成水，/我们的热量将化成火，/我们的呼吸将化成风。”

产生的这一问题时，他就可以解释丘达拉穆图和瓦丽在身后留下了什么。凝眸回望吧。千千万万个丘达拉穆图和瓦丽像这样遭受欺压并被毁灭！这样的事情已经持续了多少年！除了在这种氛围中，在其余任何地方，他们的所有愿望和梦想，他们的所有爱与恨，能得到理解吗？如果你呼吸的空气变得沉重了，难道应当对此感到诧异吗？如果你觉得脚下的地面不再坚实，如果你的立足之处不再稳定，那是事出有因的。血凝入了那片土壤。如果你觉得自己四面受敌，那就记着，多少世纪以来，你一直在制造敌人。

所以，那对夫妇的幽灵，在增加阿勒皮城生活的不安方面，起了自己的作用。在此之前，多少万死去的洁厕工和扫街工的愿望、梦想和愤怒，使这里的气氛变得更为沉重？

丘达拉穆图希望，自己的儿子不要成为一名洁厕工。他给他取了一个与洁厕工身份不相匹配的名字。孩子在对“洁厕工”一词的意义不明不白的情况下成长。倘若这位父亲看见自己的孩子躺在泥土中哪怕一小会儿，他往往都会怒不可遏。可是，今天，这个孩子已是阿勒皮城的一名洁厕工。上司获悉他的名字是莫哈南之时，都会皱起眉头！

“哼，洁厕工也要出人头地了。”

现在，皮昌迪的儿子和孙迪兰的儿子也同他一道当了洁厕工。他们三人结成金兰之谊，犹如与共同的敌人作战的士兵。

同父亲一样，莫哈南每天早晨携带桶和铲子进入各个厕所。桶满之后，他把它提出去，将秽物倒入放在路边的大桶中。在十点钟，他必须搭把手，将这些大桶搬到那边开来的拉粪车上。晚上，人们看见他与自己的朋友们一道，出现在公园里或海滩上，衣着干净而入时。

今天的洁厕工知道自己挣多少钱；他也不再上当受骗，学会了在花钱时拿回找头。他甚至还有胆量要求增加工资。在阿勒皮，洁厕工们已学会用统一的声音说话。

他们有一个组织良好的工会，办成了很多事情。他们认识到，工会能取得许多成就。

莫哈南没有结婚。他的朋友们也没有结婚。并不是他们没有想到婚姻。他们间或谈及此事。如果有孩子，莫哈南倒是不害怕他们可能成为洁厕工。他知道，并非洁厕工在产生洁厕工。世上恰好存有洁厕工。即使一个父亲认为自己的孩子不应成为洁厕工，这个孩子还是可能成为一名洁厕工。

有一种流传甚广的指控，即洁厕工是侮慢无礼的。如果你尝试调查这一指控，你会听到，他们确实是侮慢无礼的。他们一直在清理诸多厕所；他们一直准时前来劳作。可是……可是……你应当看到，他在傍晚走路的样子！他用爽身粉；他穿长外衣[①]；他吸香烟。他不是卑躬屈膝的。

这一切都是真的。这位阿勒皮的洁厕工学会了很多东西。他懂得很多东西。他知道如何根据自己所了解的情况进行思考，因而也就逐渐懂得更多。所以，他的举止像是陷入沉思。他已认识到，洁厕工是人。

市政工人联合会向市政委员会和政府提交了一份城市发展方案。事情发展到了这一步：洁厕工有话要说！市政府和市政当局都对工会提出警告。工会无权干预这些事情。工会是一个促进市政工人利益的社团。他们现在关注的事情具有政治含意。他们不应当干涉此种事务。

① 长外衣（jubba），一种带长袖的外衣，通常由官员和职业男士穿用。

那天，莫哈南对自己的朋友们说：“现在，你们明白我很久以前说的那一番话了吧？我们必须奋起反抗什么？是这个市政当局吗？实际上，单人独马的老板不是工人之敌。这位老板的政府才是工人之敌。”

一个洁厕工的儿子也有记忆。正如王子公孙能记住自己的父亲和母亲那样，一个洁厕工的儿子也能记住自己的父亲和母亲。也许，那位幸运的王子在说到自己的父母时，也只能够想见那些需要说的话：“他们爱我。”此类富有父母的婴幼儿，不是由自己的母亲哺乳养大的。倘若他生了病，母亲亦无须长时间操心劳神。他们环顾四周之后就会发现，自己大可不必为孩子的未来忧虑。

所有的丘达拉穆图和瓦丽，为了自己孩子的缘故，生活在艰难困苦之中。大量的莫哈南，对于铭刻在他们心头的父母形象，只有模糊的记忆。从那些不清晰的记忆中，偶尔会萌发一种极为强烈的怒火，以致这种怒火可将整个世界烧成灰烬。在别的时候想到这一切时，他会坐在那里哭泣，显得脆弱而无奈。在另外一些时辰，一种不清晰的启示，挟带着毁灭性的力量，又使他发狂。他的先人的复仇力量被认为已得到抑制，而他正是这种力量的一个活生生的体现。

皮昌迪之子是在成为一名洁厕工的那天获得名字的。孙迪兰之子记得曾取过一个什么名字。他记得自己的母亲被带走的情景。他想起她曾大声呼叫自己的孩子们。无论如何，在爸爸呼叫时，母亲应答道：“老公！”那一声应答依然回荡在他的耳中。显然，他有一个姐姐和一个弟弟……一天早晨，他醒过来时，发现自己已是孑然一身。他不知道别人在什么地方！他再也没有见过他们。今天，他还在寻找自己失散的弟弟和姐姐。

在工会办公室里激烈的争论中，或在无论何时沿海滩踽踽独行时，或在带着桶前去上班时，莫哈南也在思索。是那些记忆一直在使他前行。他的父亲和母亲在这座大城市的重压之下化为齑粉，结束了自己的人生。他知道他们想让他成为人物。他的母亲总是将他抱在怀里，他的父亲则总是坐在近处，而两人总是在谈论什么事情。他们送他上学。他的学校教育是他们生活中最重要的事情。虽然父亲没有抱起过或亲吻过他，但他还是父爱的化身……他还是孩子时，常说的都是些什么祈祷词呀！母亲的所有祈祷都是为他。他们曾经有钱。是的，他听父亲计算过……那笔钱就在主任手里……

主任是个何等巨富之人！城里所有重要的建筑物都是他的。莫哈南觉得，自己对这一切财产都有一份权利。那笔财富包含着他父亲的生命之血。

他间或会看见主任乘坐汽车经过。他常常会想：假定他去要那笔钱，会怎么样？他还会记得洁厕工丘达拉穆图吗？他杀灭和埋葬了多少个丘达拉穆图？……在这座城里，谁还记得丘达拉穆图？

这位洁厕工情绪激奋，但思想还是模糊不清。他已开始梦想火焰腾空和血溅街头的情景。他不知道烈火将吞噬什么，也不知道鲜血将从谁的胸口汩汩涌出。

一天，年迈的市政委员会主任修建的一座巨大公馆举行落成仪式。这是个特殊事件。城里没有一座建筑物像它那么宏大。莫哈南与他的朋友们站着观望。

那天，莫哈南直至午夜方才入睡。他在伴随着梦境的浅睡中猝然惊醒……那座宏大的公馆着火了，火焰在高高腾起，直入云空！

莫哈南的梦想变得明确起来。

朋友们劝他说："莫哈南，你为什么会有这样的感觉？这会使我们的目标落空的。他们对我们做的坏事，绝不少于他们对你们一家做的坏事。"

莫哈南说："我只是想知道，我父亲为我而托付给他的那笔钱的数额。"

"钱的数额！"皮昌迪的儿子大笑起来。钱的数额！洁厕工们损失了多少款项！洁厕工们的所有孩子都在要求说明情况。

莫哈南没有被说服；他并未感到满意。他不复仇就不会安生下来。孙迪兰之子望着他的脸，厉声说道："你父亲的愿望是成为有财富也有地位的人。这个愿望也融入你的血液中了。你复仇的愿望就起源于此。"

"也许你是对的。"莫哈南表示同意。倘若并非如此，他为什么想知道父亲存款所达到的数额呢？他的愿望仍然是争取个人的产权。

皮昌迪的儿子说："我们应当忘记个人，反抗那个人所代表的社会现状。在这种反抗行动中，你的复仇对象也会被摧毁。"

莫哈南对这一番话似乎全然不懂。在他的心目中，随着分分秒秒的流逝，火焰和喋血在变得愈益清晰起来。现在，他一定要亲眼看见这些景象。这是唯一的出路。

皮昌迪之子继续说："无论如何，我们将始终在所有事情上都支持你。"

城市变得黑暗起来。生活变得令人焦心。谁都不知道下一分钟会发生什么事情。火山在冒烟。谁也不知道它什么时候会喷发。

我们周围能够看见的可怜的工人，住在低矮的棚屋中，过着食不裹腹而又一无所有的生活。我们并不惧怕他们。他们能把我们怎么样？乞丐斜倚着一根粗劣的木棍前来，站在我们的门口，大声呼求施舍。我们害怕他们吗？直至今天，低种姓的工人，在风雨和烈日之下，在田野里辛勤劳作。他们曾奋起反对任何人吗？……可是，我们今天，害怕的不是那些散兵游勇，而是他们的全部情绪的郁积。随着每一天、每一分钟的消逝，这种情绪总量在呈现出巨大的规模。

恐惧仅仅是因为这一点吗？难道没有为我们所做的坏事而产生的负罪感吗？

总罢工！军队在以维护公共秩序的名义川流不息地开进城里。

城市渐次陷入完全瘫痪。没有任何种类的活动。街道空寂无人。

就这样，一天过去了。一场飓风蜷缩在这种沉默的母腹之中。不可能让如此巨大的东西就这样一动不动，寂静无声，没有效应。爆发是不可避免的。城市已经意识到了这一点。翌日将有一场工人大示威；不但在城里举行，而且还要在周围地区举行。

由于此项活动可能成为扰乱治安之因，当局预先发出示威将被阻止的警告。可是，这只是起到了增强工人力量的作用。出现了反抗行动；他们的情绪变得激烈。

预期中的事情发生了。一系列事件造成混乱。成千上万的人结群前来，在许多地方形成游行队伍。示威被普遍认为是完全和平的。可是，这些只尝受过贫困和哀伤的民众，这些事实上半裸半饥的民众，这一阶层的规模不仅令城市惊恐，而且也让整个土邦害怕。这一阶层不仅包括工人，而且包括乞丐、麻风病人等！有这么多人在争取自己的权利吗？在享有自己的好运气时，谁也不会意识到这个阶层的规模是如此之大。

他们几乎全都是我们的邻居；他们是与我们密切联系在一起的人；他们是站在我们面前时对我们表示敬意的人；他们是依赖我们生活的人。他们没有一个是我们所畏惧的人……然而，当他站在那里，饿得几乎前心贴后背，而且只是身裹一条围裤，咆哮着往前冲时，如果我们看见他，我们是害怕的。他的双眼滴溜溜地转动。这种力量和这种怒火原先隐藏在哪里？

他是在表明，他们将用暴力夺回自己的权利！此外，他有这样做的能力。

军队站在所有游行队伍行经的路线上。对热情的回答就是用来复枪瞄准。子弹未能打散游行队伍。

就这样，枪击和游行持续了数日。没有对城里财产的破坏。可是，恐惧还是存在的！尽管一支很强大的陆军分遣队驻扎在城里，一种不可控制的恐惧气氛依然存在。

这种恐惧不是一种能够控制的恐惧，因为它不是由外力产生的恐惧。在外力被摧毁之后，由它造成的恐惧就会终结。这是一种由每个人在自己的内心造成的恐惧；这是每个人的种种行为所造成的恶果。它产生于许多世纪以前，而且现在依然在增长。确实会有一个人类能无所畏惧地生活的时代吗？

示威者有绝对不能出现暴力的严格命令。这应当只是一次显示穷人力量的示威。尽管枪击和挑衅持续不断，示威者还是服从这一命令将近一周。从示威者方面而言，他们在任何地方都没有采用暴力。

在洁厕工住区，皮昌迪之子和孙迪兰之子正一同坐在室内一盏灯边。皮昌迪之子轻轻地说："天这么晚了，他还没回这儿来。他能到什么地方去呢？"

孙迪兰之子答道："他是不是碰到了一桩意外事件？"

此时，听见有人在敲门。皮昌迪之子跳起来把门打开。莫哈南进来了。

他气喘吁吁，大汗淋漓。他脸上的神情显得多么激动！可是，这一切似乎并不是由恐惧引起的。皮昌迪之子问他："莫哈南，怎么回事儿？"

他还无法同他们说话。他通过敞开的窗户指向外面。他们看见，烈焰在远处翩翩起舞。他们明白了。那是属于市政委员会主任的新楼房。

皮昌迪之子将一只手放在胸口，说道："你辜负了我们。"

莫哈南望着火焰，感到赏心悦目。最后，在只剩下一片黯淡的红光之时，他能够讲话了。他镇定地说："是的，我辜负了你们，没错。这是违反纪律的。由于我，我们的事业遭到一次狠狠的打击。可是，我是个男子汉。难道我的梦想不该实现吗？"朋友们看见他一脸的轻松。

翌日，他率领游行队伍经过城里的一些重要地区。参加者一个接一个地排成两个队列。莫哈南站在前头，举着一面大旗。

"革命万岁！"

"革命！"喊声冲破云空。

皮昌迪之子和孙迪兰之子热泪盈眶，分别给他戴上一个红色的花环。

他们开始高唱一首战歌，从而不断赋予自己新的活力。游行队伍合着歌曲的节拍迈开脚步。

他的旗帜在微风中飘扬。手无寸铁而且只有精神力量的人群，在这位洁厕工之子的率领下前进。他的脸上显出与一个领袖相称的严肃而坚定的神色。

这支庞大的游行队伍到达城市的另一边时，人数已减少了四分之三……伙伴们被数步开外射来的子弹击倒。不过，子弹并没有成功驱散这支游行队伍。没有一片空旷无人之地，队列连续不断，游行队伍继续前进。

在城外的一片荒地上，可以看到一个大土丘。这片土地一天天逐渐下沉，土丘变得愈来愈小。数年过去了。在沙子被冲走后，可以清楚地看见土丘上的几具骷髅。在一具骷髅的颈部，几条红线历历在目。

一些人说，今天，在那片荒地之上，那些骷髅还在翩然起舞！

2016年7月14日至9月3日初稿

2016年11月修订

2017年6月再次修订

短篇小说

洪水中

神庙坐落在此地的最高点。神像立在齐脖深的水中。水！到处是水！此地的所有居民都走了，以寻找陆地。有船的人家，每户都留下一名看守人。在神庙上层的三个房间里，有六十七个儿童。还有三百五十六个成人，以及狗、猫、山羊、鸡鸭一类家畜。大家和睦地生活在一起。没有纷争。

钦南在水中站了整整一天一夜。他没有船。他的主人在三天前就逃命去了。早在水渗入房子之前，钦南就用椰子梗和树枝搭建了一座平台。他坐在上面过了两天，盼着水很快消退。此外，还有那四五串香蕉及一个干草垛，如果他离开此地，就会有人将它们偷走。

现在，平台上的水已齐膝深。房顶上的两排椰子叶已没入水下。钦南在房子里大声喊叫。谁会听见那样的呼唤？谁在附近？有一些活物和他在一起，而且依赖他活命——一个怀孕的妻子，四个孩子，一只猫，还有一条狗。他确信，只需要不到十二小时，水就会漫过房顶，而他和家人送命的最后关头就逼近了。此时，雨已连续下了三日。他设法破开屋顶，钻了出去，向四面八方望去。有一条大船在向北驶去。钦南向船夫大声喊叫。非常走运，船夫们明白目下情势。他们掉转船头，朝棚屋驶来。钦南通过屋顶构架上的窟窿把孩子、妻子、狗和猫一一拉出。此时，船已靠近。孩子们在上船。“嗨！钦南，”有人在西边招呼。钦南转过身去。“请到这儿来！”那是马迪亚塔拉·孔杰潘。他在房顶上大声喊叫。钦南扶着妻子，急忙将她弄进船里。猫也跳进了船里。谁也没有想到那只狗。它在房顶西坡上走来走去，闻闻这儿，嗅嗅那儿。船离开了。

狗回到房顶的最高点。

钦南的船已经远去。它似乎在飞速驶离。这个动物在死亡的极度痛苦中嗥叫。它发出一连串哀音，就像一个走投无路的人的悲鸣。还会有谁能听见这些响动？它沿着茅草覆盖的屋顶四坡奔跑。它一边嗅着某些地方，一边继续嗥叫。

一只青蛙一直舒坦地坐在房顶上，受到这突如其来的喧扰声的惊吓，扑通一声跳入狗前面的水中。狗畏惧地往后退缩，在那儿站了一会儿，凝视着晃动的水面。

也许，为了寻找食物，这只动物在四处走动，闻闻这儿，嗅嗅那儿。青蛙把尿尿进了它的鼻孔，跳入水中。受到搅扰的狗打了个喷嚏，又打了个响鼻，猛烈地甩头，并用一只前蹄擦了擦脸。

可怕的洪流又开始涌来。狗躬身坐着，忍受着这一切。它的主人已抵达安巴拉普扎[①]。

天色晦暗下来。一条巨大的短鼻鳄鱼，擦着这座半沉在水下的小屋，缓慢地漂游。狗垂下尾巴，惊恐地吠叫着。短鼻鳄鱼对这一

① 安巴拉普扎（Ambalappuzha），南印度喀拉拉邦阿拉普扎县小镇，以其黑天神庙而著称。

切一无所知，漂游而去。

这只悲惨的动物，坐在屋顶上嗥叫，凝视着黑暗的乌云密布的天空。狗的凄恻的叫声传到远处，慈悲的风神伐由[1]将这些叫声带到邈远的海岸。一些为民宅值夜的心肠软的男人可能说："唉！那条狗独自在房顶上嗥叫呢！"

它的主人可能正在海岸上吃晚餐。今天也像平素一样，他可能在饭后给狗留一个米饭团。

狗又大声地不间断地嗥叫了相当长的时间。叫声变弱，随后渐次归于沉寂。可以听见，一个值守人在北面的一所房子里吟诵《罗摩衍那》[2]。狗站着向北面张望，仿佛在谛听这部史诗。它再次呻吟，仿佛它的喉咙马上就会失音。

在夜晚深沉的静谧之中，那优美动听的朗诵《罗摩衍那》的声音，再度滚滚流动起来。我们的狗安静了很长时间，一直在谛听那个声音，直到那轻柔而悦耳的歌声在一股清冽的微风掠过之时消失。除了风的咆哮声和波浪的拍击声，听不到别的任何声音。

钦南的狗爬到房顶，躺在那里。它沉重地呼吸着。它绝望地咕哝着什么。一条鱼飞速跳到空中。狗站起来狂吠。青蛙在洪水肆虐的湖的另外一处飞身跃起。狗厌恶地呜咽着。

早晨。狗开始用低沉的令人心碎的声调嗥叫。青蛙凝视着它。它冷静地看着它们跳入水中，滑过水面，最后沉到水下。

它满怀希望地看着那些还在水面之上的茅草遮盖着的屋顶。所有这些房子都空无一人。任何地方都没有烟火。它猛咬那些贪婪地叮在自己身上的苍蝇，将它们嚼碎。它用后腿挠着，试图将藏在毛

① 伐由（Vayu），印度古代神话中风神名字的音译。这个梵文词的本意就是"风"。

②《罗摩衍那》（Ramayana），印度古代两大史诗之一。精校本全诗已由季羡林先生以诗体译成汉文出版。

里的苍蝇赶走。

太阳照耀了一段时间。它在和煦的阳光下安睡。缓慢的微风中摇曳的香蕉树影，一直在向这房顶移动。它敏捷地跳起来，朝着树影吠叫。

随着乌云飘来，太阳消失了。整个地方都变得黑暗起来。风吹浪涌。不少动物的尸体漂浮在水中。波浪将它们冲走。它们无所畏惧，自由自在地四散开来。它羡慕地望着它们。

一条小船在远处快速移动。狗站起来，摇着尾巴，观察着船行方向。它消失在椰子树丛中。

天开始下毛毛细雨。狗蹲伏在后腿上，用前腿支撑着身子，向四面八方张望。它的眼里闪射出无可奈何的神色，谁见了都会为之垂泪。

雨停了。一条小船从北边那所房子驶来，停泊在那棵椰子树下。狗摇着尾巴，打了个呵欠，随后嗥叫起来。船夫爬到椰子树上，摘了几个嫩椰子，又爬下来。他刺穿嫩椰子，站在船里，喝掉椰汁之后将船划走了。

一只乌鸦从一株远处的树上飞来，落到一头巨大的水牛正在腐烂的尸体上。就在钦南的狗一直贪婪地吠叫之时，乌鸦撕扯水牛肉，满不在乎地大快朵颐。心满意足之后，它飞走了。

一只绿色的鸟啁啾地叫着，栖息在房子附近一棵香蕉树的叶子上。狗受到搅扰，开始狂吠。鸟飞走了。

一个被洪水冲起的蚂蚁窝漂到房顶。蚂蚁们安然无恙，幸存下来。我们的狗吻了一下蚂蚁窝，很可能以为这是一种可以食用的东西。

由于持续打喷嚏，它那柔软的口鼻部变得又红又肿。

船驶向远方。狗再度呻吟。一个船夫转过身来。“哎哟！”这不是船夫的喊叫，这是狗的声音。

“哎哟！”

那种疲惫而又令人伤怀的哀嚎，融入了远处的微风之中。又是无穷无尽的波浪声。没人冲这条狗回头。它就一直像这样，直到船从视野中消失。随后，它爬到房顶上，嘴里咕哝着，仿佛在向这个世界告别。也许，它的意思是说，它绝不会再挚爱人类。

它舔着喝了一些冷水。这个可怜的动物望着那些在天上飞翔的鸟。一条水蛇在波浪里嬉戏，朝它冲来。狗一跃而起，爬到房顶上。水蛇穿过钦南和家人借以成功逃脱的那个窟窿，爬进屋子里面。狗往前徐徐蹭去，通过那个窟窿往里窥视。它突然变得警觉起来，开始吠叫。狗再次利用声音，充分表达了它在挨饿，以及它对丧生的恐惧。一个无论说什么语言的人乃至一个火星居民，都会明白它的意思。这是一种所有的人都可以理解的语言。

已入夜了。雨开始倾盆而下，一场可怕的风暴随之而来。房顶在波浪的拍击下摇摆着。狗有两次险些从房顶上掉下来。一个大脑袋浮现在水面上。这是一条短鼻鳄鱼。狗开始恐惧地吠叫。可以听到附近禽类一同啼唤的声音。

“狗在哪儿叫？人们还没有从这所房子搬出去吗？”一条装载着干草、椰子、香蕉串等物品的船，停在那株香蕉树附近。

狗转向船夫，开始吠叫。它竖起尾巴，站在水边，愤怒地吠叫。一个船夫爬到了香蕉树上。

狗确实往前跳了。爬上香蕉树的那个人落入水中。另外一个家伙抓住他，把他拖进船里。此时，狗已游水回到房顶，继续愤怒地吠叫。

这些偷猎者将所有香蕉串全都割去。狗吠叫的声音越来越大，仿佛它的喉咙就要爆裂。那些人冲它大喊大叫，“嗨，你待会儿就会为此而感到难过。”他们随后将所有干草都搬进了船里。这个集团里的最后一人爬到房顶上。狗即时跳起咬他。它撕下一嘴肉来。此人高声尖叫着，跳进船里。站在船里的一个人用竹篙击中狗的肚子。“喵呜，喵呜，喵呜，”狗的叫声逐渐变小，成为微弱的哀嚎。被狗咬的那个人开始疼得不停喊叫。“安静点。”另一个家伙宽慰他。他们两人随后离开那个地方。狗望着船驶去的方向，一直猛烈吠叫了很久。

大约午夜时分。一头巨大的死去的母牛漂来，停在了房子里面。狗站在房顶上，观望着这一切。它没有走下来。这具尸体在缓慢地移动。狗抓挠着并扯起茅草，摇着尾巴。当这具尸体开始漂出房屋范围之外时，狗慢慢地走了下来，把它朝自己身边拖。它于是开始津津有味地吃牛肉。这么丰富的食物，足以让这只饿极了的狗吃饱了。

“嗵！”一个巨大的响声。狗消失了。母牛一度动来动去，沉入水中，随后漂走了。

此时，除了风暴的呼啸声、青蛙的呱呱叫声以及波浪的拍击声之外，再也没有别的响动。没有活物的声响。邻里善良的值守人再没有听到狗无可奈何的叫声。正在腐烂的动物尸体，在烟波浩渺的水里四处飘荡。乌鸦栖息在一些动物尸体上面自食其力。没有什么声音搅扰它们的清静日子。那些偷猎者的活动，也不再遭遇任何阻力。到处都是一片空寂。

过了一些时候，茅屋坍塌，沉入水中。在无边无际的水面上，一无所见。那条忠实的狗守着主人的房子，至死方休。它已不复存在。茅屋一直高于水面，但也在左右摇晃，直到狗被短鼻鳄鱼猝然拖走之时。随后，茅屋下沉，消失在水中。

水开始消退。钦南朝自己的茅屋游来，寻找自己的狗。他看见狗的尸体倒在一株椰子树下。波浪还在缓缓地推着它移动。钦南用脚趾将狗的尸体翻转过来。他不敢肯定这就是自己的狗。一只耳朵被咬掉了。连它的毛色也无法认定，因为它的皮业已烂掉。

2016年9月16日译

2016年11月23日修订

杧果树下

什么风都不是风
连风暴也不是风
来吧，马维利昆南的风啊！
来吧，海啊，来吧
为我敲下一枚杧果吧！

此时，一阵狂风刮来。在那株参天的瓦里卡杧果[1]树的枝头，成簇的杧果在摇曳着。

他们的精神为之一振。他们齐声喊叫：

来吧，风啊！来吧，海啊！

风力越来越大。什么东西穿过树叶，坠落下来。歌声猝然停止。一时之间，杧果树下一片忙乱。一个小姑娘捡起落下的东西。是一

① 瓦里卡杧果（Varikka mango），南印度喀拉拉地区著名杧果品种之一。

颗奥多罗姆果[1]。她把这颗果子扔到远处，脸上露出苦笑。一个小男孩出现了，笑弯了腰。大家全都哄然大笑。小姑娘流出眼泪。

小男孩就是这个恶作剧的始作俑者。他的名字是巴拉克里希南。他爬上附近的一株木瓜树，从一只悬挂在树枝上的棕榈叶篮子中掏出一枚栏果，将它抛到她面前。

对于是否把它捡起来，小姑娘犹豫了一会儿。最后，当她弯腰要拿时，另一个男孩把它一把抢走。又是一阵哄然大笑。

高里和纳拉亚南用他们捡来的石头玩投掷游戏。纳尼和戈文丹在玩做饭的游戏。尼拉坎坦和拉曼在为“杧果仁之父”举行葬礼。他们将一粒栏果仁放在一个干树枝做的轿子里，一面绕着杧果树转圈，一面吟唱：

杧果仁之父死了
沐浴之礼行了
给我们一枚杧果
让我们完成第十六天的礼仪！

一只乌鸦在头上聒噪。那个爬上木瓜树的男孩跳了下来。

“那是乌鸦的幼鸟。”

“不是，它就是乌鸦妈妈自己。”

“瞧！它在啄栏果呢！”

“静一静！乌鸦要飞走了。”

人人都在仰头张望。

---

① 奥多罗姆果（odollom），南印度喀拉拉地区一种野生树的果实。此树生长在喀拉拉许多地方的海岸和沼泽，花呈粉白色，十分美丽，但树的各个部位均有剧毒，俗称“自杀树”。果有剧毒，以“自杀果”闻名。食之可导致心脏停跳和死亡。2015年5月，在喀拉拉邦还曾发生少女运动员食用此果自杀的事件。

受到捉弄的小姑娘名叫帕皮，站在远处。她脸上悲伤的神情还没有消失。

另一枚杧果落下。巴拉克里希南抓住了它。他一面摘下果柄，把它高高抛到杧果树枝上，一面吟唱：

把这颗杧果的汁液收回去吧
把和它相亲的杧果给帕皮吧。

孩子们通常说："把和它相亲的杧果给我吧。"

可是，他这么说是为了弥补自己的过失，因为他搞了那场恶作剧。帕皮没有得到那枚杧果。

黄昏降临时，孩子们从杧果树下散去。巴兰和帕皮手拉着手朝家里走去。他臂挎着的篮子装满了杧果。她却一无所有。

巴兰和帕皮是邻居。她家在西面，就挨着他家。

在下一次祭神节期间，他们两人都要开始读书写字了。他们一道去吉图·阿桑办的乡村小学。他们一道回家。他们交换植物墨汁，以便擦掉他们写在扇叶树头棕[①]叶上的字。巴兰从神庙水池中摘下莲花，将它们送给帕皮。

她在学习方面很笨。她总是挨阿桑的打。她的脑子真迟钝。可是，她在一点上总是胜过巴兰：

棕榈叶在彼岸
棕榈叶在此岸

---

① 扇叶树头棕（palmyra），拉丁文学名为Borassus flabellifer，一种印度次大陆和东南亚原生树种，高度可达30米，叶子呈扇形，长达3米，可作为书写材料。古代泰米尔语的所有文学作品和泰卢固语文学的大多数作品，被称为贝叶写本，就是刻写在这些经过处理的叶子上保留下来的。

从早到晚打得欢
——这是什么？

巴兰不知道这条谜语的答案。他说，“椰子树”。

“不对！你丢一分！”她会因胜出而大笑并拍手。

“那么，这是什么？”

“眼睑。你现在丢四分了。”

他们总是相互争吵。他总是挠她的脸。她在哭泣之时，总是对他做鬼脸。

“巴兰，我再也不和你说话了。”

她家是一个世家。所以，她告诉他：“我们不吃你们这些人煮的饭。”

他也有可以炫耀的东西：“我要学英语了。”

上学六个月后，帕皮不得不辍学。她叔叔说：“她不上学了。如果女人受到教育，她们日后的要价就高喽。”

翌年，巴兰进入一所初级小学。帕皮站着，望着他带一块石板和一些书，穿一条小围裤去上学。她曾一度问他：“巴兰！学校的老师打你的屁股吗？”

“要是我没有学好功课，当然打。”

在杧果成熟的季节，帕皮收集杧果，将它们留给巴兰。他傍晚回家时，她就把杧果给他。

她有好多家务需要完成。她得照管炉灶里的火，清除牛棚里的粪，洗刷杯盘碗盏。她实际上连沐浴的时间都没有。

在完成初小的学业后，巴兰进入四英里之外的英语学校。在他穿上新衬衫，由父亲陪着前往安巴拉普扎时，她一直看着，宛如一尊石像。

“巴兰，你再也不回来了吗？”她问道。

“我星期五会回来的。”

帕皮潸然泪下。他将待在安巴拉普扎。小姑娘意兴阑珊。巴兰星期五晚上回家。她送他满满一篮杧果。

那年，西南季风狂吹不息。出现了大洪水。他几乎一个半月没有回家。每个星期五，帕皮都在期待巴拉克里希南返回。可是，他没有露面。

在大量洪水排走之后，巴兰回家来了。还有一个男孩和他在一起。他甚至在星期六过后都没有去帕皮家。她也没有时间去他家。在星期日，她去他家。巴兰和他的朋友在学英语。

初级中学四年的学习结束了。巴兰进入高级中学。他只有在下一个奥南节①假期才回家。帕皮看见，一个时髦的年轻男子走近东边那所房子，一个脚夫给他提着行李。她以借一捏土茴香籽为由前往那里。是巴兰。可是，一时之间，帕皮无法认出他来。

巴兰剪掉了簇生的头发，他的头发理得恰到好处，梳得也引人注目。他的面色白里透红。他的脸上现出两三个粉刺。他的嗓音也变了。他穿一双凉鞋，有一柄绸布伞。他的箱子里有许多好玩的东西。他的微笑有一种特殊的意味。

巴兰进入厨房，说道：“阿妈，我饿了。”帕皮在那儿。她身上只围着一条下垂至膝盖的有点脏的长毛巾。

“帕皮，你好吗？”巴兰问道。

她没有回答。

---

① 奥南节（Onam），亦称丰收节，南印度喀拉拉地区最大的节日，时在八九月之间，狂欢持续10日，系展现喀拉拉文化和传统的盛会。

假期过去了。到了巴兰返回阿拉普扎的时候了。他出发了，他的箱子由一个脚夫提着。他觉得，有人在那株瓦里卡杧果树下叫自己的名字。他转过身来。帕皮正站在乾闼婆[1]神庙前，在素馨花荫下。她问道："巴兰，你要走了吗？"

"嗯。"

他继续往前走。在巴兰的心里，有一些轻微的感触。在她大声呼唤他的名字时，也有一种难以言表的情愫。它就像是一种飘渺的声音。

巴兰在下一个中夏假期返回。可是，他在家里只呆了两三天。随后，他前往北帕拉乌尔看望自己的姐姐。

这是巴兰在学校的最后一年。他已经在当年过了第五学级。在期年之后，他回家来度中夏假期。巴兰已经十七岁了。

那一季，有大量杧果，前所未有。从城市回来的巴兰常去站在那株年迈的瓦利加杧果树下，呼吸一些新鲜空气。

孩子们依然在唱那首古老的歌：

来吧，风啊！来吧，海啊！

杧果仁之父已有了后代。当杧果坠落时，帕皮依然与其他孩子一道奔跑。巴兰总是在远处观望那种欢乐的景象。帕皮还是个孩子。她得到一枚杧果后，就将果柄掐下来，一面把它往上抛，一面说：

---

① 乾闼婆（Gandharva），印度教及佛教神祇之一，一译"香神"。形象之一为上身半人，下身半鸟（或半马），肩有双翼，可御空飞行。精医药，擅音律，为天庭诸神制作音乐，在傍晚以美妙歌声引诱路人（德国19世纪关于女海妖罗累莱用歌声引诱渔夫触礁沉船的传说，可能即受此启发产生）。被认为是神与人之间的使者，有仙人之称，喜欢接近女子。

把这颗杧果的汁液收回去吧
把和它相亲的杧果给我吧。

一天傍晚，巴兰正站在瓦里卡杧果树下，孩子们都回家去了。一阵风吹来。帕皮突然出场，仿佛从地下钻出来似的。一枚杧果落下。她将它捡起来。

“帕皮！把那个杧果给我吧。”

帕皮把那枚杧果给了他。

“你得了好多杧果，对不对？”

“我把它们都留在你家了。”

“噢！怪不得我直到今天还一直在吃咖喱杧果菜呢。它们是帕皮的芒果？”

“你回来那天，我送过去150个杧果。你妈妈告诉我，你在十号回来。”

他哼着一支曲调，走开了。从他身上散发出一股香气。巴兰拿着的手绢上，都有刺绣图案！

帕皮站着，望着巴兰。

假期终于结束了。巴兰现在是读最后一年级的学生。他在怀着获取奖学金的目的学习。无论是奥南节假期还是圣诞节假期，他都没有回家。巴兰只是在公共考试之后才回家。

黄昏时分，他们像以往一样在瓦里卡杧果树下会面。她早早就沐浴过了，头发披散下来。她穿一件白色的背心（不穿罩衫，习俗如此）。帕皮第一次在巴兰面前感到胆怯。一阵柔风吹来，仿佛乾闼婆神庙在叹息；在神圣的蛇林中，响起一阵沙沙声。帕皮低垂着头。

一种让女人的容貌富于魅力的羞涩表情，一丝灿烂的笑意，浮泛在她的脸上。巴兰向前迈出两步。帕皮的双手呈十字交叉，放在胸前。她十八岁。

巴兰抓住她的一只手，轻轻地摩挲着。她仰起脸来。他们的目光相遇了。下一刻，巴兰紧攥的手松开。她消失了。

从那天起，她不再前来那株杧果下。她说服母亲给她做一件罩衫。她无论何时看到巴兰，都会跑开并藏起来。

巴兰通过学校最后的考试。他前往特里凡得琅，学习中级课程。就这样，他的世界变得更加广阔。时髦的朋友，城里的姑娘——就在那种诱人的生活中，对过去的记忆被掩藏起来。在那年的假期中，巴兰同马德拉斯的一些朋友漫游了整个南印度。在巴兰于翌年回家度奥南节假期时，有四五个朋友随他而来。他们在外出到田野里散步时，巴兰看见帕皮站在那株瓦里卡杧果树下；她身穿一件带圆点图案的罩衫。

四年过去了。巴兰成为一名大学毕业生。他与一名现已退休的高级官员的女儿结为伉俪。当地前往参加婚礼的宾客，交口称赞新娘秀美的仪容。

一天，巴兰和妻子回家。他就要前往英格兰，因而将妻子留在家里。

那个城里的姑娘，傍晚时常站在那株瓦里卡杧果树下。她的丈夫已前往深红色西天之外老远的那个国家去了。在分手之际，他数度发誓。可是，她的内心深处总是充满忧虑，胡思乱想。他过去就常说，白种女子的微笑非常迷人，谁看到都会喜爱她们。他在伦敦的快乐生活中，难道不会遗忘自己对特里凡得琅的一个天真姑娘发下的誓言吗？她没有受过教育又不谙世事，因而从来未能取悦于自己的丈夫。她向神祈祷，“让他拥抱人生中所有美好的事物吧。同样，让我的不足之处得到补偿吧。”

她给他的家书都是用泪水写成的。“请不要忘记你对我发下的誓言，”她总是写。“别对我的忧虑感到恼火！我是个痴人。我没有权力规劝你。我总是为你的成功而祈祷。”这位出自特里凡得琅的城里姑娘总是不断写下去。她总是记起丈夫宠爱她的情景。他那黑色的交织在一起的眉毛，他的身影，总活灵活现在她的脑海里。依据所有权，那个人就是她自己的。

就这样站着沉浸在思念之中，她的眼里已满是泪水。帕皮好奇地从远处望着她。她实际上是在盯着看她的首饰，以及她从腿到脚都裹起来的穿着方式。她真是个女神哪！

帕皮慢慢走近她，问道：“你为什么哭呀？”

那个来自特里凡得琅的姑娘只看了她一眼。

四年过去了。巴兰回来了。他被任命为高等法院法官。

那个村庄发展起来。它很幸运地成为一位大法官的出生地。蒂鲁瓦拉—阿拉普扎公路经过那里。一所英语中学，一两座椰子壳粗纤维工厂——所有这些事物都出现在那个村庄里。

孩子们依然聚集在那株瓦里卡杧果树下，唱着那些歌。

来吧，风啊！来吧，海啊！
…………

谁也不知道谱写了那首歌的大诗人是谁。祖父们和祖母们，在他们多事的青春时代，遗忘了那些诗行。可是，现在，他们想起了它们。连他们也无法说出那个诗人是谁。

如今，乾闼婆神庙已破败不堪。那株瓦里卡杧果树上结出的杧果已经变小，像五倍子。孩子们可以一次将两枚杧果放入口中。

一天傍晚，一辆轿车停在路边。一个年约五旬的人从车上下来。他已白发苍苍。

这是巴拉克里希南。当地公民满怀敬意地聚集起来，跟在这位令人钦佩的法官后面。他跟他们寒暄着，走到那株杧果树下。

那株年迈的瓦里卡杧果树贡献出一枚杧果，来当东道主。一枚杧果恰好掉在他面前。

一些儿童朝杧果跑去。可是，法官彼时已将它捡起。他手里拿着那枚杧果，仰头观望。成簇的杧果在风中摇曳。

“巴兰！”

伦敦因机器的呼啸而喧闹；家里因满怀爱意的妻子温柔的微笑而充满欢乐；庄严的司法职位；他的充满欢乐的童年时代的这个声音，穿越他多姿多彩的一生，突然传到他的耳里。法官转过身去。

一个形容枯槁几成骷髅的人影，望着他开怀大笑。那张嘴里连一颗牙都没有了。法官端详着这个身影。

什么风都不是风
连风暴也不是风
来吧，马维利昆南的风啊！

来吧，海啊，来吧
为我敲下一枚杧果吧！

孩子们唱着。

2016年9月3-4日译

2016年11月24日修订

忠贞的妻子

在夫妻相互挚爱和信任的家里成长起来的孩子们，会充满活力和热情。谁也没有丝毫怨尤。乍一看去，这个家多么幸福而又蒸蒸日上啊！真是令人羡慕！

可是，我却觉得，在那个家的神秘莫测的深沉的内里，一盆火在慢慢燃烧。我每时每刻都在准备获得会产生严重后果的消息。在什么地方有个极大的孔隙。然而，谁也弄不清这个问题。一股强大而神秘的潜在情绪，给他们的生活蒙上了些许沉郁的严肃色彩。可怜的孩子们还在到处走动，大笑大叫。那里所需要的，是一条清浅的天然的小溪，与那奇特的节律保持同步。然而，那里是一条静静奔流的深河。

我的母亲深信神的慈悲，常常说："我从不需要为她操心。"母亲也没有意识到他们的生活的奇特性质；母亲无论何时提及自己的长女的幸福和好运，总是充满感激之情。我总想将我对这个话题的想法告诉她。可是，我又说不出什么有点把握的话。纯粹是一种令人十分不快的感觉，而根据常识判断，这又是一种没有根据也不合理的感觉，或者干脆就是一个悲观主义者的疑心生暗鬼——那么，我又怎么能把这种感觉说得令人信服呢？我无法举出一件事或一种神情变化作为我忧虑的证据。所以，我没有就此向任何人说过一句话。那个家会破裂。什么时候？如何破裂？为什么？没有答案。总之，我觉得那个家有点虚假做作的氛围。然而，我对自己的想法秘而不宣。

我们把姐夫称为大哥。他就是个爱的化身。一根我们可以始终依赖的充满爱心和力量的中流砥柱。他帮助我们的父亲偿还了几笔旧债。这倒不是因为我们的姐姐曾要求他这么做，而是因为他觉得她希望他这么做！他爱我们的母亲，就像他的母亲一样，因为情不自禁，像姐姐一样爱我们的母亲。他请工匠为姐姐和她的孩子制作了一些金首饰。他从来没有不同她商量就进行任何商业交易。此外，他业已将自己的所有财产都送给了她。这也不是她所要求的。一天，他径直走到她身边，就把有关文件交给了她。后来，我逐渐获悉，姐姐即便在那时也只是站在那里，无动于衷，她脸上甚至没有微笑，不带喜色。可怜的大哥一定有什么出乎意料的事儿落在了头上！

我想到他时，总是心怀一定的同情。一天，因为我暗示大哥真不够精明，母亲将我痛骂一番。我确信，他一定有某种不堪的经历，因而正在遭受惩罚。他只是一个可能表现某种令人生厌的现实的工具。每当他移动到姐姐坐着的地方，试图跟她交谈之时，我都会诧异于这个可怜的人何以竟然如此热情。也许，他被赋予一颗充满挚爱的心，只是为了使人生戏剧的悲惨结局达到更为强烈的地步！他有时会一直凝视着姐姐，为这样的每时每刻而快意。他究竟为什么和她结婚？

也许，姐姐也心怀着同样程度的爱心和热情。她只是不善于表达而已。难道不能这样想吗？

事情终于发生了。就是我曾怀着深深的震撼感想象过的事情。一天，大哥将姐姐和孩子们带到我们家来。他们的到来这一事实本身就意味深长。火盆爆炸了，潜流涌到水面。孩子们闹哄哄地跑进来抱住我。他们的家破裂了。我从未见大哥脸上有过这么沉重的神情。他甚至没跟我们说话，五分钟后就离开了。他对孩子们连一句话也没有说。在他离开并走出一定距离时，戈马蒂叫了一声“爸爸”，不禁失声痛哭。他以前离开时，总要先拥抱她，亲吻她。

我们未能发现姐姐脸上的表情有任何变化。可是，一经说到实情之时，她的脸就会发红。她仿佛在自问，事情是否业已全然过去。

我觉得，他们两人是在一次怒火爆发之后分道扬镳的。可是，目前别人谁也没有意识到这一点。父亲问道：“凯沙瓦·比莱为什么一句话也不说就走了？”母亲问道：“怎么回事儿？你们吵架啦？”戈马蒂过来解释说：“姥姥，几天以前，爸爸把妈妈大骂了一顿。从那时起，妈妈就常常独自一人坐着哭泣。她还总是望着天空祈祷。”

几个月过去了。大哥没有回来。姐姐也不打听他的消息。父亲和母亲开始产生疑心。一天，父亲问她：“宝贝，你们为什么吵架？”

没有答复。父亲一再追问。没有回应。仿佛她的嘴被缝上了。在这样的沉默中，女人的那份严肃劲儿真是好看！

“你们吵架啦？”

“没有。”

“那么，这是怎么回事儿？”

没有回答。

“你不想回到他身边了吗？”

“不想。”

这句答话的强硬确实让我感到震惊。那两个字有这么大的力量吗？答话后面一定有相当深入的思考。还有一种无法解释的宽慰。可怜的姐夫！那两个字就是对他的一腔热情的回报！

“不想。”这就意味着，她不再能够身背那副枷锁坚持下去。

她对他没有丝毫埋怨。她不能说他不爱她。他无微不至地关心和照料她。他也有充裕的金钱和财产。找到这样的丈夫并不容易。那么，“不想”二字又如何说得如此斩钉截铁呢？对我们的父母而言，这真是一个不解之谜。

一个女人会像这样丢弃自己的丈夫吗？而且是在生了四个孩子之后？我感到诧异。生活不就意味着相互妥协吗？

父亲前去看望大哥，想把事情弄清楚，结果很快即打道回府。他说，大哥还是老样子，像旧日那样充满爱心和敬意。在他们谈话期间，父亲发现很难言涉及正题。

大哥不会说，她不是个顺从的妻子。他还觉得她是个很能干的主妇。他们的共同生活没有出现过任何不谐或失控之处。就品格而言，他也不敢说她有任何瑕疵。也没有任何怀疑余地……

“没有，就那一方面，我找不到她的过失。”大哥说：“没有别的男人曾经步入过这所房子。”事实上，这对夫妻是个巨大的无法形容的问题。

好多年前，在还是个小孩子的时候，我曾亲历过一定的事情，而至今我还记着其中几个模糊的细节。有时，我总想通过推理将那些无关的事件联系在一起。可是，我未能成功拂去使那些场景变得朦胧的蛛网。这是姐姐生活中的一个秘密，可能有助于解开当前这一问题。可是，那是一场梦呢还是现实？

姐姐搬到我们家来生最后一个孩子。大哥正在盖自己房子的时候，我那时是个小孩子。产后，姐姐在我们这儿待了很长时间。我常常看见她走到南边的篱笆跟前看着一个什么人……那时，姐姐十分漂亮……我在半睡不醒之时，一股温暖的气息落到我的身上……后来，一只陌生的手触摸我……我大为震惊，仿佛我被烫着了……还有一个夜晚，我听见有人非常轻声地说："七天后就会死掉。"我记得的就是这么一句话。

翌日，大哥过来接姐姐。她说她不要走。父亲十分生气。她最后终于同意走人，我还随他们走了一趟。

数日后，父亲从什么地方回到家来。我听见他说，有个什么人死了。就是那个曾两度前来我们家的某人。我记得他是个英俊的年轻人，皮肤白皙，留着雅致的胡髭。他是那种即使见过一面也断难忘记的人。无论如何，我觉得我们之间有一种无法解释的联系。

鉴于此类模糊记忆，我发现自己在目不转睛地凝视姐姐。她让那个乾闼婆[①]抚摸过吗？他可能是谁呢？无论是谁，他已经死了，走人了，不是吗？

然而，也许她不能忘怀他。她是一个妻子，而一个妻子要受到许多限制。她确实完全掌握了自己；她只能在允许的程度内享受生活。品尝禁果之后，她会常常想起那份紧张，以及由此造成的内心的纷乱。在那位英俊的年轻人尝试唤醒这样一个女人的过程中，他们的必不可少的勇气，尽管由于经年的自我控制而萎缩，可能还是在不知不觉之间被激起，因而可能造成一件引起强烈震撼之事。于是，在妻子移情别恋之后，丈夫变得无关紧要。体验能够唤醒遭到

① 乾闼婆（Gandharva），神名，参见前面《杧果树下》脚注，此处指令女人倾心的男子，相当于英文中lady-killer一词。

戒律和自控抑制的感觉和情绪。这样的体验是永存的！

谁知道一个女人的情感是怎么回事儿？一旦突破底线，她就会怀着一种反复违规的欲望一往无前。她也可能践踏此前一直被视为纯洁而又神圣的无论什么信条。

我虽然多次就要张口询问姐姐这一切是怎么回事儿，但始终还是踌躇不决。我觉得，她有许多话要讲，但我们谁都没有说一个字。

她总是陷入沉思。她有严肃而又沉重的问题需要考虑，而且她常常双目转向南面，就这么坐着。他还会来吗？也许，这就是她的眼里总是满含泪水的缘故。

父亲和母亲责备她。父亲一天至少骂她五回。父亲说，她对这一不幸事件负有完全责任，这话当然是对的。他还会赞扬大哥。可是，姐姐本人从未说过一句不利于自己丈夫的话，她没有可用以攻讦他的事实。一天，她让戈马蒂坐在怀里，对她说："你爸爸……"

她接着讲了一个故事，说明他曾多么爱她。

约一年后，大哥前来我们这里，想索回他的财产。我姐姐衷心同意。听到她的回答，大哥感到震惊，这是他完全不曾料到的。数日后，他再度出现。没有任何特殊原因。姐姐不同他说话。他又一次来时，提出离婚要求。姐姐对此也表示同意。半年后，离婚生效。随后，我们有一天听说大哥再婚了。

在我们家南翼房间的墙壁上，可以看见一个指印。我不知道是谁留在那儿的，是在何时留下的。一天，我发现姐姐在看着这枚指印哭泣。后来，姐姐也发现我在切近察看这枚指印。那天夜里——那是个月夜——我和姐姐在院子里溜达时，她说："一个充满爱心的灵魂，在这附近徘徊，我们却看不到。"

"姐姐，他是谁呀？"

她有些哽咽，没有回答这个问题。我看见，由于热泪涌流，她的眼睛闪闪发亮。

数日后，戈马蒂大吵大闹，说要回自己家。父亲把她带走了。可是，她在第三天又回来了，大哭不止，悲痛欲绝。我们深感不安，不断向她发问。她说："有人……有人待在我们家。我害怕到那儿去。"

可怜的孩子！她继续啜泣。她还有别的不满之处：有人在用她的碗喝粥，她的小玩具盒不见了，如此等等……

我们谁都无法安慰她。让她成长起来吧……

数年过去了。姐姐变得白发苍苍。她的眼睛一直习惯性地流露着期待某人归来的神情。她也会把大量时间用于冥想。她能为什么事儿祈祷？难道死者还能复活吗？

戈马蒂成长起来。她已大到足以懂事。一天，我看见她用一把小折刀将墙上的那个指印刮去。

姐姐问我："这些孩子们会恨我的，不是吗？"

我无话可说。可是，我自言自语："是的，他们爱自己的父亲。这是天公地道的。"

我觉得，如果我当时问姐姐，她就会把一切都告诉我。她得把话都讲出来，以让自己卸掉重负。

"你为什么让他们失去这样一个父亲？"我问道。

她回答说："我尝试过。直到我再也无法忍受这种局面。我是努力过的。宝贝，发生那样的事情也是迫不得已。一个男人要妻子干什么？如果她住在他的房子里，却一直想着别的什么人，情何以堪？"

"姐姐，他是谁呀？"

“宝贝，就是你知道的那个人！是的，同一个人！正如所预料到的那样，在我离开的第七天，他死了。”她失声痛哭。

过了一会儿，我问道：“大哥知道此事吗？”

“不知道。”

“那么你们为什么吵架？你们本来是可以言归于好的……”

“宝贝，我是个贞妇，一个忠于自己丈夫的贞洁的女人。”

“贞妇？”

“是的。”

我莫名其妙。姐姐意识到了这一点。所以，她向我吐露了一个最大的秘密。

“从那时起，我就再没有生过一个孩子。”

“可是，你住在那儿呀……”

姐姐十分机械地说：“和我孩子们的父亲住在一起。”

整部历史就这样展现在我的面前。

过了一会儿，姐姐说，“我祈祷，我冥想，以便我的神至少会出现在我的梦中。我每天早晨都从绝望的深渊醒来。”

2016年9月13~14日译

2016年11月25日修订

士兵

看见警察局里的人群，他走了进去。警官们量了每个人的身高和体重，又问了他们的住址。他没有回答这个问题。他是那天新征的150名士兵之一。

他们在当天就被带走了。这真是一次令人兴奋的旅程：一日三餐，好吃好喝，满足个人需求的零花钱，还有很好的朋友。

火车穿越了许多新地方。他看到许多名城重镇。在经过八天的旅行后，他们到达了目的地。

训练时期有点艰苦。可是，在知道会有饭吃，而且是一日三餐之后，也真让人觉得宽慰！此外，生活面在拓宽，新的阅历使生活充满了令人兴奋的东西。自己是个流浪汉的念头开始冰消瓦解。现在，只有在铺上床单之后，他才能睡觉。他的脑袋也需要一个枕头。舌头也学会了区分五味。

生活的范围和压力都增大了，因为他觉得可以做一些事情了。他也有了一定的责任和一定的权利。

他所在的团开拔到2 000英里之外的某地。随后，他们被带到另一个地方，过一段时间，又去了第三个地方。此时，他已学会印度斯坦语[①]，而且见识了印度几乎所有的主要城市。他学会了生活。他有足够的钱，他还会从政府拿到更多的钱。

有一天，一个军官通知，部队放假一个月，想家的可以回去，看看自己的亲人再归队。想要请假的士兵必须立即申请。那天，军营里兴奋之情难以描述。他也感受到了这一点，可是这种欢乐情绪似乎还缺少一点什么东西。这不过就是个幻想。

他也提出了申请。

晚餐后，士兵们三五成群，坐着聊天。一个来自迈索尔[②]的士兵问另一个来自蒂鲁奈尔维利[③]的士兵："我们一块儿动身好吗？"

"可是，我想明天晚上就走。"

"我也决定明晚走。天哪！我有好长时间没看见我女儿了！"

那个迈索尔来的士兵若有所思地坐了一会儿。他的脸亮堂起来，仿佛他已在想象中见到了自己的女儿。

来自蒂鲁奈尔维利的士兵说："我的老母亲，我甚至没告她一声就跑出来了。我可是她的独生子呀。"

他也思索了一会儿，然后自言自语起来："真可怜！她一定在那间小屋子里等儿子回来呢。"

一个老家是巴拉卡德[④]的士兵问拉曼·奈尔："你什么时候走？

---

① 印度斯坦语（Hindustani），指北印度和巴基斯坦的通用语：主要由德里方言克里波利语发展而来，从梵语、波斯语、阿拉伯语、查伽台语（一种突厥语，曾广泛使用于中亚，20世纪初期消亡）等语言吸收了大量词汇。属印欧语系，包括现代标准印地语和现代标准乌尔都语两种官方语言形式。这两种语言在口语和语法方面几乎相同，但在文学传统和术语方面有所不同。在1947年印度分治前，印度斯坦语、印地语、乌尔都语是同义词。

② 迈索尔（Mysore），南印度卡纳塔克邦的历史文化名城，在班加罗尔西南约146千米处。曾在近6个世纪的时间里作为迈索尔王国的都城，以迈索尔宫等建筑而著称，人口近100万。

③ 蒂鲁奈尔维利（Tiruneiveli），南印度泰米尔纳德邦城市，人口约50万。

④ 巴拉卡德（Palakkad），南印度喀拉拉邦城市，人口10余万。

我们一块儿走好吗？”拉曼·奈尔机械地回答说：“好吧。”

另一个来自马德拉斯的人低声问了个一般性问题，想听听大家的意见：“有什么办法能把假期延长到三十天以上呢？”

那个来自巴拉卡德的士兵答道：“到时你必须拍电报，就说你病了。我也在琢磨这么做呢。我家里需要料理的事务成百上千。”另一个士兵说：“我觉得这一招是不可能行得通的。他们现在为什么放这个假，你们知道吗？回去看看我们的家人。你们一定要看看每一个人再回来。我们只有运气好，才可能再见到自己的母亲和女儿。他们打算把我们送到战争前线。”

没有一个人说话。场面突然变得紧张起来。来自迈索尔的士兵长叹一声，说道：“我的女儿会得到一千卢比[①]。啊，这就够了。”

那个来自蒂鲁奈尔维利的人说：“要是我母亲有那一千卢比，就有人可以在她临终之际照料她了。”

这个夜晚，充满了叹息声，无人能够睡好。无论要做什么事情，他们只能在三十天的时间内完成。

拉曼·奈尔也试图为这个假期作点规划。可是，没有任何事情可以详予规划，因为他无事可做。这三十天舒缓地展现在他面前。

那个来自巴拉卡德的士兵，挨着他躺着，问道：“拉曼·奈尔，你家有多少人哪？”

“一个没有。”

“那么，你在假期会到哪儿去？”

他没有回答。

这个朋友又问道：“你不是蒂鲁瓦南塔普兰人吗？”

拉曼·奈尔觉得更为迷惑了。他也没有回答那个问题。

---

① 这位父亲的意思是，女儿这下可就有了奁资，因而不愁嫁不出去了。

“好啦，我是在蒂鲁瓦南塔普兰应征入伍的。”

“可是，你老家是哪里？”

“我哪里也不去。我不要任何假期，”拉曼·奈尔听起来非常生气。

这位朋友问道：“你和我嚷嚷什么？你从家里跑出来，是我的过错吗？”

谈话就此结束。

那天夜里，甚至在天放亮前的时段，军营里还有一个人——拉曼·奈尔——尚未成眠。他想知道，是谁给他取了那个名字，谁给他的名字加了“奈尔”这个诨名。童年时期，他在街上行乞之际，没有人用那个名字称呼过他。在他的人生中，这个名字究竟起源于何时？

“我哪里也不去。我不要任何假期。”

这些话像咒语一样在他的耳朵里回荡着。他本来不该把话说得如此决绝。他的母亲，那个不幸的女人，或者那个男人——他的父亲，再不然就是在他前后出生的某个与他一母同胞的人，可能就生活在喀拉拉的某个地方！那么，在这个世界上，就不会有某个人思念他？也许，他能弄清这个问题。

他看见过许多地域，和不同类型的人打过交道，听过也讲过各种语言。喀拉拉是大不相同的。在那里，一个人即使到处行乞，也不会觉得厌倦。即便是那里的水，也是极为特别的。午后骄阳的热度，不会让人感到疲惫。只有马拉雅兰人的微笑才是真诚的。只有他们的语言才能表达挚爱之情。

他出生的那片土地像自己的母亲一样向他发出召唤。他心中萌生出一种热望。他要睡在椰子树清凉的让人舒心的浓荫之下，去田野间漫游，去吃一把喀拉拉的米饭。

早晨，别人还在沉睡，他即已起床。他们醒过来时，他已为旅行做好准备。

一连三四天，人们看见一个士兵出现在阿拉普扎的道路上和交叉路口。他往往在全城各地数度出现。他甚至在夜里也继续漫游。一个年迈的穆斯林脚夫，跟码头上值夜班的警察汇报了他的情况。谁也不知道他住在哪里，或他从哪里来。

一天，他消失了。翌晨，在故临城内阿南达瓦利斯瓦兰神庙[①]附近，人们又看见他站在一座大门紧锁的房子外面。他手里提着一只铁皮箱。一个过路的男孩告诉他，那里无人居住。

这时，一位绅士从神庙出来。士兵跟着他。在走了一会儿之后，绅士转向一所房子。

“我是拉曼。”

听到声音后，绅士转过身来。士兵站在那里，手提箱子，像座雕像。

“拉曼？哪个拉曼？”绅士问道。

士兵在那里站了一会儿，说不上话来。随后，他走开了。绅士站在那里，望着那个渐渐远去的身影消失在道路转弯之处。拉曼！他想不起任何一个叫此名的人来。

拉曼这个词被划拉在钦纳卡达一家旅社的一块木板上。士兵告诉旅社主人波蒂：“这是我干的。”

波蒂没有回应。

士兵在蒂鲁瓦南塔普兰四处游荡，寻找一位“帕拉穆大哥”。可是，他无法找到这位哥们儿的确切地址。

---

① 阿南达瓦利斯瓦兰神庙（Anandavalliswaram Temple），是一座著名的印度教神庙，主要供奉大神湿婆和他的妻子提毗（波罗伐底），坐落在故临（今奎隆）市中心。据信，这座神庙已有1 100年的历史。

就这样，十七天过去了。他没有得到任何人的一个熟悉的微笑。他从一个城市移动到另外一个城市，渴望听到一句问话：“你什么时候来的？”他勉力建立这种或那种友谊。五天，六天，七天，时间在一天天滚滚流逝。他尝试与自己见到的所有的人说几句话，称呼许多人“大哥”，而且朝每个人微笑。可是，他无法将任何一张脸留在自己的记忆里，也没有任何人会记住他。就这样，他以鸟儿飞翔的速度从科泽科德[①]旅行到纳盖科伊尔[②]，用了二十八天。此时，仅剩下两天了。每餐饭后，他们都伸手要钱。没有人叫他的名字。给他取名究竟为什么？

一座宁静祥和的村庄，远离拥挤的城市。临近田野，一座小屋掩映在山谷葱茏的草木之中。士兵在这户人家的游廊上吃晚餐。身边是一盏点亮的灯，他感到十分轻松。一位老妇人在从手边的器皿中给他上米饭和咖喱菜，同时一直在跟他说话。

他叫她“阿妈”！她叫他“儿子”并同他谈自己的家事。

母亲说：“我的儿子呀，我们家有六口人！我们需要衣服、油料、粮食。每笔花销都得支付。我们只有一点点财产。前年，我们从那块地里弄到1 000公斤木薯淀粉。儿子，我给你盛点儿咖喱脱脂牛奶，怎么样？随后，你可以吃点酸奶。”

她端上咖喱脱脂牛奶。

“阿妈，您没给我多弄一份米饭就好了。我吃得太多了！阿妈，我吃了有四份米饭，是不是这样？”

---

① 科泽科德（Kozhikode），南印度喀拉拉邦历史名城，位于马拉巴尔海岸，亦名卡利卡特。有“香料之城”等称誉。市区人口近60万。

② 纳盖科伊尔（Nagercoil），南印度泰米尔纳德邦城镇，接近印度半岛最南端，人口20余万。

“真是的！我只做了一份半米饭！”

老妇人又接着往下说。拉曼·奈尔问道：“阿妈，您没有儿子吗？”

老妇人长叹一声，回答说：“神赐给我一个小男孩，可是又把他带走了。他要是还活着，现在该二十三岁了。他比我的娜尼小。娜尼比他大两岁。”

老妇人又将一些米饭盛到他的盘子里。他力图阻拦她，可是她不依不饶。

“儿子，放开我的手。”

“阿妈，够了。我连气都喘不上来了。”

这是他平生第一次吃到这样一顿晚餐。迄今为止，还从来无人对他说过，他还没有吃够。

他在那座小屋前院来回溜达，十分不安。他与这座僻远孤寂的村庄建立了人生中一种难以言喻的关系。他感到自己的心在非常平静地跳动。此时，他的思绪变得清晰了。他有了一个母亲！

阿妈！阿妈！“再吃一点儿米饭。我给你盛点儿咖喱脱脂牛奶。”不，他永远不能忘记那位老妇人脸上的微笑。她希望他吃得饱饱的。可是，假定他还没有吃饭呢？这倒也不会让她感到痛苦或使她彻夜无眠。她不会准备好米饭和咖喱菜，在点亮的灯边等候他。她没有经历过生他时的极度痛苦。

不，谁都不会等候他。即使他在海洋彼岸的某个战场[1]粉身碎骨，也不会有任何人感到这一损失。谁也不会为他祈祷，让他避开这场悲剧。

翌晨，他对老妇人说：“阿妈，我可以跟您说几句话吗？”

---

① 指印度洋西北方向的欧洲战场。

“当然，我的宝贝儿子。”

“我是个纳耶尔[①]。”

“你昨天就跟我说这个了。”

“我没有任何地方或人家可去。”

“你昨天在吃晚餐时也说这个了。”

“阿妈，我没有任何亲人。”他失声痛哭。老妇人站在那里，目瞪口呆。

下午，在那所房子里举行了一场小规模的婚礼。娜尼在二十五岁时得到一个丈夫。

傍晚是欢乐的。在夕阳辉映下，收割过的田野像金子一样闪亮。和煦的微风拂过，像田野在轻柔地呼吸。一个疲惫的农夫肩扛着犁，赶着牛，从他身边经过。农夫试图和他说几句话。

“你为什么站在这儿？”

“啊，没事儿。”拉曼·奈尔答道。现在，他也有亲人了。

“你为什么今天就要走？”

听到这个问题，他转过身来。她站在他的背后。他目不转睛地看着她。她低下了头。

“我得走。我……我……我……要是命运允许，我们会重逢的。你就守着处子之身吧。”

他的声音有些颤抖。

“我会的。可是，至少到明天……”

他摇了摇头。

夜里十点钟，一轮圆月升到中天。她站着目送他手提箱子，穿

① 纳耶尔（Nair），亦可拼写为Nayar，印度喀拉拉邦的一个种姓集团或种姓范畴，包括几个种姓及许多亚种姓，历史上曾行使过刹帝利职能，从事保卫和征战工作。

过田野，向远处走去。河水继续唱着自己的生命之歌。

士兵养家费往往定期到来。一个月五十卢比。她买了一些家庭用具及婴儿床，将她的名字刻在上面。房子得以重建，围上了篱笆。院子里有一些大蕉[①]树。如今，她是那里的一个重要人物。连母亲都听命于她。

每一天，她都去神庙祈祷。每一天，她都给一个人留出足够的米饭。夜间，如果听到任何响动，母亲都会大声喊叫，询问是谁。

可是，朋友们问她丈夫何时归来，她都不予回答。

有一天，邮差携来一个巨大的信封。是那个士兵的照片。它被用来装饰房子里面的土墙。

三个月后，她开始每月收到百卢比的邮政汇票。六个月后，这一数额上升了。

有一天，她收到一份通知，请她到警察局领取三个巨大的铁箱。它们收藏着一名高级军官的服装。在一个箱子中则是她给他披挂到脖子上的婚礼花环。花儿业已枯萎凋谢。

娜尼大吃一惊。

一周之后，她收到一张一万卢比的支票。此后就不再有每月一次的邮政汇票。

2016年9月8日译

2016年11月25日修订

① 大蕉（plantain），芭蕉科植物。果大于香蕉，没有香蕉甜，但含淀粉比香蕉丰富。不能生食，可作为蔬菜煮食或煎食，亦可磨粉作为粮食。

一个孤儿的葬礼

马卡尔就这样死了。他是一路爬到医院去死的。在这最后的旅程中，他沿途到过许多独座房屋。不是为了死在那里。不过是为了给自己弄一点稀粥、一块布或暂时躲避一下，等雨停了再离开。可是，他们把他轰走了。你也不能责备他们。你家院子里要是出现一具无人认领的孤儿尸体，该多么令人恼火！

城里，人人认识马卡尔。他从五岁起就在这一带活动。他就是从那个年龄开始乞讨的：一把米饭，一块破布。可是，作为乞丐，他是一个悲惨的失败者；他从来无法赢得哪怕一个人的同情。倘若他真的设法弄到了一些施舍物，那也不是因为他唤起了人们的善心，而是因为人们往往会努力驱除害虫、臭味和丑恶的景象。可是，马卡尔活了下来。是的，他活了下来，向你发起攻势，让你破费一定钱款。哈比卜先生吃罢丰盛的午餐，躲到二楼的卧室里，将年轻的第四个太太紧抱在怀里，将自己的爱的印记打到她的红唇上时，听见马卡尔在外面嚎叫。真讨厌！他可不是那种会空手走开的人。哈比卜先生只好暂停寻欢作乐，总是照例打发妻子下楼给马卡尔一点东西并将他赶走。当熟悉的臭气在家里美丽的花园散开，吞没花儿的馨香气息时，先生们总会从口袋中掏出几个小钱了事。当小孩子们恣意饱餐甜食且不肯撒手时，做母亲的总是吓唬他们说：“马卡尔来了！”孩子们总是立刻捂住鼻子，勉力不让自己呕吐。无论何时，谁要出门办点好事，他在路上碰到的第一个人总是马卡尔。

马卡尔就这样度过了人生的三十五个年头，吃米饭，穿破衣。与此同时，也有那么几回，他身裹一块没有缝制成合体衣服的肮脏的布四处游走。于是，他身上散发出一股腐尸的气味。听说，他在当地清真寺附属公墓掘过几座坟。

突然，马卡尔腹泻发作。他垮了下来。他连躺在路边都不被允许，遑论躺在那些独座房屋门口。于是，他就一路爬到医院。在这一过程中，他失去了系在腰间的那块破布。实际上，那是一块早先有人用过的裹尸布。

在马卡尔被送往太平间时，他从医院得到的那块布，被清洁工偷走了。于是，马卡尔再度彻底赤身裸体。

那天，医院有四人死亡。三具尸体被运往火化场。只有马卡尔被留在那里。难道他还不够腐烂吗？他得在死后进一步腐烂下去吗？

下午，几个穆斯林长者带着一口棺材前来。把他运走吧；将他体面地下葬吧。马卡尔活着的时候，他们不愿给他任何东西。他不得不从他们那儿偷拿东西。现在他既然死了，他们准备给他一些东西。他这么走了，毕竟是一件好事！

他们将他运到附近的一所穆斯林宅子。地方重要人物莫伊丁，依照传统用药草和其他香料给他洗浴。马卡尔得到一件精美的衬衣和一条新蒙杜。于是，死去的马卡尔拥有了一块很长的细平布。

是的，乞丐马卡尔躺在新的柔软的布上，浸在玫瑰油和玫瑰香水之中！

马卡尔活着时，从来没有神职人员关心过他的精神升华问题。既然他死了，城里的神职人员就对着他永远失聪的耳朵唱诵圣诗。

马卡尔的遗体被殓入一口装饰过的棺材，接着被运往清真寺旁的墓地。地方上的所有要人都加入了送葬队列，反复唱诵真主的名字，为亡灵祈祷。漂亮的女人们从那些一字排开的独座房屋的窗户里探头张望马卡尔，他已从人生的艰难困苦中获得解脱，融入了永恒的宁静之中。她们深红色的嘴唇翕动着，唱诵着安拉是唯一的神这一神圣的祷词。

于是，马卡尔在死后成了伊斯兰教的公共财产。

他活着时没人认他，这也许是因为他玷污了生活。既然如此，穆斯林中的所有乞丐为什么不能摆脱这一瑕疵呢。那时，就会有父老乡亲认他们。在清真寺，坟墓是现成的。马卡尔身裹二十一肘尺①新白布，被放入墓穴中。那块盖着他脸的布被移开。他们将他的脸转向圣地。1400年以前，从那里发出了四海之内皆兄弟的永恒启示。全人类均应视这位神圣先知为自己人。他关于兄弟情谊的启示，本来直指人的内心深处，结果却成为一场通向冰冷坟墓的葬礼的组成部分。见此情形，他应潸然泪下吧。

在坟墓被木板遮盖之时，拉希姆先生、哈比卜先生以及其他人，一把把地往里撒土。这可是兄弟情谊的又一迹象！

2016年9月9日译

2016年11月26日修订

① 肘尺（cubit），古代长度单位，约45厘米，或自肘至指尖的长度。

自卡拉奇……

两个街头流浪儿从酒店后院出来，挽着臂膀沿街走下去。人们每天在那个时辰都会在那里看见他们。一个是穆斯林，另一个是印度教徒。人们总是看见他们两个伙伴在一起，形影不离。他们在一起睡觉，就在十字路口的灯柱下面，相互偎依着。

一个孤苦伶仃的街头流浪儿，在酒店后面的垃圾箱附近找到另一个要饭的男孩与自己做伴。他帮他赶走就要跳进垃圾箱的那只狗。垃圾箱中的剩饭供两人吃绰绰有余。就这样，他们成了朋友。一个弄到一块骨头，另一个找到一个土豆。他们把它们作为公共财产集中起来，在两人之间平分。一个弄到一点米饭，另一个找到一点咖喱菜。他们将它们放在一起后，两人就有了一顿盛宴！他们得继续与共同的敌人战斗，这已成为他们的共同责任，将他们团结在一起。一条狗似乎已将另外两条狗带到那里。

就这样，他们继续生活下去。他们有东西吃，他们睡得香甜。他们还需要别的什么呢？

一个可以依靠另一个，后者又可以依靠前者。一种不可分离的关系。一个人，无论他是乞丐还是个凶手，一定都有什么人做自己亲密的伙伴。

一天，穆斯林流浪儿问自己信奉印度教的伙伴："谁给你取名克里希纳库马尔的？"

克里希纳库马尔承认自己无知，回问道："对了，谁给你取名阿卜杜勒的？"

阿卜杜勒也是一脸茫然。

他们为此大笑了半天。

克里希纳库马尔问，这些名字是怎么使用起来的。阿卜杜勒不知道。一个孩子生来就有名字吗？阿卜杜勒给予否定回答。可是，阿卜杜勒有另一个问题：他们是怎么来到地球的？谁生的？显然，是两个女人生的。在分娩后，这两个女人干什么去了？就这样，他们的询问持续下去。阿卜杜勒想结束这样的询问，于是说道："也许那两个女人死了。即便她们在这儿的什么地方，我们也可能认不出她们来。"

克里希纳库马尔不同意："要是她们还活着，那我们就应当追踪找到她们，问问她们为什么生下我们。"

就这样，他们继续搜寻信息。

那时，公众会议和游行正在全国各地进行着。用棍棒和枪支武装起来的警察在街头巡逻。无论会议在哪里举行，他们都开枪。夜里八点以后，谁也不许出现在街上。即便如此，两个街头流浪儿还是睡在灯柱下面。

要饭的孩子们也想方设法获悉，所有的会议和游行都旨在将白人赶出印度。

一天，克里希纳库马尔醒来时未能在身边找到阿卜杜勒。他喊他的名字，等着他。不，他不在那儿。酒店供饭的时间很快就到了。阿卜杜勒在哪里？

他将自己从垃圾箱中所能收集来的东西给阿卜杜勒留出一份，随后吃了自己的一份。他会在什么时候回来？天晓得。如果他在开饭时间之后很久才回来……？

克里希纳库马尔不得不独自与三只狗战斗。它们看见他形单影只时，就冲他或低声怒吼，或大声吠叫。它们一度几乎成功地从他手里将他留给阿卜杜勒的那份剩饭抢去。谢天谢地，只有一块骨头让狗儿们夺去了。

稍后，阿卜杜勒跑回来了。他有大量事情要告诉自己的朋友。他非常急于倾诉。克里希纳库马尔又怒又喜，问他到哪里去了。阿卜杜勒似乎没有心情回答这个问题。他十分激动地脱口而出。

“你见过交叉路口的那座公馆……那里的富翁跟我同名，也叫阿卜杜勒！……”

克里希纳库马尔将苍蝇从自己留给阿卜杜勒的零碎食物上面轰开。很长时间以来，他一直在费力地驱除着这些苍蝇。可是，阿卜杜勒并未注意到朋友的这番动作。

克里希纳库马尔问道：“你吃了点什么吗？”

“我很饿……”

他开始吃剩饭。他十分兴奋地继续说：“我听了那位富翁的讲话。我们穆斯林就要有自己的国家了。巴基斯坦万岁。”

阿卜杜勒高兴得不能自已。有一场会议，一场大游行。他都参加了。看到阿卜杜勒的兴奋劲儿，克里希纳库马尔觉得相当悲伤。阿卜杜勒将他一人抛开走了；他参与了许多事情；他可能在别的地方吃过了。没错，他对克里希纳库马尔的爱在减弱。他似乎已经忘掉克里希纳库马尔了。克里希纳库马尔相当认真地盘问他。

阿卜杜勒兴奋地解释了一切。他似乎并不认为自己做错了什么事。几天前，他们正在铁路站台上睡觉时，一些人列队前来迎接乘夜车到达的重要领袖。那些列队的人们给这位领袖披挂上花环，场面令人激动。阿卜杜勒竭尽全力想叫醒克里希纳库马尔，可由于后者正在熟睡，他未能将他弄醒。阿卜杜勒追随这支队伍而去。

克里希纳库马尔问道："你弄到什么吃的了吗？"

"米饭。一场盛宴。还有施舍物呢……"

克里希纳库马尔感到沮丧。

"真差劲。你原本也可以带我去的。"

"不行，那只是为我们穆斯林安排的。"

克里希纳库马尔的眼里涌出泪水。他在世界上只有一个亲人：阿卜杜勒。然而，阿卜杜勒竟然独自一人赴宴。此外，他连一块芝麻饼都没给他带回来！

"我给你留了这份饭。我知道你对我的情意。不管怎么说，先吃了这份饭……"

阿卜杜勒为自己的疏忽而懊悔：他应该给克里希纳库马尔带回点什么吃的来。

他说："下次我弄到什么都给你带一半回来……"

克里希纳库马尔打断他，说道："这就是说，你又要独自走了，不带我！"

阿卜杜勒不时消失，又在两三天后返回。

克里希纳库马尔慢慢体会到一种强烈的孤独感。他想，阿卜杜勒总有一天会永远消失。他将不得不独自一人与群狗战斗，而且不得不独自睡觉。他将没有可以说话的人，没有可以倚靠的人。阿卜杜勒无论何时离去，他都总会等他回来。然而，对于离开自己一度亲密的朋友，阿卜杜勒似乎并不十分忧心。

在那一段时间，阿卜杜勒弄到一条很好的腰布。他也曾一两度有钱。他欣然将半块腰布送给克里希纳库马尔。他也没有将所有的钱都花在自己身上。阿卜杜勒现在得告诉自己的朋友一些新事，而克里希纳库马尔拒绝对此置评。说到富翁阿卜杜勒，以及那个即将为穆斯林而划分出去的国家时，阿卜杜勒总是滔滔不绝。在那个穆斯林国家，将不会有一点饥饿或任何乞丐。它将是真主的王国。有时，阿卜杜勒会变得心情沉重。于是，克里希纳库马尔就觉得阿卜杜勒在与他拉开距离。他觉得自己被疏远了。不错，阿卜杜勒还有别的事需要思考；他还认识了富翁阿卜杜勒……

克里希纳库马尔斜倚着垃圾箱，泪眼汪汪。他也有事——自己孑然一身——需要思量。他感到自己已有点怯于像过去那样与阿卜杜勒待在一起。

一天，一个自豪的阿卜杜勒宣布，他见到了富翁阿卜杜勒公馆的内里。他开始带着自豪感详细说明了自己的见闻。克里希纳库马尔愤怒而又悲伤，于是反唇相讥："我也见过与我同名的那个地主公馆的内里。"

阿卜杜勒争辩说："啊，与这个公馆比，那不算什么。"

"谁跟你说的？这个更好，更大……"

阿卜杜勒变得越来越执拗。克里希纳库马尔不打算让步。

阿卜杜勒反唇相讥："你那个地主是个异教徒。"

“你那个富翁是个不可接触者[①]。”

阿卜杜勒怒不可遏，奋然站起，大喊大叫：“巴基斯坦万岁。”

克里希纳库马尔嗤之以鼻，阿卜杜勒想揍克里希纳库马尔。随后，他们挥拳互殴……

1947年6月16日。印度分治的前途已成定局。巴基斯坦定于1947年8月15日诞生。[②] 阿卜杜勒将这个特殊的消息告知克里希纳库马尔：“我就要到卡拉奇了。”

克里希纳库马尔大吃一惊。“你为什么要去？”

“那是我们的国家，我们的王国。”

“那么，这个国家是谁的？”

“这个国家是你们的。”

克里希纳库马尔一声不吭。他没有亲人。没有一个人记着他。他将继续从酒店背后的垃圾箱中寻觅食物。他可以睡在人行道上。但是……但是……这个清楚表明人的高尚情感的“但是”……我不会跟任何一个人说起，我将在垃圾箱中寻找骨头。克里希纳库马尔就这样想着心事。

阿卜杜勒依然滔滔不绝地谈着卡拉奇。

克里希纳库马尔热泪盈眶，问道：“阿卜杜勒，我随你一块儿去好吗？”

“不行，不行。只有穆斯林才允许到那里。”

“那么，我还有什么亲人？”

---

① 不可接触者（untouchable），即贱民，被排除在印度教四种姓之外，属于社会最低阶层。今一般称之为“达利特”（dalit），意即“被压迫者”。

② 原文如此。事实上，巴基斯坦自治领于1947年8月14日正式宣告成立，标志着巴基斯坦的诞生。因此，是日为巴基斯坦独立日。

克里希纳库马尔突然失声痛哭。那种哭声直入阿卜杜勒的心坎。这是自己的朋友，一个总是等他回来的朋友。没错，我离开后，他就没有伴侣了。阿卜杜勒也很悲伤。

他轻轻地抚摸着克里希纳库马尔，说道："我们能总是这样，当街头流浪儿……？"

"我将成为一名富人，从卡拉奇返回。我赚的钱不是我一人的。你也会有其中一份的。我的朋友，别哭了……"

阿卜杜勒为克里希纳库马尔拭掉眼泪。

八月初。这位当乞丐的孩子想方设法罗致一顶土耳其帽、一件长衫及几条宽松裤。阿卜杜勒身着新装，在克里希纳库马尔眼里，似乎是个十分重要的人物。他不再是原先酒店垃圾桶附近的那个伴侣了。

阿卜杜勒从火车上望着克里希纳库马尔。火车业已出站，将驶往巴基斯坦。火车从克里希纳库马尔的视野里消失了……

克里希纳库马尔全然不知所措。他感到分外孤独，分外凄惨。在意识到自己将求助无门时，他感到万分恐惧。

旁遮普大屠杀[①]以及8月15日都过去了。克里希纳库马尔被迫认为，阿卜杜勒离开这里前往卡拉奇看来是不错的。否则，他也可能在这场大屠杀中遇害。

人们看见，在东旁遮普的一个城镇里，一个街头流浪儿身着破衣烂衫，从酒店垃圾箱走开。

他依然睡在人行道上。他从不与任何人说一句话，仿佛没有语

---

① 旁遮普大屠杀，指发生在1947年英属印度帝国旁遮普省分割前大量民众遭到群体性屠杀的事件。联合国难民事务高级专员办事处估计，在分割期间，约1 400万印度教徒、锡克教徒和穆斯林被迫离开家园前往即将分别宣告独立的印度自治领或巴基斯坦自治领。在这一人口大量流入和流出的过程中，在血腥的教派冲突和严重暴乱中，被杀和失踪人口在20至200万之间。

言能力。有一件事他从不耽误：无论从卡拉奇来的火车何时到站，他都会出现在月台上。

这种等候持续了数年。每天，这个少年乞丐都等候从卡拉奇开来的火车。尽管酒店生意已经衰落，垃圾箱已经生锈，他依然从中觅食养活自己。

有一天，他到达酒店后面时，看到垃圾箱附近躺着一个躯体浮肿的人。是阿卜杜勒。他过于虚弱，无法起身。

克里希纳库马尔靠近他坐下，将他的头放在自己怀里，抚摸并亲吻自己的朋友，不禁失声痛哭。

阿卜杜勒前来寻找自己唯一的朋友，以求死在他的怀抱中。也许，他最为适宜的辞世之地就在酒店垃圾箱旁边，就在自己朋友的怀抱之中。

2016年9月4–5日译

2016年11月26日修订

地界之争

东头和西头两块地之间荒废的那块地，也就大约有四分。头一年，这里只是一片草地；第二年，它就成了一块灌木地。今天，有两三株树，包括一株榕树，还有一株木菠萝树，在那儿茁壮生长。熟悉这个地方历史的人们觉得，这些树在以一种狂野的力量和决心生长。在这块地的历史开始之时，连一片草叶都没有。

如今，这块地已变成一片小森林，有草、灌木和缠绕在一起的攀缘植物。在茂密的植物丛中，甚至能发现毒蛇。它们孵卵，繁殖出更多的蛇。人们说，这四分地可以再度创造历史。它确实有一副超自然的样子。

在这块地的南面和北面，还有两块地。由于没有恰当的维护和清理，这块撂荒地上的草，也已侵入相邻的这两块地。在这两块地中，各自耸立着一所破败的房子，几乎就要分崩离析的小房子。住在这两所房子里的人也显得毫无生气和精神。

这两块地属于两个体格健壮而又勤劳的农民。他们吃苦耐劳，常能从地里获得丰厚的产出。连一铁锹那么大一块地都没有弃而不耕。他们差不多种植了每一种作物——芋头、薯蓣、豌豆、马铃薯、辣椒等。如今因椽子断裂而低垂下来的茅屋，那时还是昂然矗立的。如今不再有茅草苫盖而且渗漏的屋顶，那时是平整而优雅的。两个家户都曾享有用汗水换来的繁荣。

农夫帕普·奈尔是南面那所房子的主人。他有一个儿子，名叫拉曼。拉曼真像父亲，肥胖而机敏。农夫查科是北面那所房子的主人，也有一个儿子，名叫奥塔库迪，外表与拉曼多少有些相似。他们是朋友，在同一个班学习。

一天，他们像素日一样放学回家，手拉着手，边走边谈。看到人群聚集在帕普·奈尔房子的北面，也就是查科房子的南面，他们感到十分困惑。两个少年一道跑到现场。他们看见，查科倒毙在血泊之中，头颅已被从脖子上砍下。帕普·奈尔手持一把带血的刀，立在那里，一副狂怒的样子，浑身溅满了血。奥塔库迪的母亲，由几个人扶着，在厉声尖叫。

是地界纠纷加剧了他们的争吵，造成了查科的死亡。这次争吵只是为了那四分地！聚在周围的人们害怕走近帕普·奈尔。

拉曼和奥塔库迪相互站得很近，都在往下看。奥塔库迪意识到自己的父亲已死的事实了吗？拉曼害怕走近自己的父亲吗？帕普·奈尔和查科相互争吵，一个杀了另一个——全都是为了自己的孩子！可是，孩子们却站在一起。他们一旦了解事实真相，会相互分离吗？

警察来了，勘验尸首，逮捕了凶手。翌日，奥塔库迪没有上学，因为他得前往教堂参加父亲的葬礼。拉曼尽管并无特殊的事情要做，可也没有上学。

此后，奥塔库迪再也不同拉曼讲话。拉曼也不同他说话。他们两人都知道，奥塔库迪是由于拉曼的父亲才失怙的。虽非故意，他们却分道扬镳了。他们虽是孩子，但他们的心灵可能感到沉重。他们还没有大到足以相互仇恨的地步。也许，奥塔库迪想问拉曼："拉曼，你爸爸怎么能杀了我爸爸呢？归根结底，他怎么能下得了手呢？"

拉曼看见奥塔库迪就扭头走掉的原因是，他可能无法承受那个尚未提出的问题。

随着时间流逝，他们长大成人，奥塔库迪难道不可能想望为父亲之死复仇？

在警察逮捕帕普·奈尔并将他带走之时，他的妻子呼天抢地。那天之后，拉曼再没有见过自己的父亲。帕普·奈尔再也未能走出监狱。他被判处绞刑。

拉曼的母亲收到了关于绞刑日期的通知。拉曼也逐渐获悉这一消息。那天夜里，他母亲大声啜泣，歇斯底里般捶胸顿足。喧闹之声一定也传到了相邻的那所房子。也许，它传到了极为遥远的蒂鲁瓦南塔普兰的监狱。查科的妻子会乐于听见帕普·奈尔妻子的哭喊吗？

可是，她怎么可能快乐？帕普·奈尔被绞死，难道查科就能复活吗？那条鸿沟就能填平吗？即使娜尼也被弄成寡妇，而拉曼也被弄得同样失怙，她又怎会从中获得慰藉呢？失去的就永远失去了。

谁能知道人的心思呢？听到帕普·奈尔被处以绞刑，查科的妻子在感到伤口重新撕开之痛的同时，也一定会体验到一种冷静。

无论如何，生活的这一章就这样终结了。两个家庭都是孤儿寡母。两块收成很好的肥沃土地慢慢变得杂草丛生。奥塔库迪和拉曼由他们的母亲抚养。两个孩子都有悲伤的足够缘故，也许还有某种相互埋怨的理由。

于是，两大块地中间的四分地成为一片小森林。这块地不属于任何人。尽管奥塔库迪的父亲的血洒在了那里，他还是不敢索取这块地。拉曼同样提心吊胆。与此同时，树木在生长。难道价格昂贵的木材会为下一次争吵创造条件吗？

也许会；也许不会！由于对往事的记忆，他们或许无法开口同对方说话。

两大块地慢慢地变得绿意葱茏而又肥沃。可以看见两个青年在耕耘各自的农田，让土地恢复一度失去的繁荣。奥塔库迪修缮了自家的房子，拉曼也很快对自家房子做了维护工作。

然而，四分荒地没有得到开垦。可是，灌木越界蔓延之势如今却受到阻遏。

一天夜里，拉曼走在从市场回家的路上。一条狭窄的小巷，两边是高高的土墙，宽度不足以让两人同时通过。有人从小巷另一端朝拉曼走来。是奥塔库迪！

拉曼猝然止步，惊得魂飞魄散。奥塔库迪也裹足不前。他们之间的距离大约有七八米的样子。他们谁也不再往前走一步。这是他们第一次狭路相逢。他们心怀恐惧，站在那里，彼此对峙。此时，多少往事一定都翻上了他们的心头！当然，同样的记忆……同样的图画。难道他们不会同样想到他们携手放学回家目击的那幕景象吗？奥塔库迪母亲那悠长而凄恻的哀嚎！接着，拉曼母亲的哭声在一天夜间回响起来——同样悠长而凄恻！所有这一切一定掠过了他们的脑海。他们看到了同样的景象……同样的事实……但是看的角度却不相同。一个可以责备另一个；每人也都有自己与对方势不两立的理由！

奥塔库迪和拉曼都没有任何武器。可是，他们各自都认为，对方可能有某种武器。每个人都但愿自己有一件武器，不是用于攻击对方，而是用以自卫。他们两人一定想到了从土墙上抽出一块石头来，要不就干脆鼓起勇气前行。可是，他们谁也没动，而是仿佛生了根一般，站在原地一动不动。

突然，他们两人转过身子，同时撒腿，相互背道，绝尘而去！

母亲问气喘吁吁跑回家来的儿子："奥塔库迪，我的儿子，出什么事了？"

奥塔库迪心烦意乱，连一句话都说不出来。母亲急得要死，捶胸顿足，问道："儿子，告诉我，告诉我出什么事了？"

同一场戏也在邻家上演！

奥塔库迪略微落汗平喘之后，告诉了母亲刚才发生的情况。母亲由于恐惧而毛发倒竖。一个将无辜之人斩首的恶鬼的儿子！他要是冲着奥塔库迪猛扑过来……！她甚至不敢往下想了。

她咕哝着说："他要是靠近你……"

奥塔库迪告诉她，"我虽然没有武器，可是我防着他呢。"

母亲叹了一口气，说道："我的儿子，耶稣拯救了你！"

她对此事越琢磨越觉得后怕。她害怕未来。如果这种事态继续下去，他们怎能出门？即便待在家里，他们就会安全吗？母亲无可奈何地说："他们是能够冷酷无情地杀害人的人家。我们怎么着他们了？可是，他们还跟我们作对。"

她的观点是：是帕普·奈尔对他们造成了伤害。她继续说，"难道我们要为他死在绞刑架上负责吗？"

她不明白，为什么怒气得传给下一代呢？

在邻舍中，当儿子喘着气，流着汗冲进来后，母亲也在问他出了什么事。儿子描述了这一可怕的事件，她无奈地说，“虽然他父亲是被凶杀了，可是干下此事的人也死在了绞刑架上。他们为什么还生气？”

母亲要求儿子足不出户，因为奥塔库迪可能偷袭他。“现在，你只有承蒙天恩才能获得拯救。”

拉曼告诉她：“我当时虽然没有武器，可是我提防着他呢。”

在两所房子里，人们都在想着免予恐惧的生活方式。

翌日，这一消息迅速传遍整个村庄。有些人说，拉曼试图袭击奥塔库迪；另外一些人说，事实恰恰相反。

前一代人犯下的过错，正在薪传下来。

为了自卫，拉曼和奥塔库迪都暗自制造了刀具。两位母亲对此毫不知情；他们也不曾向自己的母亲透漏半点口风。

榕树和木菠萝[①]树已成巨树。木菠萝树开始挂果。在其中一株树上，果实实在太多，树都似乎不堪重负。奥塔库迪和拉曼常常清点果子的数量，每人都小心翼翼，以免让对方看见自己的动作。从果子的外表看，它们似乎属于瓦里卡群落——一种极甜的品种。[②]

谁会收取这些木菠萝？村里几个人在谈论这个问题。谁的脑袋又注定会在木菠萝树下的血泊中滚动？另一个人也会在绞刑架上殒命？这株树是不经意间从查科成滩的血浸染过的土壤中萌生出来的。他们说，这株树因此才硕果累累！

一天，一只巨大的果子从树上落下，熟过头了。没有人认领它。

---

① 木菠萝（jackfruit），又名菠萝蜜。热带亚洲桑科乔木，果实大，木质耐用。原产于印度西南部西高止山雨林。高15~20米。果实长可达90厘米，重可达35千克。最大树生水果。味道甜中带酸。隋唐时即已从印度传入中国。李时珍《本草纲目》记载了它“止渴解烦，醒脾益气”的药效。

② 瓦里卡木菠萝系印度喀拉拉邦两大木菠萝品种之一。

群鸟尽情享用这只果子。连一颗种子都没人拿。

两家人都想到了这种浪费。

另一颗木菠萝熟透了。很快，它也会掉下来，变得毫无用处。拉曼望着这株树，大声喊道："没人能享用这些果子，多可悲呀！"

他的声音让自己吓了一跳。有什么人无意中听到他的话了吗？他随即重新鼓起勇气。让大家——连奥塔库迪也包括在内——都听一听，因为他说的只是事实。大自然的馈赠正在遭到毁灭，没有接触，也没有利用。

第二颗果子也掉了下来，成为鸟儿的食物。蜜甜的果子！可是，人连种子都没有拿。

奥塔库迪和母亲在家里谈到这株木菠萝树及其损失掉的果子。母亲说："要是我们知道这块地属于谁，该有多好！"

奥塔库迪说："无论这块地属于谁，我们都不会使用它。"他停顿了一会儿之后继续说："谁也没有播种，谁也没有为它浇水，谁也没有养护它。它是自己长出来的。人们说，它预兆噩运。"

母亲忧心忡忡地说："儿子，我们不要这棵树。就让我们远离它吧。人们说的话可能是对的。否则，这棵树为什么会自己在那个地点长出来？"

"好吧，妈妈，我们不要那块地了。"

翌日，奥塔库迪在刨自己土地的一部分。拉曼忙于在自己的地块上劳作。

"奥塔库迪！"

人们听见一声呼喊。奥塔库迪不知谁在叫唤，于是停下劳作，四处观望。他看见拉曼在瞅他。奥塔库迪从未料到拉曼会招呼他，可拉曼是唯一站在那里望着他的人。

拉曼·奈尔用发颤的声音说："奥塔库迪，我就是那个招呼你的人。"

奥塔库迪立在那里听着，可是没说一句话。拉曼·奈尔继续说："这些木菠萝正在被糟蹋掉。"

奥塔库迪的母亲从屋里出来，听见了拉曼说的话。奥塔库迪想要说点什么，以作回应，可又觉得难于启齿。拉曼·奈尔问道："我们何不请人将这块地丈量一下，以确定地界？"

奥塔库迪说："对，我们就这么办。"

拉曼·奈尔开始商议细节："我们分担费用。"

奥塔库迪答道："我准备支付我那份费用。"

那天，这两户人家体验到了一种难以言传的轻松感。奥塔库迪觉得，拉曼的建议是一个解决问题的良方。他问母亲："妈妈，他们那时怎么就不能解决这个问题呢？"

母亲低声说："我跟你爸爸提过这个建议。他说没必要这样做，随后他就去同他们吵架。"

奥塔库迪惊讶地问道："是他先引起争吵的吗？"

她用更低的声音说："当然是他。他存心去吵架。人家正在砍一些树枝。你爸爸走到他面前，不让他砍树枝。人家手里攥着刀。事情就是这么发生的。"她思索了一会儿，又补充说，"我们失去了一家之主，他们也失去了一家之主。"

在拉曼·奈尔家里，也有一场同样的谈话。帕普·奈尔亦曾十分固执，决意不去丈量那块土地。拉曼的母亲轻声描述了那场灾难，说查科是引发争吵之人。她深深地叹了一口气，最后说道："我们失去了一家之主，他们也失去了一家之主。"

那种长期以来给他们的心灵造成重创的巨大恐惧消失了，两个女人在那天夜里得以安睡。翌日，拉曼和奥塔库迪在路上相遇。他们没有转身。两人都想问一下对方到哪里去了。话到嘴边，却没有出口。在互相交错走过七八步时，两人转身面对面站定。

奥塔库迪问道："我们什么时候请人丈量那块地？你瞧，那些木菠萝在成熟哇。"

拉曼·奈尔建议："明天就干，好吗？如果果子熟了，我们今天就把它们摘下来，两家平分。"

奥塔库迪告诉他："林子里有蛇。"

"是呀，巨大的眼镜蛇！我们先清理林子。"

那天傍晚，奥塔库迪和拉曼·奈尔清理了那片林子，打死三四条眼镜蛇。翌日，奥塔库迪爬上那株木菠萝树。拉曼站在下面望着他，两位母亲站在他身边。两个女人已多年不曾站到一起。

拉曼找到一个懂得如何丈量土地的人，可是他索要二十卢比的劳务费。拉曼告知这一情况后，奥塔库迪问道："拉曼·奈尔，我们该浪费钱吗？我们为什么不把这块地分成两半，用一根绳子把它们隔开呢？"

他的问题还没有提完，拉曼·奈尔就说："行，我同意这样做。"

于是，这个地界争端得以最终解决。奥塔库迪分得一株木菠萝树和那株榕树，拉曼·奈尔获得另一株木菠萝树。

如今，我们可以看到，两个女人相互挨着，坐在一起聊天。

2016年9月19日译

2016年11月26日修订

手包

祖母和小弟弟从十点钟起就在等她。她写信说，她将在下午到达。学院在前一天就放假了。

“她来啦。”小弟弟一边往门外跑，一边喊叫着。祖母看见孙女从远处走来。小弟弟跑到她面前，挽着她的臂膀往回走。对于祖母来说，这真是一幅令人快意的图景。孙女身着纱丽，楚楚动人。她在一家学院读书。还有一年就毕业了。老妇人伸出臂膀，维拉西尼扑进她的怀里。她们的脸贴在一起，就这样站了一会儿。老妇人的眼里涌满欢乐的泪水。维拉西尼成为一个小婴儿，一个爱嬉戏的幼儿。小弟弟抢到这个有利时机，抓过她手中的手包。他问她：“姐姐，这不是给我的吗？”

他随后试图打开它。维拉西尼将手包拿回，说道：“我来打开它。别用力硬开。”

祖母问道：“宝贝，这是什么？”

维拉西尼回答说：“奶奶，您可以往里面放钱，也可以放钢笔。

就是放这一类东西的。我们学院里人人都有一个手包。”

“这是给我的吗？”弟弟又问。

“我下次给你带一个回来。”

祖母说：“看起来像老年间的棕榈叶包。”

每个人都大笑。维拉西尼打开包，让他们看。包里面有她的钢笔、几张纸、两卢比以及一些布头。

祖母也认为这是一件有用的物品。

祖母从头到脚端详着维拉西尼。不到三个月，她身上已发生了巨大变化。早先，她只是个小孩，一个淘气的小姑娘。她常常像个幼儿一样张开嘴，时而大笑，时而哭泣。祖母曾因她的恶作剧而骂她。她也曾忧虑，她什么时候才能长大，她怎么才会长大。她甚至不知道如何妥帖地穿围裤。如今，她披上了一袭纱丽。她已长大成人了。她懂许多事情。她已成为一个女人，也意识到了自己的女人身份。祖母常常坐在她面前，望着她的大眼睛。她还会像以前那样朗声大笑吗？她还会同自己的小弟弟打架吗？她还会拉长脸喋喋不休地抱怨吗？不会了。一个人就是这样成长起来的。

维拉西尼总是身着纱丽或别的什么服装。她不会再到池塘里沐浴了。她在洗澡时，连祖母都不许进入浴室。

一次，祖母告诉维拉西尼的母亲：“维拉西尼不再是个孩子了。”

“哦，妈，此话怎讲？”

“她难道还没成年吗？”

“那又怎么样？”

“不，我只是说，人到了适当的年龄会做某些事情。那时，就应当给予引导。”

此时，维拉西尼来到这里。母亲说：“哦！我们现在无须为此操心。她毕竟只是在学习。”

维拉西尼很快离去。祖母继续说：“让她继续学习。一个人结婚之后难道就不能学习了吗？”

“妈，那是不可能的。”

老妇人过了一会儿又说：“如果现在不结婚，她就不能再学习了。”

“妈，她找一份好工作还不够吗？”

“工作能代替婚姻吗？”

祖母常像这样频繁谈及孙女。别人没有谁这样认真地将她的成长当一回事儿。维拉西尼无法忍受祖母那样凝视她。祖母不只是在看她，而且是在看她的青春。她在那样逼人的凝视之下总有一种畏缩之感。她在和祖母说话时总会脸红。祖母明白这一切。然而，她又觉得自己与祖母更为亲近。她不知道为什么。也许是因为，只有祖母才明白她想要什么。

维拉西尼独自一人时，总是若有所思。她会情不自禁地看自己日渐隆起的乳房。她会从男人的视线中跑开。她会骂自己一丝不挂到处乱跑的小弟弟。她的羞涩神态在逐渐变化。

学院很快就要重新开学了。她出发的日子到了。她站着穿戴齐整要走时，祖母来到她的房间。她想要说点什么。老妇人的微笑意味深长。维拉西尼问她：“奶奶，您在笑什么？”

祖母直视她的眼睛。她垂下头来，装作在看自己的服装的样子。祖母问道：“你读书的地方有多少人？”

“奶奶，大约有六十个吧。”

“那些仆人也是女人吗？”

维拉西尼明白祖母的思路。她无缘无故地觉得心烦起来。她机械地咕哝道:“是的!”她很快走出房间。祖母跟着她。在她到达门口时，祖母说道:“宝贝，小心自个儿的身子。”

维拉西尼走了，没有说一句话予以回应。她明白，老妇人看透了她心里想的那些事儿。祖母反复提醒维拉西尼的母亲，姑娘已成年了。

这位夫人问道:“妈，那又怎么着?”祖母说，“她已意识到自己成年了这一事实。在一定的年龄，心里那根紧绷的弦就会弄丢。那么，你就得留神呐。她毕竟是独身在外。”

“她比我们更理智。”

在这个问题上，祖母并不觉得那么有信心。她说:“无论理智与否，女人总是女人。”

祖母焦虑不安的日子过去了。

维拉西尼在下个假期回到家里来。祖母和小弟弟像以往那样在门口迎接她。祖母一眼注意到她在半年之间发生的变化。她稍微胖了一点。虽然穿了更多的衣服，她的乳房还是十分显眼。在她的红润的脸颊上，很多粉刺业已成熟。她的声音变得深沉。她不再是个姑娘，而是个女人。她的眼睛静止不动。它们似乎盯在某个点上。总的来说，她的做派表明，恰当的时机过去了。发育的圆满……这难道不是花朵开始凋谢的节点吗?

她过了女人好奇感生发的那个阶段了吗?她已体验过那事了吗?这正是祖母的怀疑所在。

小弟弟抓住那只手包。她没有松手。她骂他。祖母发现，这个包现在上了一把锁。

维拉西尼喜欢独处。她一直坐着，面前有一本摊开的书。随后，小弟弟就会大喊:“姐姐没在读书。她只是把书摊开在面前，就那么闲坐着。”

她常常哼唱几句缠绵的情歌。她的内在生命已融入它那忧郁的节奏之中。在她闭着眼睛这样坐着时，一声深深的叹息会将她带回到现实世界中来。她的眼睛里有一种恍惚的神情。她常常打开手包，取出一些信件阅读。随后，她会将它们贴近自己的胸口。她沉迷在美梦之中时，就会把自己的脸向前伸出，仿佛在渴望一个吻。

祖母开始以更强烈的言辞烦扰维拉西尼的母亲。

“我想在我死前见到她生的孩子。”她母亲于是答道，“她不是在学习吗？”

“学习呀，学习呀，她就要变成一个老姑娘了。那时，都不会有人看她一眼。”

祖母随后怀着希望走近维拉西尼。她说：“谁都不必为我找对象。”

一天，她写了一封信，让自己的小弟弟把它寄出去。信封一直放在她的包内，所以散发出一股香气。他一路上嗅着。他返回时，问她道：“姐姐，这位维贾延是谁呀？这叫什么名字！”

维拉西尼捂住他的嘴。

这个假期终于过去了。在她即将离去时，小弟弟说：“你下次回来时，请把那个包给我吧。”

维拉西尼从那年起开始在海外留学。

她在学业上是非常聪慧的。她获得了很多奖。

一次，她随信寄回一张照片。祖母怀着巨大的好奇心观看这张照片。她变得更瘦了。她虽然变得非常苗条，可是缺少了先前的可爱劲儿。她的眼睛流露出疲惫的神情。对照片中紧靠她站着的那位姑娘，祖母刨根问底。维拉西尼的母亲回答说：“她是她的亲密朋友。

维拉西尼在她的所有来信中都写她。妈，您不记得了吗？她们住在同一个房间里。”

祖母仔细审视着她的脸。她也像维拉西尼一样瘦。祖母说：“男人坐着或四处行走时可以相互勾肩搭背。可是，女人们也这样吗？那是一种什么样的爱呀？”

维拉西尼的母亲答道：“现在那是时尚。”

“好时尚，真是的！她们看起来就像夫妻。”

“妈，这是什么话？”

“我只是在问一问。”祖母再度审视照片并说道，“她们两人的眼睛看起来都凹进去了。”

“她们不是在学习吗？读书可累人了。”

“她们两人都有手包，而它们都是鼓鼓囊囊的。”

“所有女生都带手包。”

此后，祖母常常频繁重复一个问题：“姑娘一直读书就行啦？”

“她会找个工作的。”

祖母意味深长地微微一笑。她问道：“难道嫁人就是为了吃饭吗？你不也是个女人吗？”祖母稍后又问道，“要是姑娘出了什么意外的事儿，怎么办？”

维拉西尼的母亲斩钉截铁地断言，自己的女儿绝不会出这样的事情。祖母常仔细听别人给她大声念维拉西尼的来信。一般来说，她对那些信都感到不快。

她写的信与奶奶的期待不符。维拉西尼常常问候奶奶。可是，这还不够。奶奶抱怨说：“她的学业很好。可是，她不太关心我们。”

她还有好多话要说：“我只希望自己家的孩子能够结婚和生儿育女。女人只有生了孩子才会懂得爱。维拉西尼只爱同她住同一个房间的朋友。从她们的姿态就可以看出来。”

四年过去了。维拉西尼要在假期回家来。信先到了。祖母焦急地等待着她。为了接待她，祖母积极参与所有准备工作。她彻底清扫了房子。在按照维拉西尼的吩咐给她准备一个房间时，祖母问道："这是为什么？她不能像上次一样跟我一起睡吗？有什么必要整一个单独的房间？"

这样的问题怎么能得到回答呢？

那一天终于来了。祖母从早上起就在等待着。一辆轿车驶来，停在门口，与她通知到达的时间完全一样。祖母一时没有认出从车里出来的那个人。

"奶奶，怎么样？您还好吧？"她问她。

祖母站着，目瞪口呆。维拉西尼没有等她的回应就径自朝自己的房间走去。祖母还是陪伴着她。祖母感到困惑。维拉西尼穿着一双高跟拖鞋。她的服装也是前所未见的。她的头发剪短了。她不抹护发油吗？她的脸色是苍白的。要不就是上面抹了大灰[①]。她的双眼缺乏生气。它们深陷下去。祖母的眼睛下移到她的胸部。连一点迹象都没有。祖母的眼里涌满泪水。这是自己孙女的鬼魂吗？她啜泣着问道："孩子，你怎么啦？"

"嗯？奶奶，怎么了？"

"你怎么瘦成了这般模样？"

"奶奶，您出去坐那儿。我来找您。我将把一切都告诉您。"

祖母失声痛哭。她无法承受这一切。出去坐那儿！老妇人浑身颤抖着走开。

---

① 大灰（lime），一译白灰，均为石灰的俗称。石灰是不能涂抹在人体上的，此处乃激愤之语。

维拉西尼的小弟弟跑来迎接自己的姐姐。他也站在门口，目瞪口呆，看着房间里一个不再熟悉的身影。她走到他跟前，用两根手指托起他的下巴，问他道：“你怎么看起来这么脏？”

他什么都没说。他来这里时想到许多事情。他将拥抱她，亲吻她，抢走她的手包。他怀抱很多诸如此类的希望。可是，他突然停住了，仿佛触到了什么冰冷的东西。

维拉西尼说：“出去先洗个澡再来。”

他也默默地走了出去。他扑在祖母怀里，不禁怆然泪下。姐姐曾与他一道外出，兴奋地追赶蝴蝶，也曾快乐地与他一道玩耍。现在，对他来说，那个充满爱心的姐姐消失了。他的心刚才还热情澎湃，但现在已经冻结。

母亲到来时，维拉西尼已拴上自己房间的门。母亲在她房间外面叫道：“女儿！开门！让我看看你！”

“妈妈，我就来！请稍等一会儿。”

母亲和奶奶坐到一起。对于奶奶的抱怨，母亲回答说：“她不是还在受教育吗？我们就不要挑她的不是了。”

一小时后，她衣着齐整地出来。她一脸微笑。这笑容就和她的服装一样做作。

她看起来就像一个女鬼。女性心灵的单纯和温柔不见了。假如她成为一个母亲——不，她不会做母亲的——生儿育女会被她认为是个沉重的负担。要是真有这样的事情发生，她会把婴儿托付给别的什么人抚育。她在偶尔抱一抱婴儿时，如果他撒尿，她会把他摔到地板上的。她没有任何神圣的东西奉献给丈夫。那种关系也就是一纸合约。十五年后，在一个晴朗的早晨，她可能离弃他。可是，那两片涂着口红的嘴唇依然会粲然一笑。

维拉西尼在所有事务上都是非常循规蹈矩而又有条不紊的。她为一切事情都安排了时间。日子一天天过去了。她对这里的生活感到不快。一天，祖母跟维拉西尼的母亲说：

“这姑娘怎么这么瘦！”

“我也正为此担忧呢。”

祖母思索一会儿后说道：“她看起来像个打过胎的女人。”

“嘘！轻点声！太不像话！”

“不，我只是说说而已。”

一直在她房间里晃荡的小弟弟跑来。他气喘吁吁地说：“妈妈，姐姐抽烟。她从那个包里拿出一支，点上了。”

祖母深深地叹了口气。

她无论傍晚何时外出，都会到夜里九点才回来。

一天，祖母问她这样做是否合适。她和厨师都谈什么了，竟然用了那么长时间！这一切都是错误的。可是，那个可怜的老妇人能怎么办？她仔细地观察着她的一切行踪。

一周之后，她离家前往特里凡得琅。她在家里的生活不是太愉快。

又一周过去了。

一天，维拉西尼的小弟弟提着一只手包跑进屋里。他在放学回来时，在路上看见了这只手包。这是什么人乘坐公共汽车时失落的包。于是，他得到了自己一直渴望的东西。他把包交给母亲去打开。

这个女人很不愿意打开它。可是，她渴望知道，这个被时尚社会女流当做支柱的包里究竟有什么货色。这种欲望变得无法遏制。她女儿就有这么一个包。祖母也非常好奇。她们猛力打开了这个手包。

对于祖母来说，这是个新现象。她仿佛觉得，一个新世界出现了。那时，这些东西属于时尚女士。她的祖母也有一个类似的手包。她问维拉西尼的母亲："维拉西尼可能给多少男人写过这样的信？"

"我不知道。"

祖母鄙夷地大声说道："她跟谁不能调情呀？厨师，或随便哪道号的男人？她有什么好害怕的？"

另一个女人一言不发。祖母继续说："难怪她看起来筋疲力尽，血脉枯干。这种人有一个算一个，都会疯掉的。"

一时之间，无人说话。维拉西尼的母亲陷入沉思。维拉西尼的小弟弟用了相当长的时间才把包从她手里拿回。

祖母继续说："那把带有新型手柄的伞，也适合这些姑娘们。一个女孩，到了合适的年纪，就得跟一个男人结婚。这话我一直跟你说，有多长时间了？"

2016年9月6~7日译

2016年11月26日修订